★JIANBING JIAOLIANG★

尖兵较量

火狼 ◎ 著

金城出版社
GOLD WALL PRESS

图书在版编目(CIP)数据

尖兵较量 / 火狼著. —北京：金城出版社，2012.4
ISBN 978-7-5155-0397-4

Ⅰ.①尖… Ⅱ.①火… Ⅲ.①长篇小说－中国－当代 Ⅳ.①I247.5

中国版本图书馆 CIP 数据核字（2012）第 046179 号

Copyright © 2012 GOLD WALL PRESS, CHINA

本作品一切中文权利归金城出版社所有，未经合法许可，严禁任何方式使用。

尖兵较量

作　　者	火　狼
责任编辑	雷燕青
开　　本	710 毫米×1020 毫米　1/16
印　　张	17
字　　数	260 千字
版　　次	2012 年 4 月第 1 版　2012 年 4 月第 1 次印刷
印　　刷	北京市密东印刷有限公司
书　　号	ISBN 978-7-5155-0397-4
定　　价	32.00 元

出版发行	金城出版社 北京市朝阳区和平街 11 区 37 号楼　邮编　100013
发 行 部	(010)84254364
编 辑 部	(010)84250838
总 编 室	(010)64228516
网　　址	http://www.jccb.com.cn
电子信箱	jinchengchuban@163.com
法律顾问	陈鹰律师事务所　(010)64970501

目 录

楔　子	001
第一章　命案发生	002
第二章　防控大队	008
第三章　明争暗斗	013
第四章　心怀叵测	017
第五章　黑色诱惑	021
第六章　人肉炸弹	026
第七章　身不由己	030
第八章　陷入歧途	035
第九章　同流合污	036
第十章　针锋相对	043
第十一章　水火难容	048
第十二章　坑蒙拐骗	053
第十三章　深明大义	058
第十四章　蹊跷事故	063
第十五章　联合密谋	067

第十六章	暗下毒手	073
第十七章	表功作秀	078
第十八章	凤凰涅槃	083
第十九章	黑色暗涌	088
第二十章	行贿受贿	093
第二十一章	人肉炸弹	098
第二十二章	迷魂陷阱	103
第二十三章	新官上任	108
第二十四章	明察暗访	113
第二十五章	重新上阵	118
第二十六章	暗中恐吓	125
第二十七章	神奇梦境	131
第二十八章	意外发现	136
第二十九章	坦露秘密	142
第三十章	肉体交易	147
第三十一章	意外事故	152
第三十二章	东窗事发	158
第三十三章	暗中对峙	163
第三十四章	发现端倪	168
第三十五章	刺杀失败	173
第三十六章	声东击西	178
第三十七章	安插亲信	183

第三十八章	暗度陈仓	188
第三十九章	离奇死去	194
第四十章	运筹帷幄	199
第四十一章	迷雾重重	205
第四十二章	美女护士	210
第四十三章	殊死较量	215
第四十四章	完美阴谋	220
第四十五章	殊死决斗	225
第四十六章	咸鱼翻身	230
第四十七章	坠入地狱	235
第四十八章	天罗地网	240
第四十九章	另辟蹊径	245
第五十章	心灵变异	249
第五十一章	一箭双雕	254
第五十二章	真相大白	259

楔　子

城市名片

　　在中国的版图上有这样一个小镇：它南濒长江、西傍运河，小镇境内湖泊交错、秧畦成片、花红柳绿，每到金秋时节，鳞光闪闪、稻谷飘香、花团锦簇，如此富饶的鱼米之乡，引得天上的众多仙客对它倍加尤爱。相传古时候有两个仙女为了守护小镇的平安，下凡此地降服妖魔，因此，从那时起小镇就有了一个美丽的名字——仙女镇。

　　随着时代的变迁，小镇变成了县城，进而又升格为县级市，在改革开放的浪潮不断推进和新农村建设步伐不断加快的新形势下，不知是哪一任领导，觉得"仙女"这个名字与当下大踏步迈向现代化的形势不太相符，于是召集了一班文人墨客，为这个具有悠久历史和深厚文化底蕴的小城，精心打造出了一个具有时代气息的名字——春江市。

　　城市的名字改了，但城里人的习性和灵性没有改变，这里的居民既有仙女一样委婉细腻的心境，也有春江一样多情澎湃的胸怀。走在春江市的街道上，可以及时看到刚刚驶下生产线的新款轿车，也可以浏览到最新潮的时装佳裳，春江市民的生活节奏，如同这个城市的晴雨表，及时地反映着春江市前进的步伐。大凡来过这里的人都有这样的感慨：小城市，大气魄！

　　"山不在高，有仙则灵。"这句话套用在春江市是再合适不过了。这不，那条横跨在春江市中心的石拱桥的桥墩上，还依稀可见国家领导人题写的桥名呢！

　　我们的故事就发生在这样一个人杰地灵、充满传奇、新潮时尚、令人惊叹、蠢蠢欲动的城市中。

第一章　命案发生

夜幕下的春江市,如同它的名字一样美丽和躁动不安,装饰在城市筑物群外部轮廓上的霓虹灯,不停地在黑色的夜幕中勾画出一幅幅灵动、斑斓的建筑画图;川流不息的街道上,不时闪过身着时尚佳裳的俊男靓妹;街道两边的商场和店铺里,灯火通明,人群攒动;虽然是夜晚,但对于春江市民来说,这样的夏夜比白天还要热闹,毒辣的太阳已将人们闷在屋里一整天了,压抑在心里的激情随着晚霞的没落,开始尽情地释放了出来。大街上满是购物、聚会、散步的人群,这种看似颠倒了日出夜宿的作息法,却成了春江人对抗酷暑的有效方法,并渐渐地演变成了春江市民夏季生活的一种习惯,也成了一道风景!

此时,人们正涌往市中心的三角广场,据说这个广场是政府为市民特意修建的一座现代化休闲广场,广场的功能区很多,有露天舞池、健身绿荫草坪、音乐喷泉、娱乐游戏台等,广场上涌满了纳凉的人群,一片欢声笑语,热闹非凡。

在三角广场的对面矗立着一栋造型别致的城堡,说它是城堡,是因为它的形状、格调和外表装饰具有异国风格,与周围的建筑有点格格不入的味道。城堡的四周架设有数十盏高倍强光射灯,将城堡气派而又独特的外形一览无余地映射在夜幕中;透过城堡宽大的落地窗户玻璃,可以隐约看到里面色彩绚丽、质地华贵的帘幔;城堡的顶端竖立着一块制作气魄而精美的标牌——"水月清华商务中心"。

标牌上的每个字体都用七彩灯镶嵌着,七种颜色流动地变换着不同的色彩,紧紧地吸引着过往人群的眼球。如此堂皇的城堡,门庭却不像它旁边的商场和对面的广场那样热闹。相反,却显得有点清冷、孤僻。倘若你再细心地观察一下它门前整齐停放的豪华轿车,也许就能明白其中的奥妙了:能进入这个城堡消费的全是些钱权达人。

来玩的都是些稀罕的人,门庭怎能不清冷?

此时,从远处缓缓驶来一辆擦拭得油光锃亮的黑色加长版奔驰大捷龙商务轿车,大捷龙一下子将对面广场上游人的眼球吸引了过来。

"喔!?真气派!啧……啧!"人群中连连发出了几声赞叹。

轿车里的人,虽然听不到外面的赞叹声,但能通过那些围观者羡慕的眼神,感受到人们对他们的钦慕之情,不觉心情怡然、惬意无比!

大捷龙在水月清华商务中心的两名保安和两名泊车员的迎候下,停在了门前停车场的指定位置。望着从车上下来的四位大腹便便、肥头大耳、商界精英模样的男子,广场上那几个闲聊的游人又发出了感叹——

"你看人家多牛,连坐的车子都有专人服侍。"

"这有什么奇怪的,只要你有钱,也会有人伺候你的。"

"哎,全是钱烧的。"

"有钱有鸟用,得有权!你看那个矮胖胖的,是土地局局长,你说他有钱吗?光他那点'阳光工资',怎能养得他身上的那身肥膘?但人家有权,有权就有钱,估计他旁边的那位就是房产开发商,今天晚上这顿消费,还不知道又划进去多少亩地呢!哎……"

"据说里面的小姐全是艺校的大学生,靓得很呢……"

"你们看,还有公安局的领导呢!"

"那当然,公安局是保驾护航的,怎能缺少得了?"

"你看,那迎宾小姐的身材多美啊……"

广场上闲聊的人还在津津乐道着,他们只是依据平时听到的小道消息,加上自己的想象发表着自己的观点,其实水月清华里面究竟是如何的豪华、消费如何奢侈,他们也不是很清楚,只是带着一种鄙夷、仇视的心理,一吐为快罢了。

当这帮人滔滔不绝地继续他们的口水话题时,那四位宾客已经在迎宾小姐的躬身相迎下,摇头晃尾地走进了城堡的金色大厅……

此时,水月清华商务中心七楼的酒吧里,彩灯摇曳的舞台上几个身着薄纱衣裙的舞女随着音乐正舞动着曼妙的身体为她伴舞,一个红发青年女歌手正唱着陈慧琳的歌曲《不如跳舞》。

台下,身着蓝色吊带迷你裙的女服务员和打着领结、穿着马夹的男服务生,毕恭毕敬地站在一旁,随时等候着宾客的招呼。此时,一位身着一袭白色长裙、脚

第一章 命案发生

蹬白色高跟皮鞋、30 岁左右的披肩长发美女，匆匆地走了进来，她右手拿着坤包，步伐轻盈而有朝气，她就是这个商务中心的总经理——邓明。

"经理……经理……"服务生们纷纷主动对她尊称道。

邓明颇有风度地频频点头应答，并径直向吧池里面的一个座位走去，同时抬右手向吧台打了个响指。一个体态丰腴的小姐像是知道她需要什么似的，立马扭动着诱人的腰肢，紧跟其后端来了两瓶啤酒及几盘坚果。

邓明在一个身着黄色 T 恤、白色板裤，身材精瘦的长发青年男子的对面坐了下来，服务小姐为他们斟上啤酒后飘然而去，看样子邓明是被青年男子约来的。青年男子面相白俊，一头乌黑长发，经过刻意修饰后，十分潇洒的在脑后扎成一束，使人一眼看上去，就会认定他是一个不折不扣的艺术家。

长发青年跷着二郎腿，气度轩昂，对邓明及时的到来，报以优雅的微笑，并潇洒地从沙发里微微躬身，用动听的男中音轻声恭维道："邓经理总是公务繁忙啊！打扰您了。"

果然气度不凡，连说话的语气都那么抑扬顿挫，像歌唱一样动听，和他外表装扮的艺术家的气度极其相称。

邓明一耸肩，说道："来了几位局长，刚把他们安顿下来，这不就接到你的电话了！"一副忙碌而又无奈的样子，然后端起酒杯向对方示意："来，艺仔，为我们的成功合作，干杯！"

"当——"两个涌动着诱人乳白色啤酒沫的高脚杯碰在了一起，发出了悦耳的撞击声。

两人呷了一口酒，细细地品味着。长发青年缓缓地放下酒杯，凑过头来，轻声问："邓姐，那笔钱，什么时间能兑现？"话语带着啤酒的醇香温和地飘了过来。

邓明宛然一笑："看你急得！心急吃不了热豆腐，我不是跟你说过了，这事得从长计议，但是你放心，一旦成功，钱是不成问题的，到时我会及时打到你卡上的。"说着，她从坤包里取出一张金卡，放在桌子上，然后轻轻地推到他的面前："这是我们商务中心的贵宾卡，以后来这里消费，可以全部免费。"她的回答似乎有点避重就轻，答非所问，显然是在搪塞他。

长发青年似乎对金卡并不感兴趣，反倒觉得她是在应付自己，脸上露出了一丝不悦，但也不好就此发作。此时，台上的歌手正抱着话筒声嘶力竭地喊唱着,女歌手的演唱似乎引来了长发青年的反感,只见他阴沉着脸站了起来,瞟了一眼桌上的那张金卡,一反刚才的温文尔雅,怨声怨气地骂道:"唱的她妈的鸟,简直就是驴叫!"

邓明知道他是在指桑骂槐,但没有多跟他理论什么。她强压着愤怒,白皙的脸蛋上禁不住涌上了两片红晕,丰满的胸脯气得急促地起伏起来,只得用尴尬的咳嗽声掩盖自己的窘态。

长发青年的谩骂声,却激怒了旁边临座上的四个年轻人,看面相,这四个年轻人还显得有些稚嫩,如此年龄就出入奢华的场所,无外乎是些政界的公子哥或富贾的阔少。也许台上的女歌手是他们的偶像,或者是他们四人当中的哪一个的女朋友,见有人谩骂女歌手,一时无法容忍。一长相俊俏的小白脸摆出一副阔佬相,指着长发青年教导说:"嗨、嗨,哥们,嘴里放干净些,这里不是你撒野的地方!"

这句话听着就像长者教育晚辈的,但它却从一个嘴上没毛的男孩口中说出,使长发青年大伤尊荣,也许是胸中怒气找到了发泄的渠道,长发青年随即责骂:"兔崽子,别他妈没大没小的,仗着老爸有几个臭钱,就他妈的摆谱,你知道吗?你们全是他妈的一群垃圾!"伴随着责骂,长发青年的右手用力向他们一挥,这一挥手,似乎也将邓明划在了被骂的范围内,邓明的脸腾的一下红了,羞得火辣辣的。

四个男孩被长发青年的怒骂激怒了,"刷"的一下全部站了起来,一下围住了他,双方推搡着争吵起来。邓明趁机忙闪到吧台边,向手下吩咐了几句就走了。不一会儿,来了几名保安,将长发青年和四名男孩带到一楼的金色大厅。这个地方是绝对不允许人撒野的,谁要是言语和动作与这里环境不相符,那就只能请你走人了。

双方被保安请出了城堡。

被驱逐出去的四个男孩觉得今晚的雅兴全被这个冒失鬼给搅黄了,心里非常气愤,一番商议后,遂尾随着长发青年,准备实施报复。当长发青年走到一树荫下时,四名男孩一哄而上,一顿拳脚相加,即刻将长发青年打倒在地,然后,欢叫着扬长而去……

长发青年躺在地上,懊恼万分。他后悔自己没预料到这帮小子会报复自己,

刚才的对搏使他耗竭了全身的力气。他索性躺在地上,闭上眼,喘着粗气,准备休息一会儿再爬起来,可是他想错了,他再也没有机会起来了。

此时,从黑暗处闪出一人,迅速逼近长发青年,抢起手中的尖刀,十分精准地插在了他的胸骨与锁骨连接的凹陷处。长发青年顿觉嗓子眼一凉,一下子被噎住了。他惊惧地睁开了眼,双手本能地去争夺插在咽喉的尖刀。他想喊,但受创的咽喉令他失去了呼吸和发音的功能,他只能张嗡着口腔,拼命地扫蹬着双腿,一番抗争后,他扭动的身躯慢慢停止了挣扎,两眼恐怖地睁大着,痛苦地死去了。

凶手见状撒手疾步离去。

长发青年没来得及呼喊,就一命呜呼了。这瞬息发生的杀刎,被黑夜遮掩着,无人觉察。

没过多久,一对恋人相拥着走了过来,他们正陶醉在初恋的缠绵中,根本没有留意脚下,女的脚被地上的尸体绊了一下,差点跌倒,两人慌忙低头察看,见地上躺着一人。"啊!?"女的吓得尖叫了一声,惊恐地躲在了男子的身后。男子似乎比女的胆大,蹲下了身子仔细察看,只见地上躺着人,面目狰狞,喉咙里插着一把刀,鲜血沿着颈项将胸口染红了一片,不容置疑,此人肯定九死一生。男子顿时吓得毛发竖了起来,脸也变了色,惊愣了片刻后,魂飞魄散的两个人拔腿就跑,边跑边叫:"啊——杀人啦……"

惊叫声引来了街上的行人,一时间,周围的人群涌了过来,路人纷纷报警,不一会儿,远处响起了警笛声,三辆车门上喷印着"防控"字样的警车闪着警灯、鸣着警笛相继疾驰而来。车刚停下,就从车里跳下来几名辅警,他们动作麻利地用警戒带将现场管制了起来,一名警察拿起摄像机对现场进行摄像;另外几名警察开始对围观群众进行现场查问。

两个一高一矮的警察疾步来到被害人身边,高个子警察用手在被害人的鼻孔探试了一下,随后,用手指摸了一下被害人颈部的动脉,虽然还有余温,但被害人已经没有气了。"死了!"他向矮个子警察通报道。

矮个子警察随即拿起对讲机,发出了紧急布控:"各卡口、各巡逻组请注意,水月清华商务中心附近发生了一起凶杀案,死者是名男子,咽喉插有尖刀,请注意发现身上有血迹和搏斗痕迹的可疑人员……"

接到矮个子警察的布控后,防控大队的全体人员立刻行动起来,卡口中队立即将城区外围的各个出口封锁起来,并对出城的车辆和人员逐个进行盘查;街面巡逻中队的队员们,则迅速扑向了市区的大街小巷,进行地毯式的搜寻;侦查中队的警察除赶赴案发现场进行勘察工作的人员外,另外一部分人员开始围绕案发现场进行辐射状的调查访问,霎时间,一张撒开的渔网,将春江市迅速围猎了起来。

五分钟后,技侦人员赶到案发现场,对现场进行技术勘察。与此同时,一辆猎豹越野车"嘎"的一声,停在了警戒线外,从车上跳下了两名便衣警察。围观的群众自觉地让开一条道,有不少群众已经认出了这两个人:皮肤白皙、脸型四方的是防控大队的教导员张扬;个子略矮点、圆脸,但很精干的是防控大队侦查中队中队长尚军。

高个子警察赶忙迎上来,简短地禀报:"张教、尚队,我们是接到路边群众报警赶来的,被害人已经死亡,已经对城区进行了布控……"两人一边听着汇报,一边察看着现场。

随后,两人碰头耳语了几句,张扬随即掏出了手机,像是给局领导汇报:"秦局,我是张扬,水月清华商务中心附近发生了一起凶杀案……嗯,好……好……好。"

尚军则对身边的高个子警察指示道:"李烈,将现场情况报局指挥中心,请求友邻县市的公安机关堵控协查,现场勘查完后,将尸体送市人民医院存放保管……"

"是。"李烈频频点头应答。

一番交代后,尚军与张扬随即坐上猎豹车匆匆离去……

第二章　防控大队

　　随着改革开放的深入,各地公安机关根据各地的实际,尝试着对公安勤务机制进行了改革和创新。根据春江市的地理环境、社会治安和经济发展情况,经过多年的探寻和摸索,春江市公安局特别成立了这个专门维护春江市城区治安防范的单位——公安防控大队。

　　提起防控大队,在春江市是无人不知、无人不晓,它的前身是红卫岗交警中队,是个只有五个民警的小中队,为了响应省厅号召的一警多能的要求,前任局长在精简合并建制时,将这个原本准备精简掉的小中队,演变成了夜间执勤的卡口中队。交代给他们的任务就是在春江市几个主要出入口设卡,对过往春江市的外地车辆和人员进行检查,没想到这种试验式的工作模式,取得了意外的成果,一年下来查获了数起重大案件和数名网上在逃犯。为了取得更大的胜利,局党委经过研究,在原来中队的基础上,增加了刑侦、治安、技侦、缉毒等力量,形成这个集诸多警种职能为一体的实战体——防控大队。

　　防控大队下设四个中队,分别为:一中队(巡防中队)、二中队(侦查中队)、三中队(卡口堵控中队)、四中队(防暴中队)。共计警力三百余人,其中正规编制警察六十名、辅警队员三百名。

　　原先的中队长金石鱼本人也随着中队建制的扩大,从中队长顺势升职为防控大队大队长,刑警大队副大队长张扬调任大队任教导员,原先红卫岗中队的指导员杨建国任大队副大队长,治安大队的中队长陈祥任副大队长。

　　副队长金军虎任一中队队长,副队长尚军任二中队中队长,副队长金兵勇任三中队中队长,原治安大队指导员黄震任四中队中队长;鉴于防控大队的特殊情况,所有中队实行队长全权负责制,没有配备指导员。

　　防控大队实行的是24小时全天候的勤务作息制度,所有警员轮班上岗,采取步巡、车巡和设卡堵控的方式,对春江市城区从里到外进行地毯式的巡防和接处警工作；与此同时还在巡防中随时随地接受群众的求助，广泛地开展为民服务活动。这样的工作机制，杜绝了长期存在公安内部相互扯皮、工作效率低下的顽症，极大地提高了春江市市民的见警率和警方的出警速度，进一步提高城市的不安定因素的预防和控制能力，从而有效地打击了犯罪，及时遏制了恶性案件的发生，为春江市筑起了一道坚固的铜墙铁壁。

辛勤的劳动换来了丰硕的成果，几年下来防控大队查处了数起大案，打击处理了上千人次，进一步提升了全力打造安全和谐的春江投资环境。辛勤的劳动也换来了百姓的赞誉，防控大队连年被市民、政府评为执法为民先进集体，使得防控大队成了春江市公安系统里战果累累的一支劲旅。

防控大队从此声名鹊起！

周边县市的公安机关也纷纷效仿起来，也学着春江市的做法，成立了全天候的防控大队。鉴于春江市的防控大队运行了多年且在这方面已经摸索出一套行之有效的工作方法，省厅觉得有必要将这一模式向全省进行推广，遂派专家和学者对春江市防控大队的工作模式和工作方法进行总结提炼，以便形成一套具有推广效益的工作法，供全省公安系统学习。

借助这个时机，精明的金石鱼发现了标榜自己的机遇，不惜花巨资请来了各种媒体对他进行大势的宣传和包装。他对媒体说："一个单位就像一列火车，火车行驶得快不快，全靠火车头的带动。"言外之意，防控大队取得今天的成绩全靠他金石鱼的引领；再看看他那满头天生的少年白和一身洗得褪色的警服，无不向世人展示了他确实是一头忠实于犁地的土黄牛。

春江市的电视屏幕上隔三差五的就可以出现金石鱼的身影，在人们的印象中，金石鱼渐渐地成了防控大队的代言人。人们一提到防控大队，就想起了那个长着满头白发、一脸皱皮的金石鱼。

其实，春江市公安局党委最清楚防控大队的真实情况，防控大队出成绩，很大程度上是市局党委的正确决策和领导，再则是张扬、尚军等这样一批有理想、有魄力的年轻人踏实工作、默默奉献的结果。但作为一级组织，身为大队长的金石鱼，无论在媒体宣传还是对上往来上，都占着得天独厚的条件，毫无疑问，集体的成绩和功劳都集中在金石鱼个人的身上。

对于金石鱼个人的大肆宣传，春江市公安局虽觉得有点不切实际，但放出

去的箭是无法收回的，再说了，宣传金石鱼也是宣传防控大队，也就是宣传春江市公安局，于是，本应宣传这个集体的事迹，渐渐地人为地转变成了宣扬金石鱼个人的材料。

媒体的宣传效应是巨大的，经过县、市、省三级媒体的层层宣传，中央级媒体开始对金石鱼的事迹进行报道，对金石鱼的宣传投入，引来了巨大的回报，他被评为全国特级优秀警察、春江市人大代表、省级劳模。一时间，有关他的传闻遍及了春江市的大街小巷。

集体的光环都累积在了个人的皇冠之上。

在这种如潮的气势之下，虽已年高51岁的金石鱼，却被组织破格列报为提拔对象，市委书记倪坦在看了组织部门上报的材料后，联想到春江市马上要创建全国文明城市，觉得此人很适合到城管局担任局长（城管局长相当于公安局副局长级别，而且历年来，在这个位置的安排上，都是由公安局派出一名副局长兼任），遂对组织部长说："春江市创建在即，很需要像金石鱼这样有责任心、踏实工作的人去抓工作，对于有魄力的干部，我们要大胆地破格提拔使用，不能固守原则。"就这样，在众多的竞争者之中，金石鱼的年龄最大、文化最低。但他却有幸得到了市委书记的钦点，得到了很多人都梦寐以求的职位。

金石鱼成功了！

可以毫不夸张地说，是防控大队集体的辉煌成绩成就了金石鱼个人仕途上的一帆风顺！

当组织部门找金石鱼谈话时，金石鱼高兴得合不拢嘴，他知道这次提拔虽然是副局级，但是担当的职位却是一个单位的正职，也就是说，金石鱼虽被提拔为公安局副局长，却同时也担任城管局局长，现在是一人兼两职。

按照春江市这几年的惯例，春江市的城管局局长都是由公安局派出一位副局长兼任，这样安排的目的，就是根据城管工作的特点来决定的，城管执法中经常遇到纠纷，这就需要有一定公安工作经验的人来化解矛盾；同时，可以在与公安局这边协调人员时方便些。公安局在选派人选时，常常是安排年龄大一点儿的副局长来城管局任职，也算是减轻老同志的工作负担，毕竟城管工作没有公安工作繁重。

组织部的任命书下来后，副市长、公安局市局长秦岭按照惯例，在自己的办公室与金石鱼作了一次象征性的谈话——

秦岭笑逐颜开地征询道："老金啊，这几年防控大队的成绩有目共睹，市局和市委都很重视，虽然功劳是大家的，但你老金毕竟是一把手，局党组还是向市委提议提拔你，这也是对防控大队这几年工作的一个肯定。考虑到你的实际情况，公安局这边你就不要再分管摊子了，你以后的工作主要是负责城管局的工作，防控大队这边，就由张扬接替你的工作，你有什么意见？"

金石鱼听后，不但没有说感谢的话，反而面露不悦。他知道，城管局局长没有公安局副局长的实权大，如果丢掉了公安这一块，就是名存实亡，只有将这两个权位集合在一起，才能拥有巨大的威力。就自己目前的势态，秦岭是左右不了他了，自己现在是春江的红人；再说，城管局属于市委领导管理，从某种程度上来说，它也是一个独立的局。他虽然是公安局的副局长，但坐的却是城管局局长的位子，从某种意义上讲我金石鱼和你秦岭一样也是一个独立局的局长。想到这里，金石鱼阴阳怪气地说："谢谢局党委的关心，据我所知，按照以前惯例，我们局到城管局任职的副局长，还分管一块公安工作，我不是为自己要权，我是为大局考虑，防控大队是市委和局党委精心打造的一个品牌，不能有丝毫疏忽。就张扬目前的能力，我觉得还不能胜任防控大队的工作，需要过渡一下，请组织上考虑我的意见。"

金石鱼的回答出乎秦岭的意料。

见金石鱼不肯撂摊子，秦岭也不好私自表态，便将金石鱼的意见拿到常委会进行研究讨论，所有党组成员对金石鱼都持不理解的态度——

纪委书记张永远说："现在多方面反映金石鱼领导作风霸道，还有群众反映他与地方老板接触频繁，既然组织部已经任命他为城管局局长，就让他主抓城管工作吧，公安这边的业务就不要再分管了，有时候权力过大了，也容易滋生隐患，这也是为了杜绝不良情况的发生。"

政委赵亚辉同意张永远的意见，说："我也听到不少反映他的话，说句实话，这次提拔他，都是上面的意思，同时也是为了防控大队年轻干部的成长，他不走，下面的人永远上不来，既然人都走了，还要占着茅坑干吗？"

副局长蒋兵则说："防控大队是我们的一块招牌，一把手一定要选配好，金石鱼有这个想法，也许是出于公心，不知张扬能否胜任？"

分管防控大队的副局长张向东马上肯定道:"早就能胜任了,这些年的工作,其实都是张扬这帮年轻人干的,金石鱼整天忙于外交。"

听了大家的议论,秦岭想了个折中的办法:"要不,就先让金石鱼兼着大队长职务,让张扬先主持工作,暂且过渡一下,这样无论从哪一方面讲都说得过去了。"

就这样,原本张扬顺理成章接替大队长的事,被金石鱼搅黄了。秦岭的意见得到大家的认可,最后经过局党委研究决定:公安局副局长金石鱼任城管局局长,兼任防控大队长,主要以城管局工作为主,不参与防控大队的日常事务;防控大队教导员张扬全面主持防控大队的日常工作,以尽快适应角色的转变;同时将这一党委分工意见上报市委组织部。

金石鱼听到这个分工决定后,肺都气炸了,自己虽然戴着大队长的帽子,却没有权力管理防控大队的事务,这不明摆着小瞧自己吗?这样的分工,对于他来说是名存实亡、形同虚设啊!明摆着是架空自己,金石鱼实在是不服气!

第三章　明争暗斗

金石鱼不服气也没有用，毕竟是公安局党委的集体意见。金石鱼觉得要想推翻公安局的意见，只有靠市委的力量了，自己现在是城管局局长了，整天在市长、书记后面转，有的是机会，就看自己怎么来运作了，为此，他闷在办公室里整整思考了一天。

第二天，他就立马抖起精神来城管局开展工作。他首先将他的堂弟金明从防控大队借调到城管局做他的司机。这个金明长得一副女人一样的小白脸，手无缚鸡之力，却像商人一样精于算计和奸诈；再加上他与金石鱼是裙带关系，在防控大队期间他虽是普通的联防队员，但一般的民警都让他三分。金石鱼很是喜欢他，很多事情都是由他一手操办的，渐渐地，金石鱼觉得少不了他。

紧接着，金石鱼开始了他的作秀方略，原本城管工作只是管理管理街头路边的小摊小贩和街道上的广告牌、灯箱等，金石鱼觉得要想引起人们的关注，就必须在面子上做文章。他将城管队员按街道划分到人，对街道两边停放的自行车、汽车、摩托车进行集中定点停放；对拉客的三轮车、出租车采取定点按序排位。同时，实行三班倒工作制，要求路面时刻保证有城管队员在岗；特别是市委、市政府机关大院周围的几条马路全部派双人来回徒步巡守，这样一来，市委和市政府工作人员上下班时，都能随时随地看到城管队员的身影，为了使市里主要领导看到城管的变化，金石鱼还专门安排两名便衣队员守候在市委、市政府的大门口，一旦见到主要领导的专车出来，就用对讲机向全体人员通报。此时，全城的城管队员都要呈立正姿势站在道路两旁，等待领导车辆通过，那景象有点像是警察管制交通一样，他这样做的目的就是让领导看见，城管队员时刻战斗在工作的第一线。

工夫不负有心人，一个月以后，市委大楼里的工作人员一致反映，新上任的城管局长有能力，城管队员的精神面貌发生了翻天覆地的转变。其实，做的全是

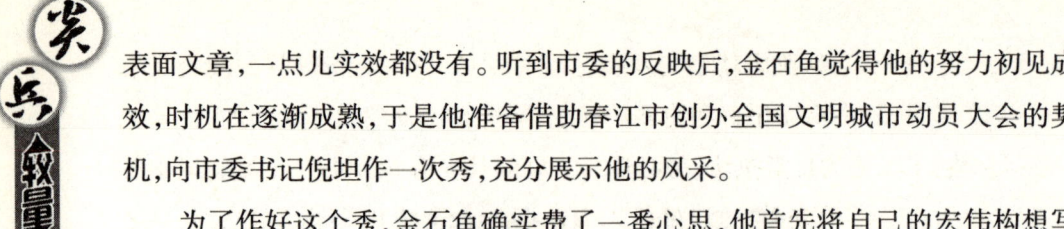

表面文章,一点儿实效都没有。听到市委的反映后,金石鱼觉得他的努力初见成效,时机在逐渐成熟,于是他准备借助春江市创办全国文明城市动员大会的契机,向市委书记倪坦作一次秀,充分展示他的风采。

为了作好这个秀,金石鱼确实费了一番心思,他首先将自己的宏伟构想写成了一份材料,为了引起倪坦的注意,还特地为材料取了个很有气势的名字——《打造管理城市的联合舰队》。材料通过市委秘书呈给了倪坦,金石鱼知道这个材料会使倪书记对他刮目相看的。接着,他在办公室里还模拟了和倪书记对话的场面,将要说的话写在纸上,来回地推敲,直至无懈可击,并牢牢默记在心;与此同时,他还特意到美容院将他那一头白发染得乌黑锃亮;为了使自己汇报时声音洪亮有力,他还专门买了两盒金嗓子喉宝,将喉咙特意保养了两天。经过这般修饰后,金石鱼一下年轻了十多岁,变成了一个不折不扣的年轻干部。

几天后,倪坦书记主持召开了春江市创建全国文明城市动员大会,参加会议的代表是全市各个单位的一、二把手,公安局局长和政委也都列席其中。倪坦在会议的开场就表扬了城管局一个月来的不凡的表现;同时,还特别提到了金石鱼写的那个创建联合舰队的构想,他说道:"要想创建全国文明城,就需要我们大家来齐心协力、出谋划策。金局长提出的有关城管与防控大队联合起来执法的设想,先不说这个方案的可行度,但就从这种超前意识和踏实的工作态度来讲,就很值得我们大家学习,我们做事情就要有这种钻劲,金局长刚上任,就有这种超前意识,确实是难能可贵的。"说着,将金石鱼的那个报告随手传递给坐在他对面的秦岭看。

金石鱼瞄了瞄坐在身旁的秦岭和政委赵亚辉,心里暗自扬扬得意:"你们不是看不起我吗?书记还把我当宝贝呢!我看你们听谁的!"

会议结束后,倪坦将秦岭、赵亚辉和金石鱼留了下来。"怎么样?金局长提出的这个想法可行吗?将防控大队与城管局联合起来执法,力量一定比以前大,金局长现在既是城管局长也是公安局副局长,这不顺理成章的事?创建全国文明城是全市的一件大事,市委是很重视的,任何有利于创建的建议和想法我们都要大胆地接纳。"倪坦望着秦岭和赵亚辉征询道。

倪坦的话正是金石鱼心里所渴望听到的,禁不住心里一阵窃喜:"书记就是书记,火眼金睛,话不多,但能说到点子上。"

秦岭还没开口，赵亚辉就率先发表了反对意见："倪书记，城管的问题是解决人民内部问题，是相互化解和协调的问题，而防控大队是打击犯罪的，如果把防控大队用于城管的日常执法，势必造成不好的社会影响。再说了，城管局本身就有派出所派驻的治安警，这已经足以保证城管工作的开展了，防控大队是全市打击犯罪的一支尖刀队伍，精兵要用在刀刃上。关于金局长的人事分工，我们局党组已经开会专门研究讨论过了，并已写成书面报告呈报到市委组织部了。"

秦岭在一旁望着金石鱼补充说："金局，党委会上不是明确分工了吗？按照市里的意思，你主抓城管工作，需要公安这边协助的，你可以直接与局里联系，为什么偏要成立什么联合舰队呢？"

听了公安局两位主管的话，倪坦似乎感觉到了什么，遂对秦岭说："你不仅是公安局长还是副市长，这次创建全国文明城，你们公安局要密切配合好，对于你们公安局内部的局长分工问题，我就不多加干涉了。"转而又对金石鱼说："金局长，你既是城管局局长又是公安局副局长，工作上还有什么不好协调的吗？按道理说你的工作更好开展啊！你们好好商量商量……"倪坦笑着拍拍金石鱼的肩膀，转身忙他的公务去了。

金石鱼没有再多说什么，当着秦、赵俩人的面，他是不便赤裸裸地为自己要权的，准备了一个月的对话，就这么作废了，他有些不甘心。但是，刚才倪坦书记的话语无意中提醒了他：市委给我任命的这么多头衔不是形同虚设的，我要用这些权力的啊！

金石鱼心里有底了，既然还兼任副局长，我就有权过问防控大队的事。没过多久，组织部的回复下来了：金石鱼任城管局局长，兼任公安局副局长、防控大队大队长，主要以城管局工作为主；教导员张扬全面主持防控大队工作。

金石鱼得意地笑了，那天虽然没有把心里话当面与倪坦书记交流，但倪坦还是帮助了他，让他继续兼任防控大队的大队长，这就更加助长了金石鱼蔑视公安局党委对他的分工安排了。

你们不是不让我分管防控大队吗？现在市委居然还让我继续兼任着大队长的职务，只要一天不把我大队长的头衔拿掉，我就要行使大队长的职责。其实，金石鱼理解错了，组织部的回复是尊重公安局党委的意见，没有把金石鱼大队长拿掉，是出于组织考察干部和人事过渡的需要，让张扬主持工作，实质就是让张扬履行大队长职责。但金石鱼不这么考虑，他以为是倪坦书记器重他，特意指

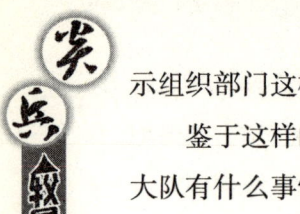

示组织部门这样安排的。

鉴于这样的心理,金石鱼授意他的两个得意亲信金兵勇、金军虎,只要防控大队有什么事情,就要及时通知他,以便他及时参与其中。

因此,凶杀案刚刚发生,金兵勇就电话连线了金石鱼,当时,金石鱼正在水月清华的贵宾间里,与土地局局长及几个房产商搂着小姐唱歌寻欢呢。

四个小时后,也就是案发当夜的凌晨2点整,防控大队召开案情分析会,各个中队的队长及办案警察准时聚集到大队会议室。出乎大家意料的是,已经到城管局任职的金石鱼不知从谁那里得到的消息也赶来参加会议,按照惯例,他最多给现在主持全面工作的张扬打个电话询问一下就行了。但是,他却亲自来了,而且还依然像以前一样摆出主人的姿态。

大家觉得有点纳闷。

金石鱼不邀自坐,张扬也不好说什么,毕竟金石鱼的头上还虚挂着大队长的帽子,既然他有这个精力关心案子,也没有多坏处,再仔细看看面前的金石鱼,他已经彻底改变了一个月前老黄牛的面貌:花白的头发染得乌黑发亮,常年一身掉了色的警服,换成了一件当下年轻人正流行穿的大红T恤衫,整个人一下子年轻了十来岁,不留神,还真认不出来了!

望着大家诧异的表情,金石鱼感到浑身一阵不自在,他明白众人惊诧的意思,指着身上的大红T恤,笑着说:"这是我老婆买的,她说今年是我的本命年,穿红的驱邪!"他的话引来了满屋人的大笑。

大家都心知肚明,不是她老婆迷信,而是他本人最迷念这东西,之前他在职时,每逢春节都要手下的勤杂人员将大队的大厅挂满红灯笼,把所有房间的灯都打开,说是红灯笼驱邪,电灯亮堂,阳气足;开茶话会时,还要求每人吃一个橘子、一个苹果,说什么吃了橘子来年有局气,吃苹果来年就会平平安安。不仅如此,就连他自己坐的轿车号牌都要带3字,寓意要往上升!

就是这样一个迷信十足的人,居然当上了干部,而且还是警察干部,确实令人觉得不可思议。

坐在他对面的尚军始终不明白其中的道理。更令尚军不解的是金石鱼为什么这么关心这个案子?尚军觉得并不像金石鱼表白的那样:是履职,是对这个单位有感情,是对现在主持工作的张扬能力的不放心。而是另有所图!

第四章 心怀叵测

尚军的直觉是很准确的!

金石鱼如此重视防控大队的控制权,确实是另有目的,此话要从三年前说起。

当时防控大队已经成为春江市城区的一支专业城防力量,它管理的权限之大是其他任何一个警种都无法比拟的,可以说市区的各个单位都在防控大队的管理之下,特别是娱乐休闲场所,对于防控大队更是闻风丧胆。金石鱼曾不止一次在众人面前炫耀着自己说:"我现在是春江市的城防司令。"文化低劣的他以为标榜自己为司令,就预示着他的头衔大,地位高。殊不知他的这句话多少带有点儿匪气!稍微有点文化的人听罢,都会掩面窃笑,他自己却不以为然,洋洋自得,就像一个水平低下的提琴手站在台上表演,台下的观众没有被陶醉,琴手自己却像小丑一样,摇头晃脑地自我陶醉在其中,令台下的观众哭笑不得。

当时的"亿万夜总会"(水月清华商务中心的前身)刚刚开业不久,潘颜秀为了尽快地收回巨额的投入资金,不惜将春江市的各大企业老板、政府的一些重要部门的科局长都宴请了一遍,为他的亿万夜总会拉生意。金石鱼也作为嘉宾被潘颜秀请了过去,酒足饭饱后,潘颜秀为了宣传亿万夜总会,请所有嘉宾参观亿万夜总会的内部实施,看到如此高档的装潢,金石鱼着实吓了一跳,心想:"亿万?亿万,恐怕真的只有亿万家产的人,才能到这里消费得起了。"

金石鱼问陪走在身边的潘颜秀:"摊子铺这么大,什么时候才能收回本来啊?"

言外之意,这能挣钱吗?

潘颜秀嘿嘿一笑:"也是在朋友的鼓动之下上马的,现在想想后悔不已,但是骑虎难下了,只能硬着头皮走下去,为了建这个休闲中心,我连自己住的房子都卖掉了,还欠了银行一屁股的债,唉——"

潘颜秀一脸的难言之隐,转而对金石鱼恳求道:"金大队,今后还要请您多关照小弟,有什么宴请招待之类的活,就到小弟这儿来,我一定给您优惠。"

金石鱼没有吱声,心想这也是人家的客套话,做生意还真不容易,要是换了

自己还真没有这个胆量搞这么大个摊子。金石鱼从心里不免怜悯起潘颜秀了，就对他保证说："到这里消费我不敢担保，但保证你这个场所安全，我倒能做到。以后如果有小痞子来闹事，给我一个电话就行了。"

潘颜秀听后大喜，拱手作揖："谢谢金大队，能有防控大队鼎力相助，不胜感激。真是太感谢了。"金石鱼的豪爽使他心中一阵激动，不停地对金石鱼作揖叩谢。对于潘颜秀来说，金石鱼就是管理他"亿万"的祖宗，祖宗今天都主动表态了，今后还怕什么呢？

潘颜秀的长相与他的名字截然不相符：精瘦的身材，光秃秃的脑袋，一眼看上去，像是营养不良。他早年靠经营洗脚房维生，后来经营舞厅，几年娱乐场所的摸爬滚打，虽没有赚到多少油水，却使他窥窃到一个商机。他发觉来娱乐场所消费的往往是些自己不掏腰包的人，这些人挥霍无度，而为他们买单的往往是些心甘情愿的、毫不吝惜的、大把往外掏钱的人，既然有这等好事，不如专门打造一个供富人们消费的场所。于是，他倾家荡产筹集资金，开设了一个休闲会所，两年的工夫，他从一个穷混混变成了腰缠千万的小富翁，为了将这个雪球滚得越来越大，潘颜秀没有停止脚步。他将自己几年来的积蓄，加上银行贷款，建成了这栋造型别致的城堡，为了显示其富贵气魄，将休闲会所取名为"亿万夜总会"。

参观完毕后，潘颜秀欢送众嘉宾上车，望着车窗外忙碌得焦头烂额的潘颜秀，坐在车上的金石鱼无限感慨："这年头做生意真不容易啊，你看他瘦得都成一把骨头了，还不知道能挣几个钱呢？现在的人啊，个个都想挣钱，个个都想做老板，也不掂量一下自己究竟有没有这个能耐。唉！可悲啊！"伴随着他的叹息声，司机金明松开了离合器，轿车在潘颜秀的拱手相送下，缓缓离去……

听了金石鱼的感慨，金明瞥了他一眼，然后回了一句："你知道他一天挣多少钱？"

"我哪知道，就是挣两个子儿，也吓不死人啊？"金石鱼不屑道。

金明是金石鱼的堂弟，所以他们之间的讲话就显得很是随便了。金明见金石鱼不以为然，表情认真地说："告诉你吓你一跳！开业的当天就收入了30万。"

金石鱼听罢，眼睛惊大了，忙问："你是怎么知道的？"

金明阴阴地一笑："亿万夜总会的收银员是我一个朋友的老婆，她能跟我说假话？"见金石鱼还有所怀疑，金明进一步解释说："你想，他挣不到钱，他会投资这么多干这个，你以为他傻？现在的娱乐消费厉害得很，有的时候，大款们给小姐的小费，都是成千的甩！"

金石鱼听罢,半晌没有说出话来,他相信金明的话。

"好你个潘颜秀,在我面前装孙子是吧,老子差一点儿被你骗了。既然你把我当傻子,就别怪我不客气了!"金石鱼在心里恶狠狠地骂道,随即对金明指示道:"你从明天起,派人给我蹲在他的门口,看看它一天有多少人进去消费,把它的情况彻底给我摸清楚。"

金明得到指令后,一方面派了两个联防队员化装成摊贩,轮流在亿万夜总会对面蹲守,统计每天到亿万夜总会来消费的人数;另外,他亲自带领几个狐朋狗友,现身到亿万夜总会体验了一把,并把里面的消费档次和种类都一一记录下来。然后,他找到他那位朋友的老婆要了一份近一个星期的收入明细表。

一个星期后,金明来到金石鱼的办公室汇报情况。看完金明为他收集的资料,金石鱼震惊了:一个星期,亿万夜总会就有20多万元的收入。

"还不包括没有记账的。"金明在一旁补充道,"据我估计实际收入有40万左右,你想,潘颜秀不可能把所有的收入都入账的,现在的一些商家就是靠偷税发财的。再则,我发现那里的小姐都是自己开着私家车来上班的,连坐台小姐都有私家车,你可以想象'亿万'的每天收入了!"

金石鱼一边听着,一边不住地点头领会,他彻底相信金明的话了。同时他也暗自在心里掐指算了算:按照金明提供的情报,潘颜秀每月至少有200万元的收入。一年就有近2400万元的收入。乖乖!比开一个工厂还要来钱来得容易。

金石鱼的脸上露出了惊奇的神色。

见金石鱼明白了过来,金明继续暗示说:"你没有想到在我们的辖区还有这么个金窝窝吧?其实,我们可以跟他收联防费的(其实,就是赞助费),他要是不给,就天天查他,让他无法经营。"

金明的想法和金石鱼想的一样,只不过金石鱼没有说出口,他不想让别人知道他的内心打算。金石鱼只是默默地点着头,一言不发,好像在思索什么。金明见金石鱼沉浸在思考之中,生怕打乱他的思绪,赶紧自觉地退了出去。

金石鱼此时确实沉浸在无限的遐想之中,他想到了他的金家军,想到了金兵勇和金军虎这两个心腹,这些亲信都是金石鱼这些年精心造就出来的。只有小学文化的金石鱼,管理队伍根本不懂得科学,但他懂得如何玩弄权术,他唯一的撒手锏,就是在队员中安插亲信,这是他多年来总结出来的方法,这种方法使他耳聪目明,能随时掌握队员的状态,做到有的放矢,收放自如。

第四章 心怀叵测

　　他的亲信大多是通过他的关系安排进来的辅警队员和少数对他俯首称臣的警员。特别是对和自己姓氏相同的队员,金石鱼更是情有独钟,他曾不止一次地对他们说:"一笔写不出两个'金'字,我们都是一个老祖宗传下来的,你们以后要好好跟着我干,我是不会让你们吃苦的。"经他一番拉拢人心,防控大队还真有不少队员都自觉不自觉地成了他的忠实信徒。

　　这些亲信为金石鱼养成霸道的作风起了推波助澜的作用。比如大队某个队员对金石鱼的某个做法提出了不同的意见,这边刚说完,那边金石鱼就已经知道了。正常的单位,上下级为了工作发生小摩擦应该说是司空见惯的事,作为一个单位的一把手,应该及时进行思想政治工作,及时进行谈话交心沟通,来化解矛盾、消除隔阂才对。但是金石鱼不这样想,他认为下属有意见,就是对他的不忠!他有他的一套,并称之为"铁腕手法":发现哪个人对他不满,他就开始通过他的亲信收集不利对方的证据,而后是等待,等到你在工作中出现小错误时,这时他就会将对方揪出来,变本加厉的将一切莫须有的罪名加在其身上,给对方上纲上线,将小问题演变成政治问题、党性问题,号召大家孤立对方,使对方毫无反驳之力。对方明知道他在打击报复自己,但丝毫没有申诉的理由,真是哑巴吃黄连,有苦说不出。

　　金石鱼这套整人的方法,使他的下属都不敢轻易得罪他,有时候即便他说错了,也不敢反对,长此以往金石鱼养成了在单位说一不二的霸道作风,以至于后来全大队的民警私下里都称金石鱼和他的亲信们为"金家军"。

　　金兵勇和金军虎就是金家军中的骨干,十分凑巧的是这两人也姓金。生性迷信的金石鱼,不认为这是巧合,却认为是天意,用他的话说,他与这两人的关系,就像古代的包公与他身边的两员大将张龙、赵虎一样,可以说是上苍赐予他的左膀右臂。特别是金石鱼将他们俩提拔为中队长后,这两个爱将就彻底相信了金石鱼对他们的承诺:他们是一家人。从此,他俩对金石鱼是言听计从。

　　对于金石鱼的霸道,还是有人不惧怕的,那就是以张扬和尚军为首的年轻实力派一代,他们不像金兵勇和金军虎那样,对金石鱼无条件地服从,而是实事求是,对就是对,不对就是不对,爱憎分明,不卑不亢。

　　对于这帮实干的人,金石鱼只能让他们干工作,其余的事是不会让他们知道和参与的,在这种情况下,金石鱼的很多事情都是由金兵勇和金军虎这两人去做的。

　　此时,金石鱼又想到了这两个爱将。他要让这两个心腹去威胁潘颜秀!

第五章　黑色诱惑

第二天,金石鱼将金兵勇和金军虎叫到办公室,指示说:"亿万夜总会的联防费难收,你们从今天开始,亲自带队,每隔一小时到'亿万'里面清查一遍,就说是接到群众举报的,我看他怎么办!但这件事要做好、做得漂亮,不能搞砸了,也不要跟其他人说。你们最好带着金明一起去,这小子熟悉里面的情况,而且他的点子多。"

二人领命后,立马与金明商量计策。

三个人在办公室一阵密谋后,立即马不停蹄地展开了行动。金明来到街上的公用电话亭,向市公安局的110指挥中心报假警:"110吗?亿万夜总会休闲中心有卖淫活动,请你们赶快派人查处。"

指挥中心的接线员接到报警后,立即拿起对讲机给防控大队的路面巡逻车下达指令。此时,金兵勇和金军虎各自带着数名队员正坐在两辆警车里蓄势待发。接到指令后,金兵勇马上拉响警笛,驱车迅速赶到亿万夜总会,带领手下楼上楼下的搜查一遍,虽然没有当场抓获卖淫嫖娼,但包间里的客人被他们这一折腾,兴致彻底被打消了,小姐们吓得到处乱窜,大堂经理邓明迅速到场解释:"警官同志,我们这是星级休闲场所,不会有违法活动的。"

金兵勇装模作样地说:"我们也是秉公办事,这是指挥中心的指令,我们必须来,要不就是渎职。再说了,群众举报也不是空穴来风,一定有原因的。"说完,带着手下耀武扬威地走了。

没过一个小时,指挥中心又接到举报,这一次,金兵勇没有去,而是换了金军虎,金军虎带着手下又鸣着警笛,风风火火地赶了过来,又是一番上下里外的折腾后,无果返回。

就这样,一天来回折腾几次,一开始潘颜秀以为是哪位冒失鬼搞恶作剧,他连忙给金石鱼打电话求救,因为数天前金石鱼答应他帮忙的,"金大队,我是潘

颜秀,有人给我们捣乱,说我们这里有卖淫嫖娼,你的手下一天查我们几次,客人都跑光了,这样下去生意没法做啊!"

电话那边的金石鱼阴阴地一笑:"我也没有办法啊!只要指挥中心有指令,我的人就得去,这是我们的职责,即便是谎报的假警,我们也要去,有警必出,这是我们对百姓的承诺,说不定报警人就在你的门外看着我们的人呢!如果我的手下不出警,就会遭到投诉,还望潘老板理解啊!我上次就跟你说过,现在的生意不好做,有事再联系啊,我正开会。"潘颜秀刚要再说什么,对方已挂线了,潘颜秀拿着手机,愣在那儿了,听金石鱼的口气,好像有点幸灾乐祸的意味。

此时,金兵勇又带着手下赶了过来。潘颜秀实在是忍无可忍了,冲着金兵勇说道:"警官同志,你们已经来了无数次了,还有意思吗?我刚给你们的金大队长打过电话了。"

金兵勇眼睛一翻,嘴一撇,反驳道:"你以为我想来,我吃饱了撑着是吧?你不是和金大队通过电话了吗,他说不让我来了吗?你们这些老板,只知道赚钱,也不动动脑子想想,'亿万'的名字倒挺气派的,做起事来小气得很,哼!"说着,嘴角露出了一丝狡诈的笑意。那笑意,怪怪的,使人看后有一种好像自己在什么地方没有做到位似的。

一连三天都这样,亿万夜总会的生意直线下降,客人都跑光了,潘颜秀急得像热锅上的蚂蚁团团转,不知所措。

"急有什么用?得想办法啊。"大堂经理邓明在一旁说。

"有什么办法?你有?"潘颜秀耷拉着脑袋,有气无力地望着眼前这个精明的女人,渴望她能有办法。

邓明将潘颜秀拉进一间包房,"你不觉得那天那个警察最后说的几句话是在暗示你?"邓明的提示,使潘颜秀的脑子里立马又浮现出金兵勇那狡诈的笑意和话语,"你的意思,是金石鱼有意在捉弄我们?"潘颜秀猛然醒悟道。

邓明自信地点头:"肯定是,我昨天特意派人跟踪过他们,他们的两辆警车就在街上等着,轮番过来的,这就证明,他们是有意来的。"

潘颜秀翻然醒悟:"如果是这样,那我们的生意就真的完蛋了。"

潘颜秀一脸无奈和绝望:"金石鱼为什么要这样呢?"

潘颜秀猜不透。

潘颜秀猜不透。

"你说为啥？还不是为了钱，这年头当官的有几个不趁在职捞两个钱？"邓明解释道。

"你的意思，我们没有给他进贡？"

"我看是！"邓明自信道。

"那就今晚送他几个子儿，也算是花钱消灾。"潘颜秀觉得只能这样了，"你说送多少呢？"潘颜秀望着邓明征询道。

"这个度不好把握。"邓明皱了皱眉说，见潘颜秀没有明白过来，干脆挑明："你送少了，他说你小气，根本打动不了他，也等于白送；你送多了，他认为你很能挣钱，就会无休止地缠着你要。"

邓明的这番话又使潘颜秀感到这事很棘手。"那……你说怎么办呢？"潘颜秀坐在沙发里，不停地抓耳挠腮，"这个金石鱼，表面上看倒挺憨厚的、挺豪爽的，没有想到这么阴险。"

"哼，现在官场上有几个不这样。"邓明嗤之以鼻，早已看透似的，"要不……"邓明的话说了一半，脸颊上映出了咬牙的痕迹，像是要出狠招了。

潘颜秀见邓明动真格的了，心里一阵激动，忙站起来，一把抓住邓明的手，说："只要能摆平他，我就把准备送他的钱给你。送给外人，不如送给自己人。"

"你准备送多少给他？"邓明冷笑着问。

"这——还没定呢。"潘颜秀又有些犹豫不决。

"既然还没有定，你凭什么说送给我呢？"邓明瞟了一眼潘颜秀，怒嗔道，"你啊，就知道跟我耍精，有本事你跟金石鱼去玩啊。"

潘颜秀憨厚地一笑："你我不都是一条船上的，我是老板，你是总经理，经理经理，什么事都得由你打理啊？哈哈哈……"说着，潘颜秀暧昧地拍了一下邓明那浑圆的屁股，这是潘颜秀的一个习惯性动作，他这样做并不是要骚扰她，对于女色，他早已经厌倦了，他这样做无非表明他与她的亲密无间、亲如一家。在潘颜秀心里，这个妖娆的女人越是关键的时刻，越能体现她的价值，这就是潘颜秀一直都离不开她的原因。

潘颜秀两只手搂住邓明的肩膀，暧昧地问："你准备怎么干？"

邓明淡淡地一撇嘴："还能怎么干？老娘为你哪次不是赴汤蹈火……"说着，

加可爱了。

潘颜秀最受不了邓明造作的样子,她越是显示出女人的柔性,他就越是把她当回事,"当初,我看中的就是你这个人的爽快性格。这样,事成之后,我送你一辆车,你的车也该换了,与你总经理的身份不相符。"

邓明一撇嘴:"什么车不车的,只要你记得我的功劳就行了。"邓明的眼里露出一丝喜色,但她没有过分地流露出来,这就是她的过人之处,转而,轻启朱唇:"赶紧约金鱼吧!"

潘颜秀诧异地问:"金鱼?金鱼是谁?"

邓明扑哧一笑:"就是那个金——石——鱼!我叫他金鱼,这样顺口。"

"噢——"潘颜秀恍然大悟,紧接着跟着邓明大笑起来:"哈哈哈,不错,你说得很对,他确实是一条马上就要上钩的金鱼!金鱼、金鱼,这样叫确实比叫金石鱼更顺口,哈哈哈,你真有才!"

潘颜秀忍不住又轻轻地拍了一下她的屁股,然后忙不迭地掏出手机拨通了金石鱼的电话:"金大队,我是潘颜秀,我们'亿万'新招聘了一个特级厨师,拿过全国性的大奖,他的拿手菜就是河豚宴,今晚我单独请你,让他为你做几个拿手菜,我们好好聚聚……"潘颜秀漫无天际地乱吹了一通。

手机那边传来了金石鱼爽快的应答声:"呵呵呵!潘老板你真神!你怎么知道我喜欢吃河豚?今晚我一定来,一定来。呵呵呵……"听他的语气,就能感到他早就在等这个电话了,潘颜秀心里顿时涌起被欺辱的愤怒,"啪"的一声合上手机,对邓明说:"约好了,你做好准备吧。"然后,咬着牙咒骂道:"你这个死金鱼,看老子怎么收拾你。"潘颜秀一边悻悻地咒骂,一边歪着头气呼呼地快步走了出去。

当晚,金石鱼准时赴约,潘颜秀特意将酒宴摆在了亿万夜总会八楼的总统套间里,宾主入座后,金石鱼诧异地问:"就我们俩?"

潘颜秀点点头说道:"就我们俩,这样清净些,好说话。"说完又征求道:"要不,叫两个小姐来陪你?"

金石鱼连忙摆手,阻止道:"不不不,潘老板理解错了,我对女人不感兴趣,不感兴趣,就是觉得人少了些。"

潘颜秀觉得金石鱼的话在理,偌大的房间,就他们两个喝酒,确实单调了些,于是提议道:"也是,两个人喝酒确实太孤单了些,没有气氛,要不把我的总经理邓明叫来陪你?'亿万'的事务,都是由她一手打理的,以后说不定她要经常与你接触,我看你们有必要认识一下。你看如何?"

金石鱼愣了一下:"好,好,好!听你安排。"金石鱼打着官腔,一副客随主便的样子。其实,潘颜秀的提议正中他的心意,那个叫邓明的女人,在潘颜秀宴请他时见过,还是很有韵味的,只不过那天她忙于陪市里的领导,根本无暇顾及他这个小小的大队长。今天既然有这个机会,怎么能再错过呢?

潘颜秀随即吩咐服务员通知邓明,不一会儿邓明来了。

人还没有进门,身上的香气就已经飘了进来。金石鱼贪婪地猛吸了两口,邓明像仙女一样,拖着裙裾缓缓地飘进了房间……

见对面的金石鱼面露惊讶的神情,潘颜秀赶紧扭头察看,"嗨!真美!"连潘颜秀都在心里忍不住发出赞叹,今天邓明着实修饰了一番,难怪金石鱼都看傻了眼。

邓明今晚穿了一身两件套的蓝黑色丝质长裙,她那丰腴而白皙的肌肤在蓝黑色的衣裙衬托下,越发显得白嫩、富贵,那传神的明眸上,淡抹的青色眼黛,配上长长的睫毛,如梦如幻,再加上身上散发的法国香水味,更使她显得高贵典雅。金石鱼哪见过这般气质的女人,禁不住浑身一颤,打了个喷嚏,"啊——嚏!"

潘颜秀看在眼里,喜在心头,他知道金石鱼今晚逃脱不了邓明的这张网了。

第五章　黑色诱惑

第六章　人肉炸弹

"邓经理，这是金大队长。"潘颜秀介绍道。

"金大队好！"邓明微笑着，礼貌而大方地向金石鱼伸出了右手。金石鱼赶紧伸手迎接，邓明的手掌细腻而柔嫩，如藕节般的玉臂，白皙得都能看见里面青色的经脉，金石鱼真担心他粗糙的大手戳破她的细皮嫩肉。

邓明没有像其他女性跟男性握手那样只是象征性地接触一下完事，而是毫不嫌弃地、紧紧地握着金石鱼粗糙的大手，并上下有力地来回传递了几下后，才优雅地轻轻松开，就是这个小小的握手礼，已经使金石鱼感到她的不凡。

她的气度深深地打动了金石鱼的心！

三人相继入座，潘颜秀端起高脚酒杯："欢迎金大队光临'亿万'，干杯！"说完，一仰头，一杯足足有三两的五粮液一口干了。

金石鱼见状，赶紧推辞："潘老板，一口我干不了，我得慢点来。"

金石鱼抿了一口，准备放下杯子，潘颜秀伸手架住了他的酒杯："金大队，就我们仨，又没有人闹酒，你怕什么？喝完这杯酒，我就不会与你干杯了，来来来，金大队长，今天就给小弟一个面子吧。"

金石鱼望望身旁的邓明，只见邓明一声不吭地坐在那儿，面带微笑，两眼紧紧地凝望着他，好像在等待他喝下这杯酒。生性好强的金石鱼，怎么能被美女看笑话呢，再说，喝酒是他的强项，就凭眼前的这个骨瘦如柴的潘颜秀，金石鱼根本没有把他放在眼里，刚才的谦让是谦虚的表现，好歹咱也是大队长，官场上的人总得有点官腔味道吧。趁着潘颜秀的极力劝饮的手势，金石鱼"咕嘟"一声，一口干完了杯中酒。

"啊——"金石鱼眨巴了几下嘴巴，发出了一声痛快的吸叹，他觉得从咽喉到肠胃泛起了一阵灼热感，他的神经一下被酒烧灼得兴奋起来。

潘颜秀恰到时机地为金石鱼夹了一条河豚："吃鱼，吃鱼，尝尝这河豚的味道,不知合不合金大队的口味?"

有这么漂亮的美女陪伴,就是再不好吃的菜,也会很有滋味的,金石鱼吃了一块河豚肉,连赞道:"好吃、好吃,特级大师的厨艺确实不一般,不错、不错!"

邓明趁机又为金石鱼斟满了一杯。

对于金石鱼的夸赞,潘颜秀心里一阵笑:"什么特级厨师,全他妈骗你的。傻蛋!"心里在鄙夷地骂着,脸上却呈现出一派阿谀奉承之色。

此时,邓明笑吟吟地对金石鱼说:"金大队,上次客人多,没有来得及陪你,今天有这个机会,你可要尽兴哪!"

金石鱼连声附和:"尽兴,尽兴,一定尽兴。"

邓明听罢兴致顿起:"好,我就喜欢金大队这种爽快劲儿,难怪防控大队这么有战斗力,这与金大队的领导气魄是分不开的,来,小邓敬大队长一杯。"说完,端起酒杯,一仰脖子,一口喝干了满满一杯,并朝金石鱼晃了晃手中喝干的空杯子,两眼炯炯地看着他,示意等着他喝下去。金石鱼没话可说了,端起酒杯,一口闷了下去。"金大队爽快,吃菜。"邓明称赞道,说着,又将他的酒杯斟满了酒。

眨眼间金石鱼六两白酒下肚了,他觉得有点发虚,喝得太猛了一点儿,但凭他的酒量,他是完全控制得住自己的。在酒精的作用下,金石鱼的话匣子打开了,他指着潘颜秀和邓明笑着说:"你们俩太有趣了,男人取了个女人的名字,美女却取了个男人的名字,真有意思,你们俩的名字应该调换一下才对!呵呵呵……"潘颜秀和邓明觉得金石鱼说得很对,不觉也相视一笑,气氛一下融洽了起来。

"哎!名字都是父母给起的,也许是他们的期盼吧。"邓明柔柔地说。

"金大队的名字也很有趣啊!金、石、鱼,多富贵的名字啊!"潘颜秀立刻奉承道。

金石鱼连忙摆摆手,谦虚道:"我生在水乡,从小就整天赤脚在外摸鱼,我爸希望我能摸到一条大石鱼,所以就给我取了这个名字,现在听起来,还算顺耳,别人都说这个名字贵气,我看也算是巧合吧,哈哈哈……"金石鱼饶有兴趣地解释着他名字的来历。

他的思维虽然还清晰,但舌头有点发硬了。

此时,潘颜秀的手机响了起来,潘颜秀起身准备出去接听,被金石鱼阻止了:"就在这儿接吧,又没有外人,有什么话不好当面讲的。"

第六章 人肉炸弹

潘颜秀只好坐下来接听,虽然听不到手机里对方的声音,但见潘颜秀脸上的神色却越来越严肃了,只听潘颜秀连声回答道:"好好好,你别急,我马上就到,马上就到,你等着。"

金石鱼问:"什么事,看你急得?"

潘颜秀急忙起身,抱歉道:"对不起,金大队,我二大爷被车撞了,现在正在医院抢救,我得赶紧送钱去,这里就拜托邓经理陪你了,实在对不起。"

金石鱼听罢,连忙催促他快走:"救人要紧,你赶紧去吧。"

潘颜秀拿起包,匆忙地推门跑了出去。

好好的雅兴被突如其来的车祸搅黄了,金石鱼觉得有点儿扫兴,"我看,咱们也散吧?"他望着邓明征询道。

"难道我陪金大队不行吗?"邓明娇嗔地一撅小嘴,撒娇道。

"怎么不行?能有你这样的美女陪酒,也是我金某人的一大荣幸啊!"金石鱼说着,眼睛直直地看着邓明微微泛红的脸蛋。邓明似乎被他火辣的眼光看得害羞起来,妩媚地向他抛了个媚眼。

此时,金石鱼已经酒酣耳热,见美女对他这么有好感,也放开了顾忌:"只要你陪我喝,我会奉陪到底的。"

"好,我就喜欢爽快的男人,我们不喝白酒喝红酒,红酒养人。"说着,邓明随手脱掉披在上身的披肩,露出了白嫩而性感的脖颈和玉背,一股香气带着体温向金石鱼袭来,"啊——嚏——"金石鱼禁不住又打了个喷嚏,邓明好像理解金石鱼打喷嚏的意思,冲他扬了扬嘴角,露出了暧昧的笑意,同时起身重新为他取了只杯子,斟满了红酒。

"金大哥,小妹敬你一杯。"邓明双手端起刚刚斟满的酒杯,递到金石鱼的面前,目光柔柔地望着金石鱼。之前称呼他是金大队,现在变成了金大哥,彼此之间似乎又亲近了些,金石鱼能够感觉到这微妙的变化,望着眼前的美人儿这么亲切的称呼自己,金石鱼的豪情被彻底地调动起来,连忙接过酒杯,"好,好,我——干!"一仰脖子,又一杯红酒下肚了。

"金大哥,妹有一件事想求你帮助,你愿意帮忙吗?"邓明伏在桌子上,两手托着腮,两眼调皮地眨动着,望着金石鱼,她调皮的神态很是让人心疼。

金石鱼明知故问:"你还没有说什么事,我怎么知道能不能帮呢?"

"是这样的——"说着,邓明将椅子往金石鱼的身边靠紧了些,两只如藕般的玉臂很自然地搭在了金石鱼的臂膀上,那丰满的胸脯一下展露在金石鱼的眼前,那白嫩嫩的乳沟,像是一道深渊,一眼望不到底,使金石鱼禁不住产生了许多遐想……

邓明柔柔地说:"你老是派人来查我们,我们的生意就没法开展了,你帮帮小妹吧,要不,潘颜秀就会扣我的薪水,求求你了……"邓明的嘴几乎是紧贴在金石鱼的脸颊上说的,那红唇中吐出的香气,像迷魂药一样,把金石鱼熏得晕晕乎乎。

"这事,恐怕我帮不了。"金石鱼假装犹豫着。

邓明见状,整个身子几乎伏在了他的身上,撒娇道:"求求你了,大哥,呃……"

邓明的娇柔一下将金石鱼的荷尔蒙调动起来,他的手试探性地碰到了邓明的腹部,见邓明没有避让之意,金石鱼酒壮色胆,忍不住顺势将她拥入怀中。邓明趁势闭上了双眼,微启红唇,像梦呓般期待着金石鱼的嘴唇,金石鱼再也无法控制自己了,像饿狼一样,一口将邓明的柔唇含入口中,贪婪地吮吸起来……

一番激吻后,金石鱼按捺不住全身的欲火,迫不及待地将邓明放在了里面套间的席梦思床上。邓明目光迷离,主动地解开了连衣裙腰间的束带,露出了里面被胸罩包裹着的丰胸,出身贫寒的金石鱼从没有见过这么漂亮的胸罩,那上面分明绣着两朵粉红色的花蕊,它像两团烈火,等待他去扑灭,金石鱼像一头雄狮扑了上去……

一阵狂风暴雨后,疲惫的金石鱼躺在床上睡了过去,加上酒精的作用,他睡得很香、很沉。

邓明起身跑到洗漱间,连续刷了三遍牙。为了去掉身上金石鱼遗留下的污秽之物,她用香皂将浑身上下擦了三遍,这才罢休。她回到床上,随手拿起遥控器按了几下,宽大的液晶电视屏上出现了金石鱼与她交合的画面,那急促的喘息声似乎又一次感染了她,她的胸脯禁不住急促地起伏起来,她咬了咬自己的嘴唇,长长地叹了一口气,平定了一下思绪后,瞟了一眼身边打着鼾声的金石鱼,觉得她今天钓了一条名副其实的大金鱼!

她禁不住得意地阴笑起来:"哈哈哈……"

第六章 人肉炸弹

第七章　身不由己

不知是邓明的笑声,还是电视录像里的呻吟声将金石鱼吵醒了,他睁开眼,望着身边邓明妙曼的胴体,忍不住伸手又要摸。邓明没有让他得逞,抬腿下了席梦思,站到了地毯上,两眼依然望着电视屏幕冷笑。金石鱼以为她被什么精彩的电视节目吸引住了,随即追下了床,一把从她的身后抱住了她;两只手毫不羞涩地揉捏着她的胸脯。"什么好看的节目,让你如此着迷?"说着,抬头瞟了一眼屏幕,"嗯?"金石鱼躁动的手猛然间停住了,两眼直直地盯着电视上的画面,那屏幕上光溜溜的身体,不是自己吗?金石鱼好像意识到什么,忙问:"你怎么录像了?"

邓明毫不客气地一把拨开了他的双手,阴森地说:"留个纪念,难道不好吗?赶紧好好看看吧,下次要看,恐怕就不是在这里了。"说完,拿起裙子穿了起来。

金石鱼的身体一下僵硬在那儿了。

"你这是什么意思?"金石鱼惊恐起来,开始围着电视寻找录像机。"你不要徒劳了,你找也找不到。"邓明冰冷地甩过来一句。

金石鱼猛然反应过来,怒吼道:"你这个小妖精,他妈的设套是吧?"

邓明看也不看他一眼,一边系束腰间长裙的丝带,一边冷冷地说:"设套?算你明白了,你以为你是谁?你以为老娘就这么不值钱,随便给你玩?就老娘身上的这个胸罩也值两千多元,能买你家那个黄脸婆用的一箩筐,你信吗?瞧你那身皱皮,恶心死了!还有你那张臭嘴比茅坑还要臭,你简直就是只土牛!"

邓明尖刻的嘲讽,虽然很刺耳,但金石鱼很信服,今晚这一场在总统套房里的交欢,是他金石鱼从来没有感受过的,他死也瞑目。可是,当下他不是还没有死吗?这女人究竟想要干什么?难道要讹诈他?金石鱼猛然想起之前这女人提出的要求,知道中计了,慌忙承诺道:"只要你把录像带销毁,我保证不再查你们了。"

"哼,没有那么简单,你这是在强奸!你要为你所做事情付出代价的!"美女瞬间变成了泼妇,咆哮起来了,"你不是说你帮不了吗?现在不要你帮了!"邓明弯弯的柳叶眉也愤怒地竖了起来。

金石鱼赶紧赔笑脸,和颜悦色地说:"我那是在跟你闹着玩的。"

邓明怒目圆睁:"谁跟你玩?你看你个熊样,乡巴佬!土牛!从此以后,你的人如果敢再踏入'亿万'一步,我就把这部带子送给督察队,你信不信?"邓明以压倒一切的气势,降伏了金石鱼。

金石鱼扑通一声跪了下来求饶:"信信信,你放了我吧。"

见金石鱼被制伏了,邓明平缓了语气:"不仅不准你们来查,而且,如果上面有什么风吹草动的,还要及时通知我。记住,必须是及时和我联系。当然,只要你听话,想快活的话,我们这儿有的是小姐,我会安排的,前提是必须听话。"她的语气又变得温和绵柔了些,但绵里藏针。

"好的好的,我一定尽力而为。"

邓明冷笑着望着他发蔫的身子问:"还想干吗?要不我再为你叫两个小姐来?"

金石鱼这才觉得自己还光着身子,赶紧穿衣服:"不要不要,不要了。"然后灰溜溜地走出了总统套房。

"哈哈哈……"身后传来了邓明阴冷而浪荡的淫笑声。

第二天一上班,金兵勇又来到金石鱼的办公室请示工作:"金大,我们已经折腾亿万夜总会三天了,估计他们坚持不了多久了,要不我们今天再去向他们暗示一下,让他们主动来找你?"

金兵勇以为他出的点子会得到金石鱼的赞扬,哪知道金石鱼一脸的铁青,冲着他猛地一挥手,阻止道:"不要去了!再去你我都要掉乌纱帽了,这个潘颜秀原来有靠山,市里领导都发怒了,说我们这样搞会影响春江的投资环境,这是政治问题。"金石鱼强压着心里的隐痛,故作玄虚,"再说了,你们也不动动脑子,把警车停在大街上,轮流到里面查,这不是明摆着在整人家吗?从此以后,没有我的指令,谁都不允许擅自进入'亿万',真是成事不足,败事有余。这件事就到此为止了!"

他把一肚子火全撒在了金兵勇的身上。

金兵勇被训了一通，感到很莫名其妙，但他反应很快，他知道金石鱼一定是被上面训斥过了，在惊愕片刻后，赶紧应答道："好好好，金大，我这就通知我们的人停止行动。"金兵勇自讨没趣地捏着鼻子走了。

再说亿万夜总会那边，潘颜秀见拿下了金石鱼，胆子也大了起来，为了增加效益，他开始到全国各地招聘有才艺的小姐来亿万夜总会坐台，没有多久亿万夜总会的小姐最漂亮的名声不胫而走，那些钟情于美色的纨绔子弟、富豪贾商们，也都纷纷踏至，一时间亿万夜总会门庭若市，潘颜秀也收入大增。

高兴之余，潘颜秀与邓明又想起了金石鱼。"没有想到，凶神恶鬼的金石鱼遇到你就蔫了，真是一物降一物，看来我潘颜秀还真的离不开你了。呵呵……"潘颜秀佩服道。

邓明随即泼来一盆凉水："我们也不要忘乎所以，常言道，'乐极生悲'。我估计，金石鱼也不会轻易咽下这口气的，他会想方法反扑的，他现在虽然帮着我们，但他心里还没有死心塌地地跟着我们，我们要想办法让他真心诚意地跟我们绑在一起。"

邓明的话让潘颜秀不禁肃然："嗯——你说的很对！这事，你还要多费心。"

邓明说："我已经思量了好久了，如果没有他，这段时间我们也不会这么安生，你看其他休闲中心都急红了眼，我们抢了人家的生意，他们会联手对付我们的，到时候那种场面恐怕不好收场，我们要防患于未然。我建议，还是拿点好处给金石鱼，让他死心塌地地跟着我们。再说金石鱼精通公安内部事务，让他为我们出出主意，一定大不一样的。"

邓明有板有眼地分析，使潘颜秀自叹不如，禁不住走到她身边托起她的手臂，将一串钥匙放在她的手掌心里，然后，拥着她来到窗前，指着停在楼下的那辆白色的宝马车说："前段时间忙于在外招聘人，没有时间兑现我的诺言，这辆车是我昨天买回来特意送给你的。"

邓明的身子微微一颤，禁不住回过头，温顺而深情地望着潘颜秀，她体会到了她在潘颜秀心目中的地位，这个地位虽然是她用自己最宝贵的东西换来的。但凭她一个从农村跑出来的年轻寡妇，能混成今天这样，已经不易，她要为心中的目标竭尽全力地打拼下去,而潘颜秀就是她的依附躯体,他们此时已是相互依赖的关系,谁也离不了谁。

潘颜秀已经感觉到了邓明刚才的那一颤,对于这样一个丰腴的女人,要是在几年前,潘颜秀一定会将她揽入怀抱的。但是如今他不行了,不要说是邓明,就是亿万夜总会的那些水灵灵的靓妹们,他也毫无兴趣,如今他最大的爱好就是钱,而能够为他带来金钱的就是眼前的这个女人,这个女人的心机比她的美貌还要出众三分,自己能有今天,也多亏了她的帮助,所以他对她是有求必应。

"亿万虽然是我的,但它的未来需要你来尽心打理,你尽管大胆地实施你的才能,我会支持你的。"潘颜秀真心诚意地鼓励道。

"嗯——"邓明领会地点点头,轻声地应了一声。

她随即掏出手机拨通了金石鱼的电话,这是她的行事作风,说干就干,从不拖泥带水:"金大队,今晚8点来我的办公室,我有要事商量,记住不要开车来,打的过来,就这样。"邓明的口气像是对一个很听话的手下说的,潘颜秀不得不佩服:"当初我第一次请他时,就差用八抬大轿去抬他了,今天你却随便地使唤他,有气魄!"

潘颜秀朝邓明竖起了大拇指。

邓明只是淡然一笑,解释说:"既然你替我换车子了,我想就把我的那辆别克送给他算了,多少也算个人情。另外,我想有必要再给他一点儿奖励,你看怎么样?"邓明望着潘颜秀征求道。

"你看着办,我相信你的能力和决策。"

邓明生怕潘颜秀有什么误会,又补充道:"你放心,羊毛出在羊身上,我不会让他白拿的。"

"嗯,我知道,你自己拿主意吧。"潘颜秀放心地说。

当晚,金石鱼准时来到邓明设在十九层的总经理办公室。(其实就是第十八层,亿万夜总会的地面楼层共有十八层,外加地下一层,共计十九层。一层金色大厅;二至六层为餐饮;七层酒吧;八层总统套房;九层演出大厅;十层会议厅;十一至十四层为宾馆;十五层游泳池;十六层至十七层是休闲娱乐;十八楼是办公区。)

　　自从上次的事后,金石鱼再也没有来过"亿万",尽管潘颜秀打过好几次电话约他来玩,都被他以工作忙为借口回绝了。金石鱼表面上客客气气的,心里却把这对狗男女恨死了,发誓一定伺机除掉这两个毒瘤。今天,邓明约他,他原本是不想来的,一想到邓明对他的约法三章及那盘录像带,他不敢不来。再说了,几个月不见,他还真有点想再看看这个妖娆的女人,总统套房里的那一幕,几乎每晚都在他的脑子里来回地重现,特别是和自己的老婆同床时,这种渴望就越强烈,常常是搂着自己的老婆,心里想的却是邓明的肉体。

第八章　陷入歧途

见到丰腴的邓明,金石鱼忍不住又要打喷嚏了,为了显示他对她无动于衷,他还是强行用手捏住鼻子,忍住了。

但他的脸却憋得发紫。

邓明看在眼里,心里偷偷地乐了。"请坐,金大队。"邓明亲切地唤道,好像他们之间没有发生过不愉快,同时为他沏了一杯茶,热情地递到他的手上。

金石鱼低着头,僵着脸,生硬地接过茶杯,两眼始终望着茶杯,怨声怨气地问:"这段时间又没有查你们,又找我来做什么?"

邓明理解他此时尴尬的心理,微微一笑:"上次你走得急,没有来得及告诉你,为了感谢你们防控大队对'亿万'的支持,潘总准备将我用的那辆别克轿车送给你们。"

"哦?送我们轿车?你什么意思?"金石鱼一下将头抬了起来,疑惑地望着她。

见金石鱼茫然不解,邓明赶紧解释:"是这样的,这也是为你考虑的,你这么关心我们,弟兄们一定以为你得到了什么好处了,你把这辆车拿回去,也算是你给弟兄们的一个交代。"邓明的话,很得金石鱼的佩服:"嗯,你说的也是,不光是弟兄们误解,外面人都以为我收了你们多少好处了,其实……"金石鱼后面的话虽没有全部说出来,但他一分钱好处也没有得到的意思已经完全表露出来了,同时他僵硬的脸,也开始慢慢松弛了下来。

邓明理解地点点头:"我们理解你的苦衷,对于你个人,我和潘总商量过了,从下个月起,我们将从每月收入中扣去10%给你,你要知道,我们给税务局也不过就是3%,当然了,税务局是没法和你比,它们是不劳而获,你是劳有所得,不知你意下如何?"邓明的两只眼睛紧紧地注视着金石鱼脸上的反应。

金石鱼没有想到,邓明找他来是犒劳他的,心里完全放松下来了。"10%是多少?"金石鱼压抑着内心的激动,佯装问。

邓明一扳手指:"你自己可以算啊,难道还要我教你,我们每个月都要报税的,收入是公开的。你也许要问,是不是还有没有入账的,我告诉你,确实没有入账的,但这一块,我们是用来打点相关单位的。"邓明的话说得很透彻,金石鱼觉得也不便再追问多少了。

其实这本账他早就算过,心里很清楚的,按照金明跟他所说,亿万夜总会一个月账面上收入是200万,他就可得20万,一年就是240万,金石鱼吓了一跳,乖乖,自己一辈子不吃不喝也挣不到这么多啊。

顿时,金石鱼黯然无光的脸上涌出了红光,试探地问:"叫我来,就谈这些?我想天底下没有免费的午餐吧?"

邓明从椅子里站起来,来回踱着步子:"你说得很对,天底下确实没有免费的午餐。但是在当今的社会里,有时候劳与酬是极其不相符的,农民辛劳了一辈子也买不起一套房子,某些官员们的一句话、一张条子,就能换来一栋别墅,这其中的道理,我不说,你也明白。我们要你做的,其实很简单,就是保证'亿万'不出事。同时,在条件允许的情况下再帮助介绍些客户来消费,可以这么说,你从现在起就是'亿万'的股东,可以参加我们的决策,从今往后我们就是一条船上的人了。"

邓明的每一句话都那么有感召力、攻击力,两分钟的时间,就将金石鱼僵硬的如磐石一样毫无血色的脸,变成了满面潮红、神色盎然。

金石鱼心里暗暗地庆幸道:"虽然自己只拿了人家的冰山一角,但是如果他们不给,自己还不是照样替他们干活?自己的把柄还握在人家手里呢,不拿白不拿。"金石鱼禁不住喜形于色,身子在沙发里兴奋地扭了扭,两只手不自在地、使劲地揉搓着,别人都说他的手又粗又大,是农夫的命,现在看来,想必上帝赋予自己一双大手是给他抓钱用的,真是天意!

金石鱼的嘴角露出了久违的笑容,见邓明两只大眼睛忽闪忽闪地望着他,意识到自己该表个态了,他转了转那双金鱼眼,心想:既然自己已经是他们当中一员,该提醒的还是要提醒的,免得给自己带来麻烦。

金石鱼清了清嗓子,右手拈着下颚,一副老谋深算的样子:"现在上面查得紧,如果上面越级来查你们,我是挡不住的,所以我觉得你们的营运方式要改变一下。"

见金石鱼如此积极地反应,邓明很高兴,忙问:"你说怎么改?"

金石鱼端起茶杯抿了一口,慢条斯理地说:"首先要将现在的这种经营模式改成会员制,这样既可以促进会员消费,也可限制一部分闲杂人员进入,给人以神秘感,提高消费档次,引来更多的有钱人来消费。第二,将'亿万夜总会'的名字改掉,'亿万'这两个字听起来就有一股铜臭味,改成'商务中心',就不一样了,给人感觉你们这里是高档的商务活动场所,而不是一般的娱乐场所,从而提高消费者的身价和消费欲望,更重要的是它会将政界的官员引来消费,现在不是不允许官员进娱乐场所吗,但是没有规定他们不允许进商务场所啊!而且,现在提倡官员招商引资,这是个契机,可以招揽大批官员来消费。第三是进行军事化的培训,打造品牌效应,扩大辐射范围,快速提高效益……"

金石鱼滔滔不绝地说着,直把个邓明听得目瞪口呆。"这个死金鱼,嘴臭得像茅坑,吐出来的却全是金条,看来找他是找对了。"邓明在心里暗暗庆幸道。

邓明心里一阵激动,忍不住喜形于色地走到金石鱼对面的沙发上坐了下来,十分敬佩地说:"想不到金大队这么有才,经你这一点拨,真是茅塞顿开。"

经她这一夸,金石鱼倒显得有点不自在了:"这有什么,管理这一块我有的是经验,你如果按照我说的去做,保证你们出不了娄子的。"

"嗯。"邓明十分信服地点头赞许,"所以,我才找你来商量对策啊!"邓明的美眸又露出了慑人心魂的调皮神色,金石鱼看后,打了个寒战,当初就是这个眼神将他拉下水的,今天还不知道又要玩什么花招了。"你不要用这种眼神看着我,我受不了,在你的眼里,我只是个大老粗、土牛!"金石鱼怯生生地说。

邓明妩媚地一笑,生生地拍了一下金石鱼放在膝盖上的粗大的手背,娇嗔地说:"瞎说,那天我心情不好,才那样对你的,现在我们是一条船上的人了,还说这话?"同时深情地凝视着他,邓明的娇柔一下将金石鱼心里的冰疙瘩化掉了。

金石鱼一拍脑勺,后悔地说:"哎!早知道这样,我们也不必要那样啊!也委屈了你。"

"谁知道啊?当初你那么狠,谁不害怕啊?换了你还不一样,难道我愿意那样做?也是被你逼的,我替别人打工,也不容易啊!"说着,眼里似乎闪出了莹莹泪花,一派讨人心疼的样子。

金石鱼见状,心里的不欢彻底被打消了,赶紧赔礼道:"好了好了,不说了不说了,既然大家都把话说开了,就不要再计较了。"

金石鱼忍不住暧昧地拍拍放在他膝盖上的玉手:"刚才我说的那些举措,你和潘颜秀商量一下,如果觉得可行,我会派人帮助你们训练的,既然你们不把我当外人看,我也做点事,总不能光拿钱,不做事啊!"

邓明听罢,兴奋得霍的一下站起了身,果断地对他说:"不用商量了,你明天就派人来培训,一切按你的意思办!"

女强人的风范很得金石鱼的赏识:"好,我这就回去准备。"金石鱼起身准备告辞,看着身边香气袭人的美人,忍不住又要打喷嚏,见他一副馋猫样,邓明抿着嘴会意地笑了:"要不要给你安排一个小姐?潘颜秀昨天刚招回来几名东北艺校的靓妹,比我强百倍呦?"

金石鱼摆摆手:"不要,不要。"

嘴里说不要,眼睛还是满怀深情地望着她,一派情有独钟的样子:"哎!说实话,我脑子里始终是你的影子。"

"我最近身体不舒服,为了打理这个摊子,我落得一身的病。"邓明露出了一丝难言的倦意,样子很值得同情和理解。金石鱼见状,赶紧打住,"理解,不为难你了,我这就走,这就走。"

邓明一把拉住了他的衣角,真心地说:"我们都是一条船上的人了,还害羞什么?有几个男人像潘颜秀那样没用的,是男人就应该有雄性!我都安排好了,在八楼的1号总统套房,也许你见了面,就会忘了我了。"

经邓明这番游说,金石鱼身上的那点羞辱感彻底消失了,眼前仿佛又浮现出总统套房里那诱人的席梦思,于是忙改口:"恭敬不如从命,就听你的安排吧。"说着,急切地拔腿向外走去。

望着金石鱼迫不及待地走进电梯,邓明在心里骂了一句:"土牛!"

但是骂归骂,金石鱼刚才的点子,确实不失为金点子。她赶紧电话连线潘颜秀,不多时,潘颜秀赶来了。"跟金鱼谈崩了?"潘颜秀担心地问。

邓明乐哈哈地摇摇头:"怎么可能呢?他现在正在1号房间折腾呢!"

潘颜秀不解:"那你这么急叫我来干吗?"

"有重大事情商量,刚才金鱼提出了一个绝妙的计划……"

邓明将金石鱼刚才所说,一五一十地向潘颜秀叙述了一遍。

第九章　同流合污

听完邓明的叙述,精明绝顶的潘颜秀拍案叫绝:"你没有说错,他确实是我们钓的一条大金鱼。要防公安,就得用公安的人。"

听邓明讲了金石鱼的伎俩,潘颜秀觉得金石鱼所说是绝好的金点子。因为,金石鱼知道怎么应对公安的方法,他也知道官场上人的心理,这样的人设计出来的点子,肯定是高招!于是两人顺着金石鱼的思路,经过一阵商量后,决定停止"亿万夜总会"的营业,进行全面的升级改造。

此时,总统套房里的金石鱼正搂着靓妹在席梦思上腾云驾雾。

正在他翻云覆雨之时,他的手机响了,金石鱼瞄了一眼手机屏幕,是邓明的号码,他赶紧接听,电话那边传来了邓明特有的声音:"金大队,小姐可满意?"

"满意、满意,太美妙了。"金石鱼连声赞叹。

邓明轻轻一笑:"满意就好,今后,如果需要,包括你的朋友,随时给我打电话,我会安排好的。另外,我跟潘总请示过了,就按你的方案办,你明天派人过来,为我们的职工进行培训。"

金石鱼爽快地答道:"好,没有问题,我回去后再好好计划计划。"

就这样,第二天,"亿万夜总会"的大门上就挂出了停业的公告。潘颜秀利用半年的时间开始了三管齐下的运作:一是将"亿万夜总会"的名字改为"水月清华商务中心",这个名字极具诗意,巧妙地将不可言语的娱乐场所的男女之情的意思全部隐含在这几个字里了。第二是出资赞助了电视台,举办了一次春江市选美大赛,在这次大赛上,水月清华商务中心派出的佳丽夺得了金、银、铜奖的全部奖项。这一下,使水月清华商务中心的名字响彻了整个春江市,人们一下知道在春江出现了一个水月清华商务中心,里面佳丽如云。第三是对水月清华里面的全体员工进行了一次军训。所谓的军训,实质就是由金石鱼委派来的金军虎对小姐们和职工们进行应对公安的反侦查训练。经过训练,所有人员可以在

五分钟之内迅速进入水月清华的第十九层的地下室，通过暗道逃脱公安的搜查；可以巧妙地应对公安的严格盘问。

经过这番脱胎换骨的改造，原先的夜总会变成了春江市的一个管理规范的专营商务活动的商务中心，而且是才女佳人云集的高档商务洽谈会所，就连小姐的称呼都改成了"秘书"。

重新开业的水月清华商务中心，一下成了春江市最吸引人的高档商务场所。说它高档，不仅仅是它外部的堂皇和消费价格昂贵，还有它的营运方式也很特别。这里的每一名消费者都是实行会员制，要想踏入它的门槛，必须缴纳可观的入会费，一下子将社会闲杂人员和大众消费群体挡在了门外。来这里消费的客人，大都是本市或周边县市的商界名流和政界要员。为了刺激消费，潘颜秀还派出星探深入全国各地招聘美女、才女，在此基础上，还从众美女中筛选出"四大名旦"和"四大美女"。为了让服务对象充分享受到帝王一样的尊贵，对客人服务的程序都是按照军事化管理模式进行的。

如果你是开发商，只要你将宴请的对方带入水月清华，将你的要求告诉经理邓明，她就会安排相应的"秘书"替你办理，当然，事成之后，你还要悄悄地给经理一点儿小费的。

不久，社会上就传出了这样一段经典语句：想成功吗？那就来水月清华喝喝咖啡吧！以至于后来，来春江投资的人，大多都是在水月清华签下合同的，渐渐地，这里被炒作成了方圆百里闻名的商界谈判和上流社交的场所。其实里面进行的全是皮肉交易，与街头的洗脚房和发廊没有本质的区别。只是商务中心的外衣，将它包装得如同它的外表一样堂而皇之！

至此，金石鱼成了水月清华的一个幕后参与者、指挥者，在他这张强有力的保护伞下，潘颜秀、邓明和金石鱼都各自捞取了不菲的报酬。金石鱼在捞取了大把金钱的同时，也逐渐走向万劫不复的深渊。

凶杀案案发的当晚，金石鱼正在水月清华的贵宾包房里陪土地局局长和几个房产公司的老总们唱歌。不多久，邓明推开了门，冲着金石鱼一使眼色，将他叫了出来。"金局，出事了……"邓明将长发青年被害的事跟他说了一遍。

金石鱼听后，认为邓明太大惊小怪了："这怕什么？又不是你杀的他。"

"毕竟是在我们的酒吧引发的矛盾，我告诉你，就是让你心里有个底，防止公安趁机进来查封我们。"邓明解释道。

金石鱼满脸酒气，连连摆手："不会的，只要是在城区的案子，都是属于防控大队管辖的，除非特殊情况。有什么情况，我会第一时间得到消息的，放心吧。"

"噢，我这就放心了，你继续玩吧。"邓明说完转身走了。

没过几个小时，金兵勇和金军虎都相继给金石鱼打来电话汇报了情况。当听说防控大队凌晨2点召开案情分析会时，金石鱼觉得有必要来听听；同时，他想借这个机会跟张扬打声招呼，将金明彻底从防控大队调到城管局做他的司机，要开展工作，必须有自己的亲信，这是他惯用的伎俩，于是在歌厅尽兴后，他就匆匆赶来了。

会议开始。

张扬开始讲话："四中队正在市政府处置上访事件，就不参加本次会议了。下面请各个中队汇报一下刚才突击行动的情况。"

卡口中队队长金兵勇首先发言："接到布控指令后，我们卡口中队迅速对春江市的外围所有出入口进行了严密的封锁和检查，从检查情况看，面前还没有发现可疑人员，估计嫌疑人还在城区。"

巡逻中队长金军虎紧跟其后说："我们接到指令后对城区的各个街道和各大宾馆都进行了地毯式的搜查，只查到两名涉嫌吸毒人员，从目前行动的情况看，还没有发现可疑人员，可能凶手在市区有固定的住所。"

轮到侦查中队发言了，尚军向熊奇一示意，侦查外勤熊奇打开了幻灯机，墙幕上出现了案发现场的照片，熊奇一边播放着照片，一边讲解，"画面上的死者名叫王艺，男，汉族，30岁，独身，系我市'靓丽风采摄影工作室'的老板、摄影师，其摄影作品多次在摄影杂志上刊登，在其居住地发现了大量的女子裸体照片。经过走访调查得知，王艺当晚在水月清华的酒吧里与四名年轻人发生过口角，而后被酒吧保安劝出水月清华，不久后就被杀害。经尸检，真正使王艺身亡的是那把插在咽喉的带有自锁装置的水果刀……"

此时，金石鱼的手机响了，金石鱼拿着手机走出了会议室接听。

"与王艺发生口角的四名年轻人找到没有？"听完熊奇的案情介绍后，张扬问。

尚军回答："已经找到，他们承认在街上跟踪、袭击王艺，但否认用刀，现在正在突审。"

张扬问："从王艺居住地搜来的照片呢？"

"在这儿。"侦查外勤李烈递过一个纸质档案袋,里面全是从王艺的居住地搜集来的照片,满满一档案袋,足有上百张。

张扬接过档案袋,从里面掏出一沓照片,照片上的人物大多都是些俊男靓女,他们呈现在照片上的姿态各异,美女们大都是穿着性感的内衣拍摄的,看样子是王艺拍摄的写真艺术照。照片上都记录着拍摄时的时间,有的照片是几年前拍的,看上面的时间,可以推断这些照片都是王艺在拍摄创作过程中废弃的或是认为有保留价值特意加洗的,是日常累积起来的。光从这些照片上看,好像没有多大的收获。侦查人员对这些照片进行筛选,对近期拍摄的照片都进行了编号,准备对编上号的人进行调查。

此时,金石鱼接完电话从外面回到了座位上。

张扬丢下照片对尚军说:"尚军,谈谈你的看法。"

"从目前侦查的情况看,有必要到水月清华里面去彻底了解一下,死者当晚在水月清华还与哪些人有过接触,看看能不能从中发现有用的线索。另外,可通过这些照片寻找照片上的人,看看从她们身上能不能找到有价值的东西……"尚军有板有眼地叙述着自己对这个案子的看法。

金石鱼认真地听着尚军的发言,两眼不经意地瞟了一眼张扬面前的那些照片,在纷乱的照片中,金石鱼一眼看到了他熟悉的身影——"那不是邓明吗!"金石鱼心里惊叫了一声。

虽然照片上的人是侧身的,看不清全部脸庞,但那漂亮的法国进口胸罩,他是再熟悉不过的,特别是胸罩上面绣着的艳红色的花蕊,看到它仿佛看到了邓明那诱人的娇体。"啊——嚏!"金石鱼忍不住又要打喷嚏了,联想到之前邓明跟他讲话的神情,金石鱼觉得邓明与死者的关系不一般,虽然邓明没有跟他讲明事情的缘由,但他的直觉告诉自己,这个案子一定与水月清华有联系,也一定与邓明有瓜葛!

邓明之所以没有跟他讲明缘由,这里面一定有难以启齿的缘故。"这个小妮子,真她妈的狡猾。"金石鱼在心里狠狠地骂道。

自从与邓明搅和在一起后,只要有涉及到邓明的事,金石鱼都要谨慎对待,他害怕邓明出事,因为她一旦出事,就会牵连到他的丑闻。

现在尚军主张要进入水月清华,他当然要极力阻挡!

第十章 针锋相对

主意已定,还没有等张扬说话,金石鱼就开口说道:"我看先从外围展开进一步的调查,水月清华那边先不要惊动,那里是高档商务场所,里面全是些上层人物,不到万不得已,不要去惊动它。再说了,他们每年对防控大队的赞助也不少,我们不能随意地搅了人家的生意啊。"

"这有什么呢?公安机关调查案件,这是正常的程序,不能因为它高档就特殊。现在很多贪官,表面上一副嘴脸,背地里还不知道干些什么呢?"尚军随即回了金石鱼一句。

尚军的态度使金石鱼很没有面子,他的性格是最不能容忍他人跟自己唱反调的,况且尚军的回答似乎隐射到他。"尚队,你什么意思?我们公安机关的职能就是为社会主义市场经济保驾护航的,我们要想群众之所想、急群众之所急,这样才能凸显我们这支队伍的价值,并不是随我们的性子去瞎折腾老百姓。"金石鱼的眼睛紧紧地盯住尚军,露出了严肃的神色,他想以官大一级压死人的霸道压住尚军。

没有想到尚军毫不示弱,立即反驳道:"打击犯罪也是保驾护航啊!怎么能说是瞎折腾呢?"

"你说得很对!打击犯罪是保驾护航,你现在能断言凶手就是水月清华里的人吗?案子发生在大街上,当然应先从凶器上展开调查。水月清华现在已经不是一个简单的商务洽谈场所了,它已经成为春江市拓展经济的一个平台,市长和书记都是里面的常客,那个地方并不是我们想象的那样想进就进的地方。再说我们防控大队现在是春江市公安局的一面旗帜,我们的执法行为一定要经得起百姓的检验,不能因为我们一时的鲁莽从事,影响春江的投资环境,影响春江市公安局的形象,那样我们是担当不起的!"金石鱼说得唾沫纷飞,扣政治帽子是他的拿手戏。

尚军觉得金石鱼是小题大做:"如果因为调查案件而影响了春江市的投资环境,我愿意承担一切责任。"

"你能承担得起吗?"金石鱼右手"啪"地一拍桌子,嗓门高了起来,像是发怒了。会议室里霎时变得鸦雀无声,人们只是静静地观望着他们在针锋相对地反驳着对方。

寂静了一会儿,金石鱼稳了稳自己的情绪,像是理解尚军的心情似的,用同情的口气说:"我能理解尚军队长的心情,案子发生了,谁都希望早点破案,但是我们在这个节骨眼上绝不能浮躁,一定要冷静行事。从现场影像资料看,我认为,我们侦查的重点应该在那把水果刀上。"金石鱼的话,似乎激起了大家的兴趣,所有人都目视着他,听他有板有眼地分析着,"大家注意到插在被害人身上的这柄刀了吗? 这刀正好插在胸骨与锁骨的连接处,也就是我们常说的咽喉部位,一般的凶手在作案时,心里一定会极度惊慌,所以下手时只注重以最快的方式置对手于死地,而不会浪费时间去寻找对手的咽喉。即便凶手想割断对手的咽喉,他下手也不一定非要用这么精确的方法来插断对手的咽喉致人死亡。由此,我们可联想到凶手很有可能是精通人体解剖结构的人,他知道这种方法致人死亡的速度最快,反抗的余地小,所以我们的调查的方向应该向精通人体解剖学的武术爱好者、体育老师、屠宰场工人等这类人群去靠拢,而不是到处乱撒网!"金石鱼的分析,不能说是没有道理的。

他的两个亲信金兵勇和金军虎听完金石鱼的分析,很是佩服,赶紧附和。

金兵勇说:"金局的分析甚是细致,堪称经典。我们应该抓紧时间在武术爱好者、体育老师、屠宰场工人身上着手调查,也许我们很快就会找到凶手。水月清华那边先不要惊动,反正场所在那儿,它跑不了,还有那四名男孩还要加大审查力度,他们是目前唯一与死者的死因有直接联系的嫌疑人,兴许他们四人已经固守同盟,是在负隅反抗呢?"

"我说几句。"金军虎跟着开了腔,"我很赞同金局的意见,我们应该从案发现场的特性展开调查,既然这个案件的重点在刀和照片上的女人,我们就应该从这两方面先下手调查,水月清华那边,应该先缓一缓。再说了,水月清华对我们大队也不薄,送给了我们一辆别克车,另外每年还给我们赞助费,好歹也是对公安事业有贡献的,我们如果随意打扰人家,从面子上也是说不过去的。况且,我们目前还没有证据证明嫌疑人就在里面,我们可以从侧面向他们了解了解。"

尚军觉得金兵勇和金军虎两人的话,一点儿价值都没有,纯粹是在拍金石鱼的马屁,他刚想反驳,张扬先他开口了:"涉及到星级酒店的查处,需要征得一把手局长的批准才能进入,我想我们先从金局和尚队提出的思路去调查;另一方面,我们再联合治安大队将情况上报局长审批,等批示下来后,再进入水月清华。"张扬的意见,缓和了当下的僵局。但是金石鱼知道,张扬这是在暗中帮助尚军,他们的目标还是在水月清华。

想到这里,金石鱼拿起手机发了一条短信,然后放下手机,望着张扬说:"这样也好,就按张教导员刚才说的开展吧,一切按程序走,合情合法。"

顿了顿,金石鱼一改刚才的凶相,露出了笑容,岔开了话题,装着很苦恼的样子对大家说:"我刚走了一个月,大家好像都有点陌生了,同志们,我毕竟还戴着大队长的帽子啊!我还是愿意跟你们在一起工作啊,跟你们在一起工作痛快!但是我现在抽不开身啊,现在城管局那边是一盘散沙,队员们几乎散漫得崩溃了,经过一个多月的整顿,已经初见成效了……"

金兵勇随即插话,奉承道:"金局到哪儿都能打开局面。"

金石鱼无奈地摆摆手,谦虚道:"你们不知道,城管队员的素质没法与防控大队的队员比,很散漫!什么事都要我亲自督办,在那边我哪儿是局长啊,纯粹是个办事员。"

尚军根本没有精力听他们扯淡,他在默默地审视着之前从那一沓照片中选取的编号为56号的照片,这是张半身裸体艺术照,照片上的美女双手抱在胸前,挡住裸露的乳房,脸上表露出惊讶之神色,猛一看很有艺术风味……

但尚军觉得照片上的美女的表情并不是为了拍艺术照而装出来的,应该是真情流露。

正在这时,值班员匆匆进来报告:"张教导,接110指挥中心指令,城区又发生一起砍人事件,凶手正驾车逃跑,命令我们大队上路堵截。"

张扬立马起身,命令道:"所有人,全部上路,按1号预案实施堵截,出发!"说完,急速收拾他面前的笔记本。

此时,站在张扬旁边的金兵勇赶紧替张扬收拾桌上的照片,一不小心,一大沓照片滑入桌下,金兵勇急忙弯腰蹲在桌底拾取照片。趁这个机会,他快速将一

第十章 针锋相对

张照片藏入袜子里，起身将其余拾起来的照片整理好放进档案袋里，转手递给了熊奇，然后很自然地跟着大家走出了会议室。金兵勇在桌底的这个小动作，并没有引起任何人的注意，因为大家都忙着收拾面前的资料，准备赶往各自的执勤点实施堵截。

尚军反应最为迅疾，他率先冲下了楼，飞身跨上一辆雅马哈警用摩托车，一阵动听的启动声过后，警摩一扬前轮，"呼"的一声，箭一样地飞出了院子的大门……

金石鱼也随着大家走出了会议室，他径直走到他自己之前在位时的办公室门前，拿出钥匙开门。这间办公室的门头上依然悬挂着"大队长"字样的门牌，自从他到城管局任职后，这间办公室的钥匙依然握在他的手上，平时偶尔也来坐坐，目的就是给防控大队的队员看看，我金石鱼还是大队长，这里也是我的办公场所。但是，每次来他都很郁闷，除了他的几个亲信们来与他聊几句，其余人都各自忙自己的事，有的干脆视而不见。他知道大家对他反感，但又不好溢于言表，只得把气憋在心里，暗地里较劲：你们不喜欢我来，我偏要来。

此时，他坐在办公桌后面的椅子上，眼前又浮现出刚才尚军与他对抗的场面，对于这个尚军，他是了如指掌的，他们俩在一起的时间算起来已经有八年了，八年抗战，金石鱼使尽了各种办法，也没有能降服他。而且，随着时间的延长，他们彼此之间对立程度在逐年地加深。金石鱼想不通，究竟是什么原因使他与尚军走不到一起？金石鱼百思不得其解，他苦苦地思索着，脑中又浮现出往日尚军与他对抗的一幕幕。

八年前，尚军从部队转业被分配在春江市公安局刑警队工作，在部队养成的良好作风，使尚军在刑警队如鱼得水。摸爬滚打了三年后，他的业务水平和实干精神深得队领导的赏识，就在队里准备提拔他时，红卫岗交警中队因工作性质的转变急需加强侦查力量，局里将尚军调到了红卫岗中队金石鱼的手下。对于上级的安排，尚军毫无怨言，用他的话来说：是金子到哪里都会发光的！

当时红卫岗中队虽然只是个中队，但工作的性质已经发生了根本的转变，中队不仅要履行交警的职能，更多的是从事巡警、治安警和刑警的职责，每天审查的嫌疑人是尚军在刑警队的几倍，虽然很苦，但在实际的工作中能从中学到很多东西,尚军干得是如痴如醉,有滋有味。

渐渐地,在工作中,他发现中队长金石鱼这个人霸道武断,隔三差五的就要和中队的民警发生摩擦,在中队的大小事务上,都是他一人说了算,搞一言堂,谁要是提出不同意见和观点,他就打击你、排挤你,连续几个和他搭班子的指导员,都被他排挤了出去。而且,在队伍管理上,他根本不讲究科学性,采取安插亲信、拉帮结派的方法,排挤所有反对他的人。很多民警为了不"惨遭"其毒手,都私下托关系找路子想法子调走。看到这种情况,秉性耿直的尚军在一次民主生活会后,与金石鱼进行谈心时,向金石鱼敞开了心扉,直言不讳地向他指出了工作中的不足,并提出了自己在管理队伍上的一些看法。按道理,金石鱼应该感谢尚军才是,但是金石鱼没有。

尚军的进言使金石鱼产生了担心和害怕。从尚军的言谈中,金石鱼发现尚军无论是心胸还是才能都已经远远超过了自己,这种胸襟坦荡的人留在自己的身边,迟早会成为自己的竞争对手的。心胸狭窄的金石鱼,开始密切注意尚军的言行,经过一段时间的观察,他发觉尚军工作很踏实,也很能吃苦,根本找不到他的碴儿。既然他能安分守己,金石鱼也就渐渐地放心了。

第十章 针锋相对

第十一章 水火难容

常言道：正义与邪恶永远是站不到一起的。

没过多久，金石鱼与尚军就发生了一次冲突。冲突因一辅警队员而起。那天，尚军和其他几位民警带领几名辅警队员在治安卡口检查过往车辆，一辆无牌摩托车引起了大家的注意。驾驶者是一名男子，光着上身，胸前后背文有两条张牙舞爪的龙腾图案，一看就是个游手好闲之辈。民警在示意其停车后，开始进行相关证件的检查，由于男子驾驶的摩托车没有年审且没有悬挂车号牌，民警将他驾驶的摩托车依法扣了下来。该男子虽满腹的牢骚，但不敢与民警对抗，见辅警队员张辉开始锁他的摩托车时，他将满腹的不满倾泻在了张辉身上："你个小小的辅警队员，算他妈的个鸟。"嘴里骂着，跃身就冲了过去，挥手甩了张辉两个耳光。张辉与他纠缠起来，怎奈瘦弱的张辉根本不是那男子的对手，连遭男子的攻击，在其他民警的极力劝解下，该男子才停止了殴打。

尚军和其他民警现场对男子进行了严肃的批评和教育，该男子勉强承认错误。围观的群众对该男子的嚣张也给予了强烈的谴责，该男子知道自己亏理，赶紧灰溜溜地走了，临走之际，还对张辉口出狂言："你们敢查我？明天我就要金石鱼把你辞退了，你信不信？"

对于这样蛮不讲理的狂妄之徒，在工作中队员们见多了，根本没有把他的话放在心中，哪知道第二天早上的晨会上，金石鱼就大动干戈地将这件事提了出来，"昨天晚上，我接到一个群众的多次投诉，说张辉的执法态度恶劣，而且还动手打人，他的行为已经严重地影响了我们公安机关的形象，这样的人怎么能在我们单位干下去呢？教导员，会后你找他谈一下，让他走吧。"

尚军以为金石鱼听了诬告，赶紧解释："金队，我当时在现场，情况根本不像你听到的那样，是那个小痞子先动手的，张辉一直忍让，根本没有还手。谈何打人呢？"

"小痞子？你凭什么说人家是小痞子？就冲你刚才说人家小痞子，就是对群众的不尊重，你们的心里始终有特权思想，你们没有动手，人家怎么会投诉呢？人家吃饱了撑着了？你不要替他开脱了。"金石鱼的狡辩和扣帽子的功夫一般人是抵挡不住的，他一下子抓住了尚军的口误，给了尚军当头一棒。金石鱼这样做的目的就是告诉尚军，你不要跟我唱反调，赶紧住嘴！

尚军没有理会金石鱼的意图，依然为张辉申辩："我觉得你这样草率地辞退张辉，冤枉了人家，也叫大家无法接受啊！"

哪知道金石鱼听罢尚军的解释，不但没有重新考虑，反而更加怒气冲天，他没有想到尚军这么不识时务，居然敢违抗他的指令，他"啪"的将手中的笔记本摔在桌上，"你不要解释了！难道你比我还要了解张辉？张辉是什么人，我作为队长能不了解？你才来了几天？是听你的还是听我的？必须要开掉他！"

金石鱼的口气很强硬，不容改变。

尚军惊愕了，今天总算领教了金石鱼的霸道，心底涌起一股莫名的无奈，他望着昨天在一起执勤的民警，希望他们能站出来澄清事实。但是，其余几位民警似乎害怕金石鱼的淫威，都低着头，一声不响。

旁边的熊奇悄悄一拽尚军的衣角，小声说："昨天那小子是他的小舅子。"熊奇的意思是你不要再顶撞了，你们得罪了他家的人，金石鱼是不会咽这口气的，你不要多管闲事。

尚军这才明白金石鱼为什么要辞退张辉了，原来那个痞子是金石鱼的小舅子。尚军火了，没有想到金石鱼这个人这么小肚鸡肠，黑白颠倒，为了在家人面前显示他的淫威，竟然不惜辞退自己的手下。这种霸道、独裁的作风使尚军热血涌动。部队出身的他，向来是爱兵如子，他不忍心就这样将一个优秀的同事辞掉，强烈的正义感使他毫不迟疑地站了出来。"既然你比我了解张辉，为什么还要这么武断呢？我可以拿我的党性保证，张辉没有一点儿错误，对于这样的好同志，我们要倍加珍惜，绝不能轻易辞退，你如果连我也不信任，你可以将卡口的监控摄像头录制的现场录像调出来，让大家来评说。而且，我这里还有当时现场的全程录音，还有现场围观群众留下的电话号码，也可以叫他们来作证。"说着从身上掏出了录音笔。

金石鱼没有想到尚军会来这手，他无话可说了，他两眼死死地盯着尚军，仿

第十一章 水火难容

佛在说:"好小子,你跟我来这手,把侦破案件的方法用来对付我了,厉害!"金石鱼的嘴唇尴尬地翕动了几下,但没有发出声音来。

现场陷入了僵局。

指导员杨建国望着金石鱼无助的眼神,连忙出来圆场:"尚军,坐下!也不能怪金队发火,昨晚上金队一夜没有睡好,投诉电话一个接着一个,我们这个单位现在正在申请扩展成大队,不能因为我们一时的鲁莽执法,而影响中队的声誉,群众的呼声,就是对我们的监督。金队这样决定也是从大局考虑的。"顿了顿,他又望着金石鱼试探地说:"要不这样,金队,等会儿我再去调查一下,将情况核实清楚了再作决定,你看行吗?"

杨建国圆场的话说得左右逢源,谁都不得罪,金石鱼觉得杨建国配合得也很默契,知道他是在给自己找台阶下,也就不再多说什么,只是轻声地嗯了一声就算过去了。

这个杨建国是上一届干部双聘中通过金石鱼的相助才竞聘过来的,金石鱼对他是有提携之恩的,他当然帮着金石鱼。其实金石鱼之所以要杨建国来红卫岗中队任指导员,也是想借此机会排挤掉以前和他对立的指导员,这样既可拉拢杨建国,也可排挤掉与自己不同路的人,达到一箭双雕。

这次对抗,尚军虽然胜利了,但他却成了金石鱼的眼中钉、肉中刺。通过这次对抗,金石鱼的心里也明白了一个道理:凭尚军的性格和人品,是永远不会和他站在一起的。他现在仅仅是一个小民警,就敢与自己对着干,如果他做了中队干部,自己根本就驾驭不了他。他决定要想方法制伏这小子,于是唆使其亲信开始搜集不利于尚军的证据,再伺机报复。

机会终于被金石鱼等到了。

三个月后,两年一度的干部"双聘"工作开始了,"双聘"是春江市公安局在本系统里试行的一种提拔干部的方法,该办法规定:民警要竞聘副中队长职务,必须要得到其所在中队的中队长的认可和返聘任。这种双向选择竞聘上岗制度,旨在发挥基层单位的主管推荐干部的权力,做到知人用人,使得基层有能力的民警迅速被提拔起来,最大效力地发挥干部的潜力。但是,任何一种优秀的选拔制度都有它不足的地方。这种双聘制的出发点是好的,虽然将主动权下放到基层单位的主管手中,但随之而来的,就会出现敢于说真话的民警往往在工作中得罪了本单位的主管,因而得不到单位主管的认可和聘任。而那些听话、拍马屁、能力低下的人往往会得到单位主管的青睐,从而使真正有能力、有魄力、敢于动真碰硬的人才得不到重用。

金石鱼正是看中了这个契机,准备在这次竞聘中压制尚军的提拔,使他翻不出他的手掌心。但是出乎金石鱼的意料,尚军由于半年前,侦破了一起公安部督办的贩毒大案,而荣立了个人一等功,符合优先提拔的条件,即便金石鱼不聘任尚军,尚军也会被破格提拔的。

提起这个一等功,金石鱼的心里始终隐隐作痛,当初,金石鱼为尚军报的并不是一等功,而是嘉奖申请,为他自己报的是三等功申请。当金石鱼将他自己和尚军的申请材料呈送到市局时,市局认为尚军的事迹可以直接申报一等功,遂将尚军嘉奖的申请改为一等功的申请,随同金石鱼的三等功申请一并上报了省厅。

不久,尚军的一等功申请就批复下来了,金石鱼的三等功却石沉大海。金石鱼弄巧成拙,早知道是这个结果,他说什么也不会给尚军申报嘉奖啊!而且,更出乎他意料的是,市局规定:一等功可以优先提拔。这次尚军正好凭借这个一等功直接得到优先提拔。金石鱼感到十分恼火,好像老天爷有意跟他对着干。

他思前想后,经过再三斟酌后,觉得既然阻挠不了尚军的提拔,不如做个顺水的人情,采取软化的方法感化他,遂将尚军叫到他的办公室,开始演示了他的另外一种拿手的功夫——拉拢哄骗。

"尚军,对于这次竞聘,你有什么想法啊?"金石鱼一反平日的高高在上、不苟言笑的面孔,声音很温和,表现出异常的亲切。

"响应市局的号召,积极参与,我报了名,下一步准备考试。至于能不能竞争上,听天由命吧,反正重在参与。"尚军一脸的不在乎,如实汇报道。

金石鱼满脸严肃:"咦?怎么能听天由命呢?你要高度重视,'双聘'工作是市局近期的一项重点工作,我们中队也很重视啊!这次竞聘,你符合优先提拔条件,你知道不?"

金石鱼似乎在提示着尚军,尚军没有吱声,见他没有反应过来,遂进一步解释:"关键是你那个一等功起了作用了,当初报你一等功时,我是顶住了多少压力啊!中队那么多人参与了破案,为什么偏偏要报你呢?"金石鱼的眼睛盯着尚

军,表露出很关爱的神色。

尚军这一下明白金石鱼找他来的意思了,金石鱼是让尚军承他的人情,在等待他说出感恩的话。但是尚军就是不按他的诱导往下走,佯装一脸的疑惑,反问道:"我不知道啊!你说怎么会就报我呢?"

金石鱼知道尚军在故意戏弄他,他咬了咬嘴唇,咽了一口唾液,强抑制着心里的不快。他觉得现在不能发火,只能用煽情话来感化他,他知道大凡桀骜不驯的人,都有一个软肋,那就是吃软不吃硬,于是耐住性子,装着一副极度坦诚的面孔,亲切地说:"在这次案件侦破中,你付出了很多,也显现出你过人的地方,作为队长,这些我都看在眼里记在心里,我是不可能让用心工作的人白干的,给你报这个一等功虽然是市局最后决定的,但是申报奖励的初衷,应该是中队最先提出的,从这个意义上来说,我作为队长是肯定你的工作的,你认为呢?"

"嗯……"尚军只是默默地点点头应答了一声。

第十二章 坑蒙拐骗

见尚军脸上的情绪有所变化,金石鱼进一步感化:"其实,凭你的能力,当个中队长绰绰有余,可惜没有这个平台给你展示。我理解你,人的一生,机遇很重要,但是,中队没有亏待你。就拿这次给你报这个一等功来说,一等功很难荣立的,我自己的三等功向省厅报了几次,都没有批下来,这次趁这个案子给你立了,有了这个功,对你以后的成长是很有帮助的,这不,这次竞聘就是一个机遇,你要把握住,人事安排是上面决定的,我能够帮助你的,就只能是这些了。"金石鱼推心置腹地提醒道。

尚军觉得一直自以为是的金石鱼今天能说出这么谦和而真诚的话,确实令人感动。人就是这么怪,对于真诚,向来是尊重的,金石鱼今天表现出来的谦逊和真诚,还真的打动了尚军。"谢谢金队的关心。"尚军感激道。

"谢什么!只要你们工作干好,我是不会亏待你们的,这次竞聘,我准备聘你做副中队长;还有金兵勇他们,虽然工作能力不如你,但是他们在这个中队干了这么多年了,没有功劳,还有苦劳啊!既然有这个条件,就得给人家一个机遇啊,你说我说得对吗?"金石鱼的话语说得情真意切,"你们以为平时我对你们严厉,是不通人性?管理一个单位就要严格,该关心的时候就要关心,领导没有一点儿威信,谈何领导呢?"

金石鱼的这番话彻底打消了尚军以往对金石鱼的看法,他觉得今天的金石鱼表现出来的姿态,才像一个中队长,金石鱼的形象一下子改变了许多。回想之前的所见所闻,他又觉得自己是不是还没有彻底了解金石鱼,人都是有两面性的,也许自己并没有发现别人好的一面,尚军在心里暗暗自责,同时默默地告诫自己,今后要好好配合金石鱼的工作。

尚军长舒了一口气,仿佛将积压在心里的一切怨恨和不满吹散了,真诚地对金石鱼说:"金队,我这个人是部队作风,工作上的事,有时候顶撞了你,请你

不要往心里去,我之前有什么做得不对的地方请你谅解。"

金石鱼见状,也长舒了一口气,自己刚才的一番苦口婆心式的歌功颂德,终于有了收获,望着有些内疚的尚军,知道尚军被他感化了,也知道他中计了,不觉得意地淡淡一笑,说:"理解就好,理解就好,有道是理解万岁啊!呵呵呵,理解万岁。"表面上一派谦和大度,心里却冷冷地诅咒道:"小子,你还嫩着呢!"

不久,尚军、金兵勇、金军虎三个人都顺利地通过了市局的各项考核,提拔为副中队长。这样原本只有队长和指导员两名干部的红卫岗中队,又增加了三名年轻的副职。为此,金石鱼召开了干部会,对三名年轻干部进行了工作分工。

望着面前的三个年轻干部,金石鱼首先对自己进行了一番表白:"从今以后,我们中队的班子就算搭起来了,今后做什么事,都要集体研究,不能再像以前,就我和指导员两个人有什么事相互打声招呼就行了。我们这个单位的工作职能和编制在逐步扩大,人员也会越来越多,今后的一切都要走向正规。"然后,很诚恳地望着他们三人说:"祝贺你们竞聘成功!几家欢乐几家愁啊!你们现在的心情是喜悦的、激动的,那些没有竞聘成功的,现在的心情又是什么样呢?我想大家心里都很清楚,当今社会满大街的能人,有几个得到重用的?一个人要想得到组织的认可,必须有得力的人来推荐,有道是千里马常有,而伯乐不常有。我希望你们要珍惜这次机遇,把组织的关怀化为工作的动力,做好自己的本职工作。"众人听了金石鱼的话音,都心知肚明:他们三人能得到提拔,都是他金石鱼相助的功劳。

金兵勇和金军虎反应很快,赶紧连声保证道:"谢谢金队的关心,我们今后一定好好干好本职工作。"

金石鱼得意地嗯了一声,像是很满足,接着对三人进行工作分工,金兵勇分管巡逻工作、金军虎分管卡口工作、尚军分管审查工作。对于这样的分工,一开始,尚军倒没有觉得有什么不妥的,将这三项工作有机地分配开来,有利于工作更专一性地展开,尚军反而觉得金石鱼是在量才使用,自己是从刑大过来的,熟悉案件审查程序,理应干审查工作,虽然侦查工作苦些,金石鱼对他们三个副队长的工作分配也在情理之中。

尚军没有说话,只是点头表示了默认。

会议结束后,大家各自散去。准备下楼的尚军突然觉得肚子一阵绞痛,有些便意,遂来到卫生间方便。尚军有便秘的小疾,每一次大便都要在卫生间里蹲很长时间,为了打发这段痛苦的时间,他都要在卫生间里看书。尚军关上蹲厕的门,蹲在蹲厕上,掏出手机,一边解手,一边浏览手机上的电子书。

没过多久,就听一人进入卫生间小便,小便的人刚结束,就听又有一人进入卫生间。蹲厕里的尚军虽然隔着一道木门看不见站在小便池上的人是谁,但可以通过谈话声音判别刚进来的人是金石鱼,先前进来的是金军虎。就听金石鱼主动对金军虎说:"军虎啊,你知道为什么让尚军分管审查吗?我就是要架空这小子,以后路面和卡口上有什么事,你和兵勇要及时向我汇报。他不是会跳吗?就让他老老实实地在家里搞他的审查吧。"

金石鱼的话使金军虎有些纳闷,就听金军虎不解地问:"金队,这次竞聘不是你返聘他的吗?"金军虎的意思是说,你既然对他不满意,为什么还要返聘任尚军呢?

就听金石鱼压低声音说:"你知道什么,他那个一等功可以破格提拔的,我不返聘怎么办?你以为我愿意?哼!"金石鱼从鼻子里发出一声鄙夷。

"噢——"金军虎听罢恍然大悟,"知道了,金队,今后一切我全听您的。"

"嗯。"

一阵小便声过后,金石鱼指示道:"你通知一下兵勇和建国,晚上到春江饭店,我为你们俩祝贺……"俩人说着走出了卫生间。他们根本没意识到此时尚军也在卫生间里。

尚军一下子蒙住了,刚才会上金石鱼还人模人样的,想不到他心里这么阴暗!看来金石鱼对自己所说的那一套全是假的,尚军真想站起来追过去,对他进行指责。但是他还是忍住了,他不想给金石鱼难堪。

他认为,金石鱼之所以这样对他,也许是因为他们之间还缺少沟通,金石鱼还在生他的气,随着时间的延长,金石鱼会理解他的。他甚至希望刚才在卫生间里的对话不是金石鱼所讲,他多么希望金石鱼像之前在他面前表白的那么崇高!但这仅仅是尚军单方的希望,事实却令他大失所望。

没过多久,他们之间又发生了一次冲突。

一天,轮到尚军在中队值班,尚军像往常一样带着一名辅警,亲自驾驶着警

车,准备到治安卡口和街面查岗。警车刚驶出中队的院子,就听车载电台里出现了急切的布控声:"各巡逻组、各卡口注意,一名男子刚才在雄都饭店门前的大排档用大砍刀,砍伤他人后驾驶着一辆红色奇瑞轿车往城外逃跑,车号不详,请大家堵截。"

尚军听罢,一踩油门,车子急速地蹿到了街道上。"刷——"一辆红色轿车,闪电般从他们眼前掠过,"就是它!"旁边的辅警惊呼道。

尚军随即打开警灯和警笛,加大油门追了过去。红色奇瑞见有警车追他,拼命地加大油门逃窜,旁边的辅警用电台及时地向街面和各个卡口通报着红色奇瑞逃跑的踪迹。尚军明白,红色奇瑞车是跑不了的,因为城区的各个出口都有他们的人把守着,卡口的阻胎器将会戳爆奇瑞车的轮胎。尚军紧紧地跟在奇瑞轿车后面,透过前面车子的玻璃窗,隐约可看到奇瑞车里的凶手一边驾车,一边拨打手机,像是在求救。尚军脸上露出了笑容,因为还有几百米就到了治安卡口了,尚军稍稍地松了一下油门,与前方车保持了一定的安全距离,他知道,前方卡口的阻胎器正等着奇瑞车,一旦奇瑞车驶上阻胎器就会爆胎无法继续行驶。

出乎尚军的意料,卡口根本没有及时地布置阻胎器,只是用滚动栏杆横在路面上,站在栏杆旁边的执勤民警和辅警见奇瑞车玩命地冲了过来,都纷纷散开。奇瑞车冲开栏杆,从他们的眼前逃过。尚军见状,立即加大油门,又追了上去。由于尚军驾驶的桑塔纳警车的性能高于奇瑞车,没过多久,尚军就追上了奇瑞车,尚军通过喊话器向凶手发出停车命令,凶手不但没有停车,反而在前面不停地成Z字形行驶,拼命阻挠尚军追击。

也许是凶手心里惊慌,忙于逃脱,他根本没有注意到前面的路况,奇瑞车的右轮掉进了一个路坑,车体右侧一下卡在路坑里了。尚军见机,一转方向盘,将警车插在了奇瑞车的前面,堵住了他的去路。凶手快速弃车逃跑,辅警飞身过去堵截,被凶手一掌打翻在地。正当凶手转身再度逃跑时,飞奔而来的尚军一个箭步飞了过去,一番搏斗后,凶手被特种兵出身的尚军一脚踢倒,一举将之制伏。

凶手跪地求饶:"尚队,我认识你,请放了我,我姐夫金石鱼是你们队的队长,不信我现在就给他打电话。"说着,就掏出手机准备拨号,辅警一把夺过他的手机:"你姐夫是队长,你就可以枉法啦?"

由于是夜晚,加上凶手脸上有血迹,不留意,根本看不清凶手的脸孔,尚军扳过凶手的脸,仔细察看,不错!就是上次在卡口与张辉打架的马弹,看来熊奇说得没错,他确实是金石鱼的小舅子。"马弹,简直就是一个臭蛋!"尚军怒骂道。

马弹磕头作揖:"尚队,赶快放了我,要不后面的人追上来,就不好放了,我说的都是实话,我姐夫确实是金石鱼!他马上会跟你通话的。"马弹哭丧着脸,不停地催促着尚军放手。

正说着,尚军的手机响了,确实是金石鱼打来的,电话里响起了金石鱼急促的声音:"尚军吗?我是金石鱼,你是不是在追赶一辆红色奇瑞车?赶快回头,安全重要,现在还没有弄清楚凶手到底是不是驾驶的奇瑞车,出了事你担当不起,赶快回头,我命令你,停止追击!"

尚军没有想到金石鱼会用这种手段——哄骗他,这时他又想到刚才的卡口上没有布置阻胎器的反常现象,一定是金石鱼指示的,尚军在心里诅咒道:"金石鱼,你太阴毒了!"

尚军没有理会他的命令,对着手机哈哈一笑:"金队,你不要替我担心,我已经将凶手抓到了,再狡猾的狐狸也逃脱不了猎人的眼睛!"尚军的声音凌厉而威严。

"啊?"电话那头的金石鱼发出惊愕声,随即传来了他近似乎乞求的声音:"那赶快将他放掉,他是我小舅子,请你放他一马,回来我再跟你细讲。"

"金队,被害人的亲属已经赶到现场了,我怎么放人?别人会投诉我的。"尚军回绝道。

电话那头,没有声音了,沉默了片刻,手机的听筒里传来了"嘟嘟"的掉线声,可以想象金石鱼的狼狈样。

第十二章 坑蒙拐骗

第十三章　深明大义

这时,被害人的朋友们打的也从后面赶了过来,"就是他!就是他……"几名男子抢拳准备毒打马弹,被尚军拦住了。一年轻妇女"扑通"一声跪在尚军的面前哭谢道:"谢谢警察大哥,他把我男朋友的胳膊砍断了。"说完就昏厥了过去,追来的那几名男子,协助辅警将马弹押进了警车。

望着铐上手铐的马弹,尚军知道自己又得罪了金石鱼,再看看在一旁悲伤哭泣的被害人家属,尚军觉得自己做得对!

"警察就是要维护正义!"尚军在心里默默地给自己鼓劲。

回到队里,金石鱼将尚军叫到他的办公室,他没有再与尚军多说什么,而是一反常态,用一副大义灭亲的嘴脸对尚军赞赏道:"尚军,干得好!"并朝尚军高高地竖起了大拇指,眼睛却冷冷地盯住尚军。尚军读出了金石鱼眼神的意思,金石鱼是在向他发威,金石鱼的潜台词是:"尚军,你厉害,有种!咱们走着瞧!"

尚军轻轻一笑:"哪里哪里,我应该做的。"

见尚军还没有反应过来,金石鱼放下手,换成了笑脸:"我这个小舅子就是不争气,让他吃点苦头也好,就按照程序办吧。"金石鱼虽然满脸笑容,但铁青的脸色里却隐藏着敌意。

金石鱼的这番话无不显示出他是秉公办事的,实际上他说的全是违心的话,他以为尚军听了他的话,一定会主动提出让马弹逃避处理的方法,哪知道,尚军就是不按他的示意出牌,而是装着很听金石鱼指令的样子,应答道:"好的!金队,就按你的指示办!"然后,转身走了出去。

金石鱼的肺都气炸了,呆呆地愣在那儿。

接着,他气急败坏地抬起手臂,将桌上的东西狠狠地挥在地上。"啪——"听到身后传来了茶杯碎在地上的声音,尚军只是驻足停了一下,然后整了整衣襟,挺身大踏步地走进了讯问室……

当夜,尚军做好了案件材料,将马弹送进了拘留所。

第二天,尚军智斗金石鱼的故事就在警队里传遍了,从此,金石鱼与尚军的裂痕越来越深。尚军也坚定了自己的信念:必须忠实于法律、维护正义!

没过多久,红卫岗中队扩大为防控大队,尚军、金兵勇和金军虎三人都被提拔为中队长。金石鱼虽多方阻挠尚军的提拔,但是尚军最终还是被市局任命为侦查中队队长。

经过几番交战后,金石鱼知道了尚军的厉害,特别是张扬的到来,更加增加了尚军抵抗金石鱼的分量,金石鱼做事开始谨慎,拿不上台面的事,都是由他的亲信去做,从不让尚军和张扬知道。

两年后的今天,经过自己的苦心经营,金石鱼终于被提拔为副局长。荣升为副局长的他,此时更加张扬跋扈,他认为自己现在可以掌控尚军的政治命运了,自己至少可以分管防控大队,在人员提拔和使用上有绝对的权力。但是事与愿违,没有想到市局没有让他分管防控大队,而是让张扬主持日常工作,局势并没有像他想象的那样。面对目前的处境,金石鱼不气馁,他坚信通过自己的努力一定能达到自己的目的,这就是他的特点:不达目的,决不罢休。

回忆慢慢散去。

想想刚才尚军对抗自己的那股士气,金石鱼气得牙齿咬得嘎嘣直响,心里在思忖:凭尚军如今的气势,哪天自己果真有把柄被他抓住了,他是绝对不会放过自己的。想到这,金石鱼禁不住打了个寒战。

此时,金军虎走了进来,"金局,你要的照片是这一张吗?"说着,从口袋里掏出那张他悄悄藏匿的照片。"这人好像有点面熟。"金军虎像是不经意地、自言自语地随意问了一句。

金石鱼却以为金军虎认出照片上的人了,认为没有必要再隐瞒了,何况,对于亲信他觉得也没有必要隐瞒。"是邓明,我怕她牵连进去,所以才要你取过来的,他们不会发觉吧?"金石鱼谨慎地问。

"噢!不会发现的,那么多照片,再说这张是侧身照,不熟悉她的人,是认不出来的。而且他们也没有编号(重要的照片,侦查人员都已经编上了号码),绝对不会发觉的!"

"嗯,不要跟任何人讲。"金石鱼不放心地又说了一句。

"知道。"

"你怎么没有上路堵控?"金石鱼忽然想起来问道。

"今天轮到我在大队值班。"

"哦——你忙去吧,有什么情况及时告诉我。"金石鱼接过照片。

"好的。"金军虎转身走了出去。

金石鱼仔细端详着手上的照片,脸上涌现出一丝得意的冷笑,心里却兴奋无比地说:"幸亏我及时赶来,要不你这个小妖精就会被尚军抓住了,说不定老子还会被你牵连进去呢?妈的!"同时用手在照片上抚摸了几下,咬牙发狠道:"小妖精,看老子今晚怎么收拾你。哼!"

金石鱼的嘴角露出了一丝奸笑,转而将照片放在嘴唇上亲了一下,然后爱惜地将照片放进了他的贴身衬衣口袋里,还用手轻轻地拍了拍,好像贴在他胸口的不是照片,而是邓明的那张艳丽而性感的玲珑小脸。

金石鱼提起桌上的公文包,正准备离开,见金军虎又急匆匆地推门跑了进来,"金局,出事啦!"金军虎惊慌地禀报道。

金石鱼驻足惊问:"什么事?"

"马弹,又砍人啦!"

"什么?"金石鱼惊愕地望着金军虎,"真是他妈的一个臭蛋!又给老子惹祸了,刚才布控的就是他?"金石鱼急切地问。

"嗯,我已经联系过他了,他正按照我指的路线逃跑。但是刚才接到兵勇的电话,他说尚军好像正在后面尾追着呢,你看怎么办?"

听说尚军在追击,金石鱼害怕起来了,他知道即便金兵勇在卡口放了马弹,尚军也会一追到底的,这是尚军的性格,上次马弹就是被他抓到的,这次如果再被尚军抓到,马弹就会没命的。金石鱼的那双金鱼眼在眼眶里来回不停地转动着,心里在急速地思考着对策。"看来,也只有这样了,一不做,二不休。"金石鱼下定决心似的,然后靠近金军虎的耳旁,压低声音,说:"赶快联系人,干掉他!"

"啊?!"听完金石鱼的授意,金军虎低声惊叫一声,两眼惊恐地望着金石鱼。见金军虎还有些犹豫,金石鱼随即摊牌道:"我告诉你,你不干掉他,他就是下一届的副大队长,你愿意他占了你的位置?"金石鱼知道金军虎虽然胆小,但是金军虎是个官迷,金石鱼每次拿官衔引诱他,都能成功。

金石鱼的引诱使金军虎的眼睛瞪得更大,金石鱼知道他的话敲中了金军虎的软肋,又说道:"稍微拿出一点儿男子汉的气魄来,要想成就一番事业,就要有魄力!"金石鱼敲着金军虎的脑门,一副恨铁不成钢的样子。

金军虎一咬牙:"好的,我这就安排去。"说着,拿出手机,一边拨号,一边匆匆地跑了出去……

望着金军虎的背影,金石鱼的嘴角抽动了两下,奸诈地干咳了两声,然后提起公文包,匆匆地走下了楼……

金石鱼是自己开车来的,一上他的本田雅阁车,他就迫不及待地掏出手机拨通了邓明的电话:"是邓经理吗?我现在手里有一张照片,和你长得很像,是专案组从王艺的居住地搜来的,特别是身上穿的内衣,我看得很眼熟啊,呵呵呵,不知你有没有兴趣看看?"电话那头传来邓明急切的声音,"别逗了,金局,你把照片拿来我瞧瞧,我在办公室等你。"

金石鱼故作玄虚,作怯道:"这么晚了,不打扰你休息吧?"

邓明撒娇道:"怕打扰你就不会来电话了,别废话了,赶紧来吧。"

"好好好,恭敬不如从命,我就到,啊——嚏——"金石鱼的荷尔蒙即刻被邓明性感的声音调动起来,浑身一颤,忍不住连打了两个喷嚏,他揉揉了鼻子,迅速挂上档,由于金石鱼的驾驶技术生疏,致使雅阁没有优雅的风度,倒像头野牛猛烈地颠簸了几下后,才驶上道。

十几分钟后,金石鱼驾驶的雅阁就停在了水月清华门前的停车场。金石鱼走下车,仰头看看十八层的窗户,发现有一个窗户还亮着灯,他知道那是邓明的办公室,邓明的卧室就在办公室的套间里。金石鱼只到过她的办公室,里面的卧室他却从来没有机会光顾过,邓明也从来没有邀请过他,今夜她却主动地邀请他了,金石鱼在心里嘿嘿一阴笑:"小妖精,你越是不愿意,老子就越要上你!"此时,金石鱼顿觉自己瞬间高大威猛起来,迈开步伐,信心百倍地朝水月清华的大厅走去。

水月清华商务中心实行的是24小时全天候营业工作制。服务生主动而热情地为金石鱼打开了电梯的门,金石鱼乘着电梯不一会儿就来到了十八层,踏着过道上松软的地毯,金石鱼兴奋而快速地来到了邓明办公室的门前,正准备

抬手敲门,就听到一声悦耳的类似于电梯开门时的电子提示声,"当——"房门自动打开了。

金石鱼惊奇的同时,迈步走进了房间,"当——"又是一声悦耳的提示声,房门又自动关上了。金石鱼惊叹这座城堡配套设施先进的同时,也从心里埋怨这些先进的科技设备,要是没有这些先进的设备,自己就不会被邓明录下那些见不得人的证据,也就不会被她控制在手中。但是,事物总是一分为二的,如果没有这座设施先进的城堡,也许自己永远也不会与这个艳丽的女人走到一起,也许这就是命!

想到这,生性迷信的金石鱼不禁又有些得意了:看来这就是上帝给他安排的财运和桃花运!

一阵熟悉的香水味从里面的卧室飘了出来,吸引着金石鱼走到了里面的套间,"哦?"金石鱼张大嘴巴惊讶地站在了卧室的门口,卧室里的装饰简直比总统套房还要豪华:宽大的席梦思上缎质的被褥闪耀着金色的光芒,擦拭得铮亮的红木家具散发着醉人的木质香气,绸缎覆盖的梳妆台上摆放着高档的日用化妆品和一大束鲜花,整个房间无不折射着富丽和堂皇。

此时,房间里所有的明灯都已熄灭,只有墙壁上的装饰灯和落地台灯散发着玫瑰色的柔和光线,将整个房间映照得温馨而浪漫。在一盏长长的纸质落地台灯旁,邓明穿着那件令金石鱼魂牵梦绕的法国进口的高档内衣,右手托着下巴,忧郁地端坐在紫红色的红木沙发上。

"太美了!"金石鱼由衷地赞出口。

第十四章　蹊跷事故

他没有想到邓明会用这身装扮迎接他,金石鱼禁不住从衬衣口袋里掏出那张照片,与眼前的美人作对照,同样的人、同样的装束,显然,眼前的她比照片上的更有韵味。

沙发上的美女没有与他讲话,只是依然忧郁地端坐在那儿,像是在沉思又像是在等待,她像一尊唯美的雕像,静如止水,一动不动。金石鱼不想打乱这恬美的画面,他站在原地静静地欣赏了几分钟后,才轻轻地放下公文包,缓缓走到她的跟前,由衷地赞美道:"你比照片上更美!"说着,将照片递到她的眼前,问道:"是你吗?"邓明没有说话,两眼依然垂视着前方。

见邓明无动于衷,金石鱼禁不住蹲下身子,仔细察看,只见美女的眼帘下已有点点泪光闪耀,"我也没有欺负你,你哭什么?"金石鱼有点扫兴,但他嘴上这么说,心里却很开心,禁不住在心里暗自偷乐道:"你也有被人抓住把柄的时候,这叫一报还一报!"

听到金石鱼的口气有点不悦,邓明开口了:"浴池里已经放好水,去洗个澡。"声音虽然很柔弱,但充满亲切和关爱的意味,叫人听了很舒服。

"好、好、好!"金石鱼赶紧顺从地答应着,幸福地哼着小曲,走进了洗漱间,那得意的样子,好像邓明是他的老婆似的。

一阵洗漱后,金石鱼穿着白色高档的浴衣走了出来,只见邓明抬起泪眼,望着金石鱼,问:"你怎么不问照片的来历?"

金石鱼不屑地哼了一声:"这还要问吗?我是干什么的?"金石鱼的话语充满自信和自大,"如果再迟一点儿,照片就会落到尚军的手里了。"

"尚军是谁?"邓明问。

"一个不知天高地厚的小赤佬!他一直与我作对,今天要是换了别人,这张照片是拿不出来的,你以为办什么事都那么简单的?警察的眼睛比鹰眼还敏

锐。"金石鱼怯生生地表白道。

金石鱼的话引来了邓明感激的眼神,"要不怎么会找你这棵大树乘凉呢?"邓明一下子改变了刚才的忧郁神态,调皮地搂住了金石鱼肥硕的身躯。

"啊——嚏——"金石鱼浑身一颤,打了个喷嚏。然后,抬手将美人搂进怀里,不一会儿,两个肉体就滚到了席梦思上……

此时,上路堵截杀人凶手的防控大队人员,正严阵以待地把守在各个路口,等待凶手的到来。尚军驾驶着警用摩托车抄近路追在了凶手驾驶的轿车后面,前方恰逢十字路口,凶手不顾红灯提示,玩命地冲了过去。尚军左右看了看,见没有车辆通过,当即加大了油门,警摩拉着警笛也跟着冲了过去。

此时,一辆停靠在路边的桑塔纳突然从右面向尚军急冲过来,尚军赶紧避让,但为时已晚,只听"嘭"的一声,尚军连人带车被撞飞了起来,然后,重重地摔在了路基下的草丛里,尚军的头撞在了路基下的石块上,一下昏了过去。

前面的凶手驾车趁机逃之夭夭。

桑塔纳的驾驶者没有逃逸,而是停下车,大声呼喊后面追赶而来的警车。警车见有人求救,赶紧停了下来,得知尚军被撞,熊奇和李烈迅速冲向路边草丛,看见昏在草丛里的尚军满脸是血。"队长、队长,醒醒……"李烈扶起尚军的身子,急切地呼喊道。

尚军依然昏迷不醒,大家赶紧将昏迷的尚军抬到警车上,送往医院进行抢救。

两名辅警用手机及时报警并留下看护现场,等待交警到场进行勘察。

张扬得到报告后带着大队的干部赶到医院看望尚军的伤势,经医生抢救,尚军从昏迷中慢慢醒来,经全身检查,尚军大脑轻度脑震荡、左腿胫骨三处骨折、左膝盖内十字韧带受撞击半撕脱。见尚军脱离了危险,站在病床边的张扬长吁了一口气,"凶手抓到没有?"躺在病床上的尚军强忍着剧痛,挣扎着问。

张扬无奈地叹口气:"没有,从卡口冲卡逃掉了。"

尚军无法理解:"什么?又从卡口逃掉了?"

尚军气愤地拗起身子刚要向金兵勇责问,被张扬按住了,"当务之急就是配合医生,尽快地把伤治好,其余的你就不要问了。"接着,他看了看手表,已经是凌晨4点了,转身对熊奇吩咐道:"你就暂且留下来陪护尚队,有什么情况及时告诉我。其余人赶快回去抓紧时间休息,明天还有事。"众人在张扬的催促下,陆续走出急救室。

"那个撞我的司机伤着了没有？"尚军问熊奇。

"他没事,现在正配合交警调查呢！"

尚军若有所思地自言自语："我当时看到那辆桑塔纳是停在路边的,怎么就……"

尚军的话说了一半,就停住了,他开始努力回忆当时的情景,他怎么也搞不明白,那个桑塔纳司机见到警车追嫌疑车,怎么还向他冲来？尚军不停地重复回忆着当时的情景,百思不得其解,尚军陷入深深的回忆之中,以至于张扬跟他告辞,他都没有在意到。任凭尚军怎么思索,他也不会想到那个司机是专门暗害他的。

当金军虎将尚军的伤情报告金石鱼时,金石鱼正躺在邓明闺房的席梦思上爽快地喘着粗气,"干得好！军虎啊,有些时候,我们可不能优柔寡断啊！要是我们处置不果断,马弹就会被他抓住,到时候就会牵连一大帮的人,你说对吧？"金石鱼得意地自我炫耀着。

"对！金局,你说得很对,有时候就要放开手脚干！今后我还要多向金局学习。"金军虎在电话里不停地奉承。

"嗯,有什么情况及时告诉我,嗯,再见。"金石鱼按断通话键,随手将手机扔在一边,嘴里忍不住骂出几句上海话："小赤佬,跟我斗,就是跟天斗！你能斗得过天？这下好了,你就是想斗,也动不了了。哼！你个小赤佬！"

躺在金石鱼身旁的邓明望着金石鱼一副深恶痛绝的样子,很是莫名其妙,于是就问："你骂谁啊？这么狠！"

金石鱼一撇嘴："还有谁啊?！就是那个小赤佬！"转而得意地一刮邓明的鼻子,乐了起来："呵呵呵……"

邓明猜测道："是不是尚军？"

金石鱼点头默认："就是这个小赤佬！这次让他断腿,下次就让他断命！"邓明看到了金石鱼脸颊上印出的咬牙的痕迹,心里微微一惊:这人心真毒！

"金局,你说这个案子就这么不了了之了？"邓明翻过身趴在席梦思上,两只手托着脸,样子很乖巧地轻轻问。

金石鱼似乎有点幸灾乐祸："不这么了了,你说怎么办？凶手都跑掉了。"

邓明娇嗔地轻拍了一下金石鱼的大腿,纠正说："嗨,我问的是之前的那个

第十四章　蹊跷事故

案子。"

"噢!"见邓明还放心不下那个凶杀案,金石鱼觉得自己的猜测是准确的,邓明一定与那个死者王艺有瓜葛,遂有意恐吓说:"那个案子啊,准备交给交办中队去侦查了。"

邓明一下子坐了起来:"交办中队还属于你管吗?"

金石鱼直摇头:"不属于我管,直接属于市局一把手局长管,一般重大的案子才交给他们办,要不怎么叫交办中队呢?"听起来金石鱼是在向邓明解释公安内部的管辖制度,其实,他是在观察邓明对他的恐吓有什么反应。

邓明看了看他,皱了皱眉头,然后叹了一口气:"哎!其实,我自己倒无所谓,这张照片是王艺为我拍的艺术照,我之所以这么关心这个案子,是怕公安上来调查。你是知道的,你们公安审问起人来,个个都是凶神恶鬼的,我这人天生就胆小,我怕到时候经不住他们轮番拷问,一不小心再把我们的事说出来,这不牵连了你了吗?所以,才叫你把照片拿来,免得节外生枝。"

邓明的这番话看似轻柔柔地道出来的,却使金石鱼听得浑身直冒冷汗,这哪是在向他诉苦,分明是在向他摊牌:你不保护我,我连你也一起端出来。

邓明的话一下激怒了他。"你这是在恐吓我!"金石鱼的声音一下子高了起来,"你以为我会被你吓住?大不了一起完蛋,我死之前也会先找个垫背的。"金石鱼暴突的眼睛死死地盯住邓明,好像在说:"你把老子搞急了,老子先把你宰了!"金石鱼目光凶狠阴冷,直把个邓明看得心里直发怵。

见没有吓住金石鱼,邓明赶紧调皮撒娇:"你看你一副凶神样,吓死人喽!我们都是一条船上的人了,你不关心我,谁关心我?"说着,眼帘垂了下来,像是又要落泪了。

见邓明的头低了下来,金石鱼火气一下消了大半:"既然你不把我当外人看,就跟我说实话,你为什么这么关心这个案子?你只有把实情告诉我,我才好想方法帮助你。"

邓明长呼一口气,像是铁下心似的。"我就如实地告诉你吧。"邓明翻身又坐了起来,"我和王艺在郊区合伙开办了一个工厂……"

听完邓明的叙述,金石鱼才恍然大悟,他惊愕地望着她,连连感慨道:"原来是这么回事,你们胆子真他妈的大!比天还大!"

第十五章 联合密谋

邓明跟金石鱼讲的是这样的一个故事——

邓明与王艺合伙在郊区搞了一个制造假烟的工厂,专门用来制造假中华牌香烟。这个设想最初是王艺想出来的,王艺爱好摄影,一次他到云南采风,发觉那里的烟草很便宜。而且,云南那边盛产烟叶,私人制作香烟的作坊也很多,一包假中华香烟,成本价只要三四块钱,到内地转手一卖,就能赚几十元,纯属暴利。王艺回来后,将这一消息告诉了邓明,精明的邓明发觉这是个商机,遂与王艺密谋准备在春江开设一个秘密制假工厂。春江人最喜欢抽中华牌香烟,每到重大节假日,中华牌香烟都要脱销,邓明经过计算,如果这个制假烟厂开办成功,一年就可赢利 1000 万。

巨大效益诱惑着他俩,虽然先期投资需要 200 万,但俩人还是觉得值得一搏。俩人开始四处筹钱,按照协议,邓明和王艺各出资 100 万元。邓明通过自己的关系东拼西凑总算筹齐了 100 万,王艺就没有那么容易了,万般无奈之下,他在地下钱庄借了高利贷,俩人总算将钱筹齐,然后又由王艺到云南购买烟支包装机器、烟盒印刷机器、大型箱式货车,并在当地出高工资招聘了十余名熟练工,工厂就设在春江市郊外一处闲置的工厂内。等他们将这一切准备完毕时,王艺第一次还贷期限到了,债主三番五次地找王艺讨债,逼得王艺东躲西藏,不得安宁。

其实,这个故事是邓明见王艺被害后精心编造的,真实情况是那个制造假烟的烟厂是她自己独自开办的。现在见王艺不明不白地被害了,她害怕王艺的死与自己设的那个套有关,害怕自己被牵连上,所以谎称烟厂是和王艺合伙开的,忍痛割爱,将一部分股份送给金石鱼,目的就是牢牢地缠住金石鱼这棵大树做挡箭牌,使案件无法侦查下去;同时也可使假烟厂的生意继续进行下去。这样一来,她既可以让金石鱼出面阻挠杀人案件的侦查,也可以免得潘颜秀发现她

暗地里另起炉灶发财而抛弃她，还可以杜绝工商和公安部门对烟厂的查处，可以说是一举三得。

邓明知道金石鱼奢贪的喜好，相信她编造的故事一定会使金石鱼听入迷的，遂声情并茂地引诱金石鱼将她的故事听下去——"王艺的死，很有可能是地下钱庄下的毒手，这帮人唯利是图，说到做到，心狠手辣。"邓明心有余悸地说。

稍停，她又庆幸地对金石鱼说："债主目前还不知道王艺将钱投到工厂上去了，要不，他们一定会封工厂，也绝对不会对王艺下毒手的。"

金石鱼听愣了。"小祖宗，你的胆子真大啊！我说你怎么这么关心这个案子，原来是这么回事，要是不出人命，你恐怕永远也不会告诉我吧？"金石鱼拧住邓明的脸颊，恶狠狠地问。

邓明顺势靠在了金石鱼的怀里："人家现在不是全告诉你了。再说了，冤有头，债有主，现在王艺已经死了，所有债务将一笔勾销，只要你能摆平这件事，他的那一份股就算是你的。"邓明的话一下堵住了金石鱼的嘴，她知道金石鱼对于这块肥肉会动心的。

"你说怎么摆平？"金石鱼反问。

邓明抱着他说："帮助我把工厂换个地方隐藏起来，一切债务将会因为王艺的死亡而消失，你就能白白地得到100万的股份。"

金石鱼皱了皱眉道："这么一大堆机器，藏到哪儿都会被人发现的，我是想不到哪有合适的地方来安置这堆烂铁。"金石鱼觉得很难办，毕竟是一个工厂，不是藏匿一个人。

邓明随即说："我找了一个地方，就我们商务中心的地下室，这个地方最安全。"

邓明像是蓄谋已久。

金石鱼不解地问："那你为什么一开始不设在这儿？"

邓明一撇嘴："我不想让潘颜秀知道这件事。"

"其实，你一开始就应该与潘颜秀合伙干的。"金石鱼替她惋惜道。

邓明摇摇头："潘颜秀吃不了那个苦，我是知道他的性格的。要不我怎么会与王艺合伙呢？"

金石鱼似乎知道邓明的用意了："你的意思……是让我跟潘颜秀讲？"

邓明点点头:"对!只要你开口,他是不会不同意的,地下室一直闲在那儿没用处。你不要告诉他真实情况,就说你的亲戚急需租房子,他一定会跟我商量的,到时我会游说他的。"

"嗯……这也不失为一个好的办法。"金石鱼点头说,其实他心里确实如邓明所猜测,他还是看中那100万元的股份,随即急切地问邓明:"潘颜秀在家吗?"

"不在,正在海南旅游。你现在就给他打电话,你就说……"邓明对金石鱼如此这般的一番授意后,金石鱼乐了,"你这个小妮子,真他妈的精明!哈哈哈……"金石鱼笑罢,随即掏出手机拨通了潘颜秀的电话:"潘总,我是金石鱼,我家有个亲戚想开一个小印刷厂,现在市面上的房租费很贵,想租你的水月清华的地下室做厂房,我……"还没有等金石鱼把话说完,电话那端就传来了潘颜秀爽快的应答声:"金局,这么点儿小事,也值得您个大局长半夜三更的扰民啊,明天我让邓明主动联系你,好吧?"

"好、好,再见。"金石鱼放下手机,冲邓明说:"你真料事如神,他明天还要跟你商量,这个潘颜秀真他妈一个女人,婆婆妈妈的,一点儿不利落。"

"这样,对我们不是更好吗?"邓明调皮地望着金石鱼一挑眼,两人会意地笑了起来。

金石鱼两眼望着邓明,心中还是有点不放心。"机器可以暂且隐藏起来了,你怎么阻止公安机关调查王艺的死因?"

邓明讥讽地从鼻子里嘻了一声:"还亏你是干公安的,现在地下钱庄杀了人,他们躲还来不及呢!只要我们尽快把厂子隐藏起来了,任凭警察怎么查,也查不到我们这儿来的。再说了,现在王艺都死了,死无对证,一点儿线索都没有,怎么查?加上还有你这个靠山,这个案子不就成了悬案!"邓明自信地推断着,眼里闪烁出丝丝狡诈的光芒。

金石鱼现在才明白邓明为什么今晚这么爽快邀请他来她的卧室,不仅仅是为了照片,还有比照片更重要的事需要他帮忙,真是醉翁之意不在酒。

金石鱼心里一颤,感慨道:"怪不得潘颜秀什么事都要与你商量,你确实是个精灵!太厉害了,厉害得连我都有点怕你了。"

金石鱼说的是实话,邓明确实是个精灵,她思考问题、处置问题的能力比一

般男人都要强,与这样富于心计的女人共事,既有好处也有坏处。当她与你在一条船上时,她会帮你劈风斩浪;当她与你不共戴天时,她就会卸磨杀驴。

金石鱼隐约觉得与这样的女人共事得处处防备些,但就目前的势态来看,金石鱼觉得邓明还离不开他,所以,也就不需要太防备她了。

邓明听了金石鱼的话后,咯咯一笑,嗔娇道:"去你的,我值得你害怕吗?我还不是为了我们的共同利益,这个年头谁嫌钱多?"说着,抬起手指调皮地点了一下金石鱼的脑门。

金石鱼仔细体会邓明的话,觉得她说的也没有错,光自己那点"阳光工资",只够全家糊口,自己还有几年就要退居二线了,再不趁有权捞点外快,事后后悔都来不及。

邓明为什么死死地缠着自己,还不是看中了自己手中的权力?想明白了这个道理后,金石鱼反倒一阵窃喜:自己今晚也没有白来,没有投一个子儿,就落得个100万的股份,而且这个100万还会给他带来更大的收益,怎么算,也合算!

财运来的时候,真是挡都挡不住。金石鱼不觉洋洋得意,望着面前的美人儿,金石鱼觉得今夜他是一举两得,财色俱获,金石鱼一阵激动。"哈哈哈……"他贪婪地大笑了几声,禁不住又一次将邓明揽入怀中,两人又滚在了席梦思上……

第二天一早,潘颜秀真的给邓明打来电话征求她的意见,邓明假装不知道这事,但她很赞同潘颜秀把地下室租给金石鱼的亲戚,她对潘颜秀说:"潘总,你的决策真伟大,那么大一个地下室,荒也荒在那儿,现在有人要租,好歹也能得到一笔租金。再说是金石鱼家的亲戚,这个人情不就全记在金石鱼的身上?这对我们今后控制金石鱼不就又多了一个砝码吗?"

邓明的一番话彻底打消了潘颜秀的顾虑,他爽快地同意将地下室出租给金石鱼了,就这样,当天晚上,邓明就安排人将制假窝点秘密地转移到了水月清华的地下室。同时,金石鱼派遣金明前往云南联系裸烟(就是生产好的烟支,还未包装成盒、成箱)。

做完这一切后,金石鱼觉得万事大吉,心想:"即便工商部门和公安机关怎么调查,也不会查到水月清华的地下室来,再说了,我也不会让尚军他们进入水月清华的。"

一想到尚军,他觉得有必要到医院去看看他,他要看看一向在他面前桀骜不驯的"小赤佬",躺在病床上又会是一番怎样的风采。遂拿起电话接通了他的另一个心腹金兵勇的电话:"兵勇啊,你准备一点东西,陪我到医院看望一下那个小赤佬。"

电话那端传来了金兵勇欣然应答声:"好的,金局,半个小时后,我就来接你。"

金兵勇虽然也是金石鱼的心腹,但他与金军虎不一样,金兵勇还兼管着防控大队的财政大权,从红卫岗中队开始他就是单位主管财务的内勤,单位的财务支出和收入,只有他和金石鱼两人知道,其他人一律插不上手,人们私下称他是金石鱼的私人会计。后来中队扩建成控防控大队,经金石鱼的极力推荐,金兵勇和金军虎一同被提拔为中队长,金兵勇做上了中队长以后,金石鱼还依然让他主管着大队的财务工作,目的就是让其他人插不上手。现在金石鱼虽然到城管局任职了,但他还戴着大队长的帽子,他依然可以使用防控大队的资金。

金兵勇很快准备了慰问品,并亲自驾驶着帕萨特轿车来城管局接金石鱼,刚到城管局院子的门口,就发现金石鱼带着他的老婆和儿子从里面走了出来。金石鱼一家子上了车后,金兵勇不解地问:"金局,怎么还带嫂子他们去?"金兵勇觉得没必要这么隆重的去看望一个和他们不在一条线上的人。

还没有等金石鱼解释,他的老婆马菜花就抱怨起来:"就他毛病多,非要拉着我们娘俩去,什么大人物?一个小队长值得我们全家兴师动众地看望他?哼!"马菜花和金兵勇的看法一样,对于金石鱼这样高礼节地去看望一个仇人都十分不理解,马菜花一脸的不情愿,嘴里不停地数落着。

坐在前面座位上的金石鱼一直不吱声,见她还在喋喋不休,心里烦了,回过头冲着她一撇脸,喝责道:"瞎咋呼什么?给我闭嘴!女人家,头发长,见识短。"

马菜花一下被他的凶相吓住了,再也不敢唠叨了。

金石鱼骂的是马菜花,金兵勇觉得也是在骂他,他的脸一阵发热,大气不敢出,只得两眼前视,装作专心驾驶车辆。

见金兵勇一脸的窘相,短暂的沉默后,金石鱼打破了僵局,只见他冷冷一笑,望着金兵勇指教说:"对于尚军这样的烈汉,不能硬来,要用温情感化,这就叫以柔克刚,这也叫手腕,知道吗?"

尴尬得一脸通红的金兵勇,见金石鱼主动缓和气氛,赶紧装着恍然大悟的样子,钦佩道:"对对对!还是金局思考问题周全!徒弟一辈子也学不会。佩服,佩服!"

金石鱼见金兵勇理解了他的意图,顿时得意地谦虚说:"佩服什么?经历得多了,自然就会了,你还年轻,慢慢来,官场上就是这样,有时候对于你心里不情愿的事,还要装得很乐意去做,而且还要做得滴水不漏!这就叫政治……"

对于金石鱼的官场理论,他妻子马菜花很是不服气,随即从牙齿缝里不屑地龇了一声:"喊!"但没有敢再多反驳什么,只是斜眼狠狠地瞟了一下金石鱼。

对于金石鱼的指教,金兵勇则佩服得五体投地,嘴里不停称赞的同时,还不住地点头附和:"金局说的很对,多谢金局指教。"

也许是受到了金石鱼的点拨,金兵勇周身的血液一阵涌动,浑身仿佛增添了无穷的力量,以至于放在油门踏板上的右脚掌禁不住又往下踩了一格,帕萨特飞一样地向春江市人民医院驶去……

第十六章　暗下毒手

春江市第一人民医院骨科病房。

金兵勇拎着慰问品伴随着金石鱼一家人出现在了尚军所住的病房。躺在病床上的尚军，头部和脸颊都缠满绷带，只露出眼睛、鼻孔和嘴巴，右手臂正在挂点滴，整个左腿被一个特制钢制夹子牢牢地夹在支架上。尚军脸色惨白，双眼微闭着，两道剑眉痛苦地紧蹙着，一看就知道，他在极力控制着身体剧烈的伤痛，活腾腾的一个汉子，转眼间被撞残了，金石鱼的心里禁不住一颤："太惨了！"

但这种本能的良知反应，瞬间被他强烈的野心占据，遂而又在心里狠狠地骂道："小赤佬，你不是很有种吗？怎么不神气了？谁让你跟老子对着干！这就是你的下场！"

金石鱼心里幸灾乐祸，表面上却表露出很心痛的样子，轻声地向陪护的民警熊奇询问着尚军的伤情。听见床前有人说话，尚军从昏昏沉沉中睁开了眼，见是金石鱼，他想直起身子，金石鱼见状急切地摆手阻止住："不要动，尚军，好好躺着，自己人还客气什么？"

金兵勇此时趁机向尚军解释说："尚队，金局很关心你的伤势，特意带家属来看望你，这是嫂子为你买的营养品。"说着，将拎在手里的慰问品放在床头柜上。金兵勇的这番话恰到好处地表白了金石鱼的一派关心之意，金石鱼用赞许的目光瞟了瞟金兵勇，在心里欣喜地夸赞道："好小子，学得真快！"

此时，马菜花的手机响了，本来她就不愿意来，现在碰巧有人找她，就假装到外面接电话，趁机带着儿子提前溜走了。

金石鱼将屁股下的凳子往尚军的床前挪了挪，显示出无比亲切的样子，对尚军说："尚军啊，平时你们都很辛苦，没有时间休息，现在正好趁养伤的机会，把身体好好休整休整，你不但要养伤，还要养心啊——"最后一句话的结尾音拖得很长，听起来像是别有一番意味，好像在提示尚军：你为什么受伤？你要用心

多思考啊!

尚军明白他的意思,但没有吱声,只是静静地望着在表演的金石鱼。见尚军无声地望着他,金石鱼忽然觉得自己说的话太过于露骨,赶紧转了话题:"案子方面的事,大队会重新分配人负责的,你尽管放心,实在不行,就移交给交办中队侦查,你就不要再惦记了,安下心来养伤。"

尚军依然静静地望着他。

金石鱼已经感觉到尚军对他的无声的反抗,他尴尬地捋了捋耷拉在脑门上的几根稀疏的头发,眼珠转了转,装着突然想起什么似地对金兵勇说:"这个医院的骨科金主任,是我的朋友,待会儿你陪我找他一下,让他对尚队关照一下,该花的钱一定要花,只要能把伤尽快治好。"

金兵勇点头示意领会,并用手往上衣口袋拍了拍,生怕旁边病床的人听到似的,压低声音说:"给医生的红包,我都准备好了。"

"嗯……"金石鱼欣喜地点点头,像是夸赞金兵勇的准备工作做得好。然后,他转过身对熊奇交代道:"熊奇啊,服侍尚队的重任就交给你了,需要什么要及时向大队反映,也可直接跟我说,毕竟我还是大队长啊!"

熊奇应答:"请金局放心,我一定照顾好尚队。"

"嗯。"金石鱼欣慰地点头,转而轻轻地拍了拍尚军的手臂,"好了,我们就不打扰你休息了,想吃什么,告诉我,我让你嫂子给你做。我和兵勇再去找一下金主任,让他关照一下。"说着,起身与金兵勇走出了病房。

在医院走廊的过道上,金石鱼与金兵勇耳语了几句,然后,接过金兵勇递给他的车钥匙,就独自下楼了。金兵勇则敲开了骨科主任金大虎的办公室,过了好长时间,金兵勇才从金大虎的办公室走了出来。金石鱼就坐在楼下帕萨特的后排座位上等着金兵勇,回到车里,金兵勇兴奋地对金石鱼汇报说:"金局,金主任答应了,一切按您的指示办。"

金石鱼听后,会意地一冷笑,咬着牙,解恨道:"尚军啊尚军,你躺在病床上了还跟我较劲,有种!你头掉了,还不知道在什么地方掉的呢!"

金兵勇在一旁阴险地补充道:"金局,不是掉头,是断腿!哈哈哈……"

金石鱼被金兵勇的话逗乐了,禁不住也跟着他哈哈冷笑起来。但是他们的笑声不那么爽朗,倒是有点阴冷的腔调,很难听。

冷笑中，金兵勇一扭点火钥匙，帕萨特发出了一声沉闷的尖啸声，得意地驶出了医院……

就在金石鱼的帕萨特驶出医院不久，骨科的金大虎主任亲自带着一群医生，来到尚军所在的病房查房，科主任亲自查房，这是很难得的，病房里的其他病人及其家属都很重视这个机会，都争先恐后地向金主任咨询有关病人的情况。金主任不厌其烦地回答着大家的提问，他的回答简洁明了，无不显现出他的睿智和豁达。来到尚军的床前，金主任主动招呼道："你就是尚队长吧？"

"我就是尚军。"尚军客气地应答道。

"刚才你们金局长专门找我谈了你的情况，你放心，我们会尽全力的，从入院时拍的片子看，你最主要的问题就是左膝的十字韧带受伤，韧带的损伤比骨折还要难治愈，不到万不得已，不需要进行手术，我们给你上了支架，进行保守治疗，一般是不成问题的，等会儿再拍一个片子看看。"说着，指示手下，将尚军固定在支架上的左腿放了下来，像是检查尚军的伤势，只见金大虎两手抱住尚军的左腿，轻轻地晃了晃，问："疼吗？"

"很疼！"尚军忍着痛，轻声回答。

尚军刚回答完，金大虎又问："这样疼吗？"问的同时，就见金大虎两手握住尚军的小腿用力一拧，就听"嘎嘣"一声，像是断裂的声音。"啊——"尚军忍不住大喊一声，蚕豆般大的汗珠即刻从他的脸上滚了下来。尚军的痛叫声，使病房里所有人的目光都惊恐地扫视了过来，站在一旁的熊奇本能地一把抓住金大虎的双手，阻止了他继续用力，"金主任，怎么这么检查?！他的腿已经骨折了，怎能经得起这般拧转？"

金大虎的眼里闪过一丝慌张，为了掩盖自己慌张的神色，他抬手扶了扶鼻梁上的眼镜，故作镇静地说："我这是在检查，不检查，怎么知道伤情呢？难道我做错了吗？"金大虎朝身旁的熊奇一摊手，好像他这样做是天经地义的。旁边的其他医生见熊奇与金主任争吵起来，赶紧在一旁纷纷帮腔，规劝熊奇不要少见多怪。

熊奇大声反驳："检查需要用这么大的劲吗？"

只见尚军疼得浑身发抖，双手紧紧地抓住褥单，嘴里发出阵阵痛苦的呻吟，

他已经感觉到左腿的韧带断裂了,他两眼紧紧地盯着金大虎的眼睛。金大虎的脸一阵发白,不敢与他对视,只是故作镇定地指示手下医生,重新给尚军的左腿安上支架,然后,领着这群医生装模作样地到其他病房继续检查。

金大虎一走,病房里所有人都指责金大虎刚才的所为,大家认为金大虎这是在有意折腾病人。有人甚至怀疑,尚军以前是否得罪过金大虎,要不,他怎么会下手这么狠?

听到大家都这么议论,尚军又想起刚才金石鱼说的话,难道金石鱼所说的要金大虎关照自己,就是这种关心法?想想金石鱼带着家人看望自己,表露出的关爱之心,尚军无法把刚才金大虎的所作所为与金石鱼的授意联系在一起。但眼前的事实使他的脑中不知不觉又浮现出在十字路口桑塔纳碰撞自己的情景……

对于这次意外事故,尚军一直有一种解释不清的感觉,如果这次事故真的像自己感觉到那样是有人特意安排的话,那么金大虎受人指使,扭断自己的韧带,就不容置疑了。

尚军在痛苦中默默地思索着。

就在大家议论纷纷之时,张扬来看望尚军了,熊奇将刚才的情况向张扬如实进行了汇报:"我看,这个金主任心存不良。"

张扬没有发表意见,但是看到病床上疼痛得瑟瑟发抖的尚军,张扬惊愕了,在他的印象中,尚军是个雷打不倒的硬汉,就是这样一个硬汉,怎么会轻易地发抖。毫无疑问,他在忍受巨大的创伤。

张扬走到床边轻声地问:"怎么样?"

"好像里面的韧带断了,我的腿动不了了。"尚军咬紧牙关回答道,眼里充满无奈。

张扬知道势态严重,随即拿起手机给地级市医院润扬医院的一位好友孟令继主任反映了尚军的情况,孟主任是润扬医院骨科的一位主任医师,在临床诊治上,成就非凡,张扬今天来的目的就是准备将尚军转移到他那去治疗,现在出了这件事,就更加坚定了张扬的决心。孟主任听了张扬的介绍,建议尚军到润扬医院医治,因为,就目前春江市的医院治疗技术,还没有能力缝接膝关节十字韧带,张扬随即让熊奇为尚军办理转院手续,接着,又马不停蹄地将尚军用专车送往润扬医院。

一进润扬医院,孟主任就给尚军的左腿又重新进行了拍片检查,然后将之前拍的片子放在一起进行比较,就很明显地发现了答案,原本只是撕脱的十字韧带,现在已经全部被扭断,胫骨的三处骨折部位,也有不同程度的错位,这就表明,金大虎的那一拧,确实是在尚军的伤口上撒了一把盐。熊奇听后,肺都气炸了,他极力要找金大虎理论,被张扬阻止了:"不要添乱了,医生检查病人是天经地义的,你就是有冤,也说不清,先忍着吧。"

孟主任提出为了减轻伤者的痛苦,需要立即进行手术修复。

听到诊断结果,尚军愤怒无比,原本只需要卧床静养的保守治疗,经金大虎这么一折腾,现在需要大动干戈,进行手术缝接,而且,伤口愈合的时间将要大大地延长。真是躲了一难,又遭一劫。

尚军强忍住愤怒,催促尽快手术。

张扬看在眼里,痛在心头。他十分理解尚军此刻的心情,也已经冥冥地感觉到,金石鱼在对尚军下毒手,很显然,金石鱼是想阻止尚军调查这个案子。但是,张扬没有将自己的感觉跟尚军讲,因为,他怕那样更激起尚军的愤怒。尚军现在需要静下心来准备手术,再则,这仅仅是自己的感觉,究竟自己的感觉是否正确,还有待于进一步证实。殊不知,尚军和他一样,也感觉到是金石鱼心怀鬼胎。

只是尚军将这一切深深地埋在心里了,男子汉总是将苦水往肚子里咽,总是坚信乌云是暂时的,阳光总会到来的。大无畏的英雄主义精神总是在紧要的关头,激励着英雄们向前看!

第十六章 暗下毒手

第十七章 表功作秀

夜深了。

润扬医院骨科主任孟令继主任的办公室里依然还亮着灯,灯光下张扬与孟令继这一对挚友在推心置腹地交谈着。作为尚军的领导,为了尚军做好此次手术,张扬觉得有必要向孟主任谈谈自己的想法,因此,他特地连夜从春江市赶到润扬与难得相见的孟令继交心。

张扬向孟主任讲述了尚军的为人、在单位的表现、前期发生的案件,以及他自己对这起蹊跷事故的前前后后的一些看法。听完张扬的叙述,孟主任对尚军肃然起敬。"想不到,我们的身边有这么好的警察,我一定亲自执刀,为他缝接韧带,让他尽快重返警营。"孟主任的眼里流露出无比的激情。

"好!我替尚军感谢你!"张扬一把握住他的手,紧紧地来回晃动着。

"这是应该的,警察为我们保驾护航,我们医务工作者理应为他们抚平伤痛,你放心地回去忙案件吧,尚军就交给我了,我将用国际最先进的微创技术为他手术。"

"理解万岁!"张扬的心头一热,眼里闪烁出无比感激的神色,患难之时见真情,两个挚友的心紧紧地靠在了一起。

告别了张扬,孟主任连夜为尚军的微创手术作案头准备,他要用刚从国外学得的微创技术,为尚军做十字韧带缝接手术。微创手术,是国外刚刚兴起的一种先进的外科手术法,这种手术技法能最大限度地减少病人肢体的手术创伤,减少病人的痛苦,但需要操作者的操作技术必须过硬。目前,在这个地区,孟令继主任是膝关节微创手术的领军人物,为了做好明天的手术,他将需要注意的事项都一一的记录在案,直忙到凌晨。

第二天,尚军就被护士推进了手术室。

手术进行得非常成功。

接下来就是等待术后的愈合,按照韧带缝接手术要求,手术后的第三天就要进行关节屈伸训练,以防止韧带的僵硬和钙化。但是,尚军的十字韧带是从膝盖内的半月板处撕断的,必须要等韧带在半月板上长结实后,才能进行左腿的伸屈训练。这个愈合时间需要两个月,而两个月时间,腿部的其余韧带将会硬化、褪变,这就预示着两个月后,尚军将面临更为痛苦的康复训练。这就是手术带来的隐患和无法逃避的过程,当孟主任将康复训练极度痛苦的事实告诉尚军时,尚军并没有把它当回事,特种兵出身的尚军,根本没有把它放在心里,他认为再苦的康复训练,也比不过部队的作战训练,于是他开始耐心地配合医生的治疗,等待康复训练时间的到来……

再说防控大队那边,由于尚军住院疗伤,侦查中队缺少领头人,张扬就安排副大队长杨建国带领侦查中队进行王艺案件的侦查工作,侦查人员按照金石鱼在案件分析会上提出的侦破思路,兵分两路:一路人马对从王艺居住地搜集来的照片进行逐个排查,调查发现,照片上的女子都是些从事文艺、模特、礼仪工作的小姐,这些照片都是王艺为她们拍摄的艺术写真照,并没有发现一点儿有价值的案件线索;另一路人马对市区的武术协会、体校、体育教师、屠宰场工人,进行了大范围的排查,从调查结果看,也是毫无收获。

可是,春江市一百多万人口,究竟有多少人会武术、懂得人体解剖结构的呢?谁也无法统计得清楚,也就无法进行摸底排查。经过这番折腾后,侦查人员才感到案件很棘手,在这种情况下,侦查人员在征得市局主要领导批准的情况下,又对案发当晚在水月清华消费的人员进行了调查,结果依然令人失望。就这样,一个月过去了,案件依然毫无进展。在金石鱼的授意下,防控大队又将案件交给了市局交办中队进行侦查,交办中队虽然在侦查中加大了工作力度,但侦查的路子依然顺着防控大队的侦查线路走的,导致最终的结果同样是走进了死胡同。就这样,又是两个月过去了,案件依然没有进展。

此时,恰逢市局又给交办中队交办了几起急办的案子,侦查人员在重新整理思路的同时,就将此案暂且搁了下来,将主要精力忙于其他案件的侦破,这样王艺一案,渐渐地在人们心目中开始被淡忘了。

在这段时间里，金石鱼也没有闲着，案件已经按照他的意愿搁浅了起来，他知道一旦案子的时间拖长了，就会不了了之了。于是，他的胆子大起来，他抓紧了地下假烟工厂的生产，他与邓明进行了分工，金石鱼负责进货生产，邓明负责销售，第一批生产出来的中华牌香烟，已经通过地下渠道轻松地消化掉了。一个月的时间，他与邓明就分得利润50万，首次尝到甜头，使金石鱼一发而不可收，他遂将因砍人而逃亡在外的马弹派到云南专门负责联系裸烟；并让金明在城管队员中间召集了一批亲信，这些亲信专门分散到每一个执勤组中担任班长；同时，为了壮大自己的势力，他以创建文明城为理由，向市委递交了增加100名城管队员的申请，如果市委同意，原本只有百十人的城管队伍，就会在原来的基础上翻倍，变成200余人。金石鱼这样做的目的，就是扩大他的势力范围，使城区每一个角落都有城管队员的身影，为他从事非法活动囤积防范势力。

自从地下工厂搬到水月清华的地下室以后，他就安排十余名城管队员把守在水月清华的四周，名义上说是维护重点场所的秩序，实际是为了防止有人查处水月清华，做到一旦有什么风吹草动，他就会及时得到信息，在第一时间赶到现场处置。

有一天，倪坦书记带领市委四套班子检查城区牛皮癣广告清理情况，路过水月清华商务中心门口时，见金石鱼手拿着手持电台，正指挥着城管队员清理电线杆上的牛皮癣广告。其实，倪坦书记的车队一出市委的大门，金石鱼安排在市委门口及路上的瞭望哨就及时地用手持电台向金石鱼报告了，金石鱼是有意在这里做给倪坦书记看的。

倪坦书记摇下车窗观望，金石鱼见状，跑步来到倪书记乘坐的车跟前，然后立正向倪坦书记行了一个标准的军礼："首长好！"

见金石鱼这么大的年龄了，对自己还这么尊重，而且还是行的军礼，倪书记心里一阵好感，笑着问："金局长，在这儿忙什么呢？"

金石鱼像士兵见到将军一样，毕恭毕敬道："报告倪书记，我们正在清除小广告。前些时候，水月清华门前发生了杀人案，虽然治安不是我们城管的主要职责，但水月清华商务中心是我们市的一个标志性建筑，更是我们市拓展经济的一个平台，为经济建设保驾护航虽然不是我们城管局的职责，但我们城管局在干好本职工作的同时,也有责任守护好它的安全,您不是号召我们要学会弹钢琴两手抓吗!您看现在这里的秩序多井然啊!就是人员紧缺了一些,心有余而力不足。"接着话锋一转,"还请倪书记多教导,看我们还有哪些地方做得不到位,我们一定及时改正!"金石鱼虔诚地望着倪书记,脸上表现出来的神色,无不显示出他是那样的憨厚、淳朴、真挚。

倪坦听后,大为赞赏:"好!干得好!干工作就要有开创性、要有灵活性,有你这股精神,春江市申办文明城,不愁不成功!"

转而,倪坦对车内的其他领导说:"要想创建文明城,就要有金石鱼这样的干劲,而不是停留在嘴上,你看人家,虽然干的是城管工作,却连公安的职责都履行了,真是创造性地开展工作啊!我们要有启发啊!"

然后,他笑呵呵地冲金石鱼挥挥手告别:"你忙吧,我们还要到其他地方转转,你的那个增加人员报告,我回去就批!"

金石鱼顿时眉开眼笑:"谢谢书记!首长慢走。"同时抬手又行了个标准的军礼,直到车队驶出好远,他才放下右手。

望着远去的车队,金石鱼脸上涌现出得意的笑容,他知道自己在倪坦书记面前又表了一次功、作了一次秀!激动之际,禁不住嘴里哼起了当下正流行的歌曲——《你是我的传说》。

倪坦书记回去后,立马在金石鱼上报的《关于申请增加城管执法队员的报告》上作了同意的批示;同时,将副市长、公安局长秦岭叫到他的办公室,"秦市长,金石鱼这个人,我看确实是个能干事的人,前期他提出的那个'联合舰队'的事,你们不赞成,我也就没有反对,总以为有点不切合实际。现在看来,也许我们错了,他确实是个实干家,你看,哪个局长现在还能这样亲临一线指挥工作?今天我在城区转了一圈,也就是金石鱼和队员们在并肩作战,我为你能有这么一位得力的副局长而感到高兴。"倪坦的语气很钦佩也很激动,转而,很严肃地指示道:"对于这样能想事,也能干事的人,我们要负以重任。据我所知,金石鱼现在是不分管防控大队了,金石鱼是从防控大队提拔上来的,对防控大队再熟悉不过了,而且,人家还兼着大队长,为什么不让人家管事?这不是明摆着给人家开空头支票吗?"

秦岭赶紧解释:"不让金局长分管公安事务是出于他的年龄和工作实际考虑的,当下我市正在申办全国文明城市,城管局是具体负责牵头的单位,日常工作很繁忙,也需要他集中精力抓城管工作。如果让他肩挑两个担子,也确实为难了他,不利于公安工作的开展;再说了,让他分管防控大队,并不是就抛弃了他,而是为了防控大队班子正常有序的过渡。"

倪书记连连摆手否认:"年龄大?我看他的精神风貌很昂扬!而且,他依然还保持着部队的战斗作风,真是难能可贵啊!你们光给人家戴空帽子,不给人家实权,捆住人家的手脚,怎么让人家干工作?你回去起草一个报告,免去他的大队长职务,让他直接分管防控大队,这样便于他协调公安与城管的工作。"

倪坦书记给秦岭下了死命令。

第十八章　凤凰涅槃

对于倪书记的指示,秦岭只得回去执行。

秦岭回去后,立马召集公安局党委会,认真研究了倪坦书记的指示,党委们觉得这样也好,正好将张扬扶正,将防控大队的班子配齐,党委会最后做出决定:免去金石鱼大队长职务,让其分管防控大队;由张扬担任防控大队大队长职务;提拔治安大队副大队长陈祥为防控大队政治教导员。并将此任职报告,报市委审批。

没过多久,报告批下来了。

金石鱼终于实现了他的梦想:他不仅是城管局长,也是公安局副局长,并分管防控大队。自己的权力比之前大了,虽然免去了他大队长的职务,但防控大队却在他的掌控之中了。他之前梦想的城管和公安这两个权力都集中到他的手掌之中了,金石鱼为此兴奋了几夜没睡着。

当公安局政委赵亚辉带着金石鱼来到防控大队宣布命令时,金石鱼得意地对张扬说:"张扬,你现在是大队长了,我办公室的钥匙可以交给你了,待会儿叫几个人,将我的东西腾出来,不能妨碍你们办公啊!呵呵呵……"金石鱼嘴里说着要腾出他的办公室,却没有见他交出办公室的钥匙。

张扬谦虚地笑了笑:"不急,不急。"

临走时,金石鱼对张扬说:"张大,我虽然不是大队长了,但我还分管防控大队,为了便于工作,我想你还要给我准备一间办公室,一时半会儿的我还要来坐坐的。"

张扬理解地点点头,回答:"好的,这里毕竟是你的老家啊!而且,你还分管我们大队,今后,还请金局多来指示。"

"嗯……"金石鱼嘴里答应着,手里握住办公室的钥匙迟疑着。张扬见状,知道他不愿交钥匙,就随即说:"金局,要不这样,你不要换房间了,等会儿我叫人

把你办公室门头上的标牌换一下,省得费事了。"

张扬的话说到金石鱼的心里了,他赶紧附和道:"这样更好,省得挪来挪去的,耽误时间。"金石鱼脸上顿时露出了胜利的笑容。

对于金石鱼换办公室的问题,张扬是这么认为的,反正金石鱼需要一间办公室,不如就让他继续用他以前的。金石鱼走后,张扬就吩咐内勤韩磊更换门牌,原本排列成序的办公室,现在要把所有门牌全部重新调换一下,韩磊一边卸门牌,一边嘴里嘀咕着发牢骚:"人都走了,还要霸占房子,真官僚!"见张扬走了过来,转而神秘地问张扬:"张大,你知道他为什么不愿意让办公室吗?"

张扬疑惑地摇摇头:"不知道?"

韩磊手指着金石鱼的房间解释说:"你没有注意,这间办公室在最东头,东为上、为大,他的意思是他比你大,当然要在最东头的房子了!"韩磊的回答引得在场的人一阵大笑。其实即便韩磊不说,大家心里也明白,金石鱼的迷信思想大家都是有目共睹的。

张扬听罢,不可思议地摇摇头,然后严肃地阻止:"别瞎说!赶紧干活。"

他的话非但没有阻止住大家,反而引起大家更大的哄堂大笑。"哈哈哈……"张扬忍不住,也跟着笑了起来。

转眼两个多月过去了。

尚军进行康复训练的时间到了,两个月的时间虽然很短。但对于尚军来说,早已期盼很久了。就是这两个月的时间,他的左腿由于一直固定在支架上,腿上的肌肉已经萎缩,左腿明显的比右腿小了一大圈。今天是孟主任为尚军解除支架的日子,兴奋的尚军一早就坐在床沿上等待孟主任的到来,他以为解除了支架,就可以进行腿部力量锻炼,尽快地将萎缩的肌肉练回来。哪知道,当孟主任为他解除支架,让他下地走动几步给他看一下时,他才感到事情并不是他想象得那么简单,他的左腿已经不能弯曲,而且由于肌肉萎缩,左腿已不能稳固地站立了,更谈不上行走了。

尚军惊恐地望着孟主任,像是在问:"你不是说,两个月后,我就可进行康复训练了吗?现在连站都站不住啊!"

孟主任读懂了他眼里的疑问,解释说:"解除支架,只是你腿部手术完成了一半,另一半,还要将已经僵硬、粘连的韧带进行松解、软化,要不你的左腿就不能自由弯曲,你就会失去行走的能力。"

"现在怎么办?"尚军着急地问。

"你趴下,我替你弯曲。"

孟主任让尚军趴在病床上,然后用手握住他的左腿的脚踝部,用力向上一扳,一阵撕心裂肺的痛楚钻进了他的心房。"啊——"尚军痛得大叫,浑身疼出了虚汗。

他赶紧阻止了孟主任继续扳拉。

就这一下,尚军的身上已经疼得发抖,尚军接过护士递过的毛巾擦了擦脸上的汗珠,他的脸色变得惨白,喘着气问:"这就是康复训练?"

"对,康复训练就是将僵硬、粘连的韧带撕脱、软化,过程确实很痛苦,你看过'江姐'这部电影吗?江姐在渣滓洞里经受的酷刑和你现在康复训练差不多,你现在就是要将膝盖周围僵硬的韧带和手术产生的粘连撕下来,只有这样膝关节才能灵活。而且这个康复过程需要几个月才能达到效果。"

"难道没有比这更好的方法啦?"尚军渴望有更好的办法。

"最好的办法,就是主动弯曲,就是你自己往下蹲。但是,一般人是蹲不下来的,人都会怕疼的,所以先期都要借助于医生进行被动的扳拉。你可以自己试试。"孟主任做了个双手抓住床架,双腿屈膝下蹲的姿势,让尚军模仿着做。

尚军刚要弯腰,膝盖里就是一阵钻心的疼,僵硬的膝盖僵硬得像木头,根本不听使唤。看来孟主任说得对,人性的弱点是战胜困难的拦路虎。尚军的眼前仿佛又浮现出金石鱼和金大虎心怀叵测的神色和奸诈的声音:"尚军,你连自己都战胜不了,怎么能战胜我们呢?"这讥笑的怪音,在尚军的耳边变得越来越大,越来越刺耳,越来越使尚军热血沸腾,一阵怒火涌上心头,刚才还疼得呼呼发抖的尚军,即刻镇静了下来,他长吁一口气,坚定地说:"孟主任,只要能将我的腿治好,再疼我也会坚持下去的。"说完,将手中的毛巾咬在嘴里,示意孟主任再给他扳腿。

"好!"孟主任的顾虑打消了,从尚军的眼神里,他坚信尚军能挺得住。尚军做好了准备姿势,孟主任在其他医生的帮助下,用手缓缓地向上扳动着尚军的小腿,撕心裂肺的疼痛又一次传遍了他的全身,他的眼前仿佛又出现了金石鱼

和金大虎怪异的身形,尚军两眼炯炯地对视着眼前出现的两个怪异的面孔,把腿部的剧痛化作了与金石鱼和金大虎的对抗。"呀——"尚军咬着口中的毛巾,嘴里发出一阵阵模糊的怒吼,两只手紧紧地抓住床沿,豆大的汗珠从他的脸上流淌了下来。

尚军终于挺住了!

就这样,孟主任为尚军进行了四次扳屈才停下来。"好样的,不愧为警察,今天就到这儿,明天继续。"孟主任赞叹道。

尚军超乎寻常的坚强,震撼着旁边年轻的女护士,她们的眼里已经闪烁着莹莹的泪水,这泪水是对英雄无声的赞叹和钦佩,是发自心底对英雄的同情和安抚。

尚军虚脱地趴在床上,全身几乎散了架,里面的衬衣已经全部被汗水浸湿了。望着浑身湿漉漉的尚军,孟主任钦佩地安慰道:"尚队,你也不要急,这是个必经的过程,只要你有毅力,就能很快恢复。凤凰涅槃,知道吗?你现在就是在涅槃!"

尚军坚定地点点头,以示感谢他的鼓励。

同时,他也庆幸自己找到了战胜疼痛的办法,那就是在心里虚拟一个反叛的对象,与之进行精神上的生死较量,虽然自己的肉体在惨遭痛苦的撕裂,但是心灵上却得到极大的慰藉,他变得越来越坚强,越来越昂扬!

第二天一早,在医院林荫道上跑步晨练的孟主任,听到林子深处发出一阵阵怒吼声,像是有人在用力搬什么东西。强烈的好奇心,驱使着他顺着声音寻找过去,在一棵大松树下,一个只穿着短裤、背心的男子,正怀抱着树干,艰难地使劲往下屈蹲着身体,疼痛引发的汗水,已经将他的背心浸透,紧紧地贴在身上,印现出男子汉健壮的身躯。男子汉紧咬着牙关,嘴里禁不住发出阵阵轻微的呐喊声,声音虽沉闷而微弱,但给人的感觉却是那样的坚实和厚重,那样的极富穿透力,每一声都能撞击到孟主任的心里,使人震撼,使人感动。

"是尚军!"孟主任在心里惊呼道,"一定是他!"

孟主任缓缓地走到尚军跟前,只见尚军的左腿发紫且肿了起来,他知道那是扳拉膝盖,导致粘连部位撕裂出血所带来的淤肿,孟主任心疼地对尚军说:"你不能练得太猛了,你看,腿已经淤肿起来了。"

尚军笑了笑："没事。"

孟主任知道阻止不了尚军刻苦的训练,他思考了片刻,向他提供了另外一个训练的方法："你可以到浴室里进行练习,浴池里的热水可以舒筋活血,也可软化韧带,可以减轻痛苦。"

"谢谢主任。"得到了秘方的尚军很高兴。

中午,吃完午饭,尚军就来到浴室,浴室里热气蒸腾,淤肿的下肢泡在热水里一下舒服了很多,腿部的疼痛感也减轻了许多。尚军惊叹孟主任医术高超的同时,也增加了自己锻炼的信心和欲望,他在浴池里借助水的浮力,弯曲左腿的韧带。浴池里气温太高,没过多久,他就大汗淋漓、心慌气短,长时间闷在里面,容易使人大量地出汗虚脱。为了防止虚脱,尚军随身携带一大壶白开水,随时补充水分,就这样,尚军每天在浴室里坚持锻炼五个小时,几周下来,人就消瘦了一圈。除此之外,每天上午还要由孟主任为他进行被动式的扳拉伸牵。尚军的刻苦训练,使他受伤的左膝功能恢复神速,三个月下来,已经基本将萎缩的韧带拉纤了下来,接着就是进行左腿韧带的软化和力量的训练。按照孟主任为他特别制订的训练计划,尚军每天坚持在训练房训练着,他渴望能彻底恢复好腿部功能,争取早日重返警营。

第十八章 凤凰涅槃

第十九章　黑色暗涌

就在尚军在医院浴火重生之时,金石鱼在春江也可谓是春风得意。自从明确他分管防控大队后,他来防控大队就更勤快了,每次走进防控大队的楼道,他的那些心腹都会积极主动地向他发出尊称声,金石鱼仿佛又找回了当大队长的感觉,见到谁不主动与他打招呼,他就将谁叫到办公室训斥一顿。一时间,警员们只要听到金石鱼的声音,大家就像躲避瘟疫一样都躲着他走。对于大家对他的惧怕,金石鱼自己却认为这是有威信的表现。

金石鱼的这种感觉不仅仅表现在手下人对他的惧怕上,还表现在他与邓明的关系上,自从他与邓明合伙开厂后,他与邓明的关系就有了大踏步的前进。人就是这么怪,当你不了解对方时,你只能通过表面现象产生对他的好恶。当初,邓明根本看不起外表丑陋的金石鱼,要不是有求于他,她是不会屈身于这个大老粗的。这种鄙夷的心理,随着邓明与金石鱼之间逐渐增多的交流而慢慢地消除了,随之而来的就是对金石鱼产生的好感。在接触中,邓明发现金石鱼在思考问题、处理问题上很有魄力,比起潘颜秀来,要高明得多。与潘颜秀在一起时,她是孤军奋战,潘颜秀虽然对她很放权,但他是不能帮她出主意、想方法的,事事都必须她亲力亲为。所以时间一长邓明就觉得活得比较累,而与金石鱼在一起时,金石鱼不但能帮她出主意、想点子,有时候,甚至亲自出马为她扫平障碍、打通关节。邓明身边的这两个男人,在能力上的互补使邓明的日子过得很是惬意,邓明也深知,这种惬意来之于她对这两个男人的控制。潘颜秀给她提供了施展商战才能的平台,金石鱼则是她商战场上有力的保护伞。

就这样,利益的驱动使她和这两个男人紧密地交织在一起。慢慢地金石鱼就成为邓明办公室里的常客,频繁的交往中,邓明已经在潜移默化中对金石鱼产生了好感,有时候,甚至觉得有点离不开他了,隔三差五的她都要主动打电话与金石鱼约会。

这天，金石鱼如约来到邓明的办公室，时值虽已到了冬季，但办公室里却被中央空调吹拂得春意盎然。邓明穿着一套质地考究的花格子裙子，裙装是她的最爱，裙子能最大限度地展示她曼妙的身材。这个妖娆的女人，很会装扮自己，致使金石鱼每次见到她都会产生冲动，今天也不例外。金石鱼一走进房间，就立刻扑了上来，热情似火地将嘴凑近她那性感的红唇上，一股令人恶心的口臭气蹿进了邓明的鼻腔，她露出了嫌弃的神色。金石鱼知道她嫌弃自己，但还是恬不知耻地凑上去，阿谀地说："臭男人、臭男人，男人不臭，女人不爱，哈哈哈。"

邓明被他的话挑逗得浑身一颤，忍不住靠在了他的身上，柔柔地说："不知怎么搞的，现在两天不见，我就想你了。"

金石鱼听罢，笑得更欢畅了："哈哈哈，这样就好，这样就好，证明我们俩谁也离不开谁了，哈哈哈……"金石鱼被她娇柔的样子引得心里一阵激动，得意地将她抱在怀里躺在了沙发上，"小乖乖，叫我来又有什么好差事？"

邓明撒娇说："没事，就觉得憋得慌，找你来散散心。"

"你还憋得慌？地下工厂每天给你印钞票，商务中心让你养尊处优，你还憋得慌啊！呵呵呵……"金石鱼心疼地用手捏了一下她的脸颊，挑逗道。

邓明没有被金石鱼的话逗乐，相反却说了一句大伤金石鱼自尊的话，"喊！我们这点蝇头小利，跟人家大老板比起来，差老远了，你还以为发了东洋财？真是个农民！"

邓明的话一下刺痛了金石鱼的隐痛，农民出身的金石鱼最怕别人说他是农民。"农民"这个词，在金石鱼眼里，就是低下、大老粗、文盲的代名词。好不容易混到了城里当了个局长，还有人喊他农民，这比扇他两个耳光还要丢人。金石鱼的脸一下变了颜色，反唇相讥："我是农民，你是什么？你是他妈鸡头！"说着，一甩手撂下了她。

见金石鱼翻脸生气了，邓明赶紧赔笑："你误会了，你是堂堂的大局长，怎么是农民呢？我说的是你脑子里有农民意识。"邓明调皮地用手指抵了抵他的脑门，撒娇地朝他瞥了一眼，委屈道："再说了，我说你农民你就是农民啦？玩笑的话都当真了，正是没劲！"邓明撅着嘴站了起来，坐到一边，假装生气，将脸扭到一边去了。

漂亮的女人有时候生气的样子也诱人，见邓明一副委屈的样子，金石鱼绷

着的脸立马松了下来,伸手拉过她的玉臂,又轻轻地抚摸起来。邓明生气的胸脯不停起伏着,两个丰满诱人的乳房像两只惹人喜爱的兔子,在金石鱼的眼前跳动着。金石鱼的手禁不住摸了上来,同时嘴里哄道:"好了,好了,我都不生气了,你还生什么气?以后随你叫好了,你说我是农民我就是农民,农民怎么啦?农民不照样被你这个美女爱着吗?"金石鱼的俏皮话一下将她逗乐了,邓明忍不住扑哧一声笑出声来,"讨厌!"邓明伸手捏住他下颚的胡子,解恨提了几下,痛得金石鱼直求饶。"呵呵呵……"见金石鱼被制伏,邓明得意地笑了起来。

房间里的气氛一下子又温馨起来。

邓明起身为金石鱼冲了一杯雀巢咖啡递了过来,"我们虽然有地下工厂,也有不菲的水月清华的酬金,但这些和那些房地产老板比起来,差老远了。"接着又有意问金石鱼:"你知道潘颜秀为什么老是往海南跑?"

金石鱼抿了一口咖啡:"你不是说他去旅游的吗?"

"谁三番五次地到同一个地方旅游去?"邓明反问道,一脸的神秘。

"那他是?"金石鱼疑惑起来。

"他是准备在海南安营扎寨了,现在很多有钱的人都准备到海南发展,潘颜秀这鬼东西是个猴精!"转而很有感慨地说:"所以说,我们不能有小富即安的思想,我们要放开手脚,要从长计议啊——"

邓明的话,一下将金石鱼的神经调动起来,他连忙放下咖啡,急切地问:"对对对,你说得很对!你又想到什么好点子了?快说!"

邓明没有忙于回答金石鱼,只是认真地向他讲了一个故事——

邓明说:"一个从福建来春江投资的商人,只身只带了几百万,就在春江进行了资本运作。他们用借来的几百万囤下地,又用一部分地贷款建商品房,然后用这些商品房作抵押,又从银行轮番贷款扩大投资,就这样,像滚雪球一样拿银行的钱来回倒腾,两年下来,就将几百万变成了几亿元,这就是鼎新房产公司的发家史。你看人家的脑袋瓜比我们要聪明多少倍啊!只有具备这样的大气魄,才能成大事呀!"

金石鱼问:"你怎么知道这些的?"

"我整天接待的就是这些人,不瞒你说,好多老板的公关的事,都是由我安排小姐帮他们促成交易的。"邓明得意地说,见金石鱼听得很入神,接着又问:

"你知道这些福建人为什么大老远地跑到春江这个小地方来开发房产？"

金石鱼更加迷惑了："我还真不知道。"

邓明细心解释说："他们看重的是春江人的钱好挣，你看看春江市民买房子，很少有人去银行按揭的，都是手里提着现钱去买房，有的甚至是拿着现钱去预定房子，这在全国都是少见的怪现象。所以一批批福建商人纷纷赶到春江来投资，福建人大都有海外关系，钱有的是，只要能买到地皮，建起来的房子不愁卖不出去的。"

邓明有板有眼地分析着。

金石鱼禁不住连连点头："嗯，你说得很对，春江人不知哪来的钱，一个看一个的买房。"

邓明的话，金石鱼也有同感，接着眼馋道："要是我们有钱，也可以搞房产开发的。"

见金石鱼的欲望被勾引了起来，邓明胸有成竹地说："我们没有钱，照样可以搞！我们可以与他们合伙，我们出关系，他们出钱，这就叫借鸡生蛋。"

"傻子才跟我们合作呢！再说了我们能帮人家做什么？"金石鱼觉得邓明是异想天开，不现实。

见金石鱼的胃口被吊起来了，邓明就切入正题："昨天我表姐来找我，跟我谈了一个事，有两个浙江老板也想在春江投资房产，但苦于没有关系。浙江人很聪明，他们不显山露水，也不住大酒店，他们是租房子住的，他们正好租用的是我家表姐家一套刚装修好的房子，还雇我表姐为他们做饭，他们问我表姐在春江的官方有没有关系，他们想通过官方关系从银行贷款，我表姐就来找我了，我觉得这是个商机……"邓明终于说了她的目的。

金石鱼听罢，直打退堂鼓："没有金刚钻，不揽瓷器活。我是没有这么大的能力，我劝你也少管闲事。"

邓明听罢摇摇头，坚定地说："你说错了，你完全有这个能力，只不过，你需要与我联合起来，我们完全可以大干一场！"邓明的眼里充满着希望和信心，接着她坐到了金石鱼身边的另一张沙发上，侧身对他认真地解释说："告诉你，来水月清华商务中心消费的老板，都是用银行的钱做生意的，他们不是需要人出面替他们打通关系吗？我们就帮他们找关系，我们可以这样……"邓明如此这般

地向金石鱼讲述了自己的构想。

听完邓明的叙说,金石鱼半晌没有说话,两只眼睛只是不停地来回转动着,他觉得邓明的胆子真大,他心里这么认为,嘴上还是不由自主地疑问道:"这样行吗?"

"绝对能行!搞这个,我有的是经验。"邓明拍着胸脯保证道。

接着邓明又苦口婆心地对金石鱼开导说:"我们要加快金字塔积累的速度,地下工厂也不是长久之计;再说了,你在这个位子上还能干几年?我们要在潘颜秀撤出之前,完成我们的金字塔,这样,我们就抓住了主动权,有钱在手上,今后干什么都可以。"

邓明的话说到金石鱼的心里了,其实,金石鱼独自一人时也常常在思考这个问题,只不过他想得比邓明还要多,他既想发财,又担心东窗事发,落得个晚节不守,到时候,就会名、财两空。有时候,他甚至是在噩梦中惊醒的,他像一只陷入暗涌的羔羊,只能一边在黑色的旋涡中挣扎,一边在暗自祈祷。但是祈祷并不能拯救他,只能麻痹他越陷越深。

金石鱼此时已经被物欲的旋涡搅昏了头脑,他甚至觉得邓明刚才嘲笑他是农民,是对的,连潘颜秀这样的人都开始往海南发展了,自己堂堂的一个局长还停留在小打小闹的制假烟的小作坊上,步子确实太小了一点,金石鱼半信半疑地望着邓明,一副犹豫不决的样子。

邓明见状,问:"还有什么担心的?"

金石鱼摸摸头,不放心地说:"把你的设想再说一遍,看还有没有漏洞。"

邓明把她的计划向金石鱼滴水不漏地又重复了一遍,然后,静如止水般地望着他,等待他的回答。金石鱼听罢,咬咬牙,端起茶几上的咖啡,猛地一饮而尽,下定决心似的说:"好,就按你说的干!"

"不干,你会后悔一辈子的,有权不用,过期作废。"说着,笑盈盈地朝金石鱼走了过来,两只眼睛梦幻般地望着他,同时踮起脚尖,主动地捧起了他的脸,用她的甜蜜的吻犒劳这头"土牛"。

第二十章　行贿受贿

金石鱼亲吻着邓明，脑子里却不停地闪现邓明跟他讲的发财计划——

邓明说的这两个浙江老板是两个堂兄弟——唐恒发和唐恒远。弟兄俩是做皮毛生意的，经常来往于浙江和春江市商贸城之间，一来二去，对春江市的情况也了解了不少，见春江市的房地产市场很是红火，觉得值得一搏，于是弟兄俩商议决定在春江投资房地产。

经过考察，他们发现几批福建商已经早他们之前在春江扎下了根，福建老板大都有海外关系，所以他们的资金很雄厚，根本不需要求助于银行，就能购地置业。而他们俩人手上只有区区的1000万，根本无法与福建商对抗。但是浙江人精明，他们想通过官场关系运作来筹集资金，开发房产，从而达到与福建商对抗，分享春江市房地产这块诱人的蛋糕的目的。

事情很凑巧，他们租住的房子的房主正好是邓明的表姐，他们知道水月清华商务中心是春江市商界和政界会晤的场所，他们想通过邓明认识有实力的人，遂请邓明的表姐牵线搭桥。

精明的邓明了解了他们的用意后，认为这是个使自己迅速暴富的千载难逢的好机会，遂与金石鱼密谋，准备借助于唐氏兄弟进军房地产的契机，加快他们敛财的速度。

按照邓明设计的方案，由邓明充当中间人，使金石鱼一分钱不出，就可以加入唐氏兄弟的公司（其实金石鱼代表的不仅仅是他自己，还有邓明的一份）。

为了保持计划的缜密和神秘，一开始，并不需要金石鱼过早地露面，而是由邓明单打独斗的与唐氏兄弟进行周旋，经过邓明前期的几次谈判工作，终于使唐氏兄弟答应了金石鱼提出的合伙条件。在此情况下，邓明才顺水推舟地安排唐氏兄弟与金石鱼见面。

一切按计划进行得滴水不漏。

一个星期后。

水月清华商务中心餐厅——菊花厅。

总经理邓明一身职业裙装,手里拿着一个文件夹,正高雅而大方地与两个年轻的男子优雅地交谈着,这两个年轻的男子就是唐氏兄弟——老大唐恒发和老二唐恒远。

旁边的圆形餐桌上已经摆好了冷盘菜肴,好像他们正在等待一名重要的贵客。

此时邓明的手机响了,邓明打开手机,亲切问道:"是金局吗?噢——我们在菊花厅,就等你了,好的,待会儿见,拜拜。"

邓明合上手机,对她对面的两个男子说:"这些局长平日里都很忙,好不容易才约到他。"

"谢谢邓经理,事成之后,我们一定重谢您的。"老大唐恒发感激地承诺道,同时向身边年轻点儿的唐恒远一使眼色。

唐恒远反应很快,随即从随身的包里拿出一个红包,递到邓明的面前,"这段时间多亏邓经理的相助,这是我们的一点儿心意,请笑纳。"同时再次解释说:"我们说话算数,事成之后,定再重谢的。"

邓明没有接,而是大方地笑了笑,摆手表示拒绝,同时理解道:"我明白,两位老板一看就是性情中人,要不我怎么会帮你们牵线搭桥呢?再说了,我们商务中心有义务帮助每一个来春江投资的商户,呵呵呵……"接着,她很有风度地对他们说:"来日方长,只要能把这件事促成,以后有的是机会。不急,不急。"邓明恰到好处的拒绝了他们的恩惠。

邓明表现出来的气度深深地震撼了两个老板,他们觉得能遇到这样有品味的女强人,也许是自己命中注定的,既然有这么个有能力的人相助,自己的事业一定会红火的,唐氏兄弟脸上露上了不甚激动之情。

"笃、笃、笃……"此时,传来一阵敲门声。"他来了。"邓明边说,边起身走向门口开门。

门开了。

金石鱼一身警服,手里提着公文包,一副刚从会议场上匆匆赶来的样子。"哦,金局长,总算把你盼来了,请进,请进。"说着,邓明优雅地伸手将他迎了进来,并将他的公文包接了过来,放在了茶几上。

"邓经理的指示,怎么能不执行呢。"金石鱼风趣地打着官腔,走了进来。

"我哪敢指示啊!只是求金局你帮忙。"邓明奉承道,"这两位就是我跟你提起的唐恒发和唐恒远两位老板。"

金石鱼主动地伸出了手:"哦,唐老板好,唐老板好。"

"金局长好,感谢金局长光临。"唐氏兄弟忙不迭地躬身附和着。

双方一番热情的握手言礼后,相邀入座。服务员开始斟酒,上菜。

邓明端起酒杯,向金石鱼征询说:"金局,时间不早了,我们就边吃边谈吧?"

金石鱼摆头阻止:"不急,还是先谈正事吧。"

邓明放下酒杯,娇嗔道:"难怪是公安局的,做什么事都有防备心理,你放心,两位老板不是诈骗犯,是正规商人,要不,我怎么会引荐给你?我介绍的人,你就一万个放心吧。"

金石鱼爽朗地笑了笑:"不是不放心,不放心我怎么还来呢?我这个人有个特点,不喜欢酒后谈事,免得酒喝多了误事,酒后说的话,都是不算数的话,这是我多年来行事的个性。"

金石鱼的这番言行很得唐氏兄弟的暗赞,他们觉得金石鱼是个头脑清晰、能办事的人,不像有的当官的,没有办法,就先一通吃喝,结果,什么事也办不成。

老大唐恒发遂对邓明说:"邓经理,这样也好,金局长是个爽快人,一是一,二是二,我最喜欢跟金局长这样的人交朋友,要不先将协议给金局长看看。"

邓明点头表示同意,随即将茶几上的那个文件夹递给金石鱼,并解释说:"这只是个初步的意向书,您看一下,如果有什么意见,正好当着两位老板的面提出来再商量。"

金石鱼翻开文件夹,像模像样地细看起来,其实里面的内容都是他之前和邓明商量好的,他之所以装得一本正经的,就是做给唐氏兄弟看的。

这个协议规定:由唐恒发、唐恒远和金石鱼三人合资成立房产公司,金石鱼只拿分红,不挂名。公司的名字为"金鑫房地产开发有限公司"。按照分工,唐氏兄弟负责先期投资1000万进行置地;金石鱼负责后期资金的筹集分两次完成,每次800万;筹集资金的活动经费为500万;全部资金的投入运作均由唐氏兄

弟负责,金石鱼只负责资金的筹集工作,三方股份按三三制均分,剩下的一份股份作为公司流动资金。

按照这份协议,金石鱼帮助唐氏兄弟筹集资金,其余的事情全部由唐氏兄弟负责,也就是说,唐氏兄弟除了先期投入的1000万外,其余的全部资金都是由金石鱼通过银行提供。

金石鱼将协议来回看了两遍后,将协议交给邓明:"行,暂且就这样定吧,等第一批资金到位,再作最后决定。"

"那就按金局的意思办。"唐氏兄弟挑指称赞。

邓明眉飞色舞地举起酒杯:"为你们的合作干杯!"

四个高脚杯碰在了一起。

一杯酒下肚后,唐恒发对金石鱼说:"金局,看样子您当过兵,你的身上有军人雷厉风行的作风,我也当过兵,看来我们有缘啊!"

金石鱼笑笑:"我喜欢部队作风,做起事来有精神。"接着,他朝唐氏兄弟认真地说:"邓经理已经把你们的情况跟我说了,我一定尽力,现在外地来春江投资的老板太多了,现在在春江,饭局最忙的就是银行行长和土地局局长,你现在就是用八抬大轿去请银行行长吃饭,都请不到。"

唐恒远十分赞同:"是是是,要不我们怎么会跟金局合作,这年头,没有过硬的关系是站不稳的。"

邓明赶紧在一旁帮腔:"唐老板是我家亲戚,他们的事,就是我的事,请金局多费心了。"

"谁让我们是朋友呢!朋友的事,就是自己的事。再说了,这事如果成了,公司也有我的一份啊!呵呵呵……"金石鱼笑呵呵地对她说,接着望着唐氏兄弟问:"知道我为什么提议将公司的名字取为'金鑫房地产开发公司'吗?"

老大唐恒发连声表白道:"知道,这个'鑫'字是由三个'金'字组成的,寓意公司是由我们三个人合伙创办的,上面的这个最大的'金'字,代表的就是金局您,我们弟兄俩是下面的那两个小'金'字,您是我们的领头人,对吧,金局?"

"哈哈哈……"金石鱼咧嘴笑了起来,同时不住地点头赞同,嘴里却假装谦虚,"唐老板只说对了一半,公司是我们三个合伙的,但不能论大小。再说了,我这个金字就是再大,也比不上你们两个金合起来大啊!哈哈哈……"金石鱼的风趣和笑声再次感染了他们,大家都开心地笑了起来。

就这样,四个人在推杯换盏之中,关系很快就融洽起来。临分手之际,唐恒远将一只重重的密码箱放在了金石鱼的车里,并小声对金石鱼说:"金局,这里是500万,是你前期的活动经费。"

金石鱼坐上车,转脸对唐氏兄弟承诺说:"给我一个星期的时间,我会给你们答复的。"

"好好好,我们相信金局是有这个能力的。"唐氏兄弟一边替金石鱼关上车门,一边拱手相送道。然后,他们也双双乘车离去……

送走了金石鱼和唐氏兄弟后,邓明随即掏出了手机拨了个号码,不一会儿,电话那端传来了一个男人不耐烦的声音:"谁?"

邓明撒娇道:"贾行长吗?真是贵人多忘事,连我的声音都听不出来啊?我是邓明。"

"噢——我说号码挺眼熟的,原来是邓经理啊!"对方一下变了腔调,显得很是亲切。

"我是没有忘记你啊!晚上来喝咖啡吧,我们这里新进了韩国货,是你最喜欢的那种。"接着压低声音进一步解释说:"是星探昨天刚招来的几位韩国的靓妹,我替你留了一个,长得很像金喜善的,你不是喜欢金喜善吗……好的,晚上见,就这样。"很显然,对方接受了她的邀请。邓明按捺不住心中的喜悦,右手忍不住潇洒地在空中一扬,"啪"的一声,合上了手机,心里得意地庆幸说:"又一条大鱼上钩了!"

然后,她哼着小曲迈着猫步,满面春风地返回了金色大厅,"嘀嗒,嘀嗒……"她的高跟鞋在空旷的大厅地板上踏出了一串清脆的声音。伴随她扭动的腰肢,披散在肩头的破浪式卷发,在她脑后地摆动着,她身上散发的飘逸和高傲使她有一种不可凌驾的神秘之美,这种气质不是刻意装出来的,而是日常养成的高贵气质,是不经意间的流露。

就连大厅里漂亮的迎宾小姐都被她的气质掩盖了,无不以羡慕的目光注视她走进了电梯,然后嫉妒地嗤之以鼻。

第二十章 行贿受贿

第二十一章　人肉炸弹

邓明刚才联系的这个人，是春江市工商银行的行长贾英献，人称"贾色鬼"，其实他是个不折不扣的真色鬼。水月清华每次更换漂亮小姐，邓明都会通知他来享受一下，这已经成了他的习惯。

当天晚上，贾英献独自一人夹着皮包来到了水月清华商务中心七楼的酒吧，和往常一样，他要了一杯咖啡，然后拿出手机联系上了邓明："邓经理，我到酒吧了，噢——好好好。"通罢话，他放下手机，抿了一口咖啡，惬意地舒了一口气。

喝咖啡是贾英献的爱好，他从不喝酒抽烟或喝茶，只喝咖啡，以至于外界都传说他是个高品位的行长，他对这个传言很中意，起码使他的身上多少笼罩了些贵族味道。其实，他自己心里最清楚，他爱喝咖啡并不是与生俱来的，而是源于他的另一个爱好——猎艳。

贾英献最大的嗜好其实就是猎食女色，喝咖啡只是他玩弄女色时的前奏曲，他觉得喝完咖啡的口腔能释放出降伏美女的气息，以至于喝咖啡成了他玩女人的代名词。很多不知情的人以为他喜好咖啡，找他疏通关系时都送上上乘的进口咖啡，渐渐的，"咖啡行长"的美誉就流传在外了。

邓明知道他的底细，所以能切中他的脉搏。

没过多久，一个服务小姐给他送来了一张房卡："先生，这是邓经理吩咐给您安排的六楼泳池的房卡。"

"噢——"贾英献左手接过房卡，然后，一仰脖子，将杯中的咖啡一饮而尽，转身走进了电梯。

电梯将贾英献送到了六楼。

水月清华商务中心共有三个室内游泳池，分别在六、七、八楼。七楼和八楼的泳池都是大型泳池，可供数人同时使用；六楼的泳池是最为精致，它是专为贵宾打造的个人私密泳池，里面包括温泉泳池、贵宾休息室、娱乐室等设施，只能凭专用房卡才能进入这特制的私密空间，服务人员也只能在泳池外面听候吩咐。

贾英献最喜爱这个泳池，也是这个泳池的常客。

一踏出电梯，站在门外的服务小姐就热情地迎了上来，礼貌地接过他手中的金卡，往门槽里一插，"嘀——"的一声，泳池的门打开了，贾英献进入门内，大门就被服务小姐随手关上了。

进入厅内，贾英献呼吸到了熟悉的空气，室外此时已是严冬，泳池大厅里却是温暖如春，泳池里的温泉水热气缭绕，碧波荡漾，碧绿的温泉水在洁白的大理石的衬托下，越发显得清澈见底。

贾英献放下包后随即脱光衣裤，甩了甩双臂，然后，脚尖一掂，一个纵身跃入池中，溅起水花朵朵。落水声引来了一个长发美女，她款款地来到池边，蓝色的三点式比基尼将她的肌肤衬托得格外白皙，使她的身段凹凸有致，性感至极，她就是邓明所说的刚招来的韩国靓妹——小金。

小金先活动了一下腰身，踢踢腿，她很在行地做着各种预备动作，她优雅的肢体动作，带动了胸前那对饱满而坚挺的双乳上下起伏，颤颤巍巍，诱惑至极。

预备活动完毕后，小金才缓缓地走入池中，她先用双手捧了一点儿温泉水泼在身上，然后再将整个身体淹没在池中，静静地躺在那儿，一动不动，美眸微闭，神情惬意，她尽情地享受着温泉的浸泡。她像一条光溜溜的蚯蚓，引诱着鱼儿来吞噬。

贾英献像一只饥饿的鳄鱼，突然一个猛子扎了过来，粗壮的双手在水下一下抱住了她。小金惊笑起来，然后挣脱拥抱，快速地在水里畅游起来，贾英献的激情被调动起来，他张开双臂，开始在后面追逐，小金像一条娇美的美人鱼在泳池里很流畅。以贾英献的泳技根本追不上，两人在泳池里来回嬉闹追逐了几个来回后，贾英献有点力竭，遂抬腿爬上了泳池，拿起池边刚才脱下的衣服和包，向泳池旁边的休息室走去。

娇人的小金已经早他一步进入了卧室，这就是被培训过的小姐的特别之处，既能将你挑逗得神魂颠倒，又能察言观色，随时迎合着客人的要求。

正当他与小金如痴如醉，云里雾里，逍遥快活之时，卧室的门被他人一脚踹

开了,金军虎、金兵勇带着一帮人,神兵天降般冲了进来。

金军虎呵责:"不许动!我们是公安局的!"

猛然听到这炸雷般的喝令声,贾英献顿时身子一颤,差一点儿阳痿了,他做梦也没有想到,这个受到市政府特殊保护的、全市最高档的商务中心,竟然也会有公安来查房,而且是破门而入的,他的第一反应是:"完了,肯定是别人设套了。"

身边的小金吓得赶紧用褥单将身体裹得紧紧的,惊恐得瑟瑟发抖。贾英献抬眼看了看,站在自己面前的有五个人,其中两名是身着警服的,手里还端着手枪,正对着自己,只要他一反抗,子弹就会即刻飞出枪膛,贾英献吓得后背直冒冷汗。

另外三人是着便服的,但从他们的气度和眼神中不难发现,他们比穿警服的还要有来头,好像是上级机关的,只见站在最前面的着西服的高个子从怀里掏出警官证,打开后举向贾英献的眼前,威严地说:"我们是国家安全局的,请配合我们调查。"

"好、好……"贾英献呆呆地应答道,不知如何是好。听说是安全局的,他的脑子更蒙了:"安全局的?安全局怎么又抓嫖娼啦?"就在他疑惑之时,高个子对他说:"你涉嫌泄密国家机密。"接着对身旁的另外两个人指示道:"检查房间。"

另外两名便衣随即从随身携带的挎包里拿出了两根类似安检仪器棒,在房间里沿着墙壁四周开始检查搜索。见贾英献和小金还蜷缩在床上,金兵勇走上前凶恶地大声责令道:"起来!"并猛地一把将裹在小金身上的褥单掀掉,将俩人赶下床。小金光着身子,两只手紧紧地抱在胸前,遮挡着胸脯,与贾英献蜷缩在一边。

此时,邓明惊慌地跑了进来,"警官先生,我认识你们金局,有什么情况等他来好吗?我已经给他通过电话了。"接着,对金军虎和金兵勇说:"两位警官,你们好像很面熟,你们好像是防控大队的。"

金军虎恶声恶气地说:"你说得不错,我们是防控大队的。但是我们今天是配合安全局来执行任务的,金局来了也没有用。"邓明见状,赶紧站在一边不停地拨打手机,怎奈手机好像占线,急得她团团乱转。

此时,金军虎身上的手机就响了,果然是金石鱼打来的,他连忙接听,"金局……不是我们查的,是省安全局的……"说到这,金军虎害怕别人听到似的走出去通话了。

不一会儿,他又走了进来,脸上的气色平和了许多,好像金局长跟他说了什么,只见他走到那个高个子便衣警察的身边客气地耳语了几句。高个子便衣听罢,理解地回答说:"可以,先调查,然后根据情况再说……"

金军虎感谢道:"王局,我替金局先谢谢您了,等会儿金局就来了。"

高个子便衣礼貌性地笑了笑,摆摆手,示意金军虎赶紧行动。金军虎随即转过身,对贾英献和小金提示道:"把衣服穿起来,跟我们走。"说完,就疾步往外走,在与金兵勇擦肩而过时小声通报道:"带回去审查。"

"好!"金兵勇理会地应答道,同时为贾英献和小金戴上了手铐,押着他们随后走了出来。

见金军虎他们要把人带走,邓明急了,一下堵住了泳池的大门,泼辣地说:"你们一点儿人情不讲,金局不是给你通过话了吗,再说了,我们每年给你们也不少进贡,怎么这么不讲情义,说翻脸就翻脸啦?"

金军虎解释道:"刚才已经跟你解释过了,这次行动不是我们防控大队搞的,我们只是配合国家安全局。安全局知道吧,是专门侦破颠覆国家主权的机关!我们没有权干涉的,刚才我已经跟金局汇报过了,请你理解。"说着,侧身用手架开邓明的阻挡,准备出门。但是,厚厚的玻璃钢门已经被反锁上了。

贾英献见状,赶紧哀求道:"兄……兄弟,不……不瞒你说,我……我也是国家工作人员,我不可能做间谍活动的,请你们相信我,我最多是嫖……嫖娼……"平日里巧舌如簧、出口成章的贾英献,此时变成结巴了。

见贾英献这副熊样,邓明在心里觉得好笑,看来戏演得不错,为了增加真实感,邓明转而脸一沉,冷冷地对金军虎说:"门已经反锁上了,我也没有钥匙,你看着办吧?"

见邓明要赖,金军虎火了:"我再次警告你,妨碍执行公务,你吃不了兜着走,请你配合我们。开门!"

邓明双手一摊:"你跟我说也没用,钥匙也不在我手里,我怎么配合你?喊!好笑!"说完,用眼睛瞟了一眼金军虎,一副幸灾乐祸的样子。

金军虎似乎被她的嚣张气焰彻底激怒了,他刷地从腰间拔出手枪,大声地发出了最后通牒:"我再说一遍,请你开门,不然,我就要破门了!"说着,哗啦一声拉了一下枪栓,将子弹顶上了枪膛,同时,将枪口对准了玻璃门锁,现场出现了一触即发的火药味。

众人傻眼了。

第二十二章　迷魂陷阱

正在双方对峙之时,玻璃门"嘀"的一声,缓缓地自动打开了,金石鱼从外面走了进来,见金军虎端着枪,金石鱼的眉头皱了起来,不解地问:"怎么回事?"

"金局,我们正在配合国安局执行任务,他们极其不配合。"金军虎汇报道。

邓明见救驾的到了,腰杆立马变得更硬,"金局,我们这里是市政府重点保护单位,哪来的间谍啊,干吗国安局要来查?"金石鱼见贾英献的手被手铐铐着,假装诧异地问:"你这是?"

贾英献想开口,又不好意思解释,谁遇到这丢人的事,也抬不起头来啊,他只得连声叹气。金石鱼见他不好意思开口,也就没有多问,转而问金军虎:"安全局的人呢?"

金军虎答:"还在里面检查房间呢。"

"先等一等,我去了解一下情况。"说完,金石鱼在金军虎的引领下,匆匆地向休息室走去。

过了很长时间,国安局的三名便衣和金石鱼才一起谈笑着走了出来,只听得金石鱼兴奋地说:"真没有想到会是你,老同学,我们恐怕有十几年没有见面了吧?"

"何止啊?足足有二十年了,再过几年就要退休了,时间过得真快,一晃二十几年过去了,要是不来执行任务,恐怕我们这一辈子也不会见面的,呵呵呵……"高个子无比感慨道。

见金石鱼与国安局的人称兄道弟,贾英献的心里放松了一些,但还是有点忐忑不安,毕竟自己是被当场抓获的。对于这些警察,平日里他是根本不放在眼里的,他一直认为警察就是一群狗,一群穿着黑色制服的狗,一群为他们这些栖息在上流阶层的主,保驾护航的狗,现在看来这群狗有时候也会咬主人的,而且一旦被他们咬住,是痛不欲生的。

这帮人走到贾英献的面前停了下来,只见高个子便衣对金石鱼说:"金局,既然你出面了,就按金局你的意思办吧。其实我们也很累,这不,我们还要连夜赶回省城,我们手上还有好几个要案呢。上面有指示,我们这些喽啰兵,就只能遵照执行,我们也是身不由己啊!还请金局理解。"

"理解,我很理解王处长的苦衷。虽然我们的工作性质不同,但我们都是国家的卫士,特别是你们国安局,关系到国家的安全,更容不得半点马虎。你放心,这件事我们一定认真地审查,有情况及时向你们汇报。"金石鱼满脸赔笑的附和着。

"好的,那就谢谢金局了,我们先告辞了。"被称为处长的高个子便衣伸手与金石鱼握手告别。

金石鱼向邓明一撇嘴,邓明领会赶紧从她的坤包里取出一个撑得鼓鼓的信封递给金石鱼。金石鱼接过后,随即塞在那个高个子王处长的口袋里,"王处长,我们虽然不是同班同学,但我们是同一个警校出来的,应该是同学啊!不是我不留你,是你们确实有重要公务在身,今天,我就不招待你们了,以后路过春江,一定给我机会,这点小意思,你们留着在路上吃夜宵,以后多联系。"

高个子便衣赶紧拒绝:"不用不用,金局你太客气了……"高个子便衣一番极力谦让后,经不住金石鱼的盛情和坚持,只好收下了信封。大家都很明白,信封里装的肯定是现金,贾英献在心里骂道:"都说公安是秉公执法,看来在金钱面前都是奴。"

但是,骂归骂,心里却渴望这个高个子处长拿了钱赶快走人,他不想自己狼狈地被撂在这儿;同时,他在心里钦佩金石鱼很会处理事情,心里对金石鱼满是感激,他后悔自己应该早认识金石鱼。

送走了国安局的人,金石鱼返身假装对金军虎和金兵勇责怪道:"水月清华是我们市的重点保护单位,以后出现类似这样的情况,一定要先请示我。今天我要是不及时赶到,就要闹笑话了。还好,王处长和我是同学,要是换了别人恐怕没有这么好说话了。"说完,他又转身将眼神盯在贾英献的脸上,虽没有说什么,但那眼神好像在对贾英献说:"你也要感谢我。"

贾英献也不是等闲之辈,很明白他的眼神,赶忙感谢道:"谢谢金局,刚才的费用算在我头上。"

望着贾英献一副可怜兮兮样,金石鱼朝他微微一冷笑,心里却说:"恐怕没有那么简单吧。"

接着,他对金军虎和金兵勇指示道:"跟他们先做个笔录,把情况弄清楚了。"

"是!"金军虎和金兵勇齐声应答。

金石鱼转身走了。

邓明赶紧跟在金石鱼后面走了出去,泳池的大门又重新关上,只留下金军虎、金兵勇、贾英献、小金和两名辅警队员,金军虎和金兵勇各带一人分别到旁边的两个房间里,进行讯问笔录。

一个小时后,讯问笔录做好。

望着按上自己手印的笔录,贾英献忐忑地问金军虎:"警……警官,做这个笔录,是不是还要处理我们啊?"

金军虎一副认真的样子,说:"当然啦,你知道刚才国安局为什么来抓你们?那个韩国妹有间谍嫌疑,不过现在排除了,她根本就不是韩国人,是假冒的。但你们的行为是卖淫嫖娼,而且,你身为国家工作人员知法犯法,要加重处罚,至少要拘留。"

贾英献听罢,连连叫苦,谁叫自己运气不好,找了个冒牌货,惹得国安局都找上门来了,真他妈晦气!

"兄弟,帮帮忙,能不能私下解决,我可以给你们赞助费。帮帮忙,你帮助我,我是不会忘记的……"贾英献一顿发誓保证,祈求着金军虎帮助自己,就差要跪下来磕头了。

见贾英献这般低三下四的祈求,金军虎犹豫了一下,像是被贾英献的诚意打动了,对他支招说:"我肯定帮不了你,最多帮你说几句好话,关键是金局那里,他说了算。我看邓明跟你的关系不错,你可托邓明请金局帮忙,反正也没有外人知道,等会儿我再跟金兵勇说说,让他不要说出去,我看这是最好的办法了。"金军虎"善意"的支招使贾英献很感动,连连承诺道:"谢谢老弟、谢谢老弟帮助,改天我一定面谢。"听说,贾英献要感谢他,金军虎一直板着的脸终于露出了一丝笑意。

此时,邓明送罢金石鱼又赶回来查探情况,见金军虎一脸的严肃,赶紧道

歉:"金警官,刚才我的脾气不好,请你原谅,这是贾行长,好歹也是春江市有头有脸的人,能不能帮帮忙……"邓明改换了之前对金军虎强硬的态度,嗲声嗲气地哀求着金军虎。

金军虎瞟了瞟她,生硬地说:"按道理我们应该把他们带回队里进行讯问的,考虑到你们的身份和金局的指示,才在这里秘密进行的,这已经给足你们面子了。再说了,我们只是个干具体实事的,做不了主,最后拍板还要由金局来定。"

这时,在隔壁房间给小金做笔录的金兵勇,手里拿着做好的笔录走了进来。金军虎接过金兵勇手里的讯问材料看了看,然后与自己做的那份材料一起放进随身携带的公文包里,转身对贾英献和邓明说:"好了,你们可以走了,我们明天将材料交给金局审查,看他是什么意见。但你们要随时接受我们的传唤,近期不允许外出。"说完,夹起公文包与金兵勇一起往外走。

"两位警官,请你们帮帮忙,在金局那里多美言几句……"邓明和贾英献跟在后面不停地感谢着、祈求着,一直将他们俩送上警车。

望着远去的警车,邓明双手拍拍胸口,长舒了一口气,自言自语道:"我的妈呀,真吓死我了,看来今后外国妞还真不能要了,你看都把国家安全局的人招来了,差点闯祸。"

贾英献在一旁疑问道:"什么外国妞,全他妈假的,会不会有人设套?"

邓明扬了扬嘴角,哼了一声,自信道:"在春江,恐怕还没有人敢给水月清华设套呢?我刚才问金石鱼了,已经基本证实是那个韩国妞引起的,北京要举办奥运会了,国安局对境外人员查得比较紧,以防恐怖事件在北京发生,所以才引发了这个误会。当然了,你们虽不是间谍,但嫖娼的事被他们发现了,他们不能不问啊!"转而,又心有余而力不足地叹道:"现在关键是你的事,你是公务员,嫖娼是要丢工作的。"

"你不是跟金局很熟吗?赶快给他打电话,我拿点辛苦费给他,让他把这件事闷掉算了。"贾英献催促邓明说。

"你说得简单,你以为他会听我的?"邓明觉得贾英献想得太幼稚,接着纳闷地问:"其实,我刚才已经在他面前替你说过情了,好像他对你很有成见,是不是你什么时候得罪过他?"

贾英献抓耳挠腮地思索了半天，也没有想到在哪儿得罪过金石鱼，"没有啊？我和他从来没有打过交道，谈何得罪他？"

见邓明不肯帮忙，贾英献以为邓明是在跟他玩猫腻，遂对她恳求道："邓经理，你帮助我，我心里有数，刚才你给国安局的钱，我会翻倍还给你的。"

邓明听了他的话，似乎有点不悦了，"贾行长，你也太小看我邓明了，水月清华根本就不在乎这些打点的钱。再说了，帮你也是帮我们，你是在我们这里出的事，传出去，多少也影响我们的声誉，你实在不信，我可当面给他打电话。"说着，就拨通了金石鱼的电话，为了让贾英献听到金石鱼的回答，邓明按了一下手机的免提键，扬声器里即刻传来了金石鱼不耐烦的声音："邓经理，什么事？"

邓明对着手机大声说："金局，贾行长的事请你多帮忙，可不能毁掉人家的饭碗啊！"

手机扬声器里传来了金石鱼愤愤不乐的声音："这事与你无关，你不要替他求情了。这些行长，自以为是财神爷，一个个神气活现的，上个月我表弟找我帮忙贷款，我低三下四地找了几家银行，没有一个他妈的行长答应的，我堂堂的一个局长求他们都没有用，更何况老百姓呢！银行的钱全被他们贷给了关系户了，今天落到我的手里了，我倒要看看在拘留所里的行长，又会是怎样的一副嘴脸呢？"

邓明赶紧问："你找过贾行长吗？"

金石鱼说："没有，找也没有用，这些家伙都一个德行，见钱眼开。好了，我要休息了，再见。嘟嘟嘟……"没有等邓明讲话，金石鱼已经将电话挂掉了。

手机断线的嘟嘟声仿佛在告诉他们金石鱼对银行行长是很反感的。

第二十二章 迷魂陷阱

第二十三章　新官上任

金石鱼坚定的态度,使贾英献和邓明绝望地相望着。

邓明无奈地合上手机,生气地对贾英献发火说:"你看,你们这些当官的,平时一个比一个牛,都是他妈一个不服一个,最终还是害了自己,搞得我也跟着你们带灾受气。"

贾英献理解邓明的心情,刚才的通话,他听得很仔细,金石鱼那幸灾乐祸、绝不可通融的口气,叫谁听了也不好多说什么。贾英献在心里叫苦不迭,金石鱼是把在别的行长那里受的怨气,全部发泄在自己身上了,贾英献觉得自己真倒霉,刚躲开国安局,又招金石鱼发泄私愤,真是祸不单行。他知道,这件事公开后,自己因为嫖娼被公安机关处理,身败名裂是小,砸饭碗是大。想到这里,他的后背直冒冷汗,他大脑快速转动着,思索着应对的方法。论人际关系,他贾英献有的是路子,毕竟自己还是一把手行长,平日里,有求于他的各路好手多的是,关键是他怕这个消息一旦泄露出去后,如果给别有用心的人知道了,对他会更加不利的。贾英献不是一般人,这件事的利害关系,他还是明白的。因此,当下最重要的就是要尽可能地在不扩大范围的情况下,将事情悄悄地处理掉。

他左思右想,觉得金石鱼是他唯一的希望,哪怕真的是一根救命稻草,也要想尽办法尽力去抓住他。

而此时,金石鱼就在邓明的办公室里,通过监控录像注视着贾英献的一举一动,贾英献表露出的无奈和惊恐不安,引得金石鱼不时的捧腹大笑。

一向高高在上的贾英献,当下就像从天堂一下子被摔入地狱一般的沮丧,他急忙对邓明说:"金局的表弟要贷多少款?"

邓明摇摇头:"不知道。"

"你跟他讲,就说我能帮他这个忙,只要他能把这事闷掉。你现在就告诉他。"贾英献迫不及待地催促着邓明再次和金石鱼通话。

邓明假装很难办的样子："你刚才已经听到了,他已经有点不耐烦了,再打扰他,我怕他真的火了,适得其反,别弄巧成拙了,我看还是等到明天再说吧。再说了,现在人家也不一定要贷款啊!"邓明说到这里,忍不住张了张嘴,打了个哈欠,一脸的倦意,"哈——我也累了,这一惊一乍的,搞得我都有点头晕,我要回去休息了。你也早点回去吧,要不,就睡在客房?"

贾英献觉得邓明说得在理,望着疲惫不堪的她,知道她已经尽力了,也只有等到明天再说了。

临走之际他一再对邓明恳求道:"你明天最好亲自上门找一下金局,一切费用,事后跟我算。要不,我身上还有1万元,你先拿去用?"说着,拉开包,准备掏钱。

邓明拍了拍他的手,阻止道:"现在不是钱的问题,你有再多的钱,他不买你的账,你有什么办法?明天,我一定亲自找他去,到时候,我再跟你联系,我做事难道你还不放心?"

贾英献忙解释:"放心、放心,明天最好约他出来坐坐,彼此交流一下,他也许还不了解我贾某的为人,我这个人是乐意帮助别人的。"

"嗯……明天听我的电话。"说罢,邓明冲他摆摆手,示意他赶快走,免得遇到其他熟人。

贾英献沮丧地踏进他的蓝鸟轿车,有气无力地转动着点火钥匙,连发动了几次,车子才发动着了。人倒霉,连车子也欺负他。他狠狠地砸了几下方向盘,嘴里骂着,猛地踏了一脚油门,蓝鸟车颤抖着狼狈地离去……

打发走贾英献,邓明回到自己的办公室。

一进门,金石鱼就乐呵呵地对她竖着大拇指:"绝了!演得真绝!"

邓明笑道:"哎哟——笑死我了。金石鱼,你的人演得更像,把国安局都用上了,我差一点以为是真的,呵呵呵……"

金石鱼兴奋地抱着她在房间里一阵的旋转,然后双双倒在了床上,"没有想到,你出的这个点子还真灵光,看来,唐氏兄弟的那500万元的活动经费,已经稳稳的揣在你的口袋里了。"邓明调皮地望着金石鱼眼馋地说,好像她也想分得些,但金石鱼没有搭她的腔,只是一味地狂笑。笑罢,他用手指一挑她的脸蛋,答非所问:"明天还有8000万呢!"

邓明见他没有分摊的意思,也就没有追问下去,只是跟着他笑起来……

而此时的贾英献侧躺在自家的床上,辗转反侧,彻夜未眠,经过一整夜的思索,他认为现在要想再回归到天堂般的生活,必须抓住金石鱼这根救命稻草,要不,今后恐怕再也喝不到咖啡了。

第二天一早,他就打电话把邓明早早地叫起,并再三关照她,无论金石鱼提出什么要求,他都会答应的,只要他能摆平了此事。

就这样,经过一番假戏真做,邓明和金石鱼没费吹灰之力,就得到了贾英献提供的8000万元的银行贷款。不久,唐氏兄弟和金石鱼联手的金鑫房地产公司正式在春江挂牌了。

处于权力的巅峰状态的金石鱼,此时正陶醉在他与邓明构想的金字塔的梦想之中,有点春风得意马蹄疾的感觉。就在这时,在辽宁省公安机关的协调下,春江市公安机关找到了死者王艺的父母亲。得知王艺在春江被害消息后,老两口匆匆从东北铁岭老家赶来春江市,他们根本不相信,性格内向温和的王艺能和外界结下冤仇。王艺是大学毕业后来春江创业的,有摄影专长的他,在春江开了一个"靓丽风采摄影工作室"。但是春江市规模大的影楼多得是,王艺的小小工作室,根本无法与大影楼抗衡,生意不是很景气。由于他在杂志上经常发表艺术摄影作品,所以,他的摄影工作室还是赢得了一些年轻人的光顾,小店只能勉强糊口。在个人婚姻问题上,王艺也屡遭失败,恃才孤傲的他,高不成低不就,三十多岁了,还没有成家。儿子的终身大事成了父母心中的一块心病,遂在老家为他张罗了几个条件相仿的姑娘,准备今年春节等王艺回老家见面,想不到,盼来盼去,盼来了儿子被害的噩耗。

当老夫妻俩在医院的太平间见到王艺的遗体后,痛不欲生,唯一的亲人,年纪轻轻的就这么不明不白地走了,白发人送黑发人,是人世间最凄惨的事。

当王艺的父母向公安机关提出一定要见一眼杀害儿子的凶手时,得到的回答却是此案正在侦破中。为了给死去的儿子一个明白的答复,老两口决定留在春江,等待公安机关破案。

在清理遗物时,老两口才发现,在他们俩面前装得逍遥自在的王艺,其实一贫如洗。在这种情况下，老两口一边靠捡废品维持生计，一边默默地等待公安机关破案。

一晃一年过去了，案件依然毫无眉目。在这段时间，老两口也从民间小道打听到，王艺的被害案与水月清华有牵连，同时他们也慢慢得知，此案已经被公安机关当悬案搁置起来了。种种迹象表明，此案一定涉及到某个要害人物，春江市公安机关是在庇护当地凶手。生性倔强的老两口，咽不下这口气，遂提着煤气瓶来到了春江市公安局的门口，扬言要准备自焚，期盼通过自己的过激行为，引起公安机关对这个案子的重视。王艺的母亲手里拿着一块用毛笔写的申述牌，王艺的父亲左手提着煤气瓶，右手握着打火机，向围观的群众叙说冤屈。他们的过激行为引来了门卫的驱赶，就在王艺的父母与门卫揪牵之时，一辆轿车从门外向里驶来，坐在轿车后面位子上的一名五十岁开外的男子，见公安局的门口围满了围观的人群，遂叫停了司机，走下车来，此人就是刚从省厅分配到春江市公安局挂职锻炼的彭庆安大校。

彭庆安是今年刚刚从部队转业到省公安厅的师职军官，省厅为了尽快使转业到地方的部队干部适应公安工作，选取了一批年富力强的干部，安排到基层一线进行挂职锻炼。以往的挂职锻炼，都是挂一个副职，走个形式，今年省厅进行了大胆的改革试点，根据各个干部的职位和在部队的实际工作能力，进行有选择的挂职锻炼。

此时，恰逢春江市公安局主管到了换届期，省厅查阅了彭庆安的部队档案，觉得此人能胜任春江公安局一把手的职务，遂将彭庆安分配到春江市公安局代理局长，希望他能充分发挥部队的优良作风，在春江干出一点儿成绩来。

身材魁梧、长相威严的彭庆安一走出轿车，他的气度就引起人们关注的目光，一眼就能感觉到此人一定是公安局的大干部，王艺的母亲一下跪在了彭庆安的面前，声泪俱下地向他叙述儿子的不幸。

听完王艺父母的叙述，彭庆安脑中即刻浮现出临行前厅长对他说的话："彭师长，这次派你到春江，是经过省厅党委研究决定的，春江市目前的社会治安不容乐观，外表很和谐，内里暗藏汹涌啊！党委是充分相信你的能力，希望你拿出部队的过硬作风，在春江打个漂亮的翻身仗，也算是你回地方工作的一份见面

礼。"老厅长满怀深情的目光和殷殷的希望,不时地在眼前闪现。

没有想到,还没有进公安局的大门,就碰到了上访的群众,彭庆安觉得厅长的叮嘱不是心血来潮,是实事求是,看来自己身上的担子确实很大。彭庆安稳了稳自己的情绪,和气地对王艺的父母亲说:"老人家,我是省厅刚刚派来的局长,你们刚才反映的问题,我一定会给你们答复的。这样,后天你们到我办公室来,我给您说下案件的进展情况。"彭庆安依然是部队的作风,说话果断干脆,很值得人信任。

听到彭局长如此坚定的回答,老两口似乎看到希望,二人感激地连声道谢。此时,公安局里面的人得到了新局长驾到的消息,几名副局长领着科室人员,都相继下楼迎接他。彭庆安送走了王艺父母,在众人的簇拥下来到了二楼的会议室,欢迎他的茶话会就设在二楼的会议室。

众人一阵寒暄后,欢迎会正式开始。政委赵亚辉先作了欢迎讲话,副局长蒋兵将全市的概况和公安情况作了简要介绍,紧接着是金石鱼副局长将春江市公安局的品牌单位防控大队的建设情况作了汇报。

提到防控大队,彭局长似乎很是在意,他专注地听着金石鱼的汇报,并不时地在笔记本上记录着。会议结束后,彭局长并没有参加为他设的欢迎宴席,而是马不停蹄地驱车赶往春江市的公安防控大队。

第二十四章　明察暗访

彭局长没有告诉常委们自己要到防控大队，只是说到下面的派出所转转，熟悉熟悉春江的地理环境，也没有要其他副局长陪同，只是带了一位办公室的秘书做他的向导。

在省厅时，他就听说了春江市防控大队的情况，既然是春江市公安局的一面旗帜，他老彭倒要看看防控大队的庐山真面目，看看是否名不虚传。

突击暗访，是他在部队的惯用手法。

此时，已到了午饭时间，防控大队的队员们都在饭堂就餐，彭局长没有惊动防控大队的领导，直接来到二楼的办公区，值班民警见新局长驾到，赶紧用电话给大队长报告；彭局长则在秘书的陪同下，沿着二楼的走廊对走廊两侧的办公室逐个视察起来，只见每间办公室整洁明亮，桌上的办公用品摆放整齐有序，使人看上去心里很舒坦，彭局长暗自点头赞许：虽然不是正规的部队，但单位的精神风貌很像军队的样子，很精神，果然名不虚传！

彭局长信步来到了荣誉室，光荣榜里呈现着数名立功受奖民警的照片，每一张照片的下方都配有先进事迹的简述，彭局长饶有兴致地挨个阅读着。突然，他的眼前一亮，一张熟悉的面孔纳入了他的视线："尚军？这小子怎么会在这儿？"彭庆安暗自惊喜，但没有露出声色。

此时，得到消息从饭堂赶来的大队长张扬，已经站在了门外，他整了整衣襟，毕恭毕敬地报告道："报告。"

彭庆安转过身，上下打量了他一番，客气地问："你就是大队长？"

张扬毕恭毕敬地答道："是，局长，我是张扬，请指示。"

"嗯！"彭庆安用手指指尚军的照片，说："你给我介绍介绍他的情况，我看这上面罗列他的荣誉挺多的嘛！"

"是！这是我们大队侦查中队的中队长尚军，是部队转业干部，为人正直，作

风雷厉风行,荣立过一等功,半年前在执行任务中不幸受伤,现在正在医院接受康复训练……"

"哦?"听说尚军在医院疗伤,彭庆安心里一阵惊讶,但没有说什么,只是继续认真地听取张扬对其他民警的介绍。接着,他又向张扬询问了有关王艺一案的情况。当听说尚军就是这个案子的第一审查人时,他的心里又禁不住一阵惊喜,他觉得有必要到医院看望尚军,进一步了解案件的情况。

当天晚上,彭庆安带着司机来到润扬市人民医院尚军所住的康复训练病房,站在门外就看到尚军正在床上练习仰卧起坐,看着他艰难的动作却依旧不放弃在门外驻足观望的彭局长忍不住发出了赞叹:"好样的!"

听到门外有声响,尚军赶紧转身看个究竟,"咦?团长!真的是你!"尚军惊喜地叫道,同时,一骨碌翻身下床,迎了上来。

"呵呵呵,好小子,还是那样精神,一点儿没有变。"彭局长笑着走了进来,"看样子,身体恢复得很好嘛!"

"基本康复,你看。"尚军说着,挥动着两条腿,刷刷地轮番做了两个高踢腿。看他踢腿的动作,丝毫看不出他的腿受过伤,彭庆安很欣慰,"既然伤都养好了,还赖在医院干什么?是不是装病偷懒啊?"

尚军急了,忙解释:"局长你可冤枉我了,按照医院的康复计划,还有一个月我才能出院呢!"

"呵呵呵,熊兵。"彭局长像回到了部队的状态,忍不住在尚军的肩膀上砸了一拳,"走,到外面走走,别影响别人休息。"

"好的。"尚军随手披了一件外衣,领着彭局长走出了病房。

尚军和彭局长并肩漫步在医院大院里的林间小道上,"今天中午我就接到张扬的电话,说新来了一位名叫彭庆安的局长,我当时以为是同名的人呢!想不到真的是你。"尚军满脸喜悦地说。

彭局长笑着说:"我也没有想到能在春江见到你,我们恐怕有十年没有见过面了吧?"

尚军答道:"嗯……有十年了。"

原来,十年前,尚军是彭庆安手下的一名侦察连的排长,当时的彭庆安是独立团的团长,后来彭庆安交流到另外一个部队任职,尚军则因为部队的调防,转业回到了地方工作。

"做梦也没有想到我们会在此相聚,真是山不转水转啊。"彭庆安感慨万千,眼里充满了久别重逢的喜悦,"你知道我为什么来看你?"彭局长一改刚才的喜悦之情,认真地望着尚军问。

"肯定是关于王艺一案。"尚军自信地回答。

"嗯——"彭局长严肃地点点头,"你还是那么机灵!听说一开始是你接手的这个案子,给我讲讲这个案子的情况。"

"好的。"

两个人在小径旁的一个凉亭的椅子上坐了下来,"其实,我也是刚刚介入这个案件就受伤进了医院,知道的也很少。后来这个案子又移交给了交办中队侦查了,但我一直觉得这个案子一定跟我们公安内部的人有牵连,只是一种直觉,具体的我也说不清楚……"听完尚军的分析,彭局长觉得今晚单独找尚军了解情况是找对了,正如老厅长所言,春江的治安局势看似风平浪静,局势一片大好,其实内里隐藏着暗涌。

"假如这个案子继续由你来侦破,你有多大把握?"彭局长询探道。

尚军刷地站了起来,胸有成竹地说:"给我两个月时间,限期不破案,我自动辞职!"

"好!就给你两个月时间。你抓紧时间出院,等待市局的指令吧。"

"是!"尚军兴奋地握住彭局长那双宽大的手掌,彭局长那果敢的作风,使尚军仿佛又回到了军旅生涯,那股军旅激情禁不住溢于胸襟……

第二天,尚军提前出院,接到尚军出院的电话,中队外勤熊奇驾驶着猎豹车到医院接他。从住院到出院,整整一年了,坐在猎豹车里的尚军像一只出笼的小鸟兴奋无比,他的心早已飞回了单位,想象不出,这一年里,防控大队又有怎样的变化,尚军按捺不住内心的激动,掏出手机给张扬打了个电话,报告了自己出院的消息。此时,他就像一只浴火重生的凤凰,浑身充满了力量,他已经充分酝酿好了王艺一案的侦破思路。

车子一进防控大队的院子,就看见张扬带着一帮弟兄在迎候他,人群中有

几个陌生的身影,看样子是今年刚分配过来的新警,尚军似乎感觉到了一股新的气象,"尚队,尚队……"

大家主动跟他握手问候。

"你小子,搞突然袭击也不提前告诉一声,一年不见,脸都变得白净了许多,比以前更精神了。"张扬一边嗔怪着,一边与尚军握手问候。

此时,一辆本田雅阁轿车从院外悄然而至,在他们的身后停了下来,"金局……"

"嗯……"

尚军的身后传来熟悉的应答声,还没有等他回头,一只肥硕的手掌已经热情地拍在了他的肩头,"好小子,回来也不告诉一声,恢复得怎么样?"

是金石鱼的声音。

尚军的眉头紧蹙了一下,脸上出现了一丝不快,但这一丝不快的表情只是瞬间即逝,当他转过身时,已是满脸灿烂,"噢——是金局,身体恢复得很好!共产党人是大树,永远是打不垮的!呵呵呵……"尚军一语双关,说着礼貌地握住金石鱼热情伸过来的右手,金石鱼的手掌粗大而肥硕,使人一搭上去,就能感觉到他是个养尊处优之人。尚军有意识地用力紧紧地一握他的手掌,金石鱼顿时觉得十指一阵钻心的痛,差一点叫出声来,他知道尚军是在捉弄他,他只得强忍着剧痛,用怪异的笑声和笑容掩盖着手上传递过来的痛苦,样子很是狰狞,这种暗自较量旁人是无法观察到的。

"到会议室,大家坐下来叙吧。"张扬招呼道。

尚军松开了手,热情地做了个请的手势,让金石鱼走在了前面,大家相互簇拥着,来到了会议室。金石鱼在长条会议桌的领导位置坐了下来,趁人不注意,在桌下活动了一下刚才被尚军捏得麻木的右手掌,他的眼睛却始终望着对面的尚军,面带微笑,一副和蔼可亲的样子。但他侧面的脸颊上,微微地显露着一起一伏的咬牙痕迹,他在默默地发狠:"小赤佬,敢跟我玩阴招,看我怎么收拾你!"

金石鱼用刚刚舒展过的右手端起面前的水杯,呷了一口水,大有感慨地对尚军说:"哎呀!时间过得真快,还记得一年前,我们也是在这儿开案情分析会分手的,一晃,一年过去了,人啊谁也不知道自己前面的路会是怎样的。"

尚军望着金石鱼,同样感叹道:"是啊!人的生命是脆弱,我们只有尽力尽职地做好每一天的工作，无愧于上苍。但是人的生命也是坚强的，只要我们心中有信念，任何困难都压不倒的。"大家对他们的感慨都报以认同的眼神和赞许。

转而，金石鱼乐呵呵地对张扬说："张大，尚军刚出院，应该给他几天时间，回去看看老婆孩子啊？"金石鱼的话语无不显示出领导关心下属的姿态。

张扬点头领会道："他的性格你也不是不知道，向来是以队为家，只要他说一声，我们一定同意的。"

"还要人家说吗？你们应该主动关心啊！"金石鱼的话语，分明带有一丝责怪的口气。

尚军微微一笑："谢谢领导的关心，现在警力少，工作任务重，多一个人就多一份力量，我已经离开一年了，我还是抓紧时间熟悉工作，尽早投入战斗吧。"

金石鱼理解地点点头，微笑说："那就随便你们大队安排了，别到时候说我这个分管局长不关心下属啊！"

"哈哈哈……"众人被他们的调侃引得都笑了起来。

笑罢，张扬像是想起什么，问："金局，我听说王艺的父母到公安局上访了，市局对这个案子有什么打算？"

"哎！"金石鱼地摇摇头，"能有什么打算，该我们做的工作我们都已经做了，我们已经尽力了。公安机关也不是神，谁敢保证每一起案子都能成功告破？"金石鱼的脸上出现了不屑一顾的神情。

对于金石鱼麻木不仁的言语，尚军的眉头紧蹙了一下，他极力克制内心的愤怒，不露声色。正在此时，金石鱼的手机响了，只见金石鱼打开手机看了看号码，脸上即刻堆满了笑容，并赶紧按了下应答键，热情地应答道："彭局，是我。好，好，我马上就到，马上就到。"

合上手机，金石鱼对张扬说："这不，彭局长也关心这个案子，叫你和我一起去汇报呢，走吧！"说完，提起公文包与大家打了声招呼，和张扬匆匆地走了。

第二十四章　明察暗访

第二十五章　重新上阵

春江市公安局，彭庆安局长的办公室。

金石鱼和张扬正在给彭局长汇报王艺一案的案情。听完他俩的汇报，彭局长沉思了片刻，然后对张扬作出了指示："做任何事情要尽心尽职，不要一有困难就想撂摊子。这个案件，继续由你们防控大队侦破，你们是全局的先进单位，就要拿出先进的作风和先进的战斗力来，给你们两个月的时间，限期破案，到期破不了案，就地免职！到时可不要怪我不讲情面哪！"彭局长的声音虽然不大，但掷地有声，震撼力极强。

彭局长的这道死命令，金石鱼和张扬两个人心里的反应却又各不相同，张扬的心里先是一惊，接着就是一阵高兴，他知道这位新上任的局长有股虎气。也许只有这样的虎气，才能给这个案件的侦破带来希望，没有压力，就没有动力！他的眼里随即迸射出一丝兴奋的神色。

而金石鱼就不同了，来的时候，他还在心里琢磨着：你一个刚来的部队转业干部，对地方的公安工作一窍不通，能说出什么诗文大意来，还不是听我们这些副局长摆布！没有想到，彭庆安的反应很迅疾而且也很准确，这就证明他有非凡的统领全局的能力，金石鱼不敢小视他了，遂面带严肃的神色，对彭局长承诺道："彭局长，我这就与张扬回防控大队召开会议，按您的指示全面部署工作，争取早日破案。"

彭局长点点头："嗯，你是分管局长，要对他们加大督促力度！"

彭局长没有像以前的秦局长那样对他这个副职说话时见色行事，而是依然像在部队，指挥自己的部下一样的一丝不苟、严肃认真。这多少使金石鱼在张扬的面前掉面子，表面上虽不好说什么，但心里是憋着股劲，他要等待时机给他难堪。

回防控大队的路上,金石鱼在车里问张扬:"你认为这个案子应由谁负责?"

张扬不假思索地说:"还能是谁?只有尚军了,我可不想丢乌纱帽。"

张扬回答的口气,金石鱼一听就明白:如果你金局长要是让其他人去办这个案子,到时候案子破不了,就只能是追究你的责任了。

金石鱼很明了张扬的意思,在这个关键时刻,即便是性格再温和的人,也不会拿自己的前途作赌注的,他张扬也不例外的,他提议由尚军来侦破此案,主要还是看中尚军的能力。就目前防控大队的中层干部来说,工作能力和敬业精神还没有人能与尚军相提并论,尚军的综合能力决定了张扬要选择他。

从金石鱼的角度来说,他是不想让尚军负责这个案子的,他可不想引火自焚。但是,目前的局势,也不允许他多加阻挠尚军挂帅,他不想让别人窥察到他的心理。金石鱼的脑子里早已思索好了对策,王艺一案已经搁置了一年多的时间了,这么长的时间过去了,即便当时的案件有任何的蛛丝马迹,也被时间磨逝了,尚军有天大的能耐,他也翻不了天的。相反,倒可以利用这次机会,拿掉尚军的队长职务。

他的脑中立刻闪现出"借刀杀人"四个字。

"对,借刀杀人!"金石鱼在心里默念着。他要借彭局长的这把刚出鞘的快刀,砍掉尚军的乌纱帽!也好趁机杀杀这个新局长的锐气!

一箭双雕!

想到这,他禁不住在心里得意起来:"尚军啊尚军,这一次,恐怕你头上的乌纱帽要被彭局长拿掉了!彭局啊彭局,这次,你恐怕要栽倒在春江了!"

金石鱼的嘴角露出了一丝奸诈的笑意,遂对张扬说:"你们大队内部的工作分工,你们大队自己研究决定,我就不干涉了,只要能如期破案,有需要我协调的,我会尽力协调。"说完,掏出手机浏览电子报刊,张扬也拿出手机指示大队值班室,通知各个中队干部到大队会议室等候开会。

当金石鱼和张扬走进防控大队的会议室时,大队中层以上的干部都已经坐在会议桌前等待他们的到来。张扬首先向大家介绍了刚才彭局长给防控大队下达的指令,然后,严肃地再次强调:"新局长对这个案子很重视,现在将这个重任又交给了我们,我们没有理由再退却了,大家都是防控大队的中坚力量,我们有

这个义务为大队尽心尽职,我们召开这个会,就是给大家一个公平展示竞争的机会,看看谁有这个雄心来挑起这项艰巨的任务!"张扬的话一出口,大家就议论开了——

金军虎:"这个案子不是交给交办中队了吗,现在干吗又返给我们?"

金兵勇:"难啃的骨头,都是给我们防控大队。"

杨建国:"连交办中队都侦破不了,我们哪有能力办这个案子啊!"

黄震:"这案子都拖了一年了,我们恐怕是没有这个能力……"

见大家都表达出畏难的言语,金石鱼心里暗自窃喜,他的眼睛紧紧盯住尚军,观察他的反应,他知道没有人愿意接这个活的,现在只剩下尚军了,如果他不主动请战,这项工作就真的难以开展了。尚军只是静静地听着大家的议论,脸上毫无表情,金石鱼见状,心里更加得意。张扬见大家都不敢主动请缨,于是对尚军说:"尚队,你是侦查中队的,你对这个案子有什么想法?"

张扬的意思是:你身为侦查中队长,理应主动请缨啊!

尚军没有急于发话,而是朝在座的各位又巡视了一遍,意思是看有没有人主动请战的,见大家都面露退缩之色,他才缓缓地开了口:"我已经离开这个案子一年多了,对这个案子的前期侦查的情况,应该不如大家清楚。所以,我没有主动请战。现在既然张大问到我了,我作为侦查中队的中队长,我就说几句心里话。"

顿了顿,他接着说:"其实,这个案子本来就是我们防控大队分内的事,既然是自己拉下的屎,就应该自己来擦,我觉得新局长的决策是英明的,我们一定要趁这次机会,打一个翻身仗,挽回影响。"尚军的话像一针镇静剂,使原本有些嘈杂的会场顿时安静了下来,大家的目光都集中到尚军的身上,那眼神好像对他说:"有本事,你来接这个案子。"

尚军很明白大家的眼神,只见他掷地有声地说:"如果大家不愿担当此任,我愿意请战!"

"好!"张扬激动地拍案叫好,"我们平时口口声声讲为大队分忧解难,到了关键的时候就退缩了?假如尚军现在还在医院养伤,难道这个案子就没有人来担当?畏难情绪与我们这个先进单位的名称极不相称,我们要在思想上引起高度重视!"对于张扬的训斥,没有人提出异议,只得面面相觑。

张扬缓了缓自己的情绪,接着宣布道:"既然尚军同志主动请战,我想这个艰巨的任务就交给侦查中队来完成,在这里我也给大家承诺,案子到期不破,我也和尚军一样,就地辞职!希望各个中队,要紧密配合尚队的工作。"张扬说完,转脸对金石鱼征询道:"金局,你有什么要求?"

"嗯——"金石鱼点头示意有话要说,他清了清嗓子,字正腔圆地说:"同志们,尚军同志刚从医院回来就挑起这个重担,我和张大从心里感激他,我们干警察的就要有这股勇担责任的勇气,特别是我们防控大队的人,我们是全局的先进单位,我们做任何事都要积极、都要有主人翁的意识。但是,我们也不能盲目,刚才我和张大在彭局长那里狠狠地挨了训,彭局长给我们下达的是死命令,两个月的期限,不如期破案,我们的张大队长就要就地免职的!作为领导,我虽不得免职,但面子上也很难看啊!毕竟我是分管局长,所以我请大家一定不能掉以轻心。"金石鱼虽没有提到尚军,但他的眼睛却紧紧地瞥了一下尚军,那眼神好像对尚军说:"你不是逞英雄吗?两个月时间,破不了案,你也一样就地免职!"

尚军坚毅地对视着金石鱼投过来的眼神,然后坚定地对金石鱼保证道:"请金局放心,我愿意立下军令状,如期不破案,我自动辞职!"

"好!"金石鱼收回怪异的目光,脸上露出了欣喜的神色,兴奋地说:"既然尚队有这个信心,那就按规矩办事吧!"说着,用眼神示意了一下张扬手上拿着的那份空白《军令状》。

张扬随即在军令状上签下了自己的名字,然后递给尚军签字,最后张扬将签完字的军令状交给了金石鱼。

金石鱼扬了扬军令状,兴奋地说:"这就有先进单位的样子,要敢于给自己加压!散会。"

大家都陆续走出了会议室,房间里只剩下金石鱼、张扬和尚军三人。金石鱼边将军令状收入公文包里,边笑着对张扬和尚军说:"理归理,法归法,签军令状只是个形式,必要的时候,形式还是要做的,要不大家的士气怎么被激励啊?你们俩也不要太紧张了,正常开展工作,预祝你们旗开得胜!呵呵呵。"说完假装很热情地与张扬和尚军道别,提着公文包,乐呵呵地走出了会议室。

望着金石鱼幸灾乐祸的背影,两人沉默了片刻,张扬不理解地对尚军说:

"你看他乐呵呵的样子,哪像是下属在立军令状啊?好像是给我们颁发嘉奖令一样,哎!"张扬不可理喻地摇摇头叹息,"真不知道他是怎么想的!"

尚军冷静地苦笑了一下:"意料之中。"

张扬虽然对金石鱼的幸灾乐祸十分气恼,但对尚军勇于担当责任还是很感激的,"尚军,感谢你能有勇气挑起这个重任。话又说回来,即便你不主动请战,我也会将这个重任压给你的,目前大队的队伍状况你是知道的,你看这帮窝囊废,平时吹起牛皮来,一个比一个猛,真正冲锋陷阵了,一个比一个熊包了,也只能辛苦你了。"

尚军摆摆手,阻止说:"这个案子,本来就是我没有完成的一项任务,现在正好有这个机会,我怎么能轻易放弃呢?也算是了却我的一个心愿吧,我一定会全力以赴的!"

"好,我会尽力配合你的。"尚军的坚定使张扬很激动,突然,他又好像想起什么似地对尚军通报说:"你还别说,这个新来的彭局长,还真有魄力,刚才在他的办公室里,就连金石鱼也被他震住了。"

"是吗?"

"要不,金石鱼会这么轻易地同意你挂帅?他虽不会担心被免职,但也担心被挂起来啊!呵呵呵……"两人心照不宣,不约而同地笑了起来。

张扬笑罢,转入正题,问:"这个案子你准备从哪儿着手?"

还没等尚军回答,一名值班的辅警队员进来报告,说王艺的父母求见尚军。尚军听罢,眼睛一亮,遂对张扬说:"就从王艺的父母入手。"同时指示那名辅警将王艺父母请进会议室来。

见尚军要会见王父母,张扬赶紧撤出:"你先忙吧,有什么情况我们及时通气,我还有其他事情要安排。"张扬随即也跟着辅警走出了会议室。

王艺的父母之所以来找尚军,是因为他们听到了一些风声,说一年前尚军是因为接手王艺案子而受伤的,社会上的这些传言,使王艺的父母觉得尚军一定是个好人,也一定知道王艺案子的有关情况,现在听说他回来了,想当面请教尚军。不一会儿,王艺的父母被辅警请进了会议室。

"你就是尚队长?"王艺的父亲一把拉住尚军的手问。

"我就是尚军,请问二老有什么事情?"

见尚军如此的彬彬有礼,老两口神色黯淡的脸上涌现出一丝感动,"早就听说尚队长是个有责任心的队长,你住院治疗期间,我们就没有好意思打扰你。听说你回来了,我们这才来找你,我们就是想请教你一下。王艺的案子究竟有没有希望,我们都在春江等待一年了,实在是再没法等下去了,你是个好心人,能给我们讲讲实情吗,王艺的案子有希望吗?"王艺父亲的说话声,饱含极度的无奈。

"有!刚才彭局长已经给我们下达了指令。而且,这个案子下一步就由我全权负责。"尚军回答得很果断。

听到尚军如此坚毅的回答,王艺的父亲"扑通"一声跪了下来,哽咽着感激道:"太好了!感谢尚队长,我给你磕头了。"

尚军赶紧拉起他,"这是我们应该做的,也是我们的职责,警察就是为民除害的,你们尽管放心。"

尚军接着给二老倒上两杯热茶,稳定了二老的情绪,"我正想见二老,没有想到,你们主动找上门来了,感谢你们对我们工作的支持。"接着又问:"王艺出事之前,有没有给你们暗示过什么或者之前跟你们交代过什么事情?"

老两口认真地回忆了一会儿,很失望地对尚军摇摇头。王艺的母亲哆嗦着手,一边用衣角擦拭着眼角的泪水,一边悲伤地说:"我儿子只每年春节回去一次,每次只匆匆地停留十来天,好像没有什么反常的表现。之前,我们还以为他在春江生活得很好呢,没有想到他这么窘迫,早知道是这样,我们早就劝他回老家了。可怜我的儿啊……"说到伤心处,老两口又泣不成声。

王艺的父亲红着眼圈,绝望地说:"案子都侦破了一年了,也没有查出半点头绪来,每次问他们,都说案件没有进展,有消息会及时通知我们的。我儿是被人害死的,这里面一定有重大阴谋,说实话,我们真担心公安机关找不出真正的凶手。听说你是个好人,我们这才求助于你的,请你帮我们查出凶手,要不,我儿会死不瞑目的。"

尚军理解两位老人的心情,他强忍着悲痛,安慰道:"人死不能复生,你们要节哀顺变,请二老放心,我们一定尽最大的努力侦破此案。"

尚军坚毅的表情和坚定的回答,使王艺的父母看到了石沉大海的案件出现了一线希望,老两口的脸上浮现出一丝欣慰的神色。接着尚军又向两位老人询问了一些与王艺相关的问题,但两位老人似乎提供不出什么有价值的线索,他

们只关心案件能否破获,对于案子有关的线索却知之甚少。

尚军深感此案棘手!

最后尚军对二老关照说:"你们回去再好好想想,看有什么忘记或遗漏的,想起来及时告诉我们,以便于我们开展工作,尽快查出真相来。"

王艺父亲甚是感激:"好的,我们回去再好好想想,案子的事,就拜托尚队长了。"

老两口起身告辞。

第二十六章 暗中恐吓

送走了王艺父母,尚军立即召集了侦查中队的会议,在听取了全体人员的意见后,尚军立即作出了案件侦查部署:兵分三路。第一路由侦查外勤熊奇带领一组人马前往市局交办中队进行案件前期侦查资料的交接;第二路由侦查外勤张强带领一组人马去王艺生前的居住地,再次进行清查,虽然在这一年里王艺的居住地已经被侦查人员无数次清查过,但尚军觉得还是有必要再进行一次,也许有意外发现;第三路由侦查外勤李烈和罗莉带领一组人员对案发当初与王艺在水月清华酒吧发生口角的四名年轻人再进行一次调查询问调查。

尚军在最后强调说:"市局给我们的时间是从明天算起,我们的工作就从现在开始,我们已经抢先了十几个小时,对于我们来说只能走在时间的前面,只有这样,我们才能将两个月的限期变成三个月,乃至四个月的时间,从而间接地延长我们侦破的时间。从现在开始,对于我们中队来说,没有什么节假日之说了,只要是工作需要,我们可以不分昼夜地连续作战,大家有没有信心?"

"有!"所有队员非但没有被尚军苛刻的要求吓着,相反却涌现出十足的激情,像一只只待战的雄狮,嗷嗷直叫。

见大家如此的激昂,尚军的脸上露出了喜色,信心十足地说:"好!现在各自展开工作。"

大家迅速撤离会议室,按照各自领受的任务,展开工作。

尚军之所以要将案件的相关人员再做一次调查询问,原因是:案发虽然时过一年,但经过岁月的筛滤,人们也许对这个案子有了更加理性的认识和分析,这时候再回过头来梳理这个案子,也许可在沉淀的河沙中找到几枚铄石,有出乎意料的收获。

至此,王艺一案的侦查工作重新启动。

人员部署完之后，尚军带着司机驱车来到了案发地，一年前他还没来得及侦查案件，就受伤住院了，今天他再一次站在案发地点，举目回望，仿佛又回到了一年前的景象里。离案发时间已经有一年了，周围的环境没有太大的变化，水月清华商务中心、对面的三角广场和案发地点构成了一个三角形状。尚军在这三个点之间，来回走动着、寻思着，他想从不经意间发现和感悟到一些有价值的东西。

尚军发现从案发的位置到水月清华商务中心大约有150来米的距离，此处正好是水月清华门前停车场的路灯盲区，加上道路两边浓密的香樟树的遮掩，对面三角广场虽然地处高势，但上面的游人的视线被浓密的树叶遮挡住，根本看不见树荫下的情况，这就说明暗杀王艺的凶手是有意选择这个遮人眼目的地点作案的。

尚军抬头看看对面矗立的水月清华商务中心的大楼，心里有一种说不出的感觉，此时，天已经慢慢黑了下来，街道上满是下班的人群和车流，水月清华商务中心城堡外面的霓虹灯已经提前街道上的路灯亮了起来。望着外表堂皇、高雅的城堡，尚军心里不知不觉地涌现出一种神秘莫测的感觉，他的直觉告诉他，这个案子一定与这个神秘的城堡有瓜葛。

"丁零丁零……"一阵熟悉的手机铃声从他的口袋里传了出来，一看手机上显示的号码，是他妻子打来的，尚军这才想起自己出院了，还没有来得及告诉妻子一声，尚军刚要开口说话，就听手机扬声器里响起了妻子惊慌而气喘吁吁的声音："尚军，出事了，小凯不见了，急死我了，怎么办啊？"话筒传来的妻子急切的声音，他没有被妻子惊恐的情绪所感染，他镇静地对妻子说："你不要急，慢慢说，我马上就回来。"边说边疾步登上了猎豹车……

原来，尚军的妻子张楠按照惯例来学校接儿子小凯时，却不见了小凯，问学校老师，老师说刚刚出校门的，张楠以为小凯自己回家了，于是又骑车返身沿来路寻找，一直找到家也没有见到小凯的身影；张楠赶紧返回学校，求助校方，学校发动全校教师在校园里寻找，依然没有小凯的下落。这一下张楠急了，她以为尚军还在医院，本不想打扰尚军，现在万般无奈之下，她只得将小凯走失的实情告诉尚军。

不一会儿，尚军的猎豹车就驶到了学校的门口，为了减缓张楠的紧张心情，尚军安慰张楠说："也许被同学的家长接回去了,再等等,或许小凯和同学玩够了,就会回来的。"然后,跟老师要了一份小凯班上同学家里的通讯录,让张楠返回家里,按照通讯录给每一位同学家里通话,看看小凯是不是被同学的家长接回去了,自己则带着司机开车在城区继续寻找。

张楠回到家中按照通讯录里的电话号码,将小凯班上55名同学家里的电话挨个打了一遍,依然没有小凯的下落。当尚军得到张楠反馈的消息后,他已经在城区转了好几圈,结合张楠反馈来的消息,尚军已经隐隐觉得有一种不祥之兆。但他没有说出口,更没有对张楠说出自己的担心,他只是在电话里一个劲儿地安慰张楠,说自己马上安排城区路面的巡逻队员帮助寻找,相信很快就会有下落的。

安慰完张楠,接着他将情况告诉了张扬,张扬及时地将这一消息布置到防控大队的路面巡逻中队,经过近8个小时的寻找,依然未见小凯的下落。此时的尚军脸上虽然没有显示出惊慌的神色,但他的心还是悬了起来,他似乎感到小凯的失踪与王艺的案子有关。当他赶回家时,守候在电话旁的妻子已经瘫坐在沙发里哭成了泪人,"尚军,你是不是在外面又得罪谁了?"聪明的张楠似乎慢慢地思索到了什么。

"我已经住院一年多了,今天刚出院又会得罪谁呢?你不要疑神疑鬼的,我们耐心地等待,也许再过一会儿,就有消息了。"尚军依旧不露声色。

尚军的话似乎打消了张楠的顾虑,她也不相信刚刚出院的尚军能与谁结下冤仇。但是小凯是她经历了五次习惯性流产后,全家人像供奉菩萨一样伺候她,求天拜地才得到的万斤宝贝疙瘩,现在突然毫无预兆的从人间蒸发掉了,你说要她伤心不伤心。要是双方的父母知道了,还不知道要闹出什么家庭悲剧呢!

尚军也深知小凯在他们家庭中的位置,他手里握着手机,脑子里苦苦思索着,一边急切地等待着城区路面巡逻队员打来的电话,时间就这样一分一秒的在痛苦和焦虑的煎熬中流逝着。

此时,已经是深夜4点钟了。突然,一阵急促的电话铃声骤然响起,将迷茫中的张楠从昏沉中猛然惊醒,她不知所措地望着尚军,尚军随即伸手提起话筒,急切地问:"喂,哪里?"

"我是给你送儿子的人,嘿嘿……"一阵阴森的冷笑声过后,又传来了更为恐怖的恫吓,"这一次,先警告你,下一次恐怕就不会这么简单了,快来锦都大酒店714房间。嘟嘟嘟……"

没有等尚军讲话,对方已经将电话挂线。尚军来不及多想,急忙带着张楠下楼,驱车赶往锦都大酒店,打开714房间,小凯被绑在椅子上,小凯一边挣扎,一边恐惧地大哭着。

"小凯!"张楠泪如泉涌,急切地跑了过去要抱小凯,被尚军一把拉住:"慢,他身上有炸药。"

张楠的身子一下僵硬在那儿了,她这才注意到小凯的身上还挂着一个小方盒子,方盒的上面有一个红色的显示灯在不停地闪烁着,"啊?!"张楠见状吓得一下瘫在了地上。

尚军并没有慌张,他一边安慰小凯,一边察看那个类似于定时起爆器的小方盒。经过仔细检查,尚军发现绑在小凯身上的只有定时器,没有炸药,而且在小方盒的上面还有一张字条,上面写着:这一次没有炸药,下一次可就没有这么幸运了。不要自以为是!还是安分守己的好!

一切正如尚军所预料到的,小凯是被人劫持在酒店的,劫匪之所以这样做,就是警告尚军,好自为之。尚军急忙解开小凯身上的绳索,为了不让张楠看见纸条,尚军刚想将纸条藏进口袋,就被张楠从身后一把夺了过去。看罢纸条上的内容,张楠没有说什么,只是抱起小凯匆匆下楼,"你怎么不在学校门口等妈妈?"张楠哭泣着问。

"是一个叔叔带我到这儿来的,说你有事,办完事就来接我的,你们怎么到现在才来啊?呜呜……"也许那个带他来酒店的叔叔恐吓过他,小凯的哭声里明显带有惊恐的声调。

尚军到服务台查了一下房间登记本,开房间的人是用假身份证登记的,电话也是从酒店房间里打到尚军家里的,而且酒店的监控录像的线路也被人掐断,无法显示入住酒店旅客的影像资料,种种迹象表明劫匪是有预谋的。

回到家中,张楠将小凯哄着入睡以后,疲惫地来到客厅,对坐在沙发里的尚军问:"尚军,你是不是又参与王艺案子了?"

见瞒不住张楠,尚军只得承认:"嗯,是市局下达的指令。"

张楠微微点点头,像是明白了什么:"你的工作我不想干扰,但如果因为你的工作问题,而牵涉到我们家庭的安全,我是不会同意的。"

"你放心,我保证今后不会发生这样的事。"尚军安慰道。

"你拿什么保证?枪打出头鸟,你难道忘记了你是为什么进医院的?现在刚出院,又开始不安分了,你如果不听我的,我带小凯回我爸妈那里,就让你一个人瞎折腾吧。"张楠一脸的气愤。

尚军不认为张楠是说气话,却从她的话中得到了启发,他的眼前一亮:张楠的父母是军队老干部,现在还住在部队大院,如果将张楠和小凯送到戒备森严的部队大院,一定很安全的。尚军随即附和道:"要不,你就带着小凯到你父母那里住一段时间。"

张楠原本说的是气话,没有想到尚军认真了,气得张楠指着尚军的鼻子呵责:"你还真来劲了,给你阳光你就灿烂,我们走了你怎么办?自从嫁给你没有过一天安心的日子,整天提心吊胆的。"说着她的眼眶里涌出泪水。

尚军心里一热,饱含深情地说:"当我看到王艺的父母跪在我面前时,我的心里像万剑刺扎,谁不爱自己的骨肉?眼看着自己的儿子长大成人了,却不明不白地撒手人寰,王艺的父母心里是怎么想的?此时他们的心里比我们更痛苦,作为一个警察,面对百姓的生死置之不顾?我尚军不是这样的性格,我要履行自己的职责,还百姓一个清白、一个说法……"

尚军说到动情之处,猛地从沙发里站了起来,眼眶里迸射出神圣不可侵犯的烈焰。尚军的肺腑之言感动了张楠,她停止了抱怨和哭泣。这是一位贤惠而深明事理的知识女性,她平时的工作就是在家从事美术创作、相夫教子,她理性而温和,夫妻俩从没吵过架,相反她竭尽全力支持丈夫的工作,是一个不折不扣的贤内助,正是她在背后默默的支持,才使得尚军一心扑在工作上,取得了一个又一个佳绩和荣誉。

尚军知道张楠听了他的表说一定会支持他的,这是夫妻之间的一份默契、一份真挚情感的预知。果不其然,张楠听了他的肺腑之言之后,脸上渐渐地露出的是一份理解、挚爱、同舟共济的神情。她缓缓走了过来,"我理解你的苦衷。"张楠紧紧地依偎在他的胸口,一边抚摸着尚军的脸颊,一边温柔地说:"我不会

拖你的后腿的,明天我就带小凯回部队去,你自己要小心。"

妻子的通情达理给了尚军更大的信心:"你放心,我一定破了这个案子,两个月后,我去接你们。"两个人的手紧紧地握在一起,尚军感到了无声而强大的支撑力量,刚才的焦虑、惊恐和疲惫都随妻子脸上的笑容一抿而去。

他们就这样相依在沙发里。

第二十七章　神奇梦境

这一夜,和尚军夫妇一样没有睡好的还有两个人,那就是王艺的父亲王福龙和母亲张翠花。特别是王艺的父亲王福龙,自从和尚军见面回来后,他的心里很是兴奋,尚军的承诺使他看到了希望,一直压抑着的心情得到了一丝释放和慰藉,和老伴回来的路上还特意买了一瓶酒。晚上,老伴简单地为他弄了两个凉菜,王福龙倒满一杯酒,端起酒杯冲着桌上摆放着的王艺的遗像,颤巍巍地说:"孩子啊,我们终于遇到好人了,今天我见了尚队长,他要我谈谈你的情况,可是你在春江的情况我一点儿也不知道啊,你如果在天有灵,你就给我一点儿暗示吧!也好帮助尚队长尽快抓住凶手啊!"说完举手将杯中酒泼洒在地上。

"要是能显灵就好了,哎——"王艺的母亲张翠华在一边长吁短叹,眼眶里又流下一串泪珠。

或许是很长时间没有喝酒,或许是今天心情好转的原因,王福龙这顿酒的时间喝得很长,他一边望着王艺的遗像,一边自斟自饮,脑子里同时回想着王艺在世时跟他说过的每一句话、每一个眼神、每一个表情,渴望能从中回忆出可疑的迹象来。可是任凭他怎么冥思苦想,记忆的闸门始终像被锁上了生锈的大锁,没有丝毫松动的迹象,他就这样自言自语、自斟自饮,一杯接一杯,朦朦胧胧,似醉非醉,最后是被老伴搀扶到床上。其实,像这样的回忆他们老两口不知重复过多少次,甚至可以说,他们每天都是在这样一种苦思冥想中度过的,他们始终觉得王艺的被害一定是有缘由的。

也许王福龙今天喝多了一点儿,身心极度疲乏的他睡得很香、很沉,两片嘴唇不停地翕合着,像是在梦中呓语。是的,他确实是在做梦,而且是与王艺在睡梦中相遇了,梦中,只见王艺急切地对他说:"爸爸,你看到我的画了吗?"

"是客厅里挂的那幅大树吗?"王老汉问。

王艺答:"对,就是那幅画。"

王福龙急得一摊手:"我看了,我和你妈天天看,那是你留下的唯一的一幅手迹,可是,那上面并没有什么天机啊!"

王艺坚定地说:"有,就在上面,哈哈哈……"

梦境中,王艺的笑声越来越大,越来越怪异,越来越阴森恐怖。突然,在王艺的身后出现了一个青面獠牙的凶神,手里拿着一把利剑冲着王艺的后背猛插过来,正在大笑的王艺突然受击,脸上一阵痛苦地扭曲后,他的脸也慢慢地变成了魔鬼的脸,变成了魔鬼的同僚。王福龙见状,双手紧紧地抱住王艺的左臂往回拉,"呀——"王福龙的嘴里发出了抗争的呐喊。

就在王福龙与恶魔拼命对抗之时,他的脸上被人用力掴了一巴掌,这一巴掌将他从噩梦中惊醒,"你怎么打我?"王福龙睁开眼,惊恐地问老伴。

只见老伴张翠华痛苦地埋怨道:"你个死老头子,你看,就差把我的胳膊掐断了。"

王福龙这才发现自己的双手正紧紧地掐住老伴的左胳膊,"我做了个噩梦。"王福龙喘着粗气,心有余悸地说。

"刚才你要是掐的是我的脖子,我早就一命呜呼了,我看你就是个穷命,喝点酒就做噩梦,今后还是不要喝了,真是的,吓死我了。"老伴数落完,翻身扯上被子又继续睡了。

刚迷迷糊糊地睡着,就听王福龙的双腿一阵乱蹬被子,嘴里惊叫着:"艺儿,艺儿,艺儿……"

就这样,王福龙老汉一夜出现了几次惊厥,搞得张翠花一夜也没有睡好。

第二天一起床,王福龙就站在王艺留下的那幅大树的画前,愣愣地揣摩着。张翠花见王福龙一大早就站在画前发呆,十分纳闷,加上夜里的折腾,她是气不打一处来:"你是中邪了是吧?夜里像驴一样又踢又叫的,现在呆头呆脑的像木桩似的立在这儿,碍不碍事啊,站一边去!"王福龙也不生气,只是将夜里梦见王艺的事告诉给老伴,"我昨夜真的梦见了王艺。"

"我看你是酒喝多了,说胡话。"张翠花不信。

"是真的,夜里我怕打扰你睡觉,没有告诉你。"王福龙认真地说。

张翠花见老头子很认真的样子,知道他说的是实话,于是赶紧急切地问:"难不成儿子真的托梦给你了?他跟你说了些什么?"

王福龙拍拍脑袋,叹惜说:"梦里的事情乱七八糟的,我也记不太清楚了,只记得儿子说他的死跟墙上的画有关系,可我怎么看也看不出个名堂来啊!"

"你再好好看看,既然他托梦给你了,就说明这画里一定有玄机。"张翠花再也不骂他了,相反督促他仔细揣摩或许真的有托梦的事情。

其实,王福龙梦见王艺是他长期思念王艺的结果,有道是"日有所思,夜有所梦",就是这个道理。但是,王福龙夫妇不这么认为,他们认为这是上天赐给他们的一个天机,决不能轻易放过。吃罢早饭,张翠花独自一人上街收售废品了,家里只留下王福龙一人继续揣摩那张画。

画挂在墙上,王福龙眼力不济,索性将画从墙上取了下来,他先是在挂画的墙壁上仔细寻找了一番,然后又对画框的四周里外用手指认真地摸捏了一遍。画依然是那幅画,就是简简单单的一幅水墨画,除了画框就是一张画纸,就连一张衬画的废纸都没有。一番寻找无果后,王福龙心里犯嘀咕了:"既然画框里没有藏什么东西,难道这画面中隐含着玄机?"王福龙嘴里自言自语着,遂又开始认真端详画面,画面很简单,就是一棵枝叶茂密的香樟树。

王福龙认为画面中一定隐藏着寓意,于是他发挥着他全部的想象力思虑起来。可是,任凭他怎么发挥脑细胞的想象力,他也不能从这幅简单得不能再简单的画面中找出答案来。越是找不出个头绪,他就要变化着花样来想,端在手里想不出来,索性又将画挂回原处,离远一点儿站着看、站着想,站累了,又搬了一张藤椅坐了下来,对着这幅画,躺在椅子里慢慢地看、慢慢地想。但是任凭他怎么挖空心思,冥思苦想,他就是想不出个所以然来,想得他的脑壳都发涨、发昏,急得他心口都发疼。就在王老汉躺在椅子上思考得昏昏沉沉之际,"嘭嘭嘭——"门外传来了几声轿车的关门声,响声将王老汉从半梦半醒之间惊醒,接着,从门外传来了一声亲切的呼喊声:"王大爷。"

当王福龙迷迷瞪瞪地从椅子中站起来时,尚军带着熊奇、李烈几个人已经站在他面前了。"大爷,在看什么呢?"尚军问。

王福龙揉了揉酸涩的眼睛,有点不好意思地说:"我在看王艺画的画呢。"

"哦!大爷,我们是过来看看你,看你可有什么要提供的线索?"尚军嘴里说着,眼睛在房间里来回搜索起来。王艺的居住地是两间门面房,里面一间被隔成工作室和卧室,外面一间隔成客厅、厨房和洗漱间,客厅的墙壁上悬挂着几幅放

第二十七章　神奇梦境

大了的艺术照片和一幅水墨画,这种布置给人一种强烈的艺术感。

尚军随意地浏览着墙上的艺术照片,王福龙见尚军的眼睛盯在墙上,以为尚军也在看画,赶紧在一旁解释:"昨天夜里我做了一夜的梦,梦见王艺给我托梦,他在梦中也提到了这幅画。不瞒你说,一早起来,我就把这幅画卸了下来,里外都摸了个遍,也没有找到半片纸屑,哎!看来托梦也不灵光啊。"

"哈哈哈……"身后的熊奇和李烈几个听完王福龙的所说,忍不住发出一阵轻微的淡笑,他们十分理解王大爷此刻的心情,"大爷,那是您思虑过度的结果,你还是多想一想王艺与您说过的话。"熊奇开导说。

王福龙的话并没有引起尚军的特别重视,他也认为那是王大爷过分怀念王艺的结果。此时,他的目光正好浏览到墙上的那幅画,这幅画的名字叫《门前的香樟树》。也许是这幅画的名字提示了尚军,他随即转身透过玻璃门,将画中的香樟树与门前挺立的那棵粗壮的香樟树对照了一下,确实,王艺画的就是他店面马路对面的那棵真实的香樟树,从画中可以发现王艺的绘画技巧十分高超,门前的那棵香樟树的形状和特点被他在画纸中惟妙惟肖地展现出来了,就连树丫上包扎在虫洞上的塑料布(为了防止虫子侵蚀,通常人们将树干上被虫子侵蚀的虫眼塞上药,然后用塑料布扎紧,以防蛀虫继续侵蚀树干。)都画在画上了。

可以说这幅画绘制得栩栩如生!

尚军边赞叹边继续欣赏着。突然,他的眼睛像是被什么灼了一下,眼皮闪跳了一下,随即目光像钩子一样紧紧地盯了那块绑在树干上的塑料布上,心里暗暗思忖着:树倒是画得滴水不漏,惟妙惟肖,但作为作画者,根本不应该将树上的那块塑料布也画在画上啊!这块塑料布就像是美丽的脸上贴上了一块膏药,刺人眼光,大煞风景!难道作画者连这最基本的取景技法和作画规则都不懂?从他绘画的技巧和水平上看,作画者应该具备这样的常识啊!难道是绘画者有意为之?他是提醒看画人,塑料布遮盖的地方有文章?

当这一连串的疑窦在尚军的脑中涌现时,涌动的思绪擦出了一缕火花,他的眼睛一亮,随即喊道:"李烈,拿张凳子来。"说着,快步走出了门前,其余人不知道他发现了什么,都跟着他走了出来。香樟树就在门前马路的对面,来到树下,尚军指着香樟树上的一个枝丫,对李烈说:"上去,把树丫上的塑料布揭开,看看虫洞里有什么东西。"

李烈这才明白尚军为什么要他拿凳子,原来要让他上树。李烈放下手中的凳子,一个垫步就上了树丫,揭开绑在虫洞上的塑料布,树丫上露出了一个鸡蛋大小的虫洞,虫洞周围沾满了被蛀虫咀嚼的木屑,李烈用手指在里面扒拉了几下,夹出了一个有火柴盒大小的用塑料纸包裹着的东西。众人眼睛一亮,知道找到了玄机。

　　李烈兴奋得忍不住刷的一下纵身从树上直接跳了下来,打开包裹物一看,原来是三张照片的底片。李烈将胶片交给尚军,尚军拿起胶片对着阳光透视了一遍,脸上顿时露出了笑容,忍不住叫道:"真是踏破铁鞋无觅处,得来全不费工夫。熊奇,回去赶紧将这三张胶片洗出来,里面有我们需要的东西。"

　　熊奇随手接过胶片,放进包里。

第二十七章　神奇梦境

第二十八章　意外发现

王福龙见真的从树上找到了东西,心里无比兴奋,连声夸赞道:"还是尚队长有知识,一眼就看出了玄机,我看了一上午也没有看出个名堂来,看来我真的老了,不中用了。"

尚军连忙谦虚道:"大爷,还多亏您的提醒,谢谢你的帮助,有什么情况,我们会及时通知你的,我们这就回去处理事情。"

"好好好。"王大爷连连应答,也许是激动的缘故,王福龙的眼里闪烁着泪花。

尚军带着手下随即登车返回。

望着远去的猎豹车,王福龙老泪纵横,双手合一,对天连连拜谢:"上天有眼,儿啊,你托给爸爸的梦,尚队长帮你解开了,上天保佑尚队早日找到凶手……"

在车上,李烈好奇地问尚军:"尚队,你真神!你是怎么发现树上藏有胶片的?"

尚军假装神秘道:"那画上不是写着吗?哈哈哈……"

望着熊奇和李烈依然一头雾水的样子,尚军收起笑容,认真地解释说:"不跟你们卖关子了,老实告诉你们吧,说实话,一开始我并没有在意那幅画,是王大爷的提醒才使我认真审视了那幅画。那幅画,画得很好,可以说是画得滴水不漏,恰恰是他的滴水不漏,使我发现了疑点,因为艺术是再创造,是提取精华,任何瑕疵都会被创造艺术的人摒弃的,那块塑料布就是这幅画的瑕疵。但王艺却把这个本不应该画上去的瑕疵——塑料纸,也滴水不漏地照搬上去了,王艺是从事艺术创作的,他怎会不懂艺术的取向?应该说他很精通绘画规则,那他为什么还要与规则背道而驰?答案只有一个,那就是王艺是在暗示看画者,这个塑料纸下面有文章,再结合作画的时间,是王艺被害的前两天,这就表明,这幅画是王艺唯恐自己有闪失,而特意留下的一个线索……"

"噢——"听完尚军的分析,熊奇几个恍然大悟。

"要是尚队不受伤,也许这个案子早在一年前就破了。"李烈惋惜道。

尚军摆摆手:"也不能这么说,王艺既然想到了这种方法隐藏证据,证明他的对手是十分强大和狡猾的。因此,我们今后思考问题不能有丝毫的疏漏,一定要谨慎、缜密。"

"嗯。"对于尚军的话,熊奇、李烈、张强三人甚是有同感。

"以后,我们还是要多涉及些其他门类的艺术知识,这对于我们侦破案件有很大帮助。"熊奇饶有兴趣地说。

尚军赞许道:"当然了,技不压身,多一门技艺,就多一条侦破思路,干我们这一行,尤其要学会触类旁通和融会贯通。"

"回去,我就跟尚队学画画,嗨嗨。"熊奇扮了个鬼脸调皮道。

李烈捏了一下熊奇的耳朵,嗔责道:"你小子,当务之急你还是先回去赶紧把照片洗出来。"

"哎哟——"熊奇连忙求饶。

"哈哈哈……"熊奇的俏皮给大伙带来了一阵开怀大笑,猎豹车满载着笑声和意外的收获一路疾驰而去。

胶片很快被翻洗了出来,是三张女性的裸体照片,而且照片上的人是同一人——一个年轻的绝色女子。从她映现在照片上的神色看,她是在极度惊恐中被拍摄的,其中一张照片,尚军好像有些眼熟。尚军的眉头蹙了蹙,极力回忆着,不一会儿,就见他对熊奇喊道:"快取 56 号照片来,快!"

熊奇迅速从案件的卷宗盒里取出那一袋从王艺居住地收集来的照片,从中找出了编号为 56 号的照片递给尚军。尚军接过 56 号照片与手上刚刚洗出来的一张全身的裸体照作了一番对比后,惊喜地对手下说:"你们看,这张照片是从这张胶片上截取而来的。"

经尚军的提醒,大家这才注意到,56 号照片原来是经过艺术加工过的照片,这张半身的艺术照是来源于这三张胶片中的其中一张,这张胶片洗出的照片全景是这样的:一个神色慌张的裸体美女左手臂横挡在胸前,极力遮挡着丰满的

第二十八章 意外发现

乳房；右臂伸向胯下企图用手掌挡在下身的私密处；整个身体正准备侧向一方，像是在惊慌地躲避。从这三张照片中不难看出照片上的美女是在极度惊慌和毫无准备，甚至是在强迫的情况下被拍摄的。

而那张56号照片，是在此基础上恰到好处地删除了下半身的照片，上半身那丰满诱人的乳房，被美女纤纤细臂遮挡着，若隐若现，加上美女脸上露出的惊慌之色，更加增添了照片的艺术感染力，不知情的人是无法窥见其中奥秘的。

"尚队，你怎么知道56号照片是从这张胶片上加工出来的？"熊奇不可思议地问。

他觉得尚军的大脑太神奇了，刚才在王艺的居住地，他能从一幅画中找出玄机；现在，严格地说不是现在，而是这三张胶片翻洗出来之前，他已经对56号照片情有独钟了，他从心里佩服尚军甄辨的能力。

此时，李烈已经从案件的档案袋里找出了56号照片上的女子的谈话笔录，共两份，一份是防控大队侦查中队李烈做的；另一份是案子移交给交办中队后，交办中队民警做的。笔录显示，照片上的美女叫薛琴，28岁，系鼎鑫机电公司老总徐大海的第二任妻子。从两份询问笔录的内容看，没有大的差距，只是例行程序式地询问了一些有关照片的事宜。当事人承认这是一张请王艺拍摄的艺术照，从整个询问笔录上看不出什么漏洞和疑点。

尚军看罢笔录，想了想，问李烈："讲讲当时你和她谈话的情景。"尚军的意思是问李烈当时薛琴的表情有没有异常。

李烈想了想说："脱了衣服给人家拍照，总有点不自在，但是为艺术献身也不违法啊，薛琴当时的意思就是这样的。再说，当初也就是那张半身的艺术照，也没有继续追问的理由啊！"

"嗯……"尚军觉得李烈说得在理，"你认为有了这三张照片，她会有什么反应呢？"

"反应肯定有，从这三张照片看，好像薛琴以前的回答显然有点站不住脚了。"李烈若有所思地说。

"这就对了！"接着尚军谈了自己的看法，"从薛琴暴露在这三张照片上的姿态来看，不难推测这三张照片是在威胁下强制拍摄的。如果这个推测成立，那么王艺的死很有可能就是他以这些裸体照片恐吓、威胁薛琴后而遭被害的。再则，联系到王艺的那幅画的绘制时间,作画的时间是在拍摄照片的后面。由此可以推断,王艺在要挟薛琴之前就想到了薛琴要报复,为了预防不测,才想到将胶片藏在树上的。种种迹象表明,王艺很有可能是想用照片诈取薛琴的巨额资金而遭到杀害的。"

"嗯……"

大家思考的兴趣被尚军点燃了起来。

侦查员张强颇感茫然:"王艺是怎么拍摄到薛琴的裸照的?"

李烈分析说:"从照片上无法看清照片拍摄地点的特殊标志,但可以肯定不是在王艺的工作室拍摄的。从其中一张照片的背景,可以发现双人床上是白色棉质的无任何花纹的床单,这种单一白色的床单一般用在宾馆酒店,我推测,照片很有可能是在某个宾馆拍摄的。"

熊奇顿悟道:"也就是说薛琴在宾馆与别人偷情时,被王艺偷拍下的。"

张强疑问:"如果是这样,为什么王艺没有拍摄与薛琴偷情的男友的身影?"

徐力随即醒悟说:"那就证明那个偷情的男子和王艺是同谋,他们是设套来诈骗薛琴的。"

"对!由此我们可以想象王艺得知薛琴是鼎鑫机电公司老板徐大海的妻子后,巧施伎俩,用美男计将薛琴引入宾馆,在薛琴与情人约会偷情之时,王艺伺机携相机冲入房间,强制拍下薛琴的裸体照片,以此来要挟薛琴,诈取巨额资金。"熊奇似乎感到案子渐渐露出了水面。

"要是薛琴的丈夫见到这些裸体照片,会气昏的。"侦查员曹勇在一旁鄙夷地说。

李烈火冒三丈:"怪不得上次询问她时,她不敢承认,原来是被捉奸了。如果她丈夫见到这三张照片,不是气昏,而是要杀了她的!我看她这次怎么糊弄我们!"

"先看看她的态度,如果薛琴还是跟我们捉迷藏,我们只有跟她摊牌了。"徐力理直气壮地说。

案情似乎在大家的探讨中渐渐地显露出来,大家的目光都集中到尚军的脸上,等待他发话。"大家的分析都有可能,也都有不可能,真实情况也只有见到当事人才清楚。为了不发生意外,我们要悄悄地接触薛琴。从目前的分析看,薛琴

也是个受害者,我们有责任保护受害者。如果我们冒昧地将这照片公布于众,势必会引起他家人对薛琴的歧视,公安机关既要打击犯罪,也要保护公民的合法权益,所以……"尚军仔细地说了自己的看法。

"嗯……"听完尚军的分析,大家一致认为尚军的分析更全面、更理性可靠。

尚军看了看时间,已是下午5点,这个时段是各个单位下班的时间,趁这机会去会见薛琴是最佳时机,遂命令道:"熊奇、李烈我们三个去鼎鑫公司,其余人在家休息待命。"同时关照熊奇把中队女内勤罗莉也带上,目的就是为了方便与薛琴的沟通,毕竟他们要面对的是女性,而且手上的照片全是裸体照。

为了不引起局外人的注意,同时也是从保护当事人声誉的角度出发,尚军他们是着便衣、以调查一起盗窃案为由进入鼎鑫电机公司的。

这是一家个体作坊式发电机制造公司,这样的小工厂在春江市工业园区里如雨后春笋般,一天不知要冒出多少个,工厂院子的门外挂着"春江市鼎鑫电机有限公司"的招牌。正如尚军所料,工厂里的工人已经陆续下班离开了工厂,厂院子里空荡荡的,只有门卫的老师傅在值班室值班。听说是公安局的人,门卫赶紧打电话通知老板,老板不在,当然是老板娘接待了。门卫按照老板娘的指示将来访者引进接待室,老远就见一长发美女亭亭玉立地伫立在接待室的门前等候他们了。

"真是个美女!"李烈忍不住赞出了口,眼前的薛琴身着一件乳白色的高档蚕丝连衣裙,妖娆的身材、乌黑的披肩长发、白嫩的脸蛋、一双似乎会说话的美眸,都显露出她摄人心魂的魅力,如果站在舞台上她一定是一颗耀眼美艳的明星!尚军的嘴里忍不住涌出一句:"回眸一笑百媚生,六宫粉黛无颜色。"

"为什么这个世上的许多是是非非都与漂亮的女人有牵连?难道美艳是滋生是非的温床?"尚军在心里思忖着。

"欢迎,欢迎。"薛琴热情地将他们引入室内,"我是薛琴,我家先生外出有事,有什么事可跟我交谈。"

熊奇向薛琴出示了警官证:"我们是春江市防控大队的,今天找你是想重新了解一下那张照片的事。"

薛琴的脸上滑过一丝惊讶,很快又表露出一丝不耐烦,但她依然彬彬有礼,宛然一笑道:"这个你们不是一年前来调查过了吗?那是我在'靓丽风采摄影工作室'拍摄的艺术照。难道这也违法？"显然，时隔一年，她已经做好了充分的应对准备了。

看来只有亮出底牌了。

尚军的眼睛向罗莉扫了一下，罗莉领会后，不紧不慢走到了薛琴的面前，温和地对薛琴说："是这样的，薛琴同志，请听我解释，最近，我们在侦查案件中发现了王艺隐藏起来的一组照片，经过技术侦查，我们发现你的那张艺术照出自这张照片……"罗莉解释的同时，随手从包里掏出了那三张照片，递到了薛琴的眼前。

当薛琴的眼光一触到照片上，她那平静的脸上顿时犹如被夏季的热风喧腾而起，火辣辣的溜过一丝惊恐和绯红，绯红的脸蛋瞬间又变成了苍白，像白纸一样苍白，前后的反差如此的强烈。

尚军知道照片产生效果了，于是对李烈和熊奇说："你们到值班室跟门卫师傅聊聊，看看近期有没有东西被盗。"

"好。"李烈和熊奇两人领会尚军的用意，应答着走出了会客厅，他们知道尚军这样做是让他们给门卫师傅放烟幕弹，制造他们是来检查单位安全防范情况的假象，完全是出于对薛琴名誉的保护。

第二十八章 意外发现

第二十九章　坦露秘密

房间里只剩下了尚军、罗莉和薛琴三个人。

"出于对你的保护,我们不想扩大影响,才在这个时间找你了解的,你觉得在这里谈话方便吗?"罗莉关心地问道。

"就在这儿吧,工人都下班了。"刚才还傲然挺立、谈笑自然的薛琴像被霜打了一样,一下子瘫软在了椅子上,飞扬的神采荡然无存了。

"我们这一次找你是有足够的证据的,希望你将事情的真实情况告诉我们。"在罗莉的引导下,薛琴缓了缓情绪,哀叹了一声,"哎!我总以为噩梦结束了,没有想到你们又一次触到了我的隐痛。但是我没有杀王艺,其实我也是受害者,哎——"她黯淡的脸上随即落满一串泪珠。

一番长吁短叹之后,薛琴打开了心扉之门:"怎么说呢?旁人总以为我们搞企业的很有钱、很风光,老板长老板短的被人人前人后的尊称着。其实,有时候我们的处境比街头的乞丐还要低下和艰难,实话跟你们说,这个公司虽然挂的是我丈夫的名字,其实是我独自经营的。人们都说漂亮的女人都是花瓶,中看不中用,我就不服这口气,非要证明给他们看。这个世界就是这么怪,你越是想干点事,老天爷就越是为难你。去年公司经营遇到了几乎破产的困难,资金链断裂,我丈夫的公司也面临倒闭,他整日在外筹钱,整个人都要崩溃了,我不忍心再给他压担子,在这种情况下,有一位朋友给我介绍了一位男子,说他能帮我渡过难关,条件就是要我与他在宾馆过一夜,于是我按她的介绍正与那位男子在宾馆里时,突然冲进来一名蒙面男子,用刀逼着我拍下了这几张照片。哎——"薛琴后悔莫及地又长叹一声,茫然地摇摇头,简短地概括,看样子她是不愿多谈起这件令她心痛的丑事。

薛琴的叙述虽然简短,却深深地惊愕了尚军,他不敢相信面前这个温柔、恬静、理性的女性,能干出这么荒唐的事,可冷静地想一想,也许正是这离奇、荒唐、荒谬的想法才使得王艺离奇地被害,这里面一定隐藏着更为离奇的阴谋。

"为你牵线搭桥的那位朋友是什么人?"罗莉问。

"我们是在水月清华商务中心的游泳池认识的,她叫邓明。"

"邓明?"尚军的神经一下警觉起来,连忙问,"是水月清华商务中心的那个女经理?"

薛琴点了点说:"是的,就是水月清华的总经理。"

尚军顿时来了精神:"请你详细地讲一下与她结识的经过。"

见尚军一提到邓明的名字,就突然表露出迫切的眼神和口气,觉得他对邓明很感兴趣,她不禁认真地回忆起来,她的眼前又浮现出一年前她与邓明在泳池交谈的情景——

一年前,也就是王艺被害前一个月。这天,水月清华商务中心四楼的大型游泳池大厅里,天生丽质的薛琴换好了泳衣正款款的从更衣室走向泳池,这里是她每天必来的健身场所,来自水乡的她,从小就喜欢游泳,嫁到城里后,体力活少了,身体渐渐变得富态了,为了保持苗条的身材,丈夫为她在水月清华办了一张贵宾卡,每天下午她都要来这里畅游一个小时。

薛琴发现,能够在这里畅游的全都是些达官显贵、商贾富人,与他们同在一个池子里畅游,不仅仅是锻炼身体、放松心情,更是培养自己的竞争意识。在薛琴的眼中,这些权贵商贾们个个财大气粗,一个比一个牛,身体养尊处优得像水桶一样粗,心胸却比针眼还要小。清澈的泳池里,能看清对方的身体,却看不见隐藏在肥硕肉体里的心灵,相互之间虽然时常在水中擦肩而过,却都不愿主动与对方打声招呼,你游你的,我玩我的,心里都较着一股劲,谁都不服气谁,谁也不答理谁。大家在这里不是比泳技,更多的是在比阔气、比财气、比权位、比综合实力。每每在这时,薛琴就有一种被鄙视的感觉,虽然自己也有公司,但与这些暴发户们相比还有很大一段距离;每每在这时,她也有一种自豪感,她已从那一双双贪得无厌的目光中,觉察到了他们对她的羡慕和嫉妒,觉察到了明显的可望而不可即的无奈,她已经成为这个泳池中气质、相貌、肤色俱佳的冷美人,或者说是一个"财"、貌俱佳的美少妇。

渐渐地她也在这种环境中养成了恃"貌"傲物、冷艳寡语的孤傲气质,也学

会了从不与他人亲近。每次从泳池里出来,她就像刚从比赛场上凯旋的运动员一样,总有一股要超越别人的欲望,也有一股被人超越的担忧,这种复杂的、懵懂的欲望,刺激她视自己的公司如同自己的身体一样重要,激励她发誓一定要将自己的公司做强做大,使自己的公司如同自己的容貌一样引人瞩目。因为她尝到了被别人仰慕的快乐,那是多么的令人愉悦、赏心、酣畅淋漓!所以,游泳池成了她磨炼意志、激发奋进的熔炉。

在这个泳池里,薛琴唯一熟悉的,也是她最熟悉的人,就是那个妖娆而八面玲珑的总经理邓明,她对这里的宾客向来是关心备至,经常在池边巡视,以便吩咐手下人为宾客及时送上最完美的服务,当然,她这样做的原因,主要是让宾客在她的场所里尽情地纵欲挥霍,为她带来巨额赢利。在薛琴的眼中,邓明是一个极具商业头脑的女强人、女精灵!

邓明发现今天的薛琴没有像往常那样挺着傲人的身躯,在众人仰慕的眼神中昂首登上跳台,然后以一个漂亮的纵身跃入池中。而是一脸愁云,坐在池边蹙眉沉思,像是心中有烦心事。薛琴的心事被邓明那双犀利的眼睛捕捉到了,"薛总,你脸上的气色不好,是不是遇到什么不顺心的事了?"邓明主动搭讪道。

"是吗?你能看得出来?"薛琴内心一阵吃惊,但表面平静,她不愿意自己的心事被他人知晓,因为她的周围全都是商贾们鄙夷的目光,她不希望自己的窘境暴露,被别人讥笑。

"我一眼就能看出来,我们都是熟人了,有什么难处尽管说。你忘啦?我们这里是商务中心,不仅仅提供休闲活动,还能为客人提供商机,有什么困难,我会尽量帮助的,我跟这里的贵宾都很熟悉,请相信我。"邓明彬彬有礼,一脸的真诚。

"我……哎……"薛琴欲说又止,一派难言的样子。

"薛老板,我们搞企业的要拿得起放得下,谁不遇到点磕磕碰碰的,企业就是在磕磕碰碰中逐渐壮大的,你要是信任我,就跟我讲。"邓明关心的口气使薛琴心里一阵颤动,顿有绝处逢生的感觉,心想:邓明接触的人多、交往的圈子大,兴许她能帮助自己解决短缺的200万资金,便试着对邓明讲了自己面临破产的窘境。

邓明听罢,嫣然一笑:"薛总,你太辛苦自己了,这点小事对你来说简直就是小菜一碟,你跟我来。"邓明随即将薛琴领到休息室的包间里细谈。

薛琴以为邓明能为她解决200万资金,高兴得连连感谢,"谢谢邓经理,谢谢邓经理……"

"你不要谢我,你要谢你自己。"邓明的回答使薛琴一团疑雾。"谢我自己?"薛琴反问道。

"对啊!"邓明指着薛琴凸凹有致的身体,嫉妒地说:"拥有这么好的资源浪费着,真是太可惜了。薛总,不要太辛苦自己了,有时候我们的身体就是一笔巨额的财富,就看你会不会使用了,像薛总这样的气质,只要你闭一下眼,200万这样的小钱,马上就能解决的。"

听了邓明的话,薛琴甚是惊讶:"邓经理,你的意思?"

"男人都有七情六欲,只不过高贵的男人戴着一副假面具,揭开他们脸上的假面具,他们都是凡人。"接着凑近薛琴耳旁,神秘地说:"不瞒你说,有一个相当有品位的权贵之人早就看中了你,人家有的是钱,只是人家不是一般人,他需要与之相般配的异性进行交流,而且人也长得英俊,和你很是般配的。"

薛琴迷惑道:"邓经理,你莫非想让我嫁给别人?我已经结婚了。"

"难道你还不明白我的意思?我不是要你嫁给他,现在的大老板工作压力大,他们需要适时地释放自己,你只要陪他几次,不要说200万,就是2000万也能轻而易举地信手拈来,而对于我们女人来说,说穿了,也就是闭一下眼的事。当然了,这也不是一般女人能够办到的,你却具备这样的条件。"邓明不屑一顾地游说着。

薛琴这下明白了,邓明是想让她出卖色相,于是断然拒绝道:"我不能干那种事!那是对丈夫和家庭的背叛!"

"也不能叫背叛吧,为了自己的事业、家庭和丈夫,你用自己的身体摆脱困难,怎么能叫背叛呢?况且,你不是一直想证明自己的实力和能力吗?这东西用一下也不会损坏,而且是瞒着丈夫闭一下眼睛,又不是搞婚外恋。现在好多明星都这样的,她们不是照样整天光彩照人的频频在各大媒体亮相吗?你的观念太陈旧了,你拥有一副漂亮的身体,却没有闪亮的思想,你要落伍的。"顿了顿,邓明指指窗外一群正在泳池里戏逐的美女,继续开导说:"看到没有,那些喜笑颜开的美女们。哪一个身后没有几个权贵、商贾之人?这就是上层人的生活。"邓

第二十九章 坦露秘密

明把一件荒谬的事说成了一种时尚的潮流。

世上很多事是由语言造成的,奥匈帝国皇储的一句话,可以引发一场世界大战;李煜因为迷恋语言(作诗)而丢掉江山,成为阶下囚。人的语言奇妙无比,人的语言含风蓄水,既可以像春风一样温暖你的心房,也可以像冰冻一样冷酷无情。舌如巧簧的邓明,凭着自己的三寸不烂之舌,用语言的子弹一下子将薛琴内心固守的贞节牌坊击碎了。

见薛琴犹豫不决,知道她开始动摇了,邓明乘胜追击,吊她的胃口,临走时撂下一句模棱两可的话:"这样,你回去好好想一想。路,就在你的脚下,但需要你自己蹚出来,我随时等候你的电话。"

邓明的话很有说服力,像一滴滴入清水中的墨汁,在薛琴的内心深处荡漾开来,把她心中守护的那一片鲜活纯净的湖面染成了一片漆黑浑浊。

薛琴不知道自己是怎么离开水月清华的,回到厂里,躺在办公室的椅子上,望着空荡荡的厂房,薛琴的思想在激烈斗争着,自己的丈夫已经外出一个多月了,说是出去筹钱,实际就是在外躲债,自己公司的贷款期限已经到达,银行催款的电话昼夜不停,"叮——"又是一阵催命的电话铃声,将沉浸在极度思考中的薛琴惊醒。

心烦意乱的她随手拔掉了电话线,气急败坏地将电话摔在了地上,无助的她此时脑中一片空白,邓明的话语又一次像魔鬼一样在她的耳畔回响,她的话语是那么的有魔力,在她脑子里缠绕不散。薛琴想,倘若真像邓明说的那样,自己只要稍稍闭一下眼就能摆脱困境,那她还真想尝试一下,反正对方不是一般的地痞流氓,而是一个相貌英俊、有身份地位的权贵,起码对自己的人格是没有太大的伤害的……

魔鬼是无孔不入的,趁着薛琴喘息之机偷偷地钻入了她的身躯,经过千思万虑、左右权衡,她被魔力降伏了,薛琴终于在魔力的催使下拿起了手机,拨通了邓明的电话。

为了保密起见,邓明为他们预定了约会的时间和地点——两天后的晚上8点在春江市迎宾大酒店的911房间。

第三十章　肉体交易

　　时值约定的时间,经过精雕细琢的薛琴怀着忐忑的心理,来到了迎宾大酒店,敲开了911房间。开门的是一个神采飞扬、气宇轩昂的中年男子,看样子他的年龄在四十岁左右,比自己的丈夫要小几岁,而且也比自己的丈夫更英俊、更有气质,这种气质没有商界阔佬的铜臭之气,而是一种令人仰慕的长期在官场中养成的儒雅风范,令人在与之接触时,有一种被凌驾、被控制的感觉。

　　看来邓明说得不错,此人一定是一个商场上的少壮派、实力派,这样的人是理智的,是可以信赖的。薛琴紧张的心理稍稍得以平缓,中年男子像是早就喜欢上她似的,动情地对她说:"美丽的虞美人,想死我了,当我那次在泳池里见到你,你的影子就一直印在我的脑子里,挥之不去。"说着,就迫不及待地拥着她亲吻起来……

　　完全是别样的感觉,薛琴有一种从未体验过的激情,任凭他狂吻和抚摸……

　　薛琴身上的衣裙被他一件件飞快地剥落,"我的美人鱼,太美了!这么美的身体我是第一次遇见啊!"中年男子像是欣赏一件珍贵的艺术品一样,一边不停地赞叹着,一边变换着花样开始渔猎她的身体。

　　"真是太美妙了,太美妙了!我真羡慕你的丈夫,能够拥有这样美的女人,死也无憾。"中年男子一边赞不绝口,一边无休止地贪婪着她的肉体,这个男人是如此的威猛,精力如此的旺盛,见面时的那些儒雅气度早已经荡然无存,有的只是那如野兽般凶猛的吞噬,他像一头雄狮吞噬着她身体中最美味的肉块。

　　雄狮品尝着她的肉体,不停地在她的耳畔如梦呓般的赞叹着:"真够味!真舒服……"

　　薛琴开始时还是有点被动地应付着,按照他的要求变换着各种体位,慢慢地她开始贪婪着雄狮的身体,不知不觉地主动配合起来,虞美人也变成了一头

食肉兽,两头食肉兽不知不觉中默契地相互纠合在一起,由于她的配合,男子颇感激动,愈发亢奋起来。

"美人,你不觉得我们很默契吗?太美妙了,你的事我会尽快安排的,以后我们再见面一定要选择一个与你相匹配的地方。"雄狮在云雨时,不断地呢喃和承诺着,薛琴没有回答,但身体却在默契之中积极地承诺着,她忘记了自己是在出售肉体,是在交易。

正当两头食肉兽的共餐进行得如痴如醉之时,突然,空气一阵颤动,一股强劲的冷气流随着房门的突然推开而从外面冲了进来,将室内温纯的气息一下冲散了,一个黑色的蒙面幽灵闯了进来,"咔嚓",伴随着一道白光闪耀,幽灵手中的相机已经将他们苟合的镜头收集在相机中。

接着一个粗暴而浑浊的声音钻入了薛琴的耳朵:"才子佳人,一对狗男女,色胆包天!"话音刚落,紧紧抱住薛琴身体的男子就"啊呀"一声,被蒙面人一掌掀翻在地上,蒙面人麻利地用随身携带的绳索将男子的双手和脚捆绑起来,嘴里不住地厉声谩骂道:"贱人、狗男女,我让你们快活!给我老实些。"

神秘的入侵者,头上戴着面罩,根本看不清脸庞,只能看到一双暴露在外的阴森的三角眼和脑勺后面扎成一束的长发。

惊恐的薛琴看见蒙面人拔出了闪着寒气的尖刀,全身释放着一股凶器般凶残的野蛮。中年男子已经在蒙面人尖刀的威逼下毫无抵抗地瘫在了地上,像一只乖巧的羊羔蜷曲在一边,失去了雄狮的威猛。

"起来!"蒙面人命令着薛琴从床上站了起来,薛琴全身发抖地站在了地上,紧接着就见眼前一道白光刺入眼帘,薛琴知道那是照相机的闪光灯,薛琴下意识地慌忙用手遮挡身体最敏感的地段。

"咔嚓、咔嚓、咔嚓……"几次闪光后,蒙面人收起了相机,见如此诱人的身体,怎么能放手,"这么好的身体,不做模特儿,太浪费了。"说着随心所欲地捏着薛琴的乳房,薛琴惊惧地躲避着,蒙面人悠然地解释道:"我只是个摄影爱好者,需要的是你漂亮的裸体照片,并不需要你的身体,哈哈哈。"转而冷冷地威胁道:"如果你们敢报警,我就把你们的照片散布出去,叫你们家破人亡;如果你们保持沉默,就什么事没有,我只是人体摄影创作者,我要的是靓丽的影像,而不是真实的身体。拜拜!"然后心满意足、悠然自得地离去。

薛琴茫然若失的站在那儿,脑子里一片空白,"快把我身上的绳子解掉!"蜷曲在地上的中年男子又发出了雄狮般的声音。薛琴这才惊醒过来,吃力地解开了男子身上的绳子,男子恢复了雄狮的烈性,咆哮道:"你们是不是合伙设的圈套?太不守信誉了。"

薛琴急得哭了起来:"我是那样的人吗?我还以为是你设的套呢!"见薛琴伤心至极的样子,中年男子知道错怪了她,赶紧安慰道:"好了好了,也许我们都上了别人的当,刚才的事,就当是我们俩的秘密,你我都把它忘掉吧,谁也不要提了,赶快走吧。"两个人匆忙穿上衣服,夺门而逃。

一场精心策划的交易就这样出乎意料地被搅黄了。虽然事情的收场不尽如人意,但由于两人共同有着令人忌讳的秘密,使原本可以继续下去的交易,就这样被打上了终止符号。

走出了宾馆,薛琴疑窦顿生:蒙面人怎知道她与他人约会?而且还带着相机,纯属是有备而来,难道是邓明与蒙面人合谋?还是邓明、蒙面人和中年男子三人合谋玩弄自己?疑问不断在薛琴的脑海里涌现,薛琴深感被邓明耍了,愤怒之中,薛琴用手机向邓明质问缘由,邓明只是一个劲地否认,口口声声声明自己是出于好心才帮助介绍的,没有想到半路杀出个程咬金!好事没有好报,电话那头的邓明,语气中明显透露出极度的不快。

唉!真是哑巴吃黄连,有苦说不出。薛琴决定将这件丑闻在心底深埋起来,连同自己一生挚爱的游泳爱好也一同收藏起来,在薛琴心里,水月清华商务中心不再是她心中拓展商机、磨砺意志的地方了,而是一个恶魔丛生的地狱。从此,水月清华的游泳大厅里再也见不到薛琴那靓丽的身影了。

听完了薛琴噩梦般的经历,尚军接着问:"在宾馆与你约会的男子是什么人?以后你们见过吗?"

"不知道。当时还没有来得及打听对方姓名,事后再也没有见过他,兴许就是一个骗子、无赖,我只想忘掉这场梦,哎!我做了件傻事。"

尚军问:"蒙面人威胁你拍照时,与你约会的那名男子在做什么?"

薛琴答:"被蒙面人绑在了一边。"

尚军问:"蒙面人走了以后,你做了些什么?"

薛琴答:"我帮着他解开了绑着的手脚,然后,各自不欢而散。"

尚军问:"你是怎么知道王艺就是'蒙面人'?"

薛琴答:"起初我也不知道,是他被害后,警察拿着我的那个半身的照片讯问我时,我才知道他就是那个开设'靓丽风采摄影工作室'的王艺,当时我还庆幸,他没有把我与男子的合影暴露出来。至于他的被害,我想肯定是他又故伎重演,被别人发现后杀害的。"

尚军问:"你当时为什么没有对警察讲实情?"

薛琴叹了一声:"当时我很害怕,害怕丑闻暴露出去,所以也是凭着侥幸的心理试探警察的问话搪塞了他们,因为当时我没有看到其他更露骨的照片,只是一张经过艺术处理的半身的裸照,我以为王艺只拍了我的上半身,因为他当时也宣称,他只是为了艺术创作,我不想将这一丑闻扩散,心想反正王艺已经死了,就让这件不光彩的丑闻到此结束吧。所以,就跟调查的警察撒了个谎,说是在王艺的工作室拍摄的艺术照,没有想到警察真的被我糊弄过去了。"

尚军问:"这件事发生后,你没有问邓明?"

薛琴答:"问了,她不承认是合谋的,我也无法深究,毕竟不是件光彩的事,不如保持沉默,自从那件事后,我再没有到她那里游过泳。我不想再见到她,她纯粹是一个无赖、拉皮条的女恶魔!"

薛琴的眼里放射出怨恨的神色。

大致的情况已经明朗,不难推测,薛琴经邓明介绍出卖色相,正在宾馆时,王艺闯进来先控制了那名男子,然后给她拍了照。

尚军问:"你说蒙面人是突然闯进来的,难道你们没有锁门?"

薛琴答:"锁了,当时还是我亲自关的门,我也觉得蹊跷,难道蒙面人提前准备好了房间的钥匙?"

尚军问:"蒙面人,没有当场敲诈你们?"

薛琴答:"没有。这也是我庆幸的,要是他真的敲诈我,我还真没有办法。他只说是摄影爱好者,也许真如他所说,就为了拍摄裸体照而已。"

尚军问:"事后蒙面人也没有威胁你、向你诈取资金?"

薛琴答:"也没有。过了不久,就传出王艺被杀了的消息。"

尚军问:"请你仔细想一下一年前,也就是 2007 年 8 月 19 日王艺被害的那天你在哪里？"事情基本释然，尚军还是慎重地询问了王艺被害当日薛琴不在案发现场的证明。

薛琴答："那天我什么地方都没有去，因为那天是我公公的80岁生日，一整天就在家里忙着做饭，招待一个从香港回来的远房叔叔。也正因为这个远房叔叔的不期到来，才使我和我丈夫的公司都得到了起死回生的解救，要是早知道有这么个富豪亲戚，就不会发生那场噩梦了。唉！老天爷就是捉弄人。"

又是一声长叹，这一次的长叹，明显地表露出一吐为快的心境，一直深埋在心底的忌讳，今天终于彻底向警察袒露出来，她似乎有一种轻松、坦然、释放的感觉，脸上神色也平静了许多。

案情有了历史性的突破，起码就薛琴提供的情况，邓明成了最大的嫌疑人。一想到邓明，尚军的脸上又涌现出疑云，他沉默了一会儿，然后起身与薛琴告辞："好了，今天的调查就到这吧，谢谢你的配合，还有什么遗漏的，想起来随时告诉我们，这是我的联系号码。"说着，从口袋里掏出一张名片递给她。

"我希望这件事不要打乱我们的生活。"薛琴恳求道。

尚军理解道："你放心，我们会注意分寸的。"

薛琴将他们送到公司的门口，猎豹车刚驶出几步，就见尚军突然叫停，"我的手机忘在桌子上了。"说着，下车疾步返回会客厅取手机，刚到会客厅门口，就遇到薛琴拿着手机正准备追出来，"你的手机。"

"谢谢。"尚军接手机的同时，小声对薛琴提醒道："注意，为了你的安全，如果有人问到你今天的谈话内容，你就说公安例行调查，说的还是上一次一样的内容，切记！无论是谁问。"

"嗯……"薛琴从尚军急切的话语和严肃的神情中明白了尚军的良苦用心，他是借取手机的机会，向她传递信息的。

尚军之所以关照薛琴，是因为通过上次自己遭遇的恐吓，他觉得暗中已经有人知道他们调查薛琴了，他是担心薛琴也遭到威胁，发生意外。

第三十章 肉体交易

第三十一章 意外事故

果然不出尚军的意料,当天夜里就发生了意外。这个意外是薛琴脆弱的心理造成的,也是暗中的魔鬼操作的。

尚军从薛琴的公司走后,薛琴的心里轻松了许多,一直压抑在心里的那个噩梦,今天终于向警察公开了,真有一吐为快的感觉。梗在嗓子眼的忌讳吐掉了,她的心里却又挂上了另外一个担忧,这件事如果被自己的丈夫和家人知道了,她真无法面对世人,真是喜忧参半。

晚上躺在床上,她翻来覆去的无法入睡,回想自己从一个偏僻的农村能够高攀出嫁到城里来,在她所在的村庄来说着实是令人羡慕的,能够被城里人看上的原因是自己容貌出众,婆家是个世代经商的家族企业,很富足,人有了钱,就开始注重修饰门户了,在这个物欲横流的社会里,真正的"才"却往往被那个"财"淹没了,人们的世界观和价值观都被那个"财"字引进了贪婪的深渊!

薛琴的老公是一个比她大12岁且离过婚的中年老板,他要求自己的老婆可以没有"财",但必须有"貌"!因为他自己已经有足够的"财"了,现在只差美貌的老婆,他认为只有"财"、"貌"俱佳才能高人一头,才能光宗耀祖,遂不惜赔偿百万巨资与前妻协议离了婚;同时在方圆百里抛出了择偶的绣球——只要人漂亮,无论家庭多贫穷也无妨,条件就一个:漂亮!

就这样,天生丽质的薛琴从偏僻的乡村出嫁到了城里,过上了人人羡慕的富人生活。对于薛琴来说,物质生活是丰富了,精神生活却贫乏了,结婚后公公婆婆都始终把她当作花瓶对待,认为她只是个摆设,中看不中用,目光中、言语里都充满鄙视。虽然她的丈夫对她爱之尤加,但生性要强的薛琴始终觉得心里很空虚,为了充实自己,改变她在家人心目中的地位,薛琴执意自己另立门户,单独经营公司。在她的执意下,丈夫将他的一个小公司交给她打理。

在农村养成的辛勤劳作的习惯,使薛琴视自己的事业如生命一样重要,起早贪黑、含辛茹苦,将一个不大的机电公司,管理得井井有条,渐渐地公公婆婆对她刮目相看,她自己也对今后的未来充满了希望和信心。正当她的公司势如破竹、蒸蒸日上之际,遭遇了国际金融危机,此时的危机对于薛琴来说,不仅仅使她经营的公司遭到致命的打击,更使她个人能力在家庭中遭到质疑。在这种窘境中,她在邓明的教唆下,做了一件有损于自己和家庭荣誉的傻事,这件傻事非但没有帮助她解脱困境,相反却将她带入了一个更为复杂的旋涡中。特别是今天展示在她面前的那三张不堪入目的裸体照片,要是被家人看见,后果真是不堪设想。还有,这件事如果传到老家去,自己的父母恐怕要被乡亲们的唾液淹死。

她越想越后怕,越想越惊恐。

就在她在床上翻来覆去胡思乱想之际,床头的电话响起,她以为是在外地出差的丈夫打来的,当她正以一种赎罪的心理拿起话筒时,话筒里传来的不是丈夫熟悉的甜言蜜语,而是一个陌生、粗暴、阴森的恐吓声:"薛琴吗?你跟警察都说了些什么?不为自己想想,也要为家里人着想,随口乱语,是要出事的。况且谁会相信一个背着自己丈夫和别的男人上床的女人呢?哈哈哈,不要脸的贱货!好自为之吧!哈哈哈……"

"你是谁?你是谁?"薛琴惊恐地追问。

"嘟嘟嘟……"对方已经挂线。

薛琴觉得周身一阵发冷,浑身起鸡皮疙瘩,好像黑暗中有无数双眼睛已经窥视到她的隐痛,泪水伴着伤心的哭泣宣泄着她内心的痛苦,她坐在床沿,痛苦着摇摆着仿佛要炸裂的脑袋,满头的秀发已经凌乱的被泪水沾在面颊上,自己所担心的终于发生了,她的脑海里立刻浮现出丈夫、公婆责问她的声音,"你个贱货、不要脸的东西,离婚……"

鄙夷的目光、肆意的谩骂,紧紧地围绕在薛琴的脑中,像一发发炸弹在她脑中轰鸣,挥之不去,一阵头晕目眩,薛琴的脑子突然间像被一把利斧劈开,"啊——"泪水模糊了她的视线,也模糊了她的思维,薛琴的两只手轮番击打着自己的脸颊,一声绝望而又恐惧的呐喊过后,她像是变了一个人似的,目光呆滞地傻笑起来,"哈哈哈……我是个贱货、不要脸的东西……"薛琴的嘴里一边呢喃着,一边迅速打开抽屉拿出一瓶安眠药,然后猛地倒入口中……

　　当她醒来时,已经是第二天的下午,睁开眼发现自己已经躺在医院的急救室的病床上,丈夫正焦急地守候在她的身旁。"薛琴,你醒了?"丈夫惊喜道。

　　汪汪的眼眶里流出了一串泪珠,"你能原谅我吗?"薛琴怯生生地问。

　　丈夫握紧她的手:"我理解你,你做的一切都是为了我和这个家,我们不会怪罪你的,人的一生哪有不做错事的?"

　　丈夫的大度出乎薛琴的意料。

　　"你还要我吗?"薛琴内疚地问。

　　丈夫默默地点点头,"你始终是我的好妻子,谁也不能将我们分开。"丈夫紧紧地握住妻子的手,"这么大的事你怎么不告诉我,就这么一个人扛着?"丈夫心疼地责怪。

　　得到丈夫谅解,薛琴的心里这一下彻底放松了下来,惨白的脸上又露出甜蜜的笑容。

　　原来,薛琴吃完一瓶安眠药后就昏迷在床上,正巧丈夫夜里出差回来,发现床头柜上的空药瓶后,知道薛琴做了傻事,赶紧将她送到医院抢救,同时向警方报案。

　　接到报警后,尚军立即赶到医院,向薛琴的丈夫如实通报了案情,同时向他说明了薛琴是为了公司、家庭才涉入圈套,希望他能理解妻子的良苦用心,帮助妻子走出阴影。妻子的不幸遭遇和公安机关细致入微的政治思想工作,使薛琴的丈夫在思想上抹去了模糊的认识,他答应尚军一定好好呵护妻子,配合公安机关尽快将犯罪分子绳之以法。

　　薛琴的服毒自杀更加引起了尚军对邓明的怀疑,他觉得有必要对邓明进行讯问。但是,水月清华商务中心是受市政府重点保护的单位,公安机关不得轻易进入。为了不造成不必要的麻烦,尚军觉得有必要先接触一下这个神秘的女人。

　　第二天下午,也就是尚军立下军令状的第十天下午,尚军带着熊奇、李烈和罗莉来到了水月清华,选择这个时间是考虑到水月清华的营业时间,这里和其他娱乐场所一样,一般下午才是营业的旺盛时间。

　　猎豹车停在了水月清华商务中心门前宽大的停车场上,泊车员见是警车,没有敢肆意指挥,只是笑脸相迎,恭敬地站在一边。仰首看看面前高高矗立的城堡,罗莉感叹道:"这个城堡真气派!"

熊奇一脸的鄙视："外表堂皇，内里乌烟瘴气。"

"你们知道吗？据说建设这个城堡时还有一段佳话呢！"尚军接着他俩的议论插上了话。

"是吗？"年轻的罗莉像是饶有兴趣。

尚军吐了口气，说："据说起初潘颜秀将这个城堡设计成十八层的，后来是他的女助手邓明的一句话，才又改成了十九层，你们说这个女人能一般吗！"尚军所说属实，当初初建这个城堡时，确实是邓明的一句话改变了潘颜秀的设计初衷。

情况是这样的，当初设计师按照潘颜秀的要求将城堡设计成了十八层高的具有欧洲风格的城堡，奠基那天邓明陪潘颜秀来施工现场察看，得知情况后，邓明悄悄地将潘颜秀拉到一边，神秘地问："你怎么把城堡设计成了十八层？"

"怎么啦？18，寓意要发啊！"潘颜秀得意地解释道。

邓明听后，冲他瞪眼嗔怪道："你晕死了，地狱才十八层呢！你难道要为自己建一个地狱不成？赶快改掉！"

潘颜秀听后大惊，问："你怎么不早说呢？现在都已经开工了，怎么改啊？"潘颜秀光光的脑袋上急出一层汗珠。

"我是现在才知道的。再说，事前你也没有征求过我的意见啊！"邓明虽然是个女流之辈，但见识超过男人，潘颜秀向来对她是言听计从，现在从她口中说出这么不吉利的话，潘颜秀像遭了雷劈一样，惊愕地望着她，一筹莫展。

邓明紧锁眉头，俯首想了一会儿，一扬脸，说："有了！"然后指着正在往基桩里灌混凝土的搅拌机说："你不是想发吗？干脆让他们将地基再加高些，在地下再加一层，这样不就成了十九层了吗？也就满足了你长久发的意愿了！"

潘颜秀听后，转忧为喜，茅塞顿开："还是你聪明，再难的问题到你面前总能被解决掉。一转眼，地狱变成了天堂了。哈哈哈……"说着，暧昧地用手拍了一下她的屁股。"呸！"邓明娇嗔地瞥了他一眼，然后扭动着杨柳细腰得意地走了。

这番话是潘颜秀与邓明两人讲的，但没有过多久，却变成了春江的一条爆炸性的新闻，城堡还没有建好，它的名气已经散布出去，有人说这是商业炒作，但不管怎么说，这座城堡建设之初就已经在春江市民的心中蒙上了一层神秘的色彩了。

第三十一章 意外事故

尚军几个说笑着来到了城堡的金色大厅。

按照水月清华接待的程序，尚军一行被请到了一楼金色大厅旁边的接待室。不多久，得到禀报的邓明就风风火火的从楼上乘电梯下来。"咚、咚……"从大厅远处传来了清脆的脚步声，从步伐急促的频率，可以感到主人是不敢怠慢的，一阵名贵香水味伴随着动听的脚步声，飘进了众人的鼻腔，邓明一踏进接待室的门，就满脸堆笑，好像跟谁都熟一样，老远就笑容可掬地招呼道："欢迎我们的父母官来水月清华指导工作。"同时大方地向尚军伸出了右手。

热情洋溢的笑容、谦虚的话语，使人觉得她是那样的豁达开朗、彬彬有礼，充分体现了职场女性的优雅。尚军礼貌地伸出右手，还之以礼，表明道："你好，我们是防控大队的，我叫尚军。找你了解一些情况。"

"噢？早就听说尚队长的大名了，只是忙于琐事，没有时间拜访。今天正好趁这个机会我们好好请教请教。"她的话语是那么的自然，毫不做作，语气是那么的亲切、那么的温馨、那么的具有战斗力，一下子与陌生人拉近了关系，她不仅具有摄人心魂的外貌和气质，更有如簧的巧舌，这些得天独厚的条件使她成为一个游刃于商战场上的精灵。

"难怪薛琴能被她降服，即便是商界的大佬恐怕也未必是她的对手，她已经是一个不折不扣的商界大鳄。"尚军在心里暗叹道。

宾主坐下后，邓明客气地问："尚队长，有什么指示，尽管吩咐吧。"

尚军打开笔记本："那我就开门见山了。"

"请讲。"

"请问邓经理，一年前你是不是帮助薛琴介绍过一个客户？"尚军的问话相当客气，显然留有余地。

邓明的眉头微微蹙了一下，面露为难之色："哎呀……我们这里服务的客户太多了，像流水一样，根本记不住啊！虽然我们实行的是会员制，但不是会员的消费群体，我们这里也是很多的，具体到哪个人，一时我还真的想不起来了。"

见她想不起来，尚军立即提醒："不是在这里消费的，是在迎宾大酒店911房间见面的。据薛琴说，当时是你帮她约定的地点？"

"噢——想起来了，是有这么回事。"邓明眉头一挑，像是被尚军启发起来了，兴奋地说："那个客户之前来过我们商务中心，一心想在春江投资，但一直没有找到合作伙伴,后来薛琴的公司遇到困境,急需资金投入。所以,我就把那个客户介绍给她了,见面的地点是客户自己提出来的,好像就是客户下榻的宾馆,对,就是迎宾大酒店,具体哪个房间,我记不清楚了,但确实有这么回事,我只是负责牵线搭桥,其他的我一概不清楚的。"

邓明一句话就将自己推得干干净净。

第三十一章 意外事故

第三十二章　东窗事发

"难道你们这儿没有留下客户的资料？"尚军问。

"来我们这里消费的都是些有钱人，这些人财大气粗，目中无人，随心所欲，没有个定性，想来就来，想走就走，如风似影。他们到这里消费，一是摆阔显富；二是利用这个平台接触一些新的投资和合作伙伴。我们只是个商务娱乐场所，为客人提供休闲娱乐的同时，尽可能地帮助客人做一些力所能及的事，根本没有权力索要消费者的身份资料，即便是经常来消费的会员，我们最多能记下他们的姓名，其他的一概不知。对于商业秘密，商家是不允许我们知道得太多的，再说了，我们也没有必要知道那么多啊！"邓明依然是温文尔雅的样子。

"那就请你仔细想一下那个客户的姓名和体貌特征！"

邓明手托下巴，回忆着说："好像姓方，具体名字不知道，只听见他身旁的随从称他为方总，听口音好像是北方人，四方脸，中等个头，自称是资本投资商，当时客人询问我们这里有没有要倒闭的企业，想收购闲置的企业，这时碰巧薛琴的企业面临困境。所以，我从中搭线，其实纯属是偶然遇到的。"邓明解释得很仔细，也很婉转，像是尽可能的倾囊而出，毫无保留。

其实她说的全是谎言。

尚军眼睛盯着她说："好像薛琴不仅仅是与对方商谈公司的窘境，还有其他的交易，我指的是男女双方肉体交易！"

邓明报以苦笑："这个我就不知道了，男女之间的事只有双方当事人最清楚，也许他们在接触中相互擦出了火花，这也是可能发生的事，也不能说是交易，现代人都开放得很，把男女之间的事看淡了。不过他们之间是否存在交易，谁也说不清楚，我也不好问。"

尚军进一步问："但是薛琴当场遭到了威胁，被拍了照，你知道吗？"

"这个好像当时薛琴是问过我的，但她没有告诉我被别人拍了照，只觉得她当时很不愉快,我以为他们谈得并不好,具体发生了什么事情,她也没有多说什么,她好像以为我和他们是一伙的,以为我在算计她,其实全都是误会,这些我已经跟薛琴解释过了。"

"薛琴昨天还遭到了恐吓,你知道吗?"尚军脸色很严峻。

"不知道。自从那件事后,我们再也没有见过面,也许她还记恨我呢!真是好心不得好报,哎——"邓明叹了一声气,一副很无奈的样子。

邓明的话语充满了真诚,使人丝毫听不出一点点破绽,也找不到一点儿有价值的线索。其实,来之前,尚军就已经预测到这样的结果了,既然预测到这样的结果,为什么还要做无用功呢?这不是打草惊蛇吗?

对!就是要打草惊蛇!

尚军有他的用意,他知道邓明会矢口否认的,也知道她早已做好了应对的准备。但是她越是露不出半点破绽,越是证明薛琴所说是事实,也就表明其中暗藏玄机,也就证明邓明在伪装、在掩盖,这就是尚军此次接触邓明的用意,结果如尚军预测的一样,邓明伪装得滴水不漏、天衣无缝。

她的天衣无缝没有模糊尚军的视线,却加深了尚军对她的怀疑。尚军冲她微微点点头,像是相信了她的话,然后又轻描淡写地向她询问了一些不痛不痒的问题,算是完成了此次调查。

邓明看在眼里喜在心里,不禁在心里对尚军产生了轻视之意,但她表面上却依然和气善待,谈话结束之后,她还极力要宴请尚军,被尚军婉言谢绝了。临别时,邓明故作真诚地对尚军说:"有什么疑问,尽管随时找我,我会配合你们的。既然尚队长忙于公务,我们下次再聚吧,下一次可要给我面子呀?"

初次接触,就是在这种表面平静、内心紧张的气氛中结束了。尚军一行刚走出大门,尚军和邓明身上的手机几乎是同时响了起来,只见两人几乎是同时将手机贴到了耳朵上,也几乎是同时,两人脸上的神色发生了骤然的变化,只见尚军接完电话,立即加快了步伐,同时快速地对身边人命令道:"快!工商银行发生了案子。"

随行人员听罢,立即紧跟着他,匆匆登上了猎豹车,"嘭、嘭、嘭、嘭!"四扇车门以最快的速度关上,几乎是车门关上的同时,引擎发出了怒吼,一阵紧急加速,轮胎与地面急速地摩擦发出了一阵刺耳的尖啸声,飞一样地疾驰起来。

猎豹车的尖啸声也使得刚刚接完电话、脸上笼罩了一层阴云的邓明更加惊惧地驻足朝外凝视,望着猎豹车反常的行迹,她似乎有一种不祥之兆,好像威猛的猎豹车是冲她而来的,她下意识的慌忙闪身走进了电梯……

尚军的电话是张扬打来的,让他尽快赶往春江市的工商银行,说那里又发生了一起案件,该行的行长贾英献自杀身亡;邓明的电话是金石鱼打来的,说的也是贾行长自杀了,要她在办公室等他,有要事商量。

猎豹车以最快的速度赶到了春江市工商银行。

银行三楼的走廊里已经挤满了银行的员工,大家个个面带惊讶之色,三五成群的窃窃私语,警戒带已经将行长办公室的门口围了起来;金军虎正带领警员在现场进行询问,看样子他是最先到达现场;贾行长办公室里,技侦人员正在进行现场勘查,隔壁副行长的办公室里,几名银行要员正给大队长张扬和副局长金石鱼反映情况。

尚军直接走进贾行长的办公室。贾行长的办公室很大,有三十多平方米,房间的最里面还摆设了一张只能供临时小歇用的单人床,这张单人床简洁而精致,精致得如同一张艺术品,洁白的床单上,摆放着叠得如同豆腐块一样板扎、退了色的军被,使人看后,即可产生赏心悦目的情愫。

一看就知道,它的主人——贾行长当过兵,而且至今还依然保持着朴素的军人生活作风。就像都市家庭客厅里摆放的古玩字画一样,传递给别人的是主人风雅的气息。贾行长办公室摆设的这张床,也是个摆设,他是想向别人传递他做人的秉性,他想告诉别人,他依然是军人,依然是朴素的,依然是雷厉风行的,他的为人就像床上那叠得如刀切一般的军被一样,方方正正、有棱有角。可是这种果敢的军人作风,他没有用在工作上,却用在了自己与这个世界的诀别上,他是用军用背包带系在办公桌上方的吊扇叶子上,然后蹬倒椅子自缢的。

此时,贾行长的尸体被抬放在那张单人床上,这张床恐怕贾行长一次都没有在上面睡过,今天终于有机会在上面舒坦一下了,也不枉这张床在这里空摆了这么多年。

在贾行长办公桌的抽屉里留有一张遗书,上面写着:我没有贪污,也没有挪用公款,钱是被他们精心策划骗走的。邓明,你这个阴毒的女人,我死后做鬼也不会放过你们的!

金石鱼正是看到这张遗书后才给邓明打的电话。当尚军在贾行长的办公室里见到这份遗书时,金石鱼已经匆匆离开了银行,赶到了"水月清华商务中心"邓明的办公室,邓明已经为他泡好了普洱茶。"出事了!贾英献死了,这下捅娄子了。"一进门,金石鱼就火急火燎、神色凝重地对邓明嚷嚷道。

邓明见金石鱼火爆急煞的样子,心头很不以为然,她的玲珑小脸一仰,玉鼻往上一翘,嘴里甩出了不屑的声音:"他死了与我们有什么关系?看你大惊小怪的!"

"怎么没有关系?唐氏兄弟的钱是我们从贾英献那里弄到的,现在人跑掉了,我能不急吗?"金石鱼的那双金鱼眼暴出了眼眶,样子很恐怖。

"你先喝口茶,慢慢说,不要急,究竟是怎么回事?"邓明递上热茶,安抚道。

"全是你做的好事!"金石鱼朝她瞪了瞪眼,"唐氏兄弟根本不是什么大老板,是他妈的两个大骗子,他们已经携款逃跑了……"金石鱼把刚才从银行了解的情况一五一十地向邓明叙述了一遍。

原来前几天省工行来春江市工行进行房贷审计,发觉了金鑫房产开发公司的两笔巨额贷款,在对其贷款手续进行核查时,发觉贷款手续上存在漏洞,遂对金鑫公司进行进一步调查,调查的结果令工作组大吃一惊:唐氏兄弟注册的金鑫房产开发公司是一家空壳公司。兄弟俩见有人来查账,吓得当晚携款逃跑了。对于唐氏兄弟突然从人间蒸发,1.6亿元的房贷款无疾而终,省工行立即对这笔违规发放的贷款进行了追查,这一查,就查出事来了,就查到了贾行长身上来了,贾英献知道自己开脱不了罪名,遂以死了断了自己的性命。

"上面已经查到贾行长违规贷款的事,最主要的是唐氏兄弟原来是骗子,并没有将钱用到房产开发上,而是借开发房产实施诈骗,现已经携款逃跑了,老贾是承受不了压力才自杀的。最可怕的是,老贾的遗书里还提到了你的名字!下一步公安机关肯定会追查到你的。"

"提到我的名字?"邓明不解,"贷款的资料上也不是我签的字,怎么会找到我的头上来啦?简直是笑话!再说了,我只是帮忙做了一下引荐人而已,我也没有得到一分钱的好处啊!"邓明一下子将自己推得干干净净。

邓明不以为然的态度和推卸责任的言语使金石鱼打了个寒战,"你的意思,

他们应该找我?"金石鱼惊诧地望着她,"要是你以这样的态度面对公安机关,恐怕我们都要完蛋了。"

邓明听罢,连忙解释说:"我不是这个意思,我想他们应该去找唐氏兄弟;再说了,叫'邓明'的人多着呢!怎么就能认定是我呢?"

金石鱼的金鱼眼往上一翻,狠锵锵地说:"外人不知道是你,我们自己心里难道还不清楚吗?贾行长指的就是你!要不是你出这个馊主意,我也不会陷到他们的圈套里去!你现在倒好,推得干干净净的,好像责任全在我。现在想想,其实我们都被这两个小赤佬耍了!"

金石鱼此时想到了唐氏兄弟贿赂他的那500万介绍费,怪不得那两个小子那么大方,原来他们心里有鬼,用500万做诱饵钓走了1.6亿,想到这么庞大的数字,金石鱼的心脏就怦怦直跳,血压陡然上升,他后悔当初自己太大意、太贪心了,要不不会出这么大个口子;还有,当初那500万也没有分给邓明一个子,要不这个小妖精今天也绝不会这么不以为然、心静如水、幸灾乐祸,她是在看他的笑话。

"我最讨厌卸磨杀驴的人!"金石鱼后悔莫及地将手中的茶杯猛地掷在桌上,茶杯里的茶水泼洒了一桌面。

邓明惊愣了一下,知道金石鱼真的火了,赶紧安慰道:"老贾的遗书上也没有提到你,你担心什么?他们如果找到我,我就死不承认,他们能拿我怎么着?"

"对了!"金石鱼扬起了脸,他觉得邓明的这句话说到他的心里了,脸上的气色明显的缓和了一些,"我来的目的就是为了这个,下一步警察肯定会调查你的,你一定要坚守住,我思量了一下,他们肯定要问你这些问题……"金石鱼将邓明下一步有可能要遇到的情况和如何应对警察传讯都一个个、一件件、逐字逐句、仔仔细细地向她传教了一番,俩人经过一番固守同盟后,金石鱼才匆匆地离去。

第三十三章　暗中对峙

金石鱼费尽心机地教唆邓明，目的就一个：他是担心公安机关传唤邓明时，邓明会把他也给供出来。

唐氏兄弟贷款的事是他与邓明一手策划的，为此，他还拿到了唐氏兄弟贿赂他的 500 万元人民币。而且贾行长的遗书里不仅仅提到了邓明，还提到了他金石鱼，这是贾英献临死前，才明白过来的，人到死的时候，脑子是最清醒的，胆子也是最大的，死了也要找两个垫背的，于是贾行长在他与这个世界诀别之时，将他不幸落入金石鱼和邓明设计的圈套的过程，写了三页纸的遗书，留在了办公桌的抽屉里。

只不过这份遗书被第一时间赶到现场的金军虎最先获得了，金军虎看完遗书后，大吃一惊，金石鱼的名字跃然在纸上，他原本想将整份遗书收藏起来的，由于当时现场还有其他人，虽然其他人还没有看到遗书的内容。但是在众目睽睽之下，金军虎不敢擅自将整份遗书毁掉的，情急之下他做了紧急处理。为了掩人耳目，他悄悄地将遗书的前两页撕了下来，收藏了起来，因为金石鱼的名字只出现在遗书的前两页上。

当金军虎将他私藏的那两页遗书私下里交给了金石鱼时，金石鱼吓得出了一身冷汗，惊恐之余，也暗自庆幸，幸亏是金军虎第一个发现遗书的，如果是其他人发现的，自己的命运恐怕就会断送在这份遗书上了。

一向胆小怕事的金军虎这一次终于做了件有魄力的事，金石鱼是赞不绝口："做得好！做得很好！军虎啊，你的为人我心里是最清楚的，也是最欣赏的，当初提拔你，我正是看中你的这一点。"

见金石鱼很领情，金军虎腼腆起来："为首长排忧解难，是下属的职责。"

"好！你成熟了！"金石鱼十分感慨，"只要尚军两个月破不了案，我就会找机会拿掉他的中队长，让你统管侦查中队，年底提拔你做副大队长。"金石鱼时时

不忘引诱、处处设防布卡,他知道金军虎渴望什么,金石鱼的这番话,恰到好处地向金军虎传递出这样一个信息:只要你能阻碍案子的侦破,到时我会在仕途上帮助你的,两人似乎就此心照不宣地在心里默契地达成了这项协议。

金军虎的暗中相助使金石鱼暂时躲过了一劫,对于金石鱼来说,当下他担心的是邓明,只要邓明能挺住,他会慢慢将银行案化解掉的,以他的公安业务知识,加上邓明的三寸不烂之舌,对付侦查人员还是不难做到的。

对邓明交代好后,金石鱼就赶到市公安局,参加了彭局长主持的贾英献行长畏罪自杀案的案情分析会。在会上,金石鱼一改以前目中无人、夸夸其谈的风格,只是静静地坐在那里,默默地倾听着他人发表意见,轮到他发言时,只是顺着别人的意见,象征性地糊弄了几句走走过场。

因为他深知,目前的事态,他不便于多说话。说错了,容易引起别人的怀疑;说对了,就等于作茧自缚,自己给自己挖个坑,活埋自己。这个时候是他静观局势的最佳时机,他要根据案件局势的发展,思考对策,以不变应万变,这样才能保全自己。

贾行长的自杀,像是给春江市公安系统抛了一颗重磅炸弹,新局长刚上任不久,前面的杀人案还未破,紧接着又来了一起命案,似乎给刚上任的彭局长当头一棒,好在彭局长在军营磨砺数年,有着丰富阅历和处惊不乱、力挽狂澜的气魄。案情分析会上,在听取了大家发表的意见后,他毅然将这个案子交给了经济侦查大队和防控大队联合侦查。彭局长作出这个决定,是听取了尚军的分析后作出的,尚军认为:贾行长的自杀案与王艺的被害案很有可能有瓜葛,应该并案侦查。

彭局长因此同意了尚军提出的并案侦查的方案。在这次会议上,金石鱼没有提出异议,他不想明着阻碍,那样容易引起别人的怀疑,警察的嗅觉是特别灵敏的,特别是尚军,只要稍微有点风吹草动,他都会及时反应过来的,自己只能暗中操作。

按照彭局长的指示,经过经济侦查大队和防控大队两个单位领导商议,决定由经济侦查大队派出四名侦查员配合防控大队侦查中队侦查该案件。经过专案组集体研究,决定将邓明和唐氏兄弟作为案件的突破口,兵分两路出击:一路由李烈、张强、徐力三人协助经济侦查大队派出的四名侦查员,赶往唐氏兄弟的老家浙江温州调查唐氏兄弟的踪迹；另一路由尚军负责，带领熊奇、罗莉、曹勇三人，继续从邓明身上寻找突破口。

根据贾行长遗书上提到的嫌疑人——邓明，专案组及时在网上进行了查找比对，发现春江市150万人口中，名字叫"邓明"的就有13人。但这13个同名同姓的人当中，12个是男性，也就是说，只有水月清华的"邓明"是女性，也只有她符合贾行长遗书中提到的那个"她"。

当天晚上，邓明就被侦查人员传唤到了防控大队的讯问室，负责讯问的是侦查员熊奇、张强和罗莉三个年轻人。邓明根本没有把这三个年轻人放在眼里，采取的对策是一问三不知，当问到唐氏兄弟时，邓明像是很配合地对他们说："唐氏兄弟是来春江投资的老板，经常到我们的水月清华消费，是我们商务中心的常客，当时他们急需与银行方面合作，我们就帮助他们引见了贾行长。至于他们之间发生了什么，我一概不知，事情就这么简单。"语气平和、诚恳、礼貌，态度极其配合。

"你和贾行长之间难道就这么简单吗？"熊奇拿起贾英献的遗书，在她面前扬了扬，"难道贾英献在诬陷你不成？如果是这样，那就证明你们之间是有瓜葛的。"

"这就不知道了，也许贾行长误以为我和唐氏兄弟是一伙的。其实，我和贾行长还有唐氏兄弟，都是在水月清华认识的。你们是知道的，水月清华商务中心是全市商界人物进行交流的一个平台，市里的领导都很重视，也经常光顾的，我们只是依法履行我们的职能。'顾客是上帝'是我们服务行业的原则，我们所做的工作无非就是为客户们牵线搭桥，为他们提供一个温馨、和谐、舒适的洽谈场所而已。这些有钱人是很难侍候的，稍不如意，就甩大袖子，我们只能磕头作揖、委曲求全，都是为了生意。"邓明说话时，甚至不惜露出了哭相，来表明她遭受的不白之冤，她或而摇头，或而长吁短叹，无不恰到好处地表露出她无奈、无辜、无语、痛苦的内心情感。

她的表演无不向侦查人员表明，她不是知情不说、负隅顽抗，而是确实没做亏心事，没有什么可交代的，希望侦查人员理解她、同情她、放过她。

最后，对于侦查人员提出的问题，她甚至连重复上述表情的力气都没有了，不是沉默无语，就是嗯啊哼哈的只摇着头，不吭声、不表态，并露出失语、无话可

第三十三章 暗中对峙

说、冤屈的神情，一点儿看不出她内心的狡诈，让人觉得她确实是被贾行长冤枉了的。

就这样，经过通宵的轮番讯问后，侦查人员不但没有从她的嘴里得到半点有价值的东西，直至第二天快到留置的最低期限，侦查人员也没有撬开她封闭的口。当熊奇向尚军汇报审讯结果时，尚军没有被邓明的假象迷惑，他的直觉告诉他，这是个不寻常的女人，既需要斗智斗勇，更需要有力的证据。

证据在哪？

证据需要他去寻找。

寻找是需要时间的，就这样，尚军决定将邓明的留置转为刑事拘留，准备用细火慢炖的方法撬开她的嘴。在侦查员熊奇将邓明的刑事拘留申请书呈送给分管副局长金石鱼审批签字时，金石鱼强抑制住内心的激动，装模作样、一本正经地对熊奇指示说："一定要对她加大审讯力度，虽然水月清华对我们大队有贡献，但在法律面前一定要一视同仁，决不能姑息迁就，有时间我也去会会她，你们要广开思路，要从思想上瓦解她。"

就这样，邓明被送入了拘留所执行刑事拘留，陪伴她的是冰冷的拘留室和侦查人员犀利的目光、严厉的讯问。但这些对于邓明来说，她早已做好了准备；况且，之前她已经接受过那个"高人"的指点，任凭侦查人员如何的晓之以理、动之以情，如何的铿锵严斥、巧妙周旋，她都无动于衷。最后，干脆沉默，长时间的沉默，坐在那儿像雕塑一样沉默，置若罔闻。

这让侦查人员哭笑不得，干着急。

一晃又是一个礼拜过去了，邓明这里毫无进展，从浙江回来的侦查员却带回来了一个消息：侦查人员通过身份证号码找到了浙江温州大山里的真正的唐氏兄弟，他们是两个老实巴交的山村农民，整日在家操持农活，是不折不扣的乡下人。那两个携款潜逃的"唐恒发"、"唐恒远"是盗用唐氏兄弟身份证的假的"唐氏兄弟"。

那么假冒者是怎么获得真唐氏兄弟的身份证的？经过侦查人员的进一步调查得知，原来浙江温州的这两个唐氏兄弟三年前在海南的建筑工地打过工。一日，由于工地上突然遭遇台风袭击，正在脚手架上施工的唐氏兄弟被狂风从20多米高的脚手架上掀落在地，身体受了严重的外伤。后来俩人回老家养伤，伤愈后腿脚不便,就再也没有出去打工了,身份证就是在海南的建筑工地丢掉的。

事情基本清楚:两个长相和年龄与唐氏兄弟都十分相似的诈骗犯,窃取了唐氏兄弟的身份证,然后用他们的身份进行诈骗活动。

看来假冒者一定熟悉唐氏兄弟,侦查人员让唐氏兄弟回忆与他们接触过的人群当中,有没有长相与他们相似的人。唐氏兄弟经过再三回忆也想不出可疑人,更提供不出一点儿有价值的线索来。迫于时间的关系,侦查人员只得返回,虽然隐约看到了一些蛛丝马迹,但就是摸不住、抓不着,实质性的东西还没有浮出水面,只有找到假的"唐氏兄弟",案件才有希望。但是,偌大的中国,你到哪里去找这两个人呢?而且,这两个人知道自己犯事了,一定多加防范,这就给案件的侦查增加了难度。

一晃又是一个星期过去了。

第三十三章 暗中对峙

第三十四章 发现端倪

屈指数来,"唐氏兄弟"的通缉令已经发出去一个礼拜了,一点儿消息也没有,这就说明"唐氏兄弟"已经隐藏起来了。怎么将"唐氏兄弟"从茫茫人海中找出来,成了眼下最关键的问题,尚军觉得唐氏兄弟丢失的身份证,很有可能是被犯罪分子有预谋地窃取的,也许唐氏兄弟当时处在伤痛之中,他们无暇顾及这些,被犯罪分子趁机钻了空。如果是这样,假冒的"唐氏兄弟"一定在海南的那个建筑工地留有线索。但是唐氏兄弟根本说不清他们所在那工地的名字和地址,只知道是海南的海口市,当时他们只在工地住了几宿,还没有来得及了解、熟悉工地的情况,没承想就发生了意外事故。

即便有确切的工地地址,也不一定能保证找到所有在那个工地工作过的工人,农民工的流动性很大,况且时间已经过去了三年,也许当初那个工地的工程早已经竣工,工地早已拆迁了,建筑工人也早已解散了。

现在唯一的办法,就是死马当活马医,将所有海口的建筑工地寻访一遍。海南虽然是中国陆地面积最小的一个省份,但这个只有200多万平方公里的土地上有多少个建筑工地?这个工作量,对于几个侦查人员来说,无疑是天方夜谭。即便是求助于当地的警方,也是无济于事的,警力短缺是全国公安机关的普遍现象,想找到隐藏在人海中的"唐氏兄弟",必须要长时间地守候,当地的警方不可能抽出这么充足的时间来配合他们的,要想彻底查清楚,还得另想办法。

办公室里,尚军紧蹙眉头,思量对策,突然,他想到自己曾在海南当兵,虽然已经转业了多年,但部队里还有几个战友在服役,求助于部队,是个绝佳的办法。他又想到了彭局长,彭局长是今年刚从海南部队转业的,他与部队的关系一定更为广泛。"嗨!有了!"尚军高兴得一拍大腿,立即来到大队长张扬的办公室汇报他的想法。听完尚军的汇报,张扬觉得值得一试,但尚军提出要独自一人去海南,张扬不放心,于是拿起桌上的电话准备向分管副局长金石鱼请示,"这是个好办法,无论结果怎样,都起码值得一试,我来向金局请示一下。"

"别!"尚军立马用手按住话筒,"我有个想法,先暂且不要告诉任何人,包括金局。"

"为什么?"张扬不解。

尚军从口袋里拿出那份贾行长留下的遗书,摊在张扬的面前,问:"这份遗书你看过了吧?"

"看过呀!那天在现场就已经看过了。"

"有没有觉得这份遗书少了什么?"尚军进一步问。

张扬蹙了蹙眉,"我没有觉得少了什么。一般自杀的人临死前都是这样,总是含沙射影、语无伦次地留下几句豪言壮语,好像临死之前是经过再三权衡后,不得已才走的这条不归路。其实,是在给自己找理由开脱罪名。我看不出少什么啊!"张扬自信地望着尚军,因为他也是从侦查员成长起来的,有什么可疑的,难道能逃脱了他的眼睛?

尚军知道张扬眼神的意思,"你没觉得贾英献的遗书写得太少了,是一份不完整的遗书吗?"张扬的目光又一次落在了这份遗书上,遗书是用银行的格式公文纸写的,内容是这样的:

我没有贪污,也没有挪用公款,钱是被他们精心策划骗走的。邓明,你这个阴毒的女人,我死后做鬼也不会放过你们的!

贾英献

就这么几句话,难道能隐藏什么玄机?张扬有点不信,随手拿起这一页遗书,来回又认认真真、仔仔细细、反过来倒过去地看了几遍,"你是说最后'你们'二字,还有其他人?"张扬似乎发现了什么,接着又自行否决说:"这个'你们'可能就是指的'唐氏兄弟'啊!"

"嗯,你说得很对!既然可能是'唐氏兄弟',也就有可能不是'唐氏兄弟',还有其他人!"尚军在一旁开导道。

"那是谁?"张扬不由自主地问。

"我也不知道。"尚军随即俯下身子,用手指着遗书的开头,进一步分析说:"这一行字是顶格写的,按照中国人的书写习惯和书写格式,文字的开头应该空两格的,而这份遗书没有按照我们日常的书写格式写。没有按照书写格式写也不要紧,说明书写者当时心烦意乱,随手下笔的。但是从遗书的字迹看,贾行长写的每一个字都在格子里,而且,每一笔、每一画,都极其的工整,包括他的签名,都很认真,这就证明贾行长当时不是随意写的,是很认真对待这份遗书的;再次联想到案发现场的情况看,贾行长这个人当过兵,做事很规范,就连办公室里的被子都叠得方方正正,那就更加证明,贾行长做任何事都会有始有终的。他既然写遗书了,就绝不会只留下这么一点儿断言片语的,前面肯定还有内容。"尚军的分析确实很仔细,也符合逻辑,引起了张扬的重视。

"你的意思是遗书被他人做了手脚?"张扬的眼睛一下被尚军的话点亮了。

"通过银行的监控录像和对现场人员的调查,遗书的第一发现人是金军虎,金军虎本人也承认是他发现遗书的。"尚军补充道。

张扬惊愕了:"你是说……金……有嫌疑?"

张扬的神情变得严肃起来。

"对!"尚军肯定道。

张扬虽然没有把金军虎的名字全说出来,但是两个人都已经心照不宣了。见张扬若有所悟,尚军继续分析说:"由此可证明遗书不止一页,前面的遗书很有可能被人拿走了,照这样推断,留下的这一页遗书是他人有意留在抽屉里的,也是有意给我们看的,目的就一个,制造假象,让我们把目光放在邓明身上。"

张扬顿悟,顺着尚军的思路分析说:"如果这个假设成立,贾行长那份遗书中被人截取走的部分,一定涉及到关键性的人物,这个关键人物是谁?"

是金军虎?

他没有这个能量。

那会是谁?

四目对视,虽没有表白,但是眼睛却在沟通着,心是会感应的,眼睛也是会说话的,他们就这样对视着,思忖着。突然,张扬的眉头一扬,似乎意识到什么,眼睛紧紧地望着尚军,尚军冲着张扬默默地点点头,让他继续推测下去,"你是说幕后者是他?"张扬用手指在空中画了个鱼的形状。

"嗯！"尚军坚信地点点头，表示默认，同时自信地说："邓明只是个小鬼，真正的元凶在暗处。"

自此张扬才明白尚军为什么要独自一人到海口求助于军队了："你一个人去，我还是有点不放心，至少要再带一个人去，两个人好歹有个照应，我估计彭局长也不会同意你独闯龙潭的！"

尚军摆摆手说："什么独闯龙潭？就两个小混混，有什么可怕的?！再说了，还不一定碰到他们呢！"接着，又解释说："此次到海南是秘密的，一点儿不能走漏风声，对外就说我岳父身体不好，急需我回部队干休所看望岳父大人，这样说，好遮人耳目，也便于'他'相信。如果我们兴师动众地前往，一定引起'他'的注意，不便于我们开展工作。在这关键的时刻，我们再也不能出差错了。再说，我虽然是一个人前往的，但部队那边我有很多战友，随时可以求助他们的，部队的战斗力你还怀疑？"

"这……万一出了事，我可担当不起啊！"张扬犹豫地望着尚军，一副举棋不定的样子。尚军知道张扬的心理，他是担心自己的个人安全，作为一个单位的主管，有这样的疑虑是正常的。

为了打消张扬的顾虑，尚军进一步解释说："我有个预感，如果'唐氏兄弟'真的在海口，我们手上的这两个案子就会有眉目了。因此我们要抓紧时间，早一天逮住'唐氏兄弟'就早一天兑现我们的承诺，现在决不能优柔寡断了！"

一边是迫在眉睫的案情，一边是战友的安危，张扬的思想在激烈地斗争着，思前想后，最终也没有想到一个更为完美的办法，他担心地对尚军说："你要是再出问题，不是案子破不了的事了，就连彭局长恐怕也会被撤职的！"

尚军笑了笑："你放心，我的命硬着呢！车子都没能把我撞死，还怕这些烂仔？你不是说我'大难不死，必有后福'吗？这个'福'说不定就是上帝送给我的'唐氏兄弟'呢！你说呢？哈哈哈……"

"你小子倒挺乐观的，要是被你说中了就好了！"张扬砸了尚军一拳。

"赶紧向局长请示吧！"尚军笑着，冲着张扬面前的电话努努嘴，示意他抓紧时间向彭局长请示。

话说到这份儿上，张扬也就无法阻止了，再犹豫，就是真的优柔寡断了，张扬不是这样的性格，他随即拿起电话向彭局长汇报了他们的方案。彭局长听后，

第三十四章 发现端倪

不但没有阻止他们,反而赞扬他们脑子活。一提到部队,彭局长就兴奋了,就来劲了,这是军人的共同特点,部队的战斗力,彭局长是最了解不过的了,那是顶呱呱的!有部队参与,他一百个放心。

最后,彭局长很风趣地对张扬说:"这个点子是尚军这小子想出来的吧,也只有当过兵的人想得到,搞到最后,还是我来帮助你们干活啊?哈哈哈,好了,我答应你们的要求,他什么时间出发?"

"争取今晚就出发!时间已经不允许我们迟疑了,你给我们的期限都快过半了。"张扬如实回答道。

"好!我马上就给部队的王司令打电话,让他们全力配合尚军,要注意安全,我丑话说在前头,到时间破不了案,我是不会打马虎眼的!"

"请局长放心!也请局长为我们保密!金局长那里我们没有通气……"张扬还是把自己的疑虑告诉了彭局长。

电话那头的彭局长停顿了一下,像是在作思考,但停顿的时间极短,短暂的沉静过后,随即传来了他那坚定的声音:"好!按你们的意思办,有什么矛盾我来顶着,祝尚军马到成功!"

张扬惊喜道:"谢谢局长!"

放下电话,张扬兴奋地对尚军传达道:"彭局长同意你的方案!抓紧时间出发吧,记住,一旦目标出现,一定要及时通知我,我会立即派人过去接应你的。一路保重!"

就这样,尚军经过短暂的准备,连夜搭乘飞机赶往海南的海口市。

第三十五章　刺杀失败

四个小时后,尚军搭乘的波音747飞机降落到了椰林婆娑、奇树簇拥的海口机场。兴步走下悬梯,迎面拂来的亚热带海风,一下子将尚军旅途的疲惫吹得干干净净。

"哦!久违的海风!久违的海口!我们又见面了。"尚军在心里默默地呼喊着。

他贪婪地、深深地做了一个深呼吸,那略带鱼腥味的空气、极具海南特色的椰子树,使他仿佛又回到了十年前,又回到了部队,回到了战场,浑身上下有一种说不出来的冲动和激情。他舒展了一下双臂,然后精神抖擞地向机场的出口走去。

一出机场,他就看到两名年轻的军官迎了上来,"请问你是尚队长吗?"一名高个子军官亲切地问道。

"是的。"尚军礼貌地应答道。

对方主动地伸出了右手:"我们是59463部队的,彭局长已经给我们通过电话了,请上车。"

"好的,谢谢。"尚军跟着两名军官信步踏上停在路边的一辆高级三菱越野军车。见部队如此盛情地接待自己,尚军心里一阵激动:没有想到彭局长的面子真大!

两名军官也许看出尚军的心理,大方地对他说:"你们的彭局长以前是我们的参谋长,是个好领导,请你不要介意,你们的事就是我们的事,军队和地方是一家,有什么要求,尽管跟我们讲,我们会尽最大的努力帮助你的。"

两位军官作了自我介绍,他们是部队保卫科的,是具体负责尚军此次海口之行的联络官。

三菱车在环海公路上疾驰着,车窗外银色的月光洒落在起伏的海面上,折

射出星光点点。月光下,波光绮丽的大海,仿佛与路边摇曳的椰影窃窃私语。温柔而多情的海风,不时地为它们送来阵阵澎湃的涛声。伴随着窗外阵阵海涛声,尚军在车上将自己此次海口之行的目的跟两位军官详细地进行了交流。

回到部队营区已是深夜了,两名军官安顿好尚军,然后按照尚军的要求,连夜通知下属单位调兵遣将,为明天的行动提前做准备。

第二天一早,一支千人的义务兵侦探队伍经过尚军现场培训后,编组分布到海口的各个建筑工地,他们有的装扮成卖水果的,有的装扮成打工的,有的装扮成捡废品的,有的甚至装扮成乞丐,在各自的包干区,搜寻早已固化在脑中的"唐氏兄弟"。

一连三天过去了,没有一个侦探小组发现目标。尚军和战士们一样,每天早出晚归,乘着部队专门配给他的吉普车,串街钻巷,四处巡探,一天下来,身子骨都散了架,也没发觉丝毫的蛛丝马迹。尚军心急如焚,只能耐着性子等待,他的直觉告诉他,也许是"唐氏兄弟"做贼心虚,不敢白天露面,如果是这样,他要尽快改变搜寻的方式。

第四天,尚军改变了战术,他让战士们将人员分成两部分:白天班和夜晚班两个班,夜班重点在车站、码头、十字路口、商场、娱乐场所等公共场所设卡巡察,一连又是三天过去了,路面的巡探小组依然没有发现目标。

难道"唐氏兄弟"不在海口?

这种可能性不是不存在的,世界这么大,难道非要躲在海口?当这种疑惑不时地在尚军心中掠过时,他似乎有点悲观失望了。但是先前的那股直觉与自信还支撑着他,一番思量后,他作出了再坚持最后两天的决定,作出这一决定的依据是:如果"唐氏兄弟"真的在海口,他们不可能一个星期都不出来的,人是要吃喝拉撒睡的,也是有七情六欲的,一般的混混是憋不住这么长时间的。再说了,"唐氏兄弟"也不知道尚军已经追到海口来了,如果他们真的在海口,一旦现形,一定逃脱不了路面战士的眼睛的,这些便衣战士,眼睛像鹰眼一样犀利。如果一个星期还不见目标出现,"唐氏兄弟"在海口的可能性就真的不大了。

第七天,也就是尚军在心里给自己限定的最后期限,"唐氏兄弟"终于露出了尾巴。这天晚上,尚军像往常一样坐着那辆军用吉普车在街上仔细巡察着。

突然,前方人群中一个步伐匆匆的身影引起了尚军的注意,此人不像是在逛街,更像是在极速赶路,赶路人专心致志地在人潮的缝隙中穿插着,就在他侧身躲避前方拥堵时,他的面貌被尚军的眼睛逮了个正着。"马弹!"尚军认出了赶路人,忍不住叫出了口,司机以为尚军看到了熟人,立马一脚刹车,停下了车。

"他怎么会在这儿?"尚军没有想到已经被列为网上在逃犯的马弹会在海口,真是踏破铁鞋无觅处,得来全不费工夫。尚军随即下车追赶,马弹并没有发觉尚军,他只是快步走到马路对面,拦下一出租车,快速搭车离去。尚军返身上车,对司机说:"跟住前面那辆出租车,车上的男人是在逃犯。"部队司机听说要抓逃犯,就像上战场一样的兴奋,立马调转车头,准备追击。车头还没有掉转过来,车载电台的报话器里传来了激动人心的消息:布置在市中心的巡察小组发现了一个疑似人员,此人正在希尔顿酒店门前逗留,看样子是在等人,根据照片对照好像就是"唐恒发"。

听说目标出现,尚军赶紧拿起送话器,叮嘱道:"请大家不要惊动他,等我到场再行动。"同时示意司机,停止追击出租车,向希尔顿酒店靠拢。和马弹相比,"唐氏兄弟"的分量,无疑是重量级的,尚军觉得当务之急,应该先抓住"唐氏兄弟",马弹这个小鬼,以后还是有机会的。

司机很机灵,他知道孰轻孰重,反应也迅捷,一转方向盘将车又掉转了过来,加大油门,全速杀向希尔顿酒店……路面的其他巡察组听到指令后,也纷纷向目标地迅速结集。

当尚军赶到现场时,战士们又向他提供了一个好消息,他们要找的另外一个人"唐恒远",刚刚赶来与"唐恒发"会面后,两人结伴已经进了希尔顿酒店6楼的桑拿房,两名便衣战士已经尾随他们进去了,尚军立即将集结过来的人员,布置到酒店的各个进出口,然后,带领两名便衣战士跟了进去。

原来,"唐氏兄弟"回到海口后,为了躲避风声,整天在各自的出租屋里以看电视打发时间,吃了睡,睡了吃,闷得浑身僵硬发酸,很不自在,时间一长,他们就真的忍不住了。而且,海口这里一点儿风声都没有,他们以为万事大吉了。今晚,两人相约到希尔顿的桑拿房泡泡澡、蒸蒸骨头、松松皮,顺便再要个靓妹解解闷。

此时,"唐氏兄弟"正在包厢里更换浴室的衬衣和短裤,俩人调侃着、说笑着,好不自在。他俩还未意识到此时已经命悬一线,对面包厢里的一把尖刀已经

露出了锋芒,正等着他们出得门来,见血封喉。

对面包厢里的杀手已轻轻地将门打开了一条缝隙,向外窥视,那双阴毒的三角眼散发着诡谲的目光,他手里握着尖刀,蓄势待发。不一会儿,"唐氏兄弟"走出了包厢,杀手阴森的三角眼立刻迸射出了杀气,刚要飞身出击、大开杀戒时,"唐氏兄弟"的身后又跟上来了两个人,这两个人,就是尾随进来的便衣战士。

杀手见出现了意外,匆忙将刀掩藏在身后,迅速将开了一半的门掩上。他长吁一口气,庆幸自己没有暴露,"唐氏兄弟"就这样从杀手的魔刀下逃生了。杀手知道杀机已错过,只能等待"唐氏兄弟"洗完澡回来时再伺机下手。

杀手坐在包厢的躺床上焦急地等待着,等待"唐氏兄弟"尽快地返回。到手的鸭子又飞掉了,一想到"唐氏兄弟"刚才一摇二晃、悠闲自得的神情,杀手气不打一处来,他狠狠地往床上砸了一拳,"让你们多活几个时辰。"杀手咬牙切齿地谩骂着。

突然,门外走廊里响起一阵急促而凌乱的脚步声,像是朝他的房间而来,杀手惊悚起来,慌忙起身贴门而听,听声音,不止是一个人,而是一群人。"是不是自己露出了马脚?"杀手暗自思忖道,他的脸上吓出了一层冷汗,脚步声临近门口时,杀手举起锋刃,准备负隅顽抗,拼个鱼死网破。

可是杀手估计错了。

门外人并没有破门而入,而是匆匆地从他的门前走过,没过多久,急促而凌乱的脚步声又沿原路返回,同时还加夹着喝责声。从呵责声判断,像是公安在抓人,杀手遂又将门拉开一道细缝窥视,"啊!?"杀手在心里发出了一声惊悚声!

他的身体立刻僵硬在那儿了,眼睛死死地盯住门缝外,他的视线里出现"唐氏兄弟":他们俩手戴着手铐,耷拉着脑袋,被几个年轻人押解着。毫无疑问,"唐氏兄弟"是被便衣警察抓着了。接着他的视线里又出现了一个人,一个令他魂飞魄散的人——尚军!

"是尚军!"杀手在心里惊叫道。

他就是烧成灰,杀手也认识他,他是杀手的克星。不是他,杀手不会被列为逃犯,整日恐慌不安;不是他,杀手不会有家难归,四海逃亡。想到这,杀手真想冲出去,将他连同"唐氏兄弟"一起干掉,出出心中这股怨恨。

可是，杀手没有冲出去，即便他仇恨得在心里骂爹日娘、咬牙切齿、怒目圆睁，他也没有这个胆量冲出去，他只能在心里发狠。

因为他一接触到尚军那威严、冷峻的目光，杀手就发抖，就打颤，心里的那只饿狼，早就吓得烟消灰灭了，他只得眼睁睁地看着"唐氏兄弟"在他的眼皮下被尚军带走。

只得干瞪眼、干着急！

外面的脚步声已经渐渐远去，渐渐消失，杀手这才缓过神来，他慌忙掏出手机，把刚才遇到的意外报告给他的主子，"喂，姐夫，'唐氏兄弟'被尚军抓走了……嗯，好、好，知道了。"杀手通完电话，将刀藏在身上，神色诡秘的溜出了酒店。

杀手是谁？

杀手就是尚军刚才在街上发现的马弹——金石鱼的小舅子。原来他匆匆赶路，是为了赶来刺杀"唐氏兄弟"的，没有想到被尚军抢了先。

马弹怎么会到海口来杀"唐氏兄弟"的？他不是在云南帮助金石鱼联系裸烟的吗？

是的。

他是专程从云南赶来的，准确地说，他是比尚军晚两天赶到海口的，是金石鱼特意派来刺杀"唐氏兄弟"的。

第三十六章　声东击西

尚军晚上刚来海口,金石鱼第二天就得到了消息。经过是这样的,尚军走的第二天上午,侦查员李烈、罗莉、熊奇三人正在讯问室轮番提问邓明,金石鱼进来了,分管副局长亲临一线指导工作是理所当然的。但是,他们不知道,金石鱼除了视察案件的进展情况外,最主要的目的是趁检查工作之便,给邓明送定心丸的!

自从邓明被尚军他们带进公安机关起,金石鱼就一次没有见过她,不见她,并不说明他不想见她,而是害怕别人起疑心,他自己心里有鬼,觉得别人在窥视他。况且他身为副局长,是不便经常去讯问室的。但也不能一次不去,去多了不好,一次不去也不好。

最佳的办法,就是适时地去。

邓明已经在拘留所待了半个多月的时间了,金石鱼觉得这个时候去,是最佳时间。无论是从关心案件进展情况来说,还是探听邓明是否按照他的指使依然坚守着,这个时间都是最佳的,一般人经过这么长时间的审讯都会崩溃的,他担心邓明经不住侦查人员三番五次的提审而露出马脚。

虽然之前他已经教过邓明反侦查的伎俩,但是,侦察人员的审查力度和审讯技巧,他是知晓的,他们总能将嫌疑人紧闭的牙齿撬开的。特别是尚军这个小子,鬼点子特别多,一般人是经受不住他的审讯的。因此,金石鱼准备趁这个机会,给邓明再打打气、鼓鼓劲,让她心里有个底。

金石鱼进入讯问室时,正见李烈冲着邓明发问:"你哑巴啦?邓明你说话啊!"

任凭他们怎么劝告、开导、催促,邓明就是不开口,像个倾听者,端坐在那儿,静静地望着他们,置若罔闻。

金石鱼见状,悬着的心落了地,在心里暗暗叫好:"好!好样的!就这样挺住就行了！"

但是，既然来了，他还是要暗示她、鼓励她的，以便她更加坚硬，毫无可乘之隙。同时，也要做点表面文章给下属们看看，模糊他们的视线，为自己作作秀！

只见金石鱼"啪"的一声，右掌猛地击在了桌子上，这突如其来的爆发，使房间里的人猛然一惊，包括邓明在内，刚才还低着的头，猛地抬了起来。不过，她不是被金石鱼的这一掌震慑住的，而是被这一掌击得兴奋起来，之前他们已经相互约定过暗语和肢体语言，金石鱼的这个动作就是暗示她：你做得很好！就这样坚持下去！

只见金石鱼对她厉声责问道："你不开口，难道就能掩盖你的罪恶？我从你的眼睛里已经看到了胆怯和侥幸，不要再异想天开、心存侥幸了，老实地配合公安机关调查是你唯一的出路，争取立功，以取得公安机关的宽大处理。"

邓明扬扬脸，斜视着金石鱼，反驳道："哼！我没有什么可说的，因为我没有做违法的事，你们就凭一张纸上的两个字（邓明），就能认定我有罪？简直是笑话，难道公安机关就是这样办案的？你们用的是纳税人的钱，难道就这样对待纳税人？金局长，我们水月清华对你们公安支持也不少，为了工作上的事，我们也接触过几次，没有想到警察就这么翻脸不认人，既然你无情，就别怪我无义了，我出去一定到法院告你们的！"邓明的这几句话，是指着金石鱼的鼻子说的，而且语气很狂妄，样子很泼辣。

金石鱼刚想开口，就又被邓明连珠炮般的反击压住了，"从现在开始，我不会再回答你们提出的任何问题，我有权保持沉默，我不信你们还敢刑讯逼供！"说完，两个手臂在胸前一抱，冷眼斜视，摆出了一副死猪不怕开水烫的嘴脸。

"放肆！"金石鱼像是被她的话激怒了，右掌"啪"地又往桌子上猛击了一掌："没有证据，就不会把你请到这里来了，公安机关不会冤枉好人的，也绝对不会姑息纵容犯罪的。"

"哼！"邓明嗤之以鼻，然后将脸转到一边，再也不予理睬了。

金石鱼气呼呼地提起公文包就往外走，边走边对李烈说："要好好开导她！"

"是。请金局放心。"李烈保证道，同时相送金石鱼往外走。

走出门外，金石鱼随意问了一句："你们队长呢？"

"队长回海口了，他岳父身体不好，家里打来的电话，昨晚刚走的。"李烈如

第三十六章 声东击西

实禀报道。

"哦？"金石鱼惊讶，但没有多问，他关心的是邓明，现在他放心了，从刚才与邓明的对话中，他已经成功地将信息传递给了她，李烈他们即便不睡觉，也休想从邓明的嘴里得到半点有价值的东西了；况且，现在尚军又不在，他们想撬开邓明的嘴更是难上加难的。或者说，那是根本不可能的了！

想到这里，金石鱼不觉一阵得意，他得意自己刚才的那番表演为了给他的表演画上圆满的句号。他平复了一下激动的情绪，一改刚才的怒发冲冠，语气缓和而不失神秘的对李烈传授道："邓明这女人不是一般人，很狡猾，你们要注意方式、方法，决不能给她留下把柄，更不能刑讯逼供啊！出了事，谁都担当不起啊！知道吗？"

李烈毕恭毕敬地回答："知道了，请金局放心。"

"嗯，知道就好。"金石鱼拍拍李烈的肩膀，"你们辛苦了，等破了案，我再犒劳你们。好了，城管局那边我还有个会，先走了。"说完，挥手与李烈道别，然后钻进本田雅阁轿车，一溜烟地走了。

趁着车子行驶的空隙，金石鱼靠在本田雅阁的后排座位上闭目养神，他的眼前又浮现出邓明婀娜的身姿，半个多月没见，她好像比以前瘦了些，也更性感了些，这个小妮子还真精明，刚才她反驳的话多精彩啊！"嗨嗨……"金石鱼忍不住内心的激动，带着淫意地笑出了声来。

司机金明见金石鱼闭着眼笑出声来，以为他睡着了在做梦，不禁放慢了车速，生怕惊醒他的美梦。

此时，金石鱼的脑子里又不自不觉地闪现出尚军的身影，邓明和尚军的影子是金石鱼脑子里经常闪现的两个人物，一个是自己的情人、高参、合作伙伴；一个是自己的仇人、对手、逆反分子。这两个人的出现，使他的生活变得更加刺激、神秘、有趣、丰富。

"要是没有仇人只有情人，那该多好啊！"就在金石鱼想入非非、白日做梦之时，突然，他的脑子里又闪现出刚才李烈的话："尚军回海口了。"

生性多疑的金石鱼平时就喜欢将一些不着边的事和话放在脑子里进行联想、推测、猜疑、判断，有时候还真能被他从无字句中读出内容来，所以，他对自己猜测的能力，是相当自信的。

当他将"尚军回海口了"这句话来回在脑子里不停地倒腾时,就不由自主地倒腾出了一个疑问:是不是尚军在海口发现了"唐氏兄弟"了?

凭尚军的作风,他是不会在这个节骨眼上回家忙私事的,他一定是在放烟幕弹,借故家里有事,回海口侦查案件。

"呃?"金石鱼浑身一颤,猛地一惊,他揉揉了眼,仿佛从噩梦中惊醒一般的惊悚!

金石鱼嘴里下意识发出的惊愕声,引得司机金明回头观察,他以为金石鱼是被车辆颠簸而惊醒的。金明转头察看金石鱼时,本田雅阁已经行驶到十字路口,前方已经亮起了红灯,但金明正转过脸注视着金石鱼,金石鱼一脸惊悚的表情,使金明的眼光在金石鱼的脸上多停留了两秒钟。就是这两秒钟,本田雅阁已经超出了斑马线……此时,从右侧疾驰过来一辆黑色悍马越野车,驾驶如此高档而结实轿车的人,向来是财大气粗、横冲直撞的,况且他又在绿灯道上,就听得"嘎吱——"一声急刹车,悍马离本田雅阁只有一指的距离刹住了!

"啊!"金石鱼吓得惊叫起来,双手下意识地抱住了脑袋。

有惊无险!

等金明缓过神来时,本田雅阁紧挨着悍马的前保险杠擦了过去,"开的你妈什么鸟车!找死啊?你公安牌照,就应该闯红灯啊!撞死你个龟孙!"悍马车上的人纷纷伸出头来,破口辱骂,把个金石鱼臊得满脸通红。

金明还想顶嘴,被金石鱼一顿痛骂:"闭上你的臭嘴!赶紧走吧!"

金明吓得赶紧加速驶过了十字路口。

金石鱼回到城管局的办公室,独自一个人关起门来,继续坐在椅子上推测,越想越不对劲,他甚至将刚才在路上差一点儿撞车的事都联想成了将有噩运降临的预兆。生性迷信、多疑的他,越想越后怕,他最终认定自己的推测是正确的,"唐氏兄弟"一定在海口!

于是他用手机给远在云南的小舅子马弹下令:赶紧到海口找到"唐氏兄弟",铲除后患。

事情就这么怪,"唐氏兄弟"真的被马弹找到了;事情也就这么巧,"唐氏兄弟"又被尚军半路抢先一步带走了。

当金石鱼得知"唐氏兄弟"被尚军抓获后,立即指使马弹不惜一切代价除掉

第三十六章 声东击西

"唐氏兄弟",只要时机和条件允许,一并将尚军干掉!

按照金石鱼的推测:异地缉拿罪犯,必须征得当地公安机关配合,尚军一定是求助于海口的公安机关抓获"唐氏兄弟"的。因此,"唐氏兄弟"一定被尚军羁押在海口的哪个派出所或者刑警队里。马弹接到指令后,立即在海口花钱召集了数名地痞混混,在海口市的各个公安局门前蹲守,以便及时发现目标,实施狙杀。

可是,金石鱼这次失算了,尚军没有按照常规出牌,根本没有惊动当地的公安机关,金石鱼做梦也没有想到尚军是求助于部队缉获"唐氏兄弟"的,然后直接将"唐氏兄弟"羁押在部队的招待所。

得到缉获的消息后,张扬连夜指派李烈、张强、熊奇三人赶往海口接应尚军。在等候接应人员到来的这段时间里,尚军对"唐氏兄弟"进行了临时的突击讯问,在确认和证实"唐氏兄弟"的真实身份的同时,也证实了"唐氏兄弟"并不认识马弹,既然他们不是一伙的,那就说明马弹是流窜到海口的。于是,尚军立即将马弹的信息通报给了当地公安机关,请求他们缉拿网上在逃犯马弹。因为,时间不允许他在海口滞留,再说了,只要马弹还在海口,当地的公安机关就一定会缉获他的。

第二天上午,尚军一行就告别部队官兵押解着"唐氏兄弟"乘飞机返回春江市。而此时的马弹还在海口市公安机关的眼皮底下频繁活动着,虎视眈眈地等候着"唐氏兄弟"和尚军的出现。殊不知,海口市的公安机关已经为他撒下了一张天罗地网,侥幸的是,他凭着假身份证躲避了公安机关对他的搜索,直到接到金石鱼的电话后,他才知道"唐氏兄弟"已经被押回春江市了。同时,他也发现了当地公安机关缉捕他的悬赏通告,吓得他赶紧夹着尾巴溜之大吉。

第三十七章　安插亲信

"唐氏兄弟"缉拿归案的消息,像一粒石子投入了平静的湖面,在春江市公安局激起了兴奋的浪花,上至局长下到办案人员,无不拍手称快。特别是防控大队侦查二中队的侦查员们,他们似乎隐约感到一度陷入盲区的"王艺一案"也有了希望的曙光,一个个摩拳擦掌,准备投入到对唐氏兄弟的审查工作中。

有人高兴,就有人郁闷。

此时,有一个人正被这千层波澜搅得坐立不安、惶惶不可终日,此人就是金石鱼。刚刚安顿好拘留所里的邓明,接着又来了唐氏兄弟,金石鱼觉得有点祸不单行的味道,不管怎么说,既然遇上了,就要勇敢地对待,金石鱼闷在办公室里思考着对策。

唐氏兄弟被从海口押解回来后就一直羁押在了春江市的拘留所里,虽然还没有审讯,但是金石鱼知道,再狡猾的犯罪分子,一旦被逮住,警察问什么,他就会招什么,甚至还要额外地吐出些更有价值的东西,以便戴罪立功,取得宽大处理,这是大部分落网者的心理。唐氏兄弟也会这样的,他们绝不会像欺骗贾行长那样跟侦查人员斗志斗谋,也绝不会像邓明那样守口如瓶、死活不交代,他们一定从实招来无疑。

此时的金石鱼,多么希望唐氏兄弟能像欺骗他和邓明那样,拿出全身的诈骗伎俩来糊弄侦查人员的审讯,那样的话,他就有机会来周旋这件事了。可是这些只能是假设,只能是他一厢情愿的事,"唐氏兄弟"绝对不会这么做的,因为他们没有像邓明那样接受过他的专门培训和教唆,不具备反侦查的技能;即便是面对面地向他们挤眉弄眼,他们也识别不出他的眼神、语言和肢体动作的意思,相反还会弄巧成拙的。

只要"唐氏兄弟"一开口,他就要彻底露馅了。一想到明天就要正式讯问"唐氏兄弟",金石鱼的心里就惊慌,后背就冒冷汗,那双凸暴在眼眶外的金鱼眼来

回地转动着,像是电脑的处理器在急速搜索着答案。

少许,他镇定了下来,只见他迅速拿起办公桌上的电话拨通了拘留所所长的手机:"华所长吗?我是金石鱼,现在向你下达一道指令,从现在起,没有我的指令,任何人,包括专案组的人,不得擅自提审'唐氏兄弟'!"

"是!"电话里传来了华所长严肃的应答声。

接着,他又给张扬通了个电话,指示他下午上班时间召开防控大队中层干部会,研究下一步"两案"的审讯工作。

对于金石鱼的提议,实际就是指令,张扬大队长是不敢怠慢的,毕竟金石鱼是分管的副局长,分管局长对案子下了指示,下属应该积极响应、执行,他随即让值班室联系经济侦查大队的四名侦查员和本大队的中层干部,下午2点在防控大队会议室召开案件分析会议。

在这段时间里,金石鱼将他的两个爱将金军虎和金兵勇召集到他的另一个办公室——城管局的局长办公室里,提前进行了一次三人会议。此会议的目的,就是为了下午的中层干部会做准备的。

下午2点,防控大队会议室。

参会人员陆续到场,大队长张扬征询了一下金石鱼的意见后,宣布开始开会。"同志们,根据金局的指示,我们召开这个分析会,就下一步如何更加科学地做好'两案'的审查工作做一些研究讨论。虽然这两个案子是由尚军队长主抓的,但是这两个案子也是市局交给我们大队的一项艰巨任务,大队的每一位同志都要以认真对待,为这两个案子出谋划策,使之尽快侦破,下面先请尚军同志给大家通报案件的进展情况。"

接着,专案组组长尚军将"王艺案"和"银行案"两个案子的侦查进程向大家作了通报,然后是会议成员各自发表了对这两个案子的看法和意见。最后,针对大家提出的问题,张扬大队长给予了答复,同时鼓励大家对下一步的审查工作发表意见。

"我先说几句,供大家参考。"金兵勇首先开腔了,"据我对'银行案'的分析,这个案子很复杂,并不像我们看到的这样简单。这个案子不仅仅是'唐氏兄弟'两人所为,这里面很有可能牵涉到很多人,我们要把眼光放大一点儿、放远一点儿。既然市局要求我们和经侦大队联合侦查,我们就应该有机地分工,我们的警力现在严重缺编,二中队就这几个人,怎么能忙得过来？我认为我们的侦查二中队应该全权负责'王艺案'的侦查;经侦大队的同志全权负责'银行案'。再说了,经侦大队在侦查经济案件方面比我们有经验,我们为什么要把两个案子都独揽在手里呢？到时破不了案,不仅仅是尚军个人免职的事,大家伙都跟着遭殃。所以,我建议要么将这两个案子分开侦查,要么从其他中队调集人员,增加专案组的力量,这样,我们才能打有把握之战。"

金兵勇的意见无不向众人表明,要向专案组增加人员。

"我觉得不需要这样。"尚军开口了,"这个案子经侦大队已经派了四名得力的同志参加到我们的专案组中了,我们配合得很默契,现在如果再人为地将专案组人员分开,势必前功尽弃,也不利于两个案子的并案侦查,我认为不需要将这两个案子分开,也不需要增加人员,我们有信心完成任务。"

经侦大队的一个同志发言了:"我觉得尚队长说得对,既然我们已经成立了专案组,就应该紧密地团结在一起,不能分这分那的,市局将这两个案子交给防控大队,是想依托防控大队庞大的力量专心致志地侦破案件。我们要发挥防控大队警力充沛的优势啊。"

"我说几句。"四中队队长黄震似乎对经侦大队同志的言语有些反感,"纠正一下你的观点,现在我们的警力不是充沛而是紧张,哪个中队也不愿意把人借调出去,我在这里申明,我们中队可不能再调人员出去了,现在的突发事件这么多,我们都忙死了,光维持市政府上访群众这一块工作,就够我们受得了。"

"我很赞成经侦大队的同志的意见,既然市局把这两个案子交给了我们,我们现在应该不惜一切代价把重点放在这两个案子上,应该调集所有人员往这两个案子上靠,该调人的赶快调人,不能缩手缩脚的,时间不等人啊！到时候破不了案,丢的是大家的脸。荣誉是大家的,不是给哪个人逞能的！"副大队长杨建国的话很显然就是说给张扬和尚军听的,意思就是:这么大的案子,要调集大队的力量来侦查,不能听尚军的,好高骛远,荣誉全给他一个人得了。

一直沉默的副大队长陈祥此时开口了:"我认为要加强领导,英明的决策往往会在案件迷茫之时起到点石成金的作用,所以我们在侦查工作中多汇报、多请示,这样才能保证案件的审查方向不会偏移、出错。"这是陈祥一贯的作风,说

话办事总是力争圆滑、不得罪人,他的这几句话等于没有说,但他确实说了,在他心中,有个原则:得罪任何人都不能得罪领导。所以无论在什么场合,只要他发言,总要强调领导第一。

此时,张扬已经明白大家的意思了,他们是见唐氏兄弟缉拿归案了,想趁机也加入进来沾沾光,"我能理解大家的心情,很感谢大家有集体荣誉感。大家关注这个案子、渴望这个案子早日破获的心情,我都能理解。但是,正如刚才黄队长所说,防控大队现在不仅仅是侦破案件,还有许多工作需要我们去做,比如处置突发事件、城市巡防、接处警等等,应该说每个中队的事情都很多,公安工作就是苦差事,我们要变压力为动力,市局这么信任我们,我们就不能辜负市局领导的期望。我的意见是,不再往专案组增加人员,维持现有的力量,在加大审查力度、科学性上下工夫。"张扬说完,会场陷入了片刻的沉默,当他将目光投向金石鱼时,金石鱼脸上显露出有话要说的表情,张扬随即对他说:"金局,请您给大家提提要求。"

金石鱼点点头,但没有及时开口,看他的神情,好像在深思熟虑,又过了片刻,他下定决心似地呷了下嘴,说:"听了大家刚才的意见,我觉得大家说得都很在理,日常工作要做,案件也要破。但是同志们想过没有,做任何事情都要分个轻重缓急,当下对于我们防控大队,甚至全局来说,最重要的就是尽快破获这两个案子,特别是王艺一案,张扬大队长和尚军队长是立下军令状的,如限期不破,是要就地免职的。免职事小,影响却是巨大的,如果这两个案子我们破不了,公安机关怎么向春江市的民众交代?公安的整体形象将会在百姓的心目中变得一塌糊涂!"说到这,金石鱼的口气明显变得很激昂,变得语重心长了,他的话似乎一下子将大家的心拎了起来,这就是他的看家本领,可以把死的说成活的,也可以把活的说成死的,生与死、是与非,可以在他的唇齿之间随意地变化。

见大家面露紧迫的神情,金石鱼知道大家的胃口被他的话吊起来了,遂继续说:"既然案子是我们目前的头等大事,我们就要毫不迟疑地将工作中心转移到案子上来。市局既然把这两个案子都交给了我们,就是对我们的一种信赖,我们一定要不折不扣地去完成、不惜一切代价去完成!鉴于大家的工作特性,下面我提三点意见。"说到这里,他喝了口水,清了清嗓子,然后继续掷地有声地说:"第一,将金军虎队长暂且抽调到二中队,协助尚军队长开展侦查工作,金队长前期也负责过'王艺案','银行案'也是他先期到达现场的,可以说,他对这两个案子是不陌生的,可以尽快地投入工作;再则,一旦尚军不在,金队长可以及时地统领专案组,谁家没有个急事?前几天,尚军队长不是因家里有急事回海南了吗?他回家的这几天,邓明那里的审讯工作几乎瘫痪了,那天我正好到讯问室,终于知道什么叫群龙无首了,三个侦查员,毫无计划、毫无步骤地对邓明乱问一气,最终被邓明抓住了制动权,不但没有撬开邓明的嘴巴,反而被邓明抓住了口误,助长了邓明抵抗的士气,就连我也被邓明涮了一通,真丢人!"最后三个字,金石鱼是用食指敲着桌子说的,而且两眼紧盯着张扬,意思就是:尚军去海南,你为什么不告诉我?你们是在糊弄我,以为我不知道啊?你这是脱离领导!

张扬的脸腾的一下红到耳朵根,心里暗道:"真厉害,一箭双雕。"

金石鱼接着说:"所以说,将金队长抽调过来,有利于专案组更快捷地进行案件侦查,不至于尚军不在时群龙无首。第二,从今以后,你们专案组要对每一次的讯问都要提前进行集体研究讨论,列出讯问的纲要,做到有的放矢,我们面对的是重大案件,决不能像审查小偷小摸那样信口开河地乱问一通;同时,每一次讯问都要有一名队长在场,做到稳扎稳打,一步一个脚印。现在已经不允许我们再浪费时间了,我们要尽快出战果!"金石鱼的话讲得字正腔圆、头头是道,容不得他人反驳。

第三十七章 安插亲信

第三十八章 暗度陈仓

金石鱼的这番话使得金兵勇佩服得五体投地,他连连点头夸赞道:"这样好!这样便于尽快出战果。"

"军虎,你有意见吗?"金石鱼的脸上浮现出笑容可掬的表情问。

"我没有意见,在哪儿都是工作,一切服从大局,服从领导的指示。"金军虎一脸服从的微笑,禀答道。

"好。"见金军虎没有意见,金石鱼随即转过脸来问身旁的张扬:"张大,你看这样调配一下行吗?"

张扬停顿了片刻,满脸笑意地说:"我没有意见,就按照金局的指示执行。"

尚军刚要提出异议,就被张扬的眼神压下去了。张扬已经明白金石鱼提议召开这个会议的意图了,他是有意将金军虎安插到专案组来的,看来尚军之前对遗书的怀疑,不是没有道理的。但是要解除对金石鱼的怀疑,必须有足够的铁证,既然金石鱼主动提出让金军虎到专案组来,不如顺水推舟,伺机看看他葫芦里卖的到底是什么药。再说了,现在即便尚军反对也没有用的,金石鱼要金军虎加入专案组的理由是冠冕堂皇的,也是顺理成章的。军令状虽然是你尚军立的,但是并不能表明你就能脱离组织的领导。如果对抗下去,说不定他还会追究上次不经他同意就私自到海口的事呢!

上纲上线、打击报复是他的拿手戏,所以说,对于金石鱼上述指令性的话语,张扬是找不出不妥之处的,更找不出反对的理由,只能执行,就这样,金军虎成了专案组的副组长。

顿了顿,见张扬和尚军没有反驳他,金石鱼转而又笑嘻嘻地望着金兵勇说:"兵勇啊,军虎同志抽调出来了,一中队的巡防工作你就一并代劳了,多辛苦点,可不要有怨言啊?"

金兵勇连忙表态:"请金局放心,都为了一个共同目标——尽快破案,我毫无怨言。"

"好!能理解就好。好在时间短,我估计这个案子只要大家齐心协力,很快就有眉目的。"金石鱼的脸上浮现出得意的表情,他为自己刚才无懈可击的运作感到得意,心里禁不住暗暗叫道:"你们这些乳臭未干的小赤佬,和我对着干,还嫩着呢!"

会议到此结束。

这时,金石鱼口袋里的手机响了,他接通手机,简单地应答了几声后,对张扬说:"市政府要召开一个会,我得赶去,你们再好好议一议预审的方案,晚上的提审我也参加,毕竟是首次讯问,一定要开好头,我倒要看看这两个毛贼是什么三头六臂的怪胎。"说完,提着公文包屁颠屁颠地走了。

接下来,专案组的同志留下来,继续讨论晚上讯问"唐氏兄弟"的方案,为晚上的提审做好准备。

晚上8点,专案组的侦查人员分成两拨,分别在两间讯问室同时讯问"唐恒发"和"唐恒远"。

尚军、熊奇、徐力,还有两位经侦民警为一组,负责"唐恒发"的审讯;金军虎、李烈、张强,加上另外两名经侦民警为一组,负责"唐恒远"的讯问。在侦查人员陆续进入各自的讯问室之时,金石鱼对张扬说:"张大,我们俩也分开吧,你到军虎那一组,我在尚军这一组。"

"好的。"张扬认为金石鱼这样做很正确,两个领导分开来,也好给他们把把关,两人分别走进了间隔数米的两间讯问室。

不多久,戴着头套的"唐恒发"、"唐恒远"分别被带进这两间讯问室……

"唐氏兄弟"已经在拘留室被羁押了一天一夜了,这段时间,他们除了吃饭、睡觉外,就是在各自羁押的房间里思考,他们在思考警察会问他们的问题,以及怎么避重就轻地回答警察提出的问题,以期望达到逃避罪行的目的。

头套被揭开,望着眼前这庞大的审讯阵容,唐氏兄弟分别在两个房间里战栗。

金军虎负责的讯问室先发起了对"唐恒远"的讯问。

"姓名?"李烈的声音粗犷有力,眼神犀利,令唐恒远禁不住打了个寒战。

"唐恒远,不不不,真实名字叫王石柱。"假唐恒远战栗地说。

李烈问:"家庭住址?"

假唐恒远答:"我家在吉林东陵县大弯乡柳树组11号。"

李烈问:"知道为什么逮捕你吗?"

假唐恒远答:"不……不知道。"

"呃?!"李烈的两道剑眉一蹙,眼睛闪出了犀利的光芒,刺得"唐恒远"赶紧改口:"知道、知道,我们使用了假身份证。其实身份证也不假,我只是盗用了别人的身份证。"

李烈说:"把事情说清楚!"

假唐恒远答:"好的,我和唐恒发……不,我和李永贵——就是假的"唐恒发",我们两个都是盗用别人的身份证。"

李烈问:"身份证是从哪里弄来的?"

假唐恒远答:"我们是在海口一个建筑工地行窃时窃得的,当时我们发觉身份证上的人与我们俩的脸型相似,所以就留在身上,准备在今后登记住宿或应付公安机关检查时用。"

李烈:"难道公安机关就为这个逮捕你们的?"

假唐恒远答:"这……我们也是替别人办事,被别人骗了。"

李烈问:"什么人?说清楚。"

假唐恒远答:"好的,一个大老板雇用了我们,让我们在他的公司里负责外联事务,给我们的年薪是20万。现在外面工作不好找,既然有这么好的差事,我们是按照老板的旨意来春江的,是他让我们找的邓明的。"

"邓明?"张扬和金军虎几乎是同时在心里惊叫起来,特别是金军虎,他的脑子里立马浮现出"王艺案"发生之时,金石鱼指使他将邓明的照片偷偷从档案袋里偷出来的事,也联想到了贾英献的遗书,遗书里也提到了金石鱼和邓明,金军虎觉得"王艺案"和"银行案"有联系,同时,他也感觉到金石鱼、邓明很有可能就是这两个案子的主谋。

"不好!"金军虎心里一声惊叫,决不能让"唐恒远"再信口开河地说下去了。想到这,他立刻打开手机按了几下,然后,将手机放进胸口的上衣口袋里,金军虎的这个动作,给人的感觉好像是在用手机察看时间或者是在收看短信,没有引起任何人的怀疑和关注。

只见金军虎踱到"唐恒远"的面前，猛地呵责道："想清楚了再说，别他妈的像拉羊屎，一粒一粒地往外挤，要说就痛快点，公安机关不是被你耍着玩的！"说着，抡起右手，"啪"的一声拍在"唐恒远"面前的桌面上，也就在金军虎手掌拍到桌面之时，讯问室的灯光突然熄灭了，像是被金军虎的这一掌拍灭的。

屋里霎时漆黑一片。

"呃？怎么停电了？"众人疑愣的同时都不约而同地仰头观察头顶上的灯泡，就在众人关注天花板上的灯光之时，金军虎的那一只拍在桌子上的手掌迅速地往"唐恒远"伏在桌上的手里塞进了一个东西。罪犯是狡猾的，也是精明的，他们的脑袋瓜不比常人差，有时甚至比常人还要聪明，"唐恒远"知道面前的这个人是在帮助自己，他迅速将传递过来的小纸袋捏在了手掌心里。

也就是两三秒的时间，屋里的灯泡又亮了起来，肯定是触电保安器跳闸了，大家都这么认为，于是，讯问继续进行。

金军虎继续指着"唐恒远"恶狠狠地说："已经让你考虑了一天一夜了，难道还没有考虑清楚？不要心存侥幸，赶快说！不说我就不客气了！"

"唐恒远"像是被金军虎的发威震住了，胆怯怯说："我们确实是替别人打工的，我们是通过邓明认识贾行长的，我们只是代替老板履行了一些贷款手续，其余的我们一概不清楚。"

"你再想想。"金军虎说完，又踱回到自己的座位上来。

"唐恒远"假装闭起眼，使劲地冥想起来……

此时，隔壁的讯问室里却呈现出另一番景象——

被讯问的"唐恒发"见讯问他的人群里有金石鱼，他心里有底了。尽管金石鱼在一边一声不吭地猛抽烟，但他知道金石鱼一定会帮助他的，毕竟金石鱼受柄于他。所以，面对侦查人员的轮番讯问，他是只字未讲，把个侦查人员急得像是热锅上的蚂蚁。此时，屋里的电灯跳闸了，当电灯再次亮起时，金石鱼舒了口气，掏出口袋里的手机，按了一下手机上的拨出键，然后，将手机放进上衣口袋里，同时起身走向"唐恒发"。

"唐恒发"见金石鱼走到自己面前来，两只眼睛紧紧地盯着他，渴望从金石鱼的表情中得到暗示。可是，"唐恒发"想错了，金石鱼非但没有给他想要的眼

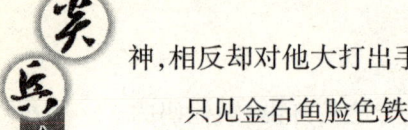

神,相反却对他大打出手。

只见金石鱼脸色铁青,怒气冲冲地走了过来,冲他瞪起那双硕大的金鱼眼,阴阴地问:"你是不是死猪不怕开水烫?"说着抡起手掌给了"唐恒发"一记耳光,把个"唐恒发"打得晕头转向。他没有想到金石鱼会对他来这一手,惊愕地望着金石鱼:"你、你……怎么打人?"

"啪!"金石鱼的右掌猛地拍在"唐恒发"面前的桌面上,两只眼睛死死盯住"唐恒发",咬牙道:"打你怎么啦?只允许你不开口,就不允许我们动手?你给我老实交代!"也就在此时,屋里的电灯再次断电,刚才还灯火通明的,现在陡然变得漆黑一片。金石鱼趁断电的间隙,将手掌里的小纸袋塞到"唐恒发"的手心里。"唐恒发"这一下明白了,金石鱼打他,是为了创造时机给他送信的。他一下从刚才的惊愕中缓过神来,紧紧地将手中东西捏在手掌心里。

也是两三秒的时间,屋里的电灯再次亮了起来,人们的眼睛似乎一下子适应不了这瞬间黑白的转换,都纷纷眨动眼睛,缓解刺激给眼睛带来的不适。

突然的停电,似乎也将金石鱼刚刚燃烧的怒火陡然浇灭,金石鱼停止了发怒,和大家一样,为了缓解眼睛的不适,他正用手指揉眼皮,"怎么搞的,怎么老是跳闸?"金石鱼一边揉眼睛,一边发着牢骚。

看样子,他的怒气消了一半,接着,他指着"唐恒发"继续呵责道:"好好配合我们,否则,有你好果子吃!"

"唐恒发"不知是被金石鱼的凶相震慑了,还是被他的一记耳光打惧怕了,只见"唐恒发"掉下了眼泪,带着哭腔说:"你凭什么打人?有这样对待犯人的吗?你这是在刑讯逼供,我没有话可说了,呜呜……"他居然号啕大哭起来。

金石鱼的这一通发火,似乎给侦查人员们出了口气,就连尚军也没有想到金石鱼今天的火气这么大,平时都是他提醒下属,讯问嫌疑人时不要动手动脚的。教导别人的人,今天却自己动起手来,也许,他今天白天受了气,心情不好,借此发泄心中的怨气?尚军觉得有点奇怪,但也找不出原因。

现场似乎变得窘迫起来。

"唐恒发"一边哭,一边将头往面前的桌面上撞。为了打破现场的尴尬,尚军走到金石鱼的身边小声说:"金局,要不先停一下,夜里再审?"

金石鱼想了想,赞同道:"也好,先给他个下马威,免得他死活不怕。"看金石鱼的表情,似乎还在给自己刚才的冲动找理由。

尚军向熊奇摆摆手:"先把他带下去。"

说完,尚军跟着金石鱼走出了房间,来到讯问"唐恒远"的讯问室。金石鱼推开门,朝里探了一下头,张扬和金军虎领会地走了出来。"怎么样?"金石鱼问。

金军虎摇摇头:"这小子贼得很,死活不开口。"

"我们这边也一样,要不先停下来,夜里再审,看来这两个人是两块老牛肉,硬得很。你们要有心理准备!"金石鱼领教道。

"我真想给他几拳!"金军虎气得牙齿咬得嘎巴直响。

"呃?"金石鱼冲金军虎摆摆手,"不能冲动。我刚才就是冲动了,现在想来还真有点后悔,出了事不得了。"

接着他又对尚军和金军虎指示道:"这样,我和张大就先走了,你们就按照计划进行,不要急,今天先让他们紧张起来,明天继续审,夜里决不能让他们睡觉,要从精神上、肉体上拖垮他们,我相信这两个小子坚持不了多久的。"

说完,金石鱼和张扬就提前走了。

第三十八章 暗度陈仓

第三十九章　离奇死去

张扬和金石鱼走后,尚军和金军虎带领各自的人马到休息室休息,准备在夜里对"唐氏兄弟"继续审讯。对于侦查员来说,开夜战是他们的家常便饭,他们已经习惯了这种颠倒昼夜的审讯方法。因为夜里是犯罪分子精神极度疲惫的时候,这时候他们的神智才会恍惚,对侦查人员的提问会放松警惕,继而露出破绽来。

"唐氏兄弟"被带回各自羁押的房间,两人虽然不是关在同一个房间里,但两人却怀着相同兴奋的心情。几乎是同时,两人在各自的房间里,背对着摄像头打开了他们藏匿在手掌里的小纸袋,小纸袋很小,只有大拇指那么大,里面有一张纸条和一粒药丸,纸条上写着:不要说任何话,凌晨5时左右把药吃下去,制造病倒的假相,有人会在医院帮助你们逃出去的。切记!

二人看完字条后,知道自己有救了,金石鱼是让他们服药假装病倒,然后在医院伺机营救他们。过了一会儿,两人的神色又各不相同了。"唐恒远"是继续偷乐,脸上洋溢着这两天从没有出现过的轻松神色,他手中的小纸袋是金军虎传给他的,他并不认识金军虎。但是,他见到金石鱼刚才在讯问室的门口探了一下头,他认为小纸条一定是金石鱼指示金军虎做的,金石鱼是怕他们说出那500万来才想出这种办法来救他们的,既然是这样,他还怕什么呢?天塌下来,有大个子顶着呢!于是他乐滋滋的靠在墙上眯上眼做起了美梦。

"唐恒发"就不一样了,他看到纸条后,先是一阵惊喜:金石鱼要救他了。接着他又犯愁了,犯愁的原因是那一粒药丸,他害怕金石鱼是在骗他,想借这个机会用毒药将他毒死。如果是这样的话,他还不如向侦查人员交代罪行呢。但是,万一金石鱼是真心救自己呢?金石鱼身为公安局的副局长,是有这个条件和能力的,刚才他就在众目睽睽之下,轻而易举就将这个小纸包传递到自己手上了,从这一点就可说明金石鱼是有这个能力的。

"唐恒发"将这两种可能性在脑子里来回推敲着,最终决定:将这粒药丸只吃下少许,这样即便是真的毒药,他也不至于很快死去,从而赢得抢救的机会。"唐恒发"确实比"唐恒远"狡猾些,正是他的狡诈才使他比"唐恒远"晚死了几天,这是后话。

此时,和"唐氏兄弟"一样兴奋的还有一人,这人就是金石鱼。他已回到家中,正躺在床上兴奋得翻来覆去睡不着,他一边兴奋,一边认真而仔细地回忆着刚才自己在讯问室的表演,试图从回忆中寻找漏洞和破绽,因为他面对的对手是尚军,如果露出一丝蛛丝马迹,都会被他识破,就会前功尽弃。经过几次反复的细细推敲,加上和金军虎电话询问证实,尚军他们确实没有发觉他在讯问室表演的破绽,金石鱼这才彻底放心了。但是他还是无法入睡,因为"唐氏兄弟"还没有死,只有等到"唐氏兄弟"死亡的消息后,他才能心里安然。

从某种意义上说,面临死亡的虽然是"唐氏兄弟",但死亡前挣扎的恐惧却笼罩在了金石鱼身上,所以他反常,他不安。对于他的辗转反侧、长吁短叹,睡在他身边的妻子马菜花很不理解,随即抛来了几句埋怨,"你心里是不是又在惦记哪位小姐了?睡不着,给我滚出去,别在这翻来覆去的,还让人睡不睡了?无聊!"

对于妻子的谩骂,金石鱼无法作解释,他只得强迫自己尽快入睡,越是强迫,就越是睡不着。他就这样,表面上微闭着眼睛,一声不吭、毕恭毕敬地躺在床上,其实他的脑子还在翻江倒海地思索着,不知过了多久才昏昏睡着了。

时值深夜。

拘留所那里,尚军的两班人马轮番对"唐氏兄弟"又进行了两次提审。但是都以失败告终,尚军哪里知道"唐氏兄弟"已经接到信息,现在正在跟他们耗时间呢!

金军虎打着哈欠从另一间讯问室过来和尚军碰头商量:"尚队,天都快亮了,我看今天就到这吧,同志们都挺累的了,明天还要继续工作,真他妈的邪了!这两个小子的嘴像是被电焊焊上了似的,纹丝不动!"

看着大家一脸的疲惫,尚军知道大家已经尽力了,也许真如金石鱼所说,"唐氏兄弟"是两块老牛肉,老牛肉急火是烧不熟的,需要小火慢炖,于是同意金军虎的意见:"好的,今夜就到此吧,让大家抓紧时间休息。"

第三十九章 离奇死去

　　侦查人员一个个打着哈欠,疲惫地陆续回到休息室,一个个都顾不上洗漱就倒在了床上呼呼大睡起来。此时,快要天亮了,尚军没有急于躺下休息,他首先到洗手间洗了个冷水脸,这是他的一个习惯,每次审讯结束后,他都要极力使自己冷静下来,然后独自一人仔细地思考、推测一番。

　　从某种程度上来说,他的这种善于独立思考的习惯,有点与金石鱼相似,只不过两个人的目的有所不同,尚军想的是如何从"唐氏兄弟"供述中发现犯罪分子的蛛丝马迹,金石鱼想的则是如何让尚军在"唐氏兄弟"的身上找不出蛛丝马迹。就此而言,与其说尚军在与"唐氏兄弟"斗智斗勇,不如说他是在与金石鱼作心智的较量!

　　尚军并没有因为"唐氏兄弟"闭口不语、负隅顽抗而心灰意冷,对手的顽抗,反而促使他另辟蹊径:既然"唐氏兄弟"目前还不愿开口,那就利用他们旁敲侧击一下邓明,看看她的反应。其实,自从"唐氏兄弟"被从海口缉拿回来时,尚军就有这种想法,只不过,他并没有急于做此操作,原因是,他想先从"唐氏兄弟"的口中得到一些有价值的东西后,再来敲击邓明,这样会使邓明更加相信"唐氏兄弟"彻底交代了,从而起到事半功倍的效果。

　　现在迫于时间的关系,他不能再等待"唐氏兄弟"开口了,他要主动出击,让"唐氏兄弟"在邓明的面前亮一亮相,让她知道,"唐氏兄弟"已经缉拿归案,给她制造一次假象,让她从这个假象中产生错觉,继而动摇。如果邓明和"唐氏兄弟"确实是一伙的,"唐氏兄弟"在邓明面前的出现必定会给邓明造成一次强烈的震撼,兴许这次震撼就会使邓明彻底瓦解!

　　主意已定,尚军准备上床休息。当他从沙发上起身时,他的眼睛下意识地朝墙壁上的监控显示屏上瞄了一眼,他想看看"唐氏兄弟"此时在拘留室里是什么状态。"唐氏兄弟"被关在拘留所两个特别的房间里,这两个房间是拘留所专门为重大候审犯准备的,这两间留置室里,都装有监控探头,可以观察到羁押犯的一举一动。

　　就是尚军这种下意识的习惯,使得他躲过了一次劫难,也使得"唐恒发"捡回了一条狗命,尚军看到了惊心的一幕:"唐恒发"在地上来回地翻滚着,像是在痛苦地挣扎着,"有情况!"尚军即刻大声喊道。

　　这声惊叫将刚刚入睡的侦查人员一下惊醒,所有人一下从床上跃了起来,

"快！唐氏兄弟有异常情况。"尚军说着，率先冲了出去。

打开拘留室的房门，发现"唐恒远"已经眼睛暴睁，气绝身亡；"唐恒发"脸上直冒汗，在地上直打滚，他虽没有毙命，但是已经声气力竭，只能翕合着嘴唇，发不出声音来了。"唐氏兄弟"被侦查人员抬上警车，迅速送往医院的急救室进行抢救，同时尚军将情况向张扬报告。

毫无疑问，"唐恒远"已经无法起死回生；"唐恒发"因为吞下的药量小，正处在死亡边缘，可以说是命在旦夕。

抢救室的门外已经被侦查人员里外严密把守着了，严禁任何外人进入。

张扬和金石鱼得到消息后，陆续赶到了医院。

经过胃溶液检验，"唐氏兄弟"服用的是氰化钾剧毒药丸，他们是怎么得到毒药的？

所有人百思不得其解，金石鱼听完尚军的汇报后，脸色铁青地对尚军责问道："我早就说过，这两个人不是等闲之辈，他们一定是在事前就准备好了药物，他们进留置室之前，身上彻底搜查了没有？"

"在海口就对他们的全身进行了彻底的搜查，没有发现任何东西啊！"尚军不解地说。

"那他们吞下的药物是从哪里来的？难道是我们内部有鬼？如果是这样，你们也要接受调查！"金石鱼严厉地望着尚军和张扬，眼里充满鄙夷，"这下好，到手的兔子又跑了！尚军啊尚军，我早就说过你，不要太自以为是了。"说完，猛地吸了一口烟，然后狠狠地将烟蒂甩在地上，气呼呼地走了。

金石鱼是在张扬和尚军及众人惊愕的目光中愤然离去，使人感觉他是那么义愤填膺、那么的无奈又无助，人都死了，他还能说什么呢？

尚军迅速从惊愕中醒悟过来，金石鱼的话似乎意外地提醒了他：难道内部有鬼?!

他立马驱车返回到讯问室查看录像，整个录像只有两次跳闸停电是中断过的，其余的全部完整清晰，从中没有发现异常现象。要说有，只有第一次讯问结束后，"唐氏兄弟"回拘留室的表情有点反常。尚军来回播放着录像，仔细地审视着。

此时，张扬也赶了过来，两人对着屏幕仔细审视着片子，整个讯问的环节和

"唐氏兄弟"在拘留室的所有镜头，一遍遍的在尚军和张扬的眼前慢慢地滤过。突然，尚军将一处镜头定格在荧光屏上，"你看！"尚军指着画面对张扬说："他们俩第一次讯问结束回留置室时，几乎是同时，俩人在各自的房间背对着探头，好像在看什么。然后，也几乎是做了一个相同的动作——回头观望探头，好像生怕被探头录下什么似的。"

"嗯……他们的形迹虽然诡秘，但没有留给我们实质性的东西啊！"张扬说。

尚军蹙了蹙眉，思索道："他们为什么这么诡秘？他们一定得到了什么东西！这东西一定是从讯问室得到的，要不，他们两个虽不在同一个留置室，但两人回到各自的留置室时，都有着迫不及待的反应，都是背对着探头，他们一定是获取到了什么东西，害怕我们发现。"

"对！"张扬受到了启发，也有同感。

顺着这个疑点，往前推展镜头画面，疑点落在了两次跳闸停电，也只有这两次跳闸使得画面中断了，难道是在跳闸停电的这短短的几秒钟内"唐氏兄弟"得到了药物？

联系到这两次跳闸停电的情景，两个可疑人物再次浮现出来：金石鱼和金军虎不约而同地出现在了张扬和尚军的眼前。如果说有机可乘，也只有在那两次跳闸时段了，虽然只有短短的几秒钟，但这几秒对于早已做好准备的人来说，足以将隐藏在手中的药丸传递给"唐氏兄弟"了。

尚军和张扬将之前产生的怀疑和眼前的镜头综合在一起，在极力思索着，推敲着，他们的思路，越来越清晰起来，两人最终断定："唐氏兄弟"所服的氰化钾系金军虎和金石鱼利用两次跳闸停电之际传递给"唐氏兄弟"的。

目的就一个：杀人灭口！

第四十章 运筹帷幄

虽然察觉到了疑点,但是疑点毕竟是疑点,它只能是怀疑,不是铁的事实,要证实疑点的真实性,还需要有力的证据。目前能够证实尚军他们怀疑的,就只剩下处在死亡边缘的"唐恒发"了,只有将"唐恒发"从死亡线上抢救回来,才能从他口中得到真相。

想到这里,张扬和尚军又迅速返回医院,在返回医院的路上尚军的大脑像波澜壮阔的大海,思潮涌动,那些疑虑的镜头在他脑中不停地翻现着,又不断地被他一一否决。最终他急中生智,大脑里迅速酝酿出一个计划,如果这个计划运作成功的话,那么所有的疑窦将会一一破解。尚军深深地做了个深呼吸,像是下定了决心。但他并没有将内心的所思跟张扬表露,只深深地埋在心里。他对张扬说:"我们要极力抢救'唐恒发',应该让医院找一间安全一点儿的病房,以防再发生不测。"

"嗯。"张扬点着头表示同意尚军的建议。

此时,天色已经大亮,路上已经有上班的人群。二人来到院长办公室,跟院长商量为"唐恒发"调换病房的事宜,请求医院将"唐恒发"从急救室转移到单人重症病房。因为现在"唐恒发"经过灌肠排毒后,虽暂时排除了生命危险,但仍然处于极度的昏迷状态,神志不清,需要安静的环境继续输液、清毒,从而恢复机体功能。如果让他继续住在急救室,既不利于救治,也不利于安全,毕竟他是重大犯罪嫌疑人。

院长同意了他们的请求,随即下令调房,按照尚军他们的意见,将"唐恒发"转移到一楼重症住院部靠近走廊右侧最里端的一间病房。这间病房由于是在走廊的最里面一间,一般的闲杂人员走不到这里来,所以减少了医院里闲杂人员的干扰,也方便警卫人员在门外看守。安顿好"唐恒发"后,尚军留下了熊奇一人继续留守在医院,然后让金军虎带领其余人员回去休息。他们已经一夜没睡觉

了,为了减轻熊奇的精神负担,尚军还打电话让保安公司派了几名保安员来,协助熊奇在医院警卫。安排完这一切,他就接到了大队长张扬的电话,说是彭局长要他们俩到局长办公室汇报情况。

尚军原本就准备去市局向彭局汇报的,没有想到彭局这么快就得到消息,遂跳上猎豹车对坐在驾驶座位上正准备回去休息的李烈说:"送我到市局。"

猎豹车随即向市公安局疾驰而去。

尚军知道一定是金石鱼将昨夜发生的情况向彭局长汇报了,他也知道他和张扬将要受到彭局长严厉的批评。但是,既然是自己的工作没有做好,领导批评也是对的。想到这,心中不免涌上心烦意乱的感觉。十几分钟后,他与张扬在市局的停车场会面,然后二人怀着忐忑不安的心情,双双来到了彭局长的办公室。

正如尚军所料,金石鱼正坐在彭局长办公桌对面的椅子上,脸上挂着一脸的冷漠。张扬刚要开口,就被彭局长摆手打断了:"不要解释了,情况金局已经跟我汇报了,要你们来,不是听你们解释的。人死了是事实,费了这么大的周折把人从海口弄回来,结果不到两天就死了一个,你说你们还能干工作吗?我要处分你们!"彭局长的手指就差戳到他们俩的脸上,显然是气急了,"你们啊……唉!"彭局长无奈地挥了一下手,一副恨铁不成钢的表情,一下子气得似乎说不出话来了。

金石鱼趁机在一旁插话道:"昨天开会调集人员时,你们俩还有点闷闷不乐,现在好了,出事了,在会议上,我多次强调安全最重要,不能随自己的性子办案。"金石鱼趁机火上浇油。

张扬刚想解释反驳,被尚军用手拽了一下制止住了,他最清楚彭局长的性格,在这个时候,他是不容许下属顶嘴的,况且,"唐恒远"的死,他们确实是有责任的,既然做错了事,就虚心地接受批评吧!

两个人低头毕恭毕敬地站在哪儿,任凭两位领导的轮番指责,一声不吭。

"尚军,你不是挺能讲的吗?怎么不讲话了啊?"彭局长盯着他问。

尚军依然低着头,一声不吭。

"不吭声就能逃脱责任了?回去开会做检查,要好好反思。老实告诉你们,如果再出差错,你们俩也不要破案了,趁早给我打辞职报告。"也许是他们没有顶嘴的原因,也许是另有原因,彭局长一通发火后,口气显然变得缓和了一些。

顿了顿,彭局长语重心长地说:"办案子一定要慎之又慎,金局的工作这么忙,还能挤出时间来指导你们,这是很不容易的,你们一定要多请教、多请示,决不允许再出差错了!我先不处理你们,等案子破了再修理你们。"

"是,彭局。"尚军和张扬心里一阵窃喜,赶紧齐声应答道。

"好了,你们忙去吧,我还要到市委倪书记那里汇报工作。"彭局长边说,边将桌上的工作日记簿放进公文包里,三人见状连忙起身告辞,走了出来。

这就是部队领导的作风,说话办事雷厉风行,就连批评人也是简短明了,点到为止。但起到的效应是巨大的,刚才的那几句话已经深深地烙印在尚军的心里了。

三个人一声不吭地沿着楼梯拾阶而下,步伐匆忙地走向办公楼外的停车场,一路沉默不语,但埋首疾步的急促脚步声,却能表明他们三个人此时此刻的内心是躁动不安的。三个人在各自的座驾前停住了脚步,金石鱼在上车前似乎想起有什么要提醒的了,遂转过身来对他们说:"当下'唐恒发'一时半会儿还醒不来,我们不能顾此失彼,死守着一个半死不活的人啊,我看你们还是从邓明那里下下工夫吧,时间不等人啊!再过两天邓明的刑事拘留的时限就到了,时间一到,我们必须无条件放人了,不能因为变相地限制她人的人身自由再闹出纰漏来了!"

尚军像是被彭局长训服了的样子,一副唯命是从的表情,乖巧地点头回答道:"好的。'唐恒发'那里估计一时半会儿醒不来,我们也没有必要把主要精力放在他身上。我已经给保安公司通过电话了,让他们派几名保安来协助警卫,我准备把我们的人换下来休整一下,准备重点对邓明进行一次提审。如果还没结果,后天就放了她。"

"嗯,那就这样。"对于尚军这一次破天荒的和气的回答,金石鱼报以了温和的一笑和赞许的点头,他似乎感到尚军有点支持不住了。金石鱼的心里一阵兴奋,他信步跨进了本田雅阁轿车,由于兴奋所致,他浑身气血顺畅,手上的力气也比平时增加了许多,以至于他随手带了一下车门,车门就"嘭"的一声重重地关上了,车门关闭的气流将车身都震得晃了晃,使人觉得他是那么彪悍、威猛!

雅阁轿车优雅地缓缓驶出了车场。

金石鱼透过后视镜瞄了一眼身后依然还站着的两个年轻人,心里抑制不住

激动,并在心里暗暗骂道:"小赤佬,跟我玩,头玩掉了还不知道在哪儿掉的呢!就连彭局长现在都相信我的话了!哼!"金石鱼昂了昂头,然后将他那颗硕大的脑袋靠在靠背上闭目养神起来。

目送着雅阁车驶出了停车场,张扬疑惑地问尚军:"你小子今天好像变乖巧了,怎么这么听话啊?"

尚军调皮地眨了一下眼,装着一派认真的姿态说:"这叫服从命令!这是彭局的指示。"

张扬像是窥透他的心理似的,挤兑道:"你小子,也学会耍阴了。"

"哈哈哈……"两个人禁不住都笑了起来,同时打开车门,跨进了各自乘坐的轿车。车辆行驶之际,尚军口袋里的手机短信铃声响了起来,尚军打开手机,顿时被手机上的短信惊愕住了,忍不住惊喜地叫了一声:"嗨?!"

兴奋的他忍不住吻了一下手机,李烈见尚军如此激动,以为尚军收到了他妻子的短信,忍不住开玩笑问:"尚队,是不是嫂子想你了?"

"你小子,别瞎说,开好你的车。"尚军嘴里否定着,依然目不转睛地盯着手机屏幕上的字幕,他忍不住又看了一遍短信的内容:不要泄气,放开手脚,一如既往地战斗下去!(彭庆安)

就连尚军本人也不敢相信这则短信是彭局长发来的,但它确实是从彭局长的手机发来的,短短的几句话,已经充分表明彭局长是信任他的、理解他、支持他的。同时表明刚才对他的训斥是逢场作戏,证明彭局长也在密切注视着金石鱼。在这屡遭挫折、四面楚歌之际,领导的理解和信任甚至比自己爱人的理解与支持还要温暖和重要,难怪尚军要吻一下手机,他亲吻的不是手机,是手机传递而来的领导的理解和爱心,这怎么叫他不兴奋、不激动呢?

尚军表现出来的喜悦之情,以至于李烈都误以为他是接到了妻子的甜言蜜语。就在尚军沉浸在无比激动之际,他的脑子里立刻连锁反应到一个疑问:既然彭局长想到用短信来传递不可言表的心情,别人也可能会想到用短信来实施不可告人的阴谋啊!

"对!"尚军的大脑立刻闪现出昨天晚上在讯问室里的情景,金石鱼当时的影像再一次在他的脑子里来回重现着,突然,他对李烈叫道:"停车!"

"嘎——"一个急刹车,尚军和李烈都被车辆行驶的惯性冲得前倾后仰,对于尚军突然的叫停,李烈甚是不解:"怎么啦队长?"

刚才还一脸喜色的尚军,陡然间脸上涌上了疑云,迫切地问:"金军虎在讯问'唐恒远'之前有没有用过手机?"

对于尚军突然的提问,李烈一时还真蒙住了,李烈眯起眼,极力回忆起来,少顷,他确定道:"用过,就是在他起身去训斥'唐恒远'时,我见他掏出手机看了一下,我估计他是在看时间或是收看短信。"

"嗯……"尚军默默地点了两下头,嘴上虽没有说什么,心里却连声叫好:"这就对了!"

"怎么啦?"李烈一头雾水。

"没事,开车吧!"尚军摆手吩咐道。

猎豹车又继续疾驰起来。

尚军突然间的没头没脑的问话,使李烈琢磨不透。此时,尚军的大脑里已经基本将昨晚那两次跳闸停电与金石鱼和金军虎使用手机遥控指挥联系在了一起,至于金石鱼他们是如何具体操作的,另外一个操作电闸的人是谁,尚军还是没有完全梳理和推断出来。但是他已经切中了对方的要脉,已经听到了对手的呼吸声,这就更加坚定了他之前酝酿的那个计划。想到这,他的嘴角露出了一丝猎人看见猎物的笑意,他立马给彭局长回了个短信。

正如尚军所推测,金石鱼和金军虎确实是用手机与外界联系的,只不过不是用短信,而是直接用手机的"电话会议"的功能传输出去的。同时,尚军怎么也没有想到,那个操作电闸的人会是金兵勇!

那天上午,金石鱼将金军虎和金兵勇召集到城管局(金石鱼的办公室),除了商量下午在会议上将金军虎增加到专案组的事宜以外,还密谋了如何将毒药传递到"唐氏兄弟"手里的方法。

常言道:三个臭皮匠顶个诸葛亮。三个人经过反复谋划,最终决定:由金军虎在侦查员讯问"唐恒远"以后,瞅准时机,假装发火,用手机先接通在外控制电闸的金兵勇。金兵勇接到呼叫后,接听金军虎通过手机传输过来的现场的讯问内容,当听到金军虎说到他们约定好的暗语时,立即拉断电闸,给金军虎创造向"唐恒远"传递毒药的时机,间隔三秒钟后,重新推上电闸,给人以电路正常跳闸的假象。然后,金兵勇挂断与金军虎的连线,继续等待金石鱼的来电,故伎重演,

再次为金石鱼创造向"唐恒发"传递毒药的时机。

正如他们所料,侦查人员没有对两次跳闸产生怀疑。

之所以要金军虎这边先连线金兵勇,也是经过谋划的,金石鱼认为要想"唐氏兄弟"同时得到毒药,必须同时在两间讯问室讯问"唐氏兄弟",这样他和金军虎就可以各负责一个。同时,金石鱼认为"唐氏兄弟"不认识金军虎,万一他们中的哪一个经不住侦查人员的讯问,势必造成"唐氏兄弟"过早的招供。所以,金石鱼觉得金军虎这边必须先出击;而他自己这边,他想无论"唐氏兄弟"哪一个与他对面,都不会过早的招供的,因为"唐氏兄弟"认识他,他们不会当场与他对峙的,实在不行,就给他们使个眼色。总之,以他的"本领"完全可以控制现场的,等金军虎那边完成了传递,他就可以轻而易举地付诸实施了。

这种看似简单得不能再简单的雕虫小技,由于被老谋深算、老奸巨猾的金石鱼设计和演绎得严丝合缝,躲过了所有侦查人员的眼睛,使得尚军到手的鸭子又飞掉了。

好在还有一个半死不活的"唐恒发"命悬一线,使案子还存有一线希望。

第四十一章　迷雾重重

张扬和尚军回到大队后,立即召开专案组成员会议,在会上张扬传达了彭局长对这次事故的处理意见,以及金石鱼副局长对下一步工作的指示,要求大家在今后的工作中一定要细致入微、脚踏实地,决不可再发生意外。同时,尚军在会上还作了自我检查,从尚军脸上露出来的倦怠神色,大家觉得尚军刚才在彭局长那里一定被狠狠地批了。金军虎心里暗自叫好,脸上却显露出同情尚军的神色,为了模糊大家的视线,金军虎也发表了几句感受,他很有感慨地说:"其实,这次事故也不能全怪尚队,前期,尚队长是一人负责两个案子,自己还亲自到海口缉捕罪犯,无论是体力上还是精神上都处于极度的紧张和疲惫的状态,在这种巨大的压力之下,难免会产生疏忽。我在这儿表个态,我已经参与到专案组了,作为副组长,从今往后我要为尚队多分担一些,共同完成好市局交给我们的任务。"金军虎的表白很恰到好处,既把责任推到了尚军身上,也向大家表明:我也是副组长,今后对案子是有指挥权的。

尚军像是被他的话打动了,频频点头,"金队是副组长,今后大家有什么想法要主动跟他反映,不要有什么事都往我这来,说句实话,这段时间我确实很累。"尚军说这话时,连连打了几个哈欠,脸上无不涌现出困倦、无助、无奈的神情,仿佛整个人要崩溃了。金军虎看在眼里,喜在心头:就是要让你累得没有精力干下去。

接着,尚军对金军虎吩咐道:"金局长指示我们,下一步要继续在邓明身上下工夫,'唐恒发'一时半会儿还醒不来,我们不能在他身上耗时间了。从昨天到现在我还没有闭过眼呢,我要休息一下,你负责一下邓明的最后讯问工作,好好思量一下,也许我们前期走错了方向。"

金军虎巴不得这样,赶紧应道:"好的,你安心休息吧。"

"还有……"尚军用手敲了敲脑袋,像是忘记了什么似的,"医院那里,我们

就不要再派警力去警卫了,这件事我已经移交给了保安公司,由他们派人负责看护,这样可以节省我们的警力;再则,这样做,也是考虑到安全责任的问题,今后做什么事,我们都要多个心眼,不是我们的事,就尽量不要去做,免得眉毛胡子一把抓,最终什么责任都落在了我们的身上。哎——"从尚军的言语和叹息中不难发现,他已经害怕再出事了。

"嗯,你说得对,我知道了。"金军虎领会道。

尚军还想要关照什么,此时他口袋里的手机响了起来,他欲言又罢,连忙接听电话,刚听了几句,他就急切地向大家摆手示意暂停说话。等他接罢电话再议论,会议室顿时鸦雀无声,大家都注视着他接电话,只见尚军脸色陡变,大声地再次对着手机追问对方:"你说什么?医生说病危了?"

得到的回答好像是肯定的,尚军顿时变得焦急、惊慌,所有人被他的话语和表情搞得紧张起来,不知发生了什么事。尚军合上手机,转身对张扬说:"真是祸不单行。张大,我小孩得了脑炎,高烧不退,现在病危,我得赶紧回去看看。"

遇到这样的急事,张扬当然允许,当即对李烈说:"李烈,你赶快用车送尚队!"

"是。"李烈赶紧起身走出会议室,准备车辆去了。

就这样,尚军拖着疲惫的身躯匆匆离开了会议室。金军虎则带领专案组的同志继续留下,研究下一步审讯邓明的事宜。

望着尚军疲惫的背影,金军虎的嘴角露出了一丝旁人无法察觉的得意的笑容,他得意的是:尚军已经被金石鱼设计的战术拖垮了,还有十来天,市局下达的破案期限就要到了,到那时,尚军就会被免职,自己就会按照金石鱼的承诺,管理两个中队,年底就会顺理成章地被提拔为副大队长了。还有,张扬也会因案子限期不破而被免职,到时候说不定过不了多长时间,金石鱼还会让他代理大队长呢!还有……"金军虎不敢往下想,越往下想,他就越感到自己的前途一片光明、一片辉煌!

巨大的诱惑像一只刚出炉的烤鸭,浮现在金军虎的面前,使他饥饿难忍,食欲大增。金军虎几乎想走了神,一不小心,口水就从他的嘴角流了下来。见大家异样的目光,他慌忙用袖口擦了擦口水,解释道:"昨天夜里受凉了,牙龈又发炎了。"说着,假装牙疼,龇了龇嘴,然后,开始像模像样地主持会议。

其实,金军虎自己心里最清楚,对于邓明的讯问,没有什么好研究的,如果真的用心来研究对付邓明的方法,他不是挖坑自埋?他才不会干这个傻事呢!他要做的无非是讲一些冠冕堂皇、老生常谈的讯问的方法、策略、注意事项,末了对经侦大队的四名同志说:"你们今天就先回去休息吧,折腾了一夜一定很困,不休息好怎么好工作呢!反正'唐恒发'那里一时半会儿还醒不来,今天就放你们一天假,彻底休整一下,明天你们继续到银行再做做外围调查,等邓明这里有进展了我们再碰头。"

经侦大队的四名同志感到金军虎说得在理,昨天这一夜已经使他们疲惫不堪,于是欣然同意金军虎的决定,起身回家休息了。

经侦的同志走后,金军虎对二中队的同志说:"我知道大家一夜也没有睡好,但是我们是案子的主办方,我们要比别人多吃苦,希望同志们再坚持一下,再辛苦一下,时间不等人啊!后天邓明的刑事拘留期限就满了,再不抓紧时间审讯,我们就没有机会了,李烈和张强先回去休息,其余同志和我一起去拘留所提审邓明。这次提审,我们要拿出点实质性的东西刺激刺激她,让她看看我们审讯'唐氏兄弟'的录像。但不要放出声音来,免得露馅,我估计她会有所反应的。如果这一招也吓不住她,估计她确实是被诬陷的。"金军虎的想法似乎和大家的想法不谋而合,在之前无数次的讯问中,侦查人员已经被邓明精心准备的腹稿迷惑住了,以至于他们很难将邓明与诈骗犯联系在一起,如果这次将"唐氏兄弟"的录像拿出来刺激她都没有用的话,那么贾英献行长真的冤枉了邓明,他们也就没必要在她身上做无用功了。

开完会,金军虎就带领熊奇、张强、徐力、罗莉几个前往拘留所。

拘留所里的邓明其实也在计算着时间,进来之前,金石鱼就告诉过她,刑事拘留的期限:快则三天,慢则一个月。自从上次金石鱼在讯问室向她传递信息后,她就彻底放心了,金石鱼暗示她跟侦查员耗时间,时间一到她就会万事大吉了。于是,她默默地在心中设计好了一套对付侦查人员讯问的腹稿,无论谁来审讯她,她就像背诵课文一样,一字不漏地背诵一遍,而且是带着感情色彩在背诵、在表演,叫侦查人员找不出一丝漏洞。

今天,当她见到是金军虎带队来提审她时,她的心里就更加放松了,因为金军虎也是她的人。三年前,也就是水月清华开业之初,金石鱼是指派金军虎给邓

明的手下进行军事化培训的。在培训期间,邓明发觉金军虎和金石鱼一样,也是个色鬼,眼睛老是停在小姐的身上,遂趁机给金军虎下了个套。培训结束的当天晚上,邓明以感谢金军虎这段时间的辛勤付出为名,特意设宴答谢。酒宴上,邓明特意安排了几个漂亮的小姐作陪,将他灌得烂醉。晚宴结束后,金军虎在酒精的作用下被一名艳丽的小姐带进了包房。第二天,当他醒来时,邓明带着那名小姐坐在了他的床头,小姐哭哭啼啼地指控他昨晚对她实施了强暴。金军虎想抵赖,邓明拿出了录像带。

这下金军虎傻眼了!

这事要捅出去,他金军虎恐怕是要脱掉警服了。就在金军虎万念俱灰之时,邓明从坤包里拿出一沓钱支开了小姐,然后对金军虎说:"金队长,你放心,这件事我替你解决,我也不会告诉任何人的,就当什么也没发生。但是,我们之间今后要保持联系,有什么风吹草动的你要及时告诉我,至于漂亮的小姐嘛,我这里有的是,只要你有这个雅兴,随时恭候你。"

金军虎赶紧磕头作揖,一通发誓保证。就这样,金军虎被她拉下水了,他就像一只忠实走狗被邓明牢牢地套在了手中,听其随意使唤。就在"王艺案"发生的当天夜里的案情分析会上,金军虎是早于金石鱼发现了邓明的照片,只不过那时金军虎正在思量用什么方法将照片搞到手。当金石鱼指使金军虎窃取邓明的照片时,金军虎心里乐了,原来金石鱼也关心邓明,金军虎的胆子更大了,他想既然金石鱼也有此打算,他乐得在金石鱼面前做个顺水人情,同时也是在帮自己。

还有那封遗书,里面提到了邓明,要是当时没有其他人在场,他也会将整份遗书销毁的,后来他只能采取丢卒保车的办法留下一页。他知道金石鱼一定会想办法营救邓明的,他只要策应好金石鱼,就等于帮助了邓明,帮了邓明就等于帮了他自己,邓明一旦出事,就会抖出他的丑闻,所以他就像邓明的保护膜、防护墙,第一时间为她阻挡拦截着不利因素。

刚才他又接到金石鱼的短信,要他向邓明示意:让她再坚持两天,两天后就会放她出去了。

金军虎望着坐在对面的邓明,摆出了一副趾高气昂的姿态,熟人相见,却装着陌生而冷漠,为的就是掩人耳目。邓明知道金军虎是有意装给身旁的人看的,心里忍不住暗暗地哼了一声:"哼!装得倒挺像的。"

"开始吧。"金军虎指使熊奇开始讯问。

熊奇按了一下手上的遥控器按键,墙壁上悬挂的电视屏幕上出现了"唐氏兄弟"身戴镣铐接受讯问的画面,只见屏幕上的"唐恒发"顿足捶胸、痛哭流涕,"唐恒远"则呆若木鸡、唯唯诺诺。录像只有肢体动作和表情,没有声音,看样子是被侦查人员有意屏蔽了声音。录像很短,只播放了十几分钟就暂停了。但是就是这短暂的十几分钟的画面,已经使邓明的心理防线彻底瓦解了。

"邓明,看了这段录像,想必你会有话可说了吧?"熊奇问。

邓明的脑袋嗡的一下蒙了!

她做梦也没有想到,"唐氏兄弟"已经被缉拿归案了,而且,看刚才的录像,好像他们两人已经交代了,"完了!"邓明在心里绝望道。她的脸刷地一下变得蜡一样的白,同时在心里猜测道:"既然'唐氏兄弟'都缉获了,金石鱼肯定也被拿下了!这下糟了!"她浑身一颤,情不自禁地将眼睛盯住了金军虎,渴望从他那里得到答案。

金军虎看到邓明惊惧的眼神,知道她被录像迷惑住了,为了不至于让她露出破绽来,金军虎赶紧插上了话:"邓明,我们是奉金局长的指令对你作最后一次讯问,'唐氏兄弟'都已经全部交代了,你还有什么好隐瞒的呢?你要抓住时机,再不交代,可就没有机会立功了。"金军虎嘴里这么说着,眼睛却朝邓明暗暗地使了一下。邓明的反应很迅疾,她已经从金军虎的话语和眼神里看到了安慰的意思,悬着的心落下了:金石鱼没有倒!"唐氏兄弟"虽缉拿归案了,但他们也没有交代,金军虎是金石鱼派来报信的;录像是侦查人员用来欺骗她的。这一下她的心里更加有底了。

邓明一改刚才的惊惧,长长地呼了口气,然后镇定自若地扬起了脸,轻启朱唇,开始背诵已经背诵过数遍的腹稿,回答侦查人员的提问。金军虎则坐在一边静静地听着,他一边听,一边在心里暗暗地佩服邓明的精明:这个女人,真是他妈的一个精灵!稍微向她使了一下眼色,她就能迅速做出反应,她的回答充满着狡辩和伪装,具有极强的反侦查能力,使你找不出丝毫的破绽。

经过几个小时的讯问,也没有得到半点有价值的东西,金军虎带领手下无功返回。

第四十二章　美女护士

从拘留所返回的途中,金军虎带着手下又到医院察看了一番。病床上的"唐恒发"头上缠满绷带,只露出两只闭着的眼睛,他依然处于极度的昏迷状态。他已经变成了一个植物人,不能吃不能喝,只能接受各种营养液的输入。"有什么反应?"金军虎边察看,边询问正在更换输液瓶的护士,"有一点儿迹象,早上他的手动了一下,看情况,正往好的方向发展呢。"护士如实禀报道。

"哦?"金军虎听罢,下意识地用手摸了摸"唐恒发"的手掌,没有想到,"唐恒发"软弱无力的手对金军虎的触摸,真的有所反应,左手陡然地死死地握住了金军虎的手指。这突如其来的反应,使金军虎吓出一身冷汗,被半死的人缠住,总是不吉利的。金军虎想挣脱,但力不从心,"唐恒发"的手指像钢箍一样牢牢地勒住他的手掌。他慌忙求助护士,在护士的帮助下,费了好大劲,才掰开"唐恒发"僵硬的手指。护士见病人有反应了,立马将医生叫来。当医生再次试着触摸"唐恒发"的手掌时,没有了刚才的反应,"这是怎么回事?"金军虎恐惧而惊奇地问医生。

"这是正常现象,说明他的神智和神经在逐步恢复,看来有希望了!"医生兴奋地对金军虎解释道。

"噢?!"金军虎点点头,像是有所领悟,继而用眼睛在病房里来回搜索了一遍,虽然他是用眼睛扫视的,但他搜索得很仔细,两只眼睛像探测仪一样在房间的上下左右精细地探测了一遍,像是唯恐房间里布置了探头似的。在确认搜索无果后,他转而对医生说:"感谢你们的尽力抢救,病人一旦醒来,立即告诉我们。"

"好的。"

金军虎带着侦查员们从病房走了出来,走到门口时,对守护在门外的保安队员关照道:"不允许任何外来人进入病房,有情况要立即报告。"

"是!"三名保安队员立正应答道。

巡视完病房,金军虎对手下说:"今天就到这吧,下午你们休息一下,看来邓明那里是没有什么盼头了,后天她就到期了,在到期之前必须将她释放,绝对不能超时羁押了。罗莉你明天下午到拘留所履行一下释放手续,看来只有将她放了,现在也只有等'唐恒发'醒过来了。"

安排完毕,所有人各自散去。

第二天下午,邓明就从拘留所释放了出来。使邓明欣慰的是,她不在的日子里,水月清华的生意照样运转正常,这多少得益于金石鱼的暗中操理,特别是她与金石鱼合伙开的那个地下烟厂,更是红火得很!春江人爱撑面子,与人打交道,都爱递上"中华"牌香烟,至于是真是假,他们不管,只要能从口袋里掏出中华香烟,就证明你的出手是大方的,你是有钱的、有地位。这种攀比的心理,使中华香烟成了春江市的热销烟,因此假烟厂生产的假烟是供不应求。邓明看了一下手下呈报上来的收入报表,心里一下轻松了许多,虽然这一个月身体消瘦了一些,但收入却丰厚了许多,她的脸上也恢复了往日的神采。

为了彻底释放一下自己的情绪,她先是到8楼的游泳池里奋臂急游,彻底舒展了一下已经在拘留室憋得僵硬的肢体,然后到桑拿房发汗熏蒸,把这一个月来堆积在身上的污垢和晦气彻底清除了一遍,最后回到她自己的卧室,在那张宽大舒适的席梦思上美美地睡了一觉。直到傍晚时分,她才从柔软的蚕丝被里露出她那光滑细腻的身子。

她抬腿从床上走了下来,一丝不挂地站在梳妆台宽大的落地玻璃镜前,来回侧看着傲人的身躯,嘴角露出了欣慰的笑容:这一个月虽然消瘦了许多,但体形却变得更加凹凸有致、妖娆多姿了。除了身体的变化外,她的心里也有了很大的感触。这一个月的时间,使她经历了从天堂到地狱的生活,她深深地领教到了阶下囚的滋味了,她再不能将如此美丽的身体淹没在黑暗、潮湿、肮脏的牢笼里,相对于她这么漂亮的身体,牢笼无异于是对她的极大的糟蹋。想到这里,她就禁不住直打冷战,拘留所的生活已经在她的心里烙下了不可磨灭的阴影,决不能再有第二次这样的生活了。再说了,如果再有第二次,恐怕自己就真的再也出不来了。

邓明在心有余悸和惶惶不安中拿起了手机，拨通了金石鱼的电话，还没有等到她开口，手机的那端就传来了金石鱼迫不及待的声音："正在车上往你那里赶呢！再过30分钟就到！哈哈哈。"听金石鱼的声音就知道，他的心情和她一样兴奋和急切，还有什么好说的，就等见面吧！她随手挂断了通话，嘴角露出了一丝久违的、惬意的笑容。

在拘留室里，她就想好了出来的打算：她要利用金石鱼这把利斧斩除所有存在的隐患。想到这里，她的脸上又露出了狰狞的冷笑。一想到金石鱼，她的身体似乎有点异样的冲动，她知道那是生理机能的需求，她已经整整一个月没有接触到金石鱼的身体了，这种身体本能的生理反应，促使她快速地穿好了衣服。经过一番浓妆淡抹，她的浑身上下充满了迷人的气息。当她走出卧室时，就听到了外面办公室门铃的响声，"来得还真准时。"她自语道，随手按了一下遥控器，"叮当！"门开了，金石鱼走了进来，"叮当！"自动门又自动合上了。

邓明双臂环抱在胸前，目光迷离地注视着金石鱼。邓明的这个姿势，就像模特在T型台上一样桀骜迷人，"哇！"金石鱼的眼睛都看直了。

看见多日不见却焕然一新、光彩照人的美女，金石鱼连续打了几个喷嚏，"我的美人，想死我了！"他随手抢掉了手上的公文包，张开双臂直扑了过来。邓明蹙了蹙眉，下意识地侧过了脸，怎奈金石鱼的那张臭嘴像苍蝇一样，已经死死地叮在了她脸庞的耳根处，急切地叮咬着……

一阵狂风暴雨之后，金石鱼地说："这段时间离开你，还真有点失落，心里好像少了些什么似的。"

"嗯……我也是，我总算尝过了地狱的滋味，一想到那些情景，我就后怕、打战，特别是最后一次，他们把审讯'唐氏兄弟'的录像带给我看，我当时真以为'唐氏兄弟'招了，要不是金军虎暗示我，我恐怕真的支持不住了，好险啊！"说话间，邓明的身子禁不住连打了几个哆嗦。

见她胆战的样子，金石鱼则不以为然地冷笑了两声，"哼哼！玩的就是惊险、刺激，不这样，怎么能遮挡住尚军这个小赤佬的眼睛？这叫有惊无险，不是一般人能玩的！"金石鱼得意道。

"他们俩能坚持下去吗？"邓明以为"唐氏兄弟"还关在笼子里，担心地问。

"已经死掉一个了，还有一个正在医院抢救，估计也醒不来了。"金石鱼安慰着。

"你怎么知道醒不来？奇迹往往在绝处逢生，最好是彻底解决掉，免得后患无穷，我是再经不起折腾了。"邓明的脸上又布满了心有余悸的神色。

邓明的话似乎并没有引起金石鱼的注意，他似乎依然陶醉在刚才与她销魂的春梦里，碰巧金军虎此时打来了电话，"金局，'唐恒发'好像有苏醒的可能……"金军虎似乎有点担心了，金石鱼愣了一下，联系到刚才邓明的提醒，金石鱼觉得确实要除掉"唐恒发"，他的脑子里迅速闪出了一个阴谋，遂冷静地对金军虎指示道："再过一个小时，你到我的办公室来。"

"是！"

金石鱼挂掉电话，转身对邓明说："你刚才的提醒是对的，'唐恒发'已经有苏醒的迹象了。"

"啊？！那赶快想办法啊！"邓明吓得霍的一下从床上坐了起来，惊惧地望着金石鱼。

金石鱼凝思了片刻，面颊上凸现出了咬牙的痕迹，从他的牙缝里随即挤出了几个字："看来要动真格的了！"说罢低头在她的耳旁密语了一番，末了，意犹未尽地对她说："今晚我就不能陪你了，我还要安排一下，等消停了，我们再快快活活地聚聚！"说着，他狠狠地在她香嫩的脸蛋上猛咬了一口，"呀！"疼得她连声喷叫，"哈哈哈……"金石鱼舔了舔舌头，解馋地狂笑起来，然后草草地穿上衣服，急匆匆地走了……

夜深了。

躁动了一整天的城市安静了下来，黑色的夜幕下除了建筑群上霓虹灯还在不停地闪耀着，万物都进入了休眠的状态。春江市人民医院一楼重症监护病房的走廊里，也变得空荡而宁静，除了偶尔出现给病人换药的医护人员的身影和脚步声外，能够听见的就是从病房里传出来病人熟睡的鼾声。

在"唐恒发"所在的病房门口，三名保安正坐在门口的椅子上，把守着门口，他们虽没有打瞌睡，但都没精打采地倦靠在椅子的扶手上。面对空荡荡的走廊，他们已经放松了警惕，在默默地等待时间的流逝，期盼黎明的到来，好交班回家睡觉。

忽然，走廊里飘来了一阵香水味，毋庸置疑，这是漂亮女人身上散发出来的

那种香水味道。在这满是消毒液气味的医院里，能闻到这么清新的香水味，还是令人为之一振的。三名保安的眼睛循着香味看见一名身着白大褂、手里推着发药车的女护士。女护士身材修长、面容娇艳，没有想到，医院里还有这么漂亮的护士小姐，保安员们顿时睁开了惺忪的眼睛，抬起了头，专注地打量起来。女护士身上白大褂的衣扣敞开着，随着她移动的步伐，白大褂的敞口忽闪忽闪的，露出了里面橘黄色的连衣裙，和黑色的长筒丝袜。装束如同她的容貌一样艳丽，吸引着保安员的眼球，香水就是从她的连衣裙上散发出来的，美女护士不但容貌美，衣着也美，笑容更美。

女护士微笑着推着发药车朝他们走了过来，看样子是给病房里的"唐恒发"更换药液的。在这漫漫长夜里，能与这么漂亮的女护士在一起值班，想必时间会过得快一点儿。保安员们的困意随即散去，他们礼貌地冲她点头示意。女护士虽没有说话，但她妩媚的笑容和传神的美眸，足以降服任何男人，三名保安更是不在话下了。美女会说话的眼睛向保安员们表明，她对他们是尊敬的、友好的。就在三名保安队员被她的眉来眼去挑逗得神魂颠倒之际，美女护士已经轻盈地推着小车来到他们的身边。

美女护士将小药车停在了门口，打开了一个药瓶的盖子，不知是害羞还是紧张的原因，她那白净的脸蛋上，突然变得绯红了。为了掩盖脸上的窘迫，她迅速拿起两瓶药液走进了病房。保安员们根本无暇注意小药车上的那些瓶瓶罐罐，他们被美女护士的娇容和她身上的香水味吸引着。美女护士虽然走进了病房，但她身上遗留下的香水味很浓烈，还在他们身边环绕，足以让他们心旷神怡，足以让他们窒息。即便是真的窒息，他们也愿意吞食这来自于美女身上的气息，就在他们大口吞食这香气之际，他们也大口地吞食了小药车上那瓶已经打开瓶盖，正袅袅冒着白气的迷魂药。不一会儿，三名保安员就在浮想联翩中一个个瘫倒在椅子上了。

第四十三章　殊死较量

走进病房里的美女护士快速地从口袋里拿出一个已经装满药液的注射器，往"唐恒发"病床上方输液架上两个输液瓶里注射药液，不知是紧张害怕，还是业务技能不熟悉，她的手剧烈地颤抖着，不听使唤，她费了很大的劲才将注射器的针头扎进药液瓶的瓶塞。就在她往药瓶里注射完药液准备撤离之际，她下意识地瞄了一眼病床上的病人。这一瞄，差一点吓破了她的胆，只见躺在床上的病人已经坐了起来，两眼怒视着她，责问道："谁派你来的？"

半死的人从床上突然醒了过来，吓得女护士惊慌失措地惊叫起来，同时惊惧地抽身逃跑。

美女护士一边逃跑，一边甩掉了身上的白大褂，在走廊里替她望风的金明见她惊慌失措地奔跑出来，急忙问："怎么啦？"

"赶快走，死人醒过来了。"美女护士拉着金明奋力往外奔跑，他们俩刚跑出医院一楼大厅，院子的黑暗处即刻蹿出一辆长安面包车，看样子是来接应他们的。就在此时，漆黑的大院内霎时十几束强光电筒的光束聚射在他们身上，强烈的光束使他们睁不开眼，辨不清方向，"站住、站住、站住……"四周响起了公安和武警战士的呵责声。

强光的刺激和威严的责令声使美女护士惊慌失措，她只得一边用手臂遮挡住刺眼的强光，一边落荒而逃。金明比她冷静，他知道面包车是接应他们的，他一把抓住美女护士迎着面包车拼命地奔跑过去。

面包车驾驶员见有埋伏，并未将他们拉上车，而是摇下车窗玻璃，同时掏出手枪，对准他们的胸口，"嘭、嘭……"一阵点射，"啊！"美女护士和金明惨叫着，双双仰面倒下；包围过来的人群中，侦查员李烈随即鸣枪警告："停车，缴枪不杀！"

"嘭、嘭！"伴随警告投降的枪声，面包车不但没有停下，反而以最大的马力

疯狂地冲过了公安人员的包围圈,野蛮地向院门口冲去,"啪!啪!啪!啪……"面包车的身后,随即追来了一连串的子弹,子弹只射向了面包车的轮胎,"呲——"面包车的四只轮胎全部被打爆,面包车一头撞到了电线杆上,"轰隆——"面包车的挡风玻璃全部爆裂,歹徒的手枪也被撞击的惯性甩出了车外。歹徒抹了抹脸上的血迹,挣扎着推开车门,准备下车逃跑。正在此时,一辆桑塔纳警车闪着警灯从院外直插到面包车跟前,从车上跳下一人,此人是金军虎,只见他朝包围的人群喊道:"不要开枪,歹徒要自残了!他要吞药,阻止他!"他一边喊着,一边疾步蹿到歹徒的跟前,两只手拼命地扒开歹徒的嘴,像是从歹徒的嘴里抠出毒药来。歹徒拼命地摇晃着脑袋与之对抗,一番极力地挣扎反抗后,歹徒口吐白沫,两眼暴睁着死去。

死者是马弹——金石鱼的小舅子。

金军虎望着慢慢瘫倒在地上的马弹,长吁了口气,他掏出手纸一边擦拭着手指上的吐液,一边对围拢过来的队员解释说:"这小子太狡猾了,吞下了毒药,我怎么抠也没有抠出来。"同时对李烈责问道:"你们伏击,我怎么不知道?"

"是尚队临走时安排的,为了防止出意外,我们也不想打扰你休息,所以没有告诉你。果然不出尚队所料,有人偷袭医院。"李烈解释说,顿了顿,叹了口气,"可惜没有抓到活口,唉!"李烈一脸的遗憾望着金军虎。

金军虎咂咂嘴,带着不幸中万幸的神色:"谁想到他会吞毒药呢?好在没有被他逃掉。"

突然,他想起什么似地问李烈:"病人那里怎么样?"

李烈茫然地摇头:"不知道。应该没有问题吧,那里有保安。"

金军虎着急地一跺脚:"坏了!赶快到病房看看,别中了调虎离山计!"说着,拔腿向病房奔去……李烈紧跟在他的身后,张强、徐立、曹勇和辅警队员们则留在现场处理善后。

此时,病房门口的三名保安已经从昏迷中惊醒了过来,知道自己失职了,只得惊恐地站在门口,一声不吭,等待挨批。值班室的医生和护士已经全部赶到了病房,只见病床上的"唐恒发"已经从床上坐了起来,正在解除穿在身上的防弹衣和头部的防弹玻璃面罩,他的防弹衣上已经挨了三颗子弹。"唐恒发"揉揉胸口,风趣地说:"这小子的枪法还挺准的,要是没有这身盔甲,我还真的没命了!"

他的风趣引得医生和护士一阵大笑,这时金军虎和李烈跑了进来,见房间里的人谈笑风生,他似乎有点丈二和尚摸不着头脑:"怎么回事?"

"唐恒发"笑着望着金军虎。

"怎么是你?你是谁?"金军虎惊愕地望着床上正在解除防弹衣的男子问。

此时,房间里的医生和女护士们都纷纷脱掉了外面的白大褂,露出了里面的武警军装,一名肩上扛有少尉军衔的军官对金军虎自我介绍道:"我们是省武警特勤大队的,受公安厅的指派配合你们的工作。"接着,指着床上"唐恒发"的替身介绍道:"这是我们大队的杨平队长。"

"你好!"杨平队长热情地向金军虎伸出了手。

金军虎的脑袋嗡的一声炸了,大脑里顿时一片空白,以至于杨队长与他握手他都没有意识到,眼前的情况已经十分清楚,病房里的"唐恒发"是假的,是尚军设的一个陷阱。

这下他知道上当了。

李烈用胳膊碰了碰金军虎,他才从恍惚中反应过来,慌忙握住杨队长的手,满脸堆笑:"谢谢你,辛苦了。"

从他这一连串的动作表情不难看出,他的笑容是勉强的,是伪装出来的,笑容里面夹加着惊慌和不安。"歹徒是从窗户溜进来,朝我开了三枪后,夺窗逃走……"杨平队长指着窗户向金军虎介绍道。

金军虎扫视了一下窗户,发现北面窗户上的玻璃已经被撞碎,这就表明,杀手是趁前院混乱之际趁机从北面的窗户潜入到病房实施暗杀行动的。

"赶紧到后院看看!"金军虎朝身旁的李烈吩咐道,同时快步走出病房。

平时总爱与金军虎顶嘴的李烈今天像换了一个人似的,对于金军虎的指令总是无声地服从和履行,他唯命是从地跟随着金军虎向医院的后院奔去。

此时,有两个身影正以百米冲刺的速度一前一后从医院后门越过,跑在前面的是一名身穿黑色夜行衣、头戴面罩的蒙面人,后面的追击者是尚军。毫无疑问,尚军是在缉拿刺杀"唐恒发"的凶手。

原来,当美女护士惊叫着从病房逃窜出来时,一个神秘的蒙面人系着绳索从楼顶急速下滑下来。蒙面人的身形矫健而敏捷,双脚轻盈地落到了病房窗户

的台阶上,然后破窗而入,举起手中装有消声器的手枪,对准躺在床上的"唐恒发"连射了三枪,三发子弹全命中了"唐恒发"的胸口,然后返身到窗台。正当他准备系着绳索返回楼顶时,他万万没有想到,黑暗处早有人在等候着他。守候的人迅速闪到窗台下,在杀手毫无防备的情况下,一脚踢掉了杀手手中的手枪。杀手反应迅疾,随即双脚一点窗台,借助手中绳索的悬挂惯性,凌空向来袭者出击了一记连环腿,将对手一下踹倒在地。借助夜色微弱的光亮,杀手发现对方是尚军,随即丢掉绳索,跃下地面,拔腿逃窜。

尚军一个鲤鱼打挺从地上跃了起来,紧随其后。追了出来。此时尚军已经追到了医院后面的一条林荫道上,林荫道的两侧是浓密的梧桐树,道上虽然有路灯,但是灯光被密密的梧桐树叶遮掩得微弱而昏暗,只能间隔的见到两个急速奔跑的身影在昏暗的路灯下嗖嗖掠过。两人相距只有十来米,跑在前面的蒙面杀手虽看不清面容,但能从面罩的眼孔里看见他惊惧和诡秘的眼光。他现在已经别无选择,手上的武器已经在刚才的搏斗中被尚军击落了,现在唯一能帮他逃生就是胯下的这两条腿了,他咬紧牙,使出了吃奶的劲,将体能发挥到极致。

后面追赶的尚军,虽然手上提有刚刚缴获的手枪,但他既没有对空鸣枪警告,也没有持枪射击,反而紧跟其后实施追击,他将手枪别在了腰际的腰带上,显然,他是想徒手擒获杀手,他要用体能与杀手进行较量,进而击垮他。

昏暗、寂静的林荫道上,能清晰地听到两个较量者疾跑的脚步声和急促的呼吸声。

经过一番追逐,杀手渐渐地降下了速度,尚军是越追越有劲,眼看就要撵上杀手了,杀手很狡猾,在经过十字路口时,一猫腰蹿入了林荫道旁边的高粱地,他想借助高粱地隐遁自己。尚军十分清楚杀手的目的,他是不会给杀手机会的,只见尚军陡然加速几步,身体借助奔跑的惯性腾空飞起,在空中使出了他的绝活二起脚,"噗"的一声,杀手被尚军的飞腿踢飞在地。杀手闷叫了一声,随即一个乌龙绞柱,两条腿绞住了尚军的身体,看来杀手的武功确实非凡。尚军不敢大意,双腿下蹲,一个前扑,双肘直击杀手的胸口。杀手侧身躲过,同时借助双腿的绞劲,身体凌空腾起,右腿对准尚军的脸颊横扫过来。尚军一仰脸,飞腿贴着尚军的发际横扫了过去,就在杀手的右腿还未落下之际,尚军一个后扫堂腿,将杀手支撑的左腿扫空了。"扑通"一声,杀手的身体实实地摔在了地上,巨大的撞击力使杀手的脑袋都被震晕了,眼前直冒金星,一下失去了反抗之力。

尚军一脚踏在了杀手的后背,一个反别抱,将他的双手别在身后,掏出手铐"咔嚓"将他反铐了起来。此时,林荫道上涌来了十几名武警战士,他们是受尚军指派埋伏在道路两边的,两名战士将地上的杀手架了起来。尚军一把揭下杀手的面罩,战士手中的警用强光手电筒照在了杀手的脸上,尚军蔑视地一笑:"哼,果然是你!"

尚军似乎对杀手很熟悉。

杀手不是别人,正是金兵勇!

不知是无颜面对尚军,还是深感自己的末路的到来,金兵勇绝望地仰天紧闭双眼,然后呆呆地低下了他那一贯高傲的头颅。

"带走!"尚军鄙夷地瞪了他一眼,命令道。

第四十三章 殊死较量

第四十四章　完美阴谋

尚军带领着武警战士们押着金兵勇返回医院,远远地就看见金军虎站在院门口的路灯下,急切地来回走动着。他神色慌张地不停往外观望,一边用手机通着话,像是向谁汇报什么似的,李烈则手持着微冲像个警卫员,就站在离他不远的地方密切地注视着他。

见十几名武警战士手握钢枪押着金兵勇走了回来,金军虎的脸色刷地变白了,更出乎他意料的是为首的是尚军,看样子是尚军带领武警抓获的金兵勇,他惊讶地望着尚军,疑惑地问:"怎么是你? 你不是回省城的吗?"

尚军笑了笑:"这不又回来了吗?"

金军虎看看金兵勇,假装不解地问:"这是干什么?"

"难道你还要问我吗?"尚军犀利的眼神紧紧地刺灼着金军虎,金军虎一阵紧张和不自在,他极力地回避尚军那怵怵夺人的目光,怯生生地说:"你这话什么意思? 干吗用这种眼光看我?"

尚军指着金兵勇,厉声说:"他就是意图杀害'唐恒发'的凶手!"

"不会搞错吧?"金军虎摆头否认。

"你不信吗?"尚军反问了一句,刚要进一步说明,口袋里的手机响了。一见手机上的号码,尚军的脸色变得肃穆起来,赶紧接听:"嗯,嗯,好,好!"

只见尚军不停地点头应答,脸上的神色也渐渐地由凝重变得欢欣起来:"我马上就来!"

尚军似乎来不及多说什么,就匆匆地中断了通话,转身冲着金军虎问:"你刚才说什么?"

金军虎指着金兵勇,提高腔调再次重申说:"我说你是不是搞错了? 你怎么把自己人铐起来了? 玩笑是不是开大了?"

尚军坦然一笑:"谁跟你开玩笑? 如果你认为我是搞错了,那我就再错一次给你看看！"说到这，尚军的眼里即刻迸射出无比愤怒的怒火，脸色变得冷峻而威严，他指着金军虎对李烈大声命令道："把他也给我铐上！"

金军虎蒙了："你……你敢？"

金军虎见尚军要对他动手，惊慌了，他企图掏枪反抗，站在他身后的李烈抡起微冲，照准他的手臂就是一枪托，一下将他的手臂砸断了，"啊——"金军虎惨叫着，连忙用左手托住被李烈打断的右臂，两名战士迅速给他铐上了手铐。

金军虎现在才明白，一向小瞧自己的李烈今天为何一直忠实地伴随着他，原来是尚军派来监视他的，"啊——"金军虎绝望地仰天长叫，然后恶狠狠地对尚军说："你要为你所做的一切付出代价的！"

"是吗？"尚军冲他蔑视地一笑，然后指着他的鼻子一字一句地说："你给我听清楚了，'唐——恒——发'已经苏醒过来了！"

"啊？！"金军虎心里陡然一惊，但脸上依然装得若无其事、镇静自若，冷笑着威胁道："哼哼，想想还有几天军令状的限期就到了，到时候看你还怎么神气！"

尚军指着他的脸说："那就看谁笑到最后吧！"同时一挥手，示意李烈将他们两个带走。金军虎还想挣扎反抗，随即被两名武警战士架了起来。

尚军凭什么将金军虎也铐上？

难道就凭他的直觉？

还是武断？

都不是！

他是凭刚才接的那个电话。

电话是医院里负责守护"唐恒发"的武警部队的杨平队长打来的。原来"唐氏兄弟"在拘留室蹊跷地服毒后，尚军通过拘留所和讯问室里的现场录像找到了疑点，联系到贾英献行长的那份残缺的遗书，他认定金军虎疑点最大。为了证实自己的判断，也为了尽快找到幕后元凶，从彭局长那里挨批回来的路上，尚军就酝酿了一个计划。本来他想将这个计划告诉张扬大队长的，考虑到当前严峻的局势，他觉得这个计划知道的人越少，成功率就越高。但是要实施这个计划必须得到彭局长的帮助，于是，当他接到彭局长安慰他的短信后，立即用短信向彭局长汇报了他的计划，并得到了彭局长的批准。

于是，在回大队参加完张扬召开的会议后，尚军故意伪装自己挨了批评身

心憔悴,急需休息,将工作很自然地就交给了金军虎负责,接着他又在众人面前制造了小孩病危的紧急电话,临时跟张扬请了假,离开了专案组,目的就是迷惑金军虎和金石鱼的视线,秘密展开攻势,让他们彻底露出马脚来。

当李烈驾驶着猎豹车送尚军返回省城时,他没有回家,而是直接来到省武警总队搬运援兵,他认为金石鱼在他的身旁一定安插了无数眼线,他的一言一行被金石鱼掌握得清清楚楚,只有使用春江市公安局以外的人,才能保证他的计划的实行,才能在金石鱼毫无防范的情况下,让他原形毕露。于是他又想到了解放军,想到了省武警总队,他想即便金石鱼有通天的本领,也不会想到他尚军会从省城借调武警来对付他。就这样,通过彭局长的帮助,尚军在返回省城的当天中午就带领武警总队特勤大队的20名精兵秘密地返回到了春江市,然后将这些兵力秘密地渗透到医院和医院的外围;同时指派李烈,一旦金军虎出现,就要紧密地跟踪他,不给他逃跑的机会。

就这样,"唐恒发"病房里的医生和护士全部换成了武警战士,他们按照尚军的指令装扮成医生和护士,守卫在由他们的杨队长伪装的"唐恒发"的周围。因为"唐恒发"的头部有伤,他入院时,头上就缠上了绷带,只露出眼睛,根本看不清面相的,所以外人是无法看出破绽的。

而那个处于昏迷状态的真正的"唐恒发"其实就在这间病房的里面的一间消毒室里,消毒室是摆放仪器和存放消毒用品的,小门上面印着"仪器消毒室,请勿触碰!"的警示语。

金军虎那天在病房查看"唐恒发"时,也发现了这间消毒室。但他做梦也没有想到"唐恒发"就隐藏在这个消毒室里,躺在外面病床上的"唐恒发"却是杨平队长伪装的。

金军虎和金兵勇被带到了看守所的讯问室作讯问笔录,尚军自己则与经侦大队的两名侦查员赶往医院,对"唐恒发"进行口供笔录。

就在尚军带着他的手下正在马不停蹄地忙碌之时,金石鱼也在忙碌,这一夜他也几乎没有闭眼。

自从邓明那里回到城管局的办公室后,他先是给远在云南的马弹通了个电话,让他火速赶回春江市。不多时,金军虎、金兵勇和金明就按照他的要求准时到达了他的办公室,四个人又聚在一起进行密谋,经过反复策划、推敲,他们觉得,趁尚军不在"家"之际,得抓紧时间将"唐恒发"干掉,彻底除掉隐患。

为了不引起不必要的麻烦,使此次暗杀行动完美,金石鱼采取了三管齐下的策略,第一步是让邓明在水月清华选派了一名小姐,冒充医院护士,利用医院值班人员深夜困倦之际,用迷魂药迷倒保安队员,然后进入病房向"唐恒发"的输液瓶里注射毒药,使"唐恒发"在悄然无声中神不知鬼不觉地慢慢死去。

为了防止假女护士紧张,金石鱼特意安排了足智多谋的金明身穿城管服装护送假女护士到医院。这样做也是为了万一在医院遇到保安人员,就凭这身制式服装,就可以躲过保安的怀疑。如果这一环节出现意外被人发现,就实施第二步计划,由负责接应的马弹除掉假女护士和金明。

如果马弹也遇到意外,就实施第三步计划,由金军虎除掉马弹(就是由金军虎出面,假装阻止马弹要吞食毒药从马弹嘴里抠取药物,实质是趁机向马弹嘴里强行推塞氰化钾)。马弹的舌头一旦舔到氰化钾,即刻就会气绝身亡。

与此同时,金兵勇趁医院混乱之际则从病房的楼顶,用绳索降落到病房北面的窗户上,破窗而入,对"唐恒发"实施枪杀。三管齐下的策略,环环相扣,使人防不胜防,加上金兵勇的枪法是百发百中的,因此,这计划的成功率也是百分之百的!

安排完暗杀计划后,金石鱼没有回家,他就躺在办公室的椅子里闭目养神,他知道即便回去他也睡不着,说不定又要在床上被妻子老马一顿责骂。一想到妻子马菜花那尖刻毒辣的嘴脸和孙二娘式的粗鲁,他就索然无味,自己堂堂的一个局长,身边陪伴的却是一个外表粗鲁、内里"稻草"的大洋马,要是妻子能像邓明那样精明而内秀该多好啊,此刻他也好躺在自家温暖的床上和她同床共"计"了。

可是这只能是他的渴望,只能是想象,只能是可想而不可即的,"哎——"金石鱼无奈地长叹一声,他想也许上帝就是这样安排人的命运的,总是缺乏完美,留有遗憾。婚姻可以有缺陷,可以有遗憾,但是此次暗杀计划是绝不能有缺陷和遗憾的。他就这样躺在真皮转椅上,一边等待马弹从云南回来,一边来回地推敲着计划的每一个环节可能遇到的意外和结果,嘴角不时地泛出得意的笑。

这次暗杀计划,既是一次完美的计划,也是一次破釜沉舟、孤注一掷的计

划，计划的三个环节，只要有一个环节成功，就预示此次暗杀计划全部成功。如果三个环节全部失败，金石鱼和他的同党将全部翻船暴露。或许这也是金石鱼与尚军的最后一次殊死较量！

深夜 3 点钟，金石鱼被一阵急促的敲门声惊醒，他知道是马弹从云南赶回来了，他之所以让马弹连夜从云南乘飞机赶回来参与他的计划，是从多方面考虑的：一是马弹杀过人，天生具有杀烈的性格和胆魄，实施暗杀时不会因为害怕而心慈手软，延误战机；二是马弹已经在云南隐藏了将近一年，警察不会想到一个在逃犯会在夜里返回春江市作案的，而且作案完毕后，他就迅速返回云南，速战速决，绝不会留下任何蛛丝马迹；三是即便金明、假女护士和马弹他们都暴露了，也可趁机干掉他们，这些毒瘤附着在自己身上，迟早会溃烂的，既然脓包已破，不如早点割除掉他们，以防对自己日后造成致命的威胁。而金军虎和金兵勇两人就不一样了，他们俩是警察，警察具有极高的反侦查能力，即便失手，也不会妨碍大事的。特别是金兵勇，他是警界大比武的射击冠军，武功又好，让他完成最后一个环节，一定万无一失。因此，金石鱼对此次行动信心十足！

金石鱼很简短地给马弹作了介绍后，马弹就心领神会地拿着金石鱼早已为他准备好的一辆报废面包车的钥匙，到医院蹲守去了。

所有人员全部布置到位，现在就等到约定的时间实施了，金石鱼看了一下手腕上的手表，离行动的时间还有一个小时，此刻，他像一只蓄谋已久的饿狼，一点儿困意没有，有的只是担心和紧张，担心快要到嘴的食物会半途而飞，担心他精心策划的阴谋会半途夭折。

第四十五章　殊死决斗

时间在一分一秒地流逝着，金石鱼虽然是在家坐镇，但他的大脑却和他派出去的干将一样，在惊心动魄地运动着，他不停地拂袖查看手腕上的手表。行动的时间到了，金石鱼"霍"的一下从躺椅上站了起来，在屋子里来回走动着，他的大脑也随着时针转动在想象着计划展开的一个个环节的情景。40分钟过去了，按照计划，行动应该结束了，为什么还没有胜利的消息？他的眼睛不时地注视着办公桌上的电话和手机，渴望它们尽快发出令他激动的响声。就在他焦虑不安之时，金军虎打来了电话："金局，我们中了圈套，马弹和金明都按计划被做掉了，现在还不知道金兵勇的下落怎么样……"

听完金军虎的汇报，金石鱼的心悬了起来，但他没有在电话里表露出来，"他不会有事的，就凭他的身手，保全自己还是有把握的。你给我听好了，即便有什么意外，你们一定要给我顶住，还有三天，尚军的破案期限就到了，到时候尚军和张扬都要下台，到那时什么事都好说，知道吗？"金石鱼继续毫不气馁地对金军虎打气鼓劲。

金军虎一下子又精神抖擞："我知道。请金局放心！"

当金军虎与金石鱼刚通完电话，他就见到了尚军带着武警战士押着金兵勇从医院外面走了回来，他做梦也没有想到半路杀出个尚军来。

此时，他再也没有机会给金石鱼报告了，最出乎他意料的是尚军会如此果断地将他也一同拿下了。虽然他自己心中有鬼，但刚才金石鱼的那番话，使他充满了反败为胜的希望，他想只要金石鱼这棵大树还没有倒，天大的事，金石鱼都会化解掉的。他甚至幻想，再过三天，等到尚军的军令状的期限一到，他就要反过来站在尚军的头上拉屎了。

金军虎高昂着头，斜眼藐视着尚军，那眼神仿佛在对尚军说："现在就让你尽情地表演吧！看你到时候怎么收场？"

可是,他不知道,刚才金石鱼在电话里虽然嘴上表现得无动于衷、镇定自若,充满必胜的信心,但他的心里已经隐隐地感到了恐惧。这种恐惧在他与金军虎通完话的两个小时后就变得更加的强烈了,而且随着时间的延长,这种恐惧越发急剧膨胀,因为事前他与金军虎和金兵勇约定好的,每隔一个小时,他们之间要相互通报情况,现在已经两个小时过去了,金军虎和金兵勇两人也没有回过一个电话来。特别是金兵勇,从行动开始到现在已经将近四个多小时了,也没有听到他的消息。现在天已经大亮,太阳已经升起来了,新的一天又开始了,对于他精心策划的这个计划究竟实施得如何,他心里到现在还没有底。望着窗外街道上车水马龙、满是上班的人群,金石鱼感到情况不妙,"难道出事了?"金石鱼心里思忖着。

此时,他有一种势单力薄的感觉,马弹和金明已经毙命,现在只剩下金军虎和金兵勇了。但是,这么长时间了,两个人杳无音信,他周身一阵的阴冷,猛地打了个寒战,寒意即刻笼罩了他的全身,他像只热锅上的蚂蚁急得团团转,思考着对策。

他知道恐惧和等待是解决不了问题的,必须主动出击。想到这,他拿起了电话,防控大队那里还有一个人他是可以打探的,这个人就是副大队长杨建国。杨建国能拥有到今天的位置,全是他金石鱼一手操办的,提拔他的原因,就是他虽没有能力,但很听话。当初金石鱼当中队长时,杨建国是指导员,虽然两人是平级,但杨建国从来没有把自己看做与金石鱼是平级的,对于金石鱼的指令,他是向来不敢提出异议的,只会无条件地、积极地去履行,甚至比一般的民警还要听话。这样一个人,金石鱼将他放在自己的身边纯属是个摆设,没有丝毫的威胁,相反,还衬托着金石鱼发号施令,金石鱼布置下达工作,他总是带头响应,这样,下面的民警见指导员都积极响应,即便有什么意见,也不敢反对了。

杨建国虽然能积极地配合金石鱼干工作,但对于工作以外的事,金石鱼从不让他参与,在金石鱼的心里他是中看不中用的,提携他纯粹是为了阻止上级配备有能力的干部来。所以,金石鱼暗地里搞的一些阴谋,向来不让杨建国参加,害怕他出漏子。杨建国也从来不过问,他只是充当个老实听话的配角领导。以至于金石鱼当初被提拔为副局长时,也打算提议让杨建国出任大队教导员,这样他就更加容易操纵防控大队了,后来他的这一梦想被市局推翻了,虽然这一梦想没有实施成功,但杨建国还是从心里感谢金石鱼的。越级提拔虽没有成功,但顺势提拔为了副大队长,金石鱼还是帮助他实现了。

现在金石鱼想到了他,想通过他打探些消息。可是出乎金石鱼的意料,电话拨了几次都是忙音,这在以往是从来没有出现过的。对于金石鱼的电话,杨建国向来是忙不迭地接听的,今天为什么老是占线?生性多疑的金石鱼感到杨建国是在有意的回避,他是在明哲保身,气得金石鱼"啪"的一声挂掉了电话。"真他妈的滑头,关键的时候就找不到他了。"金石鱼自言自语地漫骂着。

要在以往,金石鱼一定会派金明将杨建国叫到办公室,训斥一通的,现在不行了。有道是没有能力的人往往都是墙头草,随风飘荡,见风使舵,既然杨建国都在有意躲避自己,证明金军虎和金兵勇一定出事了。"哎——"金石鱼无奈地长叹一声,此一时彼一时,一贯唯命是从的杨建国都不接电话了。现在是他金石鱼势单力薄之际,他咬咬牙,在心里默默地发誓:"先忍着,等过了这个坎,再来收拾这帮小赤佬!"

无奈之下,金石鱼掏出手机拨通了张扬的手机,可是张扬那里也是占线。这就更使得他心里没有底,当下他必须搞清楚金军虎和金兵勇的状况才好出动,金石鱼咬了咬牙,最终还是将电话拨给了尚军。电话接通后,金石鱼装模作样地问:"尚队,还有三天彭局长给你们的破案期限就到了,不知案子有没有进展啊?我都替你们着急啊!"

"金局,我自己立的军令状我自己会负责的,不会连累你的。"尚军的话语依然充满了必胜和狂妄的意味。

"你……你怎么能这么说呢?"金石鱼有点责怪的味道。

尚军严厉地反问:"你要我怎么说呢?难道要我告诉你,金军虎和金兵勇已经被我关进了留置室了吗?"

"你说什么?"金石鱼的那双金鱼眼一下子暴凸了出来,"你再说一遍!"

"哈哈哈,"话筒里传来了尚军的冷笑声,"金军虎和金兵勇已经涉嫌枪杀他人,被留置起来了,即使金局不打电话来询问,我也会主动汇报。"

听完尚军的重复,金石鱼浑身颤了一下,怪不得接不到他们两个的电话,原来被尚军这小子抓起来了。

金石鱼反应很快,随即威胁道:"尚军,对警察采取强制措施是要得到上级

批准的,你怎么没有向我请示就擅自行动了?"

"我只是履行警察的职责!嘟嘟……"尚军似乎不愿意与他多啰唆什么,说完就挂掉了电话。

"放肆!"金石鱼冲着电话咆哮着。怎奈电话那端的尚军根本听不到他的咆哮。

既然他胆敢跟自己如此放肆,一定是被他抓到了什么把柄,想到这里,金石鱼的心里咯噔了一下,但他稳定了情绪,默谋了一会儿,立马就提起公文包下楼,准备赶往市局向彭局长汇报,他要鼓动彭局长,立马让尚军"下课"!单凭尚军不经请示就对警察采取强制措施这一项罪名,就可将他立马拿下!

金石鱼走到雅阁车跟前时,车门依然关闭着,以往只要他一到楼梯口,本田雅阁的车门就会及时打开,迎候他上车,今天他已经站在车跟前了,车门依然紧闭着。他下意识地用手指敲了敲车门,还是没有反应,他刚要发火,突然想起司机金明已经不在了,只得打开了公文包,取出了备用钥匙自己驾驶。车开到半路,他就迫不及待地和彭局长通话:"彭局,我有要事要向您单独汇报。"

"哦,是金局,我正在市委倪书记这里汇报工作。"刚说到这,就听电话里传来了倪坦书记的声音:"让金石鱼也过来!"

彭局长连忙传话道:"倪书记要你也过来,你也过来吧。"

"好的,好的,我这就过来。"金石鱼心里一阵欣喜:既然倪书记让我过去,正好当着倪书记的面,给彭局长下下压力,争取将尚军拿下!

金石鱼来了精神,甚至有点迫不及待,为了快速到达市委,他伸手打开了车上的警报器,猛地一轰油门,本田雅阁像一头怪兽在车流里乱窜起来,路上的车辆听见了警笛声,都纷纷给他让开了道路,不一会儿他就赶到了市委大院。

他一路小跑步来到了倪坦书记的办公室,只见倪书记端坐在椅子上,双眉紧蹙着,正盯着桌上的一堆文件;彭局长侧坐在旁边的沙发里,在聚精会神地看着手上的材料。他的到来,并没有引起彭局长的注意,彭局长依然全神贯注地阅读着文件。

"报告!倪书记!"金石鱼左手提着公文包,举起右手给倪坦行了个军礼,声音依旧那么洪亮。

倪书记没有像往常见到他那样脸上露出和气、豁达的笑容,也没有搭腔,只是用一种异样的目光紧紧地盯着他，金石鱼被他看得浑身起鸡皮疙瘩。

金石鱼尴尬地干咳了两声，和颜悦色地禀报说："倪书记，本来我是准备先向彭局长汇报的，彭局长说你要找我，这不，我就当着您的面一并汇报，也好请您把把关。"

"什么事？"倪书记燃起一支烟，继续注视着他，那眼神和面部严肃的表情，好像金石鱼不是在向他汇报工作，倒有点像在审问金石鱼。这时，彭局长似乎也看完了他手上的材料，仰起了脸，认真听金石鱼禀报。

金石鱼清了清嗓子："是这样，这个尚军昨天夜里在抓捕罪犯时又使两名嫌疑人当场死亡，为了找到替罪羔羊，他竟然将防控大队的两名队长当嫌疑人给抓了起来。而且采取措施之前，他根本没有向分管局长报告，你说这样擅自采取强制措施的行为，是不是违反了《人民警察法》？我提议立即停止尚军执行职务！赶快换人，要不案件不但没法侦破，还会造成不可估量的后果！"

正在这时，彭局长的手机响了，彭局长转过身小声接听。接罢电话，彭局长就在倪书记的耳旁轻声地作了汇报，只见倪书记领会地点点头，转而继续问金石鱼："你刚才说什么？"

金石鱼以为倪书记刚才没有听清楚，赶紧重复："我建议立即停止尚军执行职务，要不然，将会造成不可估量的影响。"金石鱼以为倪书记听完他的话一定会再仔细地听他分析，哪知道，倪书记霍的一下站了起来，随手将办公桌上一大叠信件摔在桌上，怒吼道："我先停止你执行职务！"

这突如其来、毫无预感的怒斥，使金石鱼防不胜防，他惊愕地望着倪书记，一下子瞠目结舌了。然后他又瞪大眼，瞄了一眼飘洒在他面前的信件和公文，由于距离太远，他看不清洒落在他脚下的那些信件的内容，只看到了几张他与邓明亲热的照片和一份公文的醒目的标题：关于群众举报金石鱼作风奢靡的调查请示。

第四十五章　殊死决斗

第四十六章　咸鱼翻身

金石鱼看到这里,心里猛然一惊,脸色变得惨白,心想:自己与邓明的丑闻被人偷窥到了？当他将这件丑闻与夜里发生的事相比时,他又觉得丑闻算不了什么,他的心里又稍微平静了些,心想看来他们还不知道夜间发生的事情,但他的心里还是毛刺刺的,毕竟举报信对他不利,自己在倪书记心中的印象要打折扣了,当下也只能走一步看一步了。他在心里祈祷倪书记快点结束谈话,他好尽快回去解救他的两个爱将。

"知道为什么找你来吗？"倪坦书记满脸的愤怒和疑惑不解。

"知道了,有人诬陷我,倪书记,我是您一手提拔起来的,请相信我。"金石鱼毕恭毕敬道。

"这些都是纪委转来的群众的揭发材料,我真没有想到,你会是这样的人！在我的面前装得像一头老黄牛,暗地里却如此的腐化堕落,还跟我振振有词地说什么要组建'联合舰队',我看你是学当年的那个'林公子'（林立果）,在搞个人阴谋！"

倪书记的话,一语切中金石鱼的要脉,他浑身一颤,立马狡辩:"倪书记,肯定是有人在诬陷我！请相信我,我是清白的。"金石鱼的脸上布满汗珠,不仅仅是脸上,是全身,贴身的衬衣已经被汗液紧紧地裹在了身上。

淌汗是金石鱼的又一个特点,哪怕寒冬腊月,只要见到领导,他都要兴奋得汗流浃背。许多人不理解其中的原因,曾经有人问过他是何原因,他说我从小在农村长大,没有见过世面,现在好不容易当上干部了,有机会跟领导见面,心里别提多兴奋,这一兴奋就流汗了。只听说过紧张使人流汗,没有听说过兴奋也能使人流汗！今天恐怕是他的一次特例:紧张使他出了一身的冷汗！

"诬陷也好,事实也罢,请你积极配合组织的调查。当然,你是人大代表,组织上会通过法律程序和你见面的。"转而对彭局长指示道:"彭局长,对于金局长刚才所说的尚军一事,你们公安局要尽快向市委作出书面反映,春江市的改革步伐是决不允许任何人做绊脚石的,法制建设也是我们改革的重要部分,决不允许任何人践踏法律!"

彭局长面露严肃神色,应答:"是!回去我一定调查清楚,一定向市委出示一份详细的调查报告。"

"嗯,你们走吧,我还要参加一个外商洽谈会。"倪书记摆摆手,下了逐客令。

"是。"彭局长起身往外走,见金石鱼还不愿意走,在经过他身边时拽了一下他的袖口。金石鱼仿佛从迷雾中被拽醒,才木然地跟着彭局长走了出来。

二人一直沉默不语地走到了停车场,彭局长这才对金石鱼安慰说:"金局,既然倪书记下达了指令,你就安心地接受组织的调查,让事实来回击那些无中生有的谬论吧!工作上的事,我来安排,你就不要操心了。我来春江快两个月了,这些日子我也一直在思考老厅长在我临行时对我嘱咐的话,'春江的城市不大,但局势很复杂。'我想老厅长的话是有道理的,但愿我们好自为之吧!"彭局长的这番话,看似像在安慰金石鱼,但金石鱼听了却有另外一种感受,他似乎觉得彭局长已经看透了他的内心动机和图谋,禁不住浑身一阵颤抖,木然地附和道:"嗯……"然后二人各自登上了自己的座驾,见金石鱼坐在驾驶位置上,彭局长像是下意识地随口问:"怎么是自己开车?"

金石鱼愣了一下,赶紧含糊其辞地点头"嗯"了一声,随即发动了车子,跟在彭局长的车后,驶出了市委大门。没有走多远,金石鱼就把车停了下来,望着彭局长乘坐的轿车在前面渐渐地远去,坐在车里的金石鱼,脑子里开始激烈地翻腾起来:从刚才彭局长对他说的话,他觉得彭局长现在还没有掌握到他的把柄,特别是刚才问他为什么自己驾车来的,证明尚军还没有将金明和马弹死亡的消息告诉他,这样说来,就证明金军虎和金兵勇两个人正在与尚军对抗着,尚军目前还没有从金军虎和金兵勇的口里得到实质性的东西。如果是这样,那就证明包括倪书记在内,目前都还没有掌握实质性的东西,也许仅仅就是那些举报信和照片惹恼了倪书记。如果是这样,就没有什么大不了的。

想到这里,金石鱼不禁来了精神,还有回旋的余地。

他随即掉转车头赶往水月清华商务中心,他要再次向邓明面授机宜,因为,纪委马上就要对他进行调查,也一定会调查邓明的,虽然邓明能对付警察,但纪

委的侦查人员丝毫不逊色于警察,他要抓紧时间和邓明固守同盟。

其实,金石鱼的推测只对了一半。

在金石鱼与彭局长通电话之前,彭局长已经向倪书记汇报了当夜发生的案情,并如实汇报了专案组对金石鱼的怀疑。听了彭局长的汇报,联想到前几天纪委转来的群众对金石鱼的举报材料,倪书记有一种被耍弄的感叹:"看来这个金石鱼还真不是只简单的鸟,说句实话,我一直对他有好感,看来我是被他的烟幕弹迷住了眼睛。"倪书记深有感触地对彭局长说。

彭局长风趣地回答说:"既然他喜欢使用烟幕弹,我们就回敬他一颗烟幕弹。"

倪书记像是也意识到这点,微微点头:"嗯……"

当时尚军他们还没有从金军虎和金兵勇的嘴里得到有关金石鱼涉案的证据,为了防止金石鱼利用职务再次阻挠案件的侦破,倪书记当机立断,授意彭局长就以举报信为由,先将金石鱼挂起来,使他干扰不了专案组的工作,也便于迷惑金石鱼,使他彻底暴露出尾巴来。毕竟金石鱼是人大代表,需要经过人大常委会的研究表决才能对他行使司法程序,要想罢免他,必须有铁证,否则只能会打草惊蛇、弄巧成拙。

恰巧这时金石鱼给彭局长打来了电话,倪书记随即在旁边指示彭局长要金石鱼来他的办公室,他知道金石鱼在电话里一定能听清他的讲话声,让金石鱼产生是因为群众的举报信而将彭局长和他叫到办公室来了解情况的,倪书记的这颗烟幕弹确实迷惑住了金石鱼。

还有,金石鱼来到倪书记的办公室后,彭局长接的那个电话是尚军打来的,说的是"唐恒发"开口交代了毒药是金石鱼暗中给他的,还有500万元的贿赂的事,这两件事足以表明金石鱼与案件有牵连。所以,彭局长连忙在倪书记的耳旁小声地进行了汇报。倪书记听后,脸上并没有表露出任何表情来,为的就是继续迷惑金石鱼。金石鱼也万万没有想到,彭局长和他分开后立即赶到了纪委,参加市纪委组织的联合调查组的会议,商议对金石鱼采取"双规"。

还有一件金石鱼令没有想到的事,就是对他的这些举报材料中也有王艺的父亲王福龙写来的,那些他与邓明亲热的照片就是王福龙的杰作。原来,王福龙夫妇在等待案件的侦破过程中,也听到了社会上的一些传闻,说是王艺的死与邓明这个女人有联系,遂私下里开始跟踪打探邓明。为了拿到证据,王福龙将王艺留下的照相机和高倍望远镜用上了。对于摄影王福龙是通晓的,他还是王艺的摄影启蒙老师,只是由于条件限制,他没有往这方面发展而已,虽然他的摄影技术没有王艺那么精湛和高超,但对于普通的拍摄他还是熟练的。为了找到证据,王福龙每晚吃完晚饭后就带着摄影机,爬上水月清华商务中心对面的住宅楼的楼顶,用那个高倍望远镜对邓明的办公室进行守株待兔式的监视。还别说,真给他逮拍到了几次,这些镜头全是金石鱼与邓明的裸体亲热的照片。金石鱼和邓明做梦也没有想到,会有人用望远镜拍摄她与金石鱼在18层高楼的私密活动,因为周围的楼房都是6层以下的高度,正常情况下是看不到18层的。

王福龙起先准备将这些照片给尚军,后来他在心里犯嘀咕了:金石鱼是局长,尚军是他的手下,如果将这些照片交给尚军,不是等于交给金石鱼吗?所以,他就以匿名信的方式将自己拍摄到的照片邮寄到了春江市纪委了,这些照片佐证了其他举报信的真实性,也给纪委作出对金石鱼实行"双规"起到了积极的作用。

金石鱼急切地敲开了邓明办公室的门,一进门邓明就急切地问他:"事情办得怎么样?"

"嗨!全他妈的砸了!"随手抡掉了公文包,一屁股瘫坐在了沙发上。

邓明不信,疑惑地问:"有你出马,还有什么不能办到的,你不会是在骗我吧?"

"都什么时候了,我哪有闲工夫骗你,全他妈的砸了!砸了!真是祸不单行,居然有人将我们在一起的照片都拍下来了,纪委估计马上又要找你调查了。唉——"金石鱼哀叹一声,双手抱头倒在沙发里,他闭着眼,一边用手指敲着头,一边嘴里叽里咕噜地自言自语,不知道他说了些什么,看样子像是又在算计着什么。邓明见状大惊,她知道金石鱼这一下遇到对手了,情不自禁地问:"那怎么办?"

见金石鱼没有开口,她连忙又追问道:"你说怎么办啊!"

金石鱼似乎被她吵烦了,霍的从沙发里站了起来对她咆哮道:"怎么办怎么办,我他妈不是在想吗?"

突然,他的眼睛无意中看到了邓明里面卧室的席梦思上摊满了衣服,旁边

还有两只大的行李箱，看样子像是要出远门，金石鱼顿生疑窦。"你这是干什么？"金石鱼忙指着衣服和箱子问。同时，他快步走进了卧室，发现床上远不止衣服和箱子，还有现金、珠宝、金器和信用卡。

明摆着是要逃跑！

金石鱼惊愣地望着她，像是明白过来："你他妈的想独自逃跑？"

邓明赶紧掩盖："我这是在收拾收拾，前段时间在拘留所没有时间收拾。"说着，将箱子盖上，像是害怕金石鱼发现什么似的。

金石鱼像是看懂她的心思，一把将箱子掀开，露出了一份水月清华买卖合同，金石鱼这下全明白了，原来邓明连夜已经将水月清华卖掉了，这么快就联系到买家，证明她早就有此打算。而且潘颜秀是水月清华的主人，为什么邓明代替他行使这个权力，而且还是在当前这个节骨眼上卖出去，不容置疑，她和潘颜秀是联合在一起的！不！还有"唐氏兄弟"，他们几个是串起伙来的！

金石鱼一下子明白过来，但此时即便他再豁然明亮、再多么的清醒，都已经晚了。金石鱼有一种被欺凌的耻辱感，"老子全他妈的被你们这两个狗男女骗了。"说着，刷地从腰间拔出手枪，抵着邓明的脑袋，"跟我老实交代，不然老子打爆你的狗头！"说着，"嘎嘣"一声打开手枪的保险。

邓明没有想到金石鱼身上带有武器，一下子吓蒙了！

第四十七章　坠入地狱

邓明哪见过这般阵势,吓得她一下瘫在床上,"哇"的一声哭开了,"你凭什么对我这样?整天疑神疑鬼的,为了你,我在拘留所过了一个月非人的生活,难道你还想让我再进去一趟?你打吧,我也不想活了,呜……"她这一哭,把金石鱼的心哭软了,不由得将枪收了起来。

邓明见他被自己迷惑住了,遂继续一把鼻涕一把泪地哭诉:"我一个女人家,还不是活在你们男人的夹缝中,潘颜秀是我的老板,他要把水月清华卖掉是他的自由,我是个替人家打工的,只有按照老板的旨意办事,这难道又有什么错?我不是早就告诉过你,潘颜秀早就在海南置产了,生意人总是希望生意做得越大越好!真不知道你是怎么想的?呜……"

经她这么一哭、一解释,金石鱼又犹豫了,邓明的话说得很有道理,潘颜秀想在海南发展,她确实早就告诉过他的。"唉——"金石鱼长叹一声,一屁股坐在邓明的身旁,他用手轻轻地拍拍她的后背,有气无力地说:"我已经整整一夜没有闭眼了,整个脑子像炸弹在轰,我都快崩溃了!"

他的话使邓明扬起了头:"你是局长、人大代表,是春江市的名人,公众效应大,他们是不敢轻易对你动手的,除非有确凿的证据,听你说,他们要对你进行调查,那就证明他们目前还没有掌握什么有力的证据。再说了,再过三天,破案的期限一到,他们不就没有机会了吗?常言道,'咸鱼还会翻身呢'!况且你现在还是条活蹦乱跳的大金鱼,你怕什么?平时倒挺精明的,今天怎么变得这么沮丧?你挺不住,叫我怎么坚持下去啊?"

经她这么一说,金石鱼似乎又看到了希望,他想,既然邓明都认为他不会有事的,那就证明自己先前的推测是对的,特别是她说他是条活蹦乱跳的大金鱼,他觉得比喻得很贴切,禁不住"扑哧"一声乐了,他的扑哧一笑,也逗乐了邓明,也使她破涕为笑,紧张的气氛立即缓和了下来。

但是金石鱼的心还是悬着、毛刺刺的、不踏实,他揉了揉倦乏的眼睛,再次问:"你真的认为我没事?"

邓明撅着嘴,娇嗔地说:"真的没事!我看你是一夜未睡疲惫了、糊涂了。"说着伸出玉臂将他的头搂抱在怀里,轻柔地抚摸着他的脸,安抚说:"赶紧睡一会儿吧,你太累了,现在需要休息。"

也许是邓明温柔的爱抚起到了催眠作用,也许是金石鱼真的太累了,他真的慢慢地在她的怀里睡着了。不知过了多长时间,金石鱼才从梦中惊叫一声,悚然惊醒,他紧张地环顾周围,发现邓明依然还坐在他的身旁,这下他彻底放心了,"唉!吓死我了!"金石鱼拍拍胸口,心有余悸地叹道,同时一把搂住了邓明的腰肢。

"怎么啦?"邓明温柔地俯下身子,口嘘香气地问。

金石鱼仰面望着天花板,神色呆滞地说:"我做了个噩梦,梦见你带着尚军他们追捕我。"

邓明朝他一翻眼:"我怎么成了叛徒?亏你想得出!梦都是反的,证明你真的没事了!"

"嗯……"生性迷信的金石鱼当然相信梦是反的。但这个话从邓明嘴里说出,就更使得他坚信了,他的心里一下轻松了许多,加上刚才的休息,他似乎恢复了元气。

眼前的佳人正闪动着如梦般的美眸调皮地俯望着他,她的嘴唇几乎要贴到他的脸上,他已经感觉到从她鼻腔里吹嘘过来的气息,两个原本就很诱人的乳房,由于她身体的俯撑,就越发显得丰满圆润,将她的胸口撑得圆圆的、鼓鼓的,衣领的开口处已经露出了白嫩嫩的乳沟。

条件反射,骄人的身体引得金石鱼的下身一阵颤动。"啊嚏!"金石鱼忍不住用手捂住嘴,深深地打了个喷嚏。邓明见状,会意地抿嘴笑了起来,那猩红的嫩唇像一个鲜嫩欲滴的樱桃,引得金石鱼食欲大开,他一口将她性感的红唇含入口中,翻身将她压在了身下。

也许是经过刚才短暂的休整,体力得到了恢复,也许是邓明的开导去掉了他思想上的包袱和压力,金石鱼突然间像变了个人,他像头刚刚睡醒的雄兽,在她的身上猎取着,他仿佛又找回往日的激情和斗志,身下的美人则不停地眨动着那双令他神魂颠倒的美眸,似睁似闭,嘴里如梦呓般地呻吟着,引得他一边渔猎着她的身体,一边亢奋地对她说:"纪委的人找你调查,你就用对付警察的那套对付他们就行了。记住,尽量少说话,不要将把柄落给他们,谅他们也查不出个所以然来。"

"嗯……"美人一边呻吟着,一边乖巧地应答着他。

"只要这道关过了,一切就会万事大吉!我估计那个'唐恒发'永远醒不来了,要不他们不会这么消停的。没有实质性的证据就休想扳倒我!哼哼……"

"嗯……我知道……"身下的美人依然半梦半醒之间回应着他的话。

也许是他的注意力和思想一半在与她的对话中,他们这次交合的时间比以往要长,以至于他身下的美人一直处于极度的高潮之中,她尽情地享受着他的身体给予她的快感,两只手死死地抱住他的腰,不愿放手,这就更加使他感到她是离不开他的,更加诱发他对她的疼爱和怜惜,以至于将之前对她的怀疑和猜测统统的抛到脑后。他们就这样交合着、渔猎着、诉述着、相互鼓励着,最终在极度亢奋和默契中达到完美的巅峰!

"我觉得这次是我们最完美的一次!"美人十分满足,满足得眼眶里都流出了莹莹的泪水。

"嗯,经历的风雨多了,相互之间就默契了,心就会靠得更近了。"金石鱼很有感慨地说。他这话的意思,就是他与她是同舟共济的,她要与他共同坚持下去才对。

美人似乎被他的话感染了,有点割舍不了他,向他提出要求:"我们就这样名不正言不顺地混下去?"

"等过了这一关,我就和她离婚,到时我一定会明媒正娶你的。"金石鱼保证道。

"嗯……"美人似乎很满意他的承诺,脸上顿时洋溢着幸福的神色。

也许是刚才的激烈运动,金石鱼感到口干舌燥:"给我冲杯咖啡,好长时间没喝你冲的咖啡了,有点口馋。"

"嗯。"邓明应答着,光着身子走下床,来到卧室的吧台为他冲咖啡。当她往杯子里放完几勺咖啡和咖啡伴侣准备添加开水时,她的眼睛盯在了放在咖啡瓶旁边的一个瓶子上,这个瓶子像香水瓶一样大小,里面装满浑浊的液体。只见邓

第四十七章　坠入地狱

明犹豫了一下,仅仅是眨眼的犹豫,她就作出了决定,她快速地拿起这个小瓶往杯子里喷射了两下,然后,往被子里倒入开水,一边搅动着,并吹嘘着上面的热气,一边转过身来走向床边,将杯子递给金石鱼,并体贴地关照道:"慢点喝,别烫着。"

咖啡只冲了半杯,温度早已被杯子散发了些,金石鱼接过杯子,又搅动了几下,然后用小勺舀了一勺,用舌头尝了一下,温度适中,也许是多日没喝咖啡,也许是口太渴了,金石鱼有些迫不及待,他晃了晃杯子,三两口就喝完,"啊!真香!"金石鱼咂巴着嘴唇,像是很解馋。

此时,邓明已经穿好了衣裙,望着金石鱼惬意的样子,嘴角露出了一丝狡诈的笑意。"你傻笑什么?"金石鱼不解地说,刚说完,就觉得眼前一阵眩晕,"哎哟,我的头有点晕。"金石鱼拍拍脑袋说。

"哈哈哈……"邓明怪异地冷笑起来。

同时,她的身影在金石鱼的眼前旋转起来。"你?"金石鱼似乎意识到什么,指着邓明刚要责问,就扑通一声晕倒在了床上。邓明赶紧将信用卡、现金和珠宝放进箱包,然后提着两只箱子匆匆下楼,搭上一辆出租车迅速离去……

邓明走了一个小时后,李烈和张强就带着数名辅警队员赶到了水月清华,他们是根据"唐恒发"的供述前来逮捕邓明的。"咚咚咚,咚咚咚……"李烈对准邓明的办公室一阵猛烈敲击,见没有人答应,在询问服务员没有备用钥匙后,辅警队员开始用大锤砸门。沉闷的撞击声和威严的喝令声将金石鱼从昏迷中惊醒,他知道是警察来抓邓明的,也知道邓明已经逃跑了,情急之下他随手拿起床上的一条裤衩慌忙穿上,没有想到这个裤衩是邓明的,套在他的下身很不合身。但是时间已经不允许他更换了,他只得拿起外裤就套,脚还没有伸进裤管,李烈他们就破门而入冲了进来。

"不许动!"众警员对他呵责道。

金石鱼一下惊愕在那儿了,看见金石鱼穿着女人的裤衩惊恐而滑稽地站在众人面前,李烈和张强心里一阵嗤笑,众人强忍住笑意,冷峻地望着他。金石鱼见自己如此丑态百出的出现在自己手下的面前,满脸羞红感到悔恨交加、无地自容。"金石鱼,穿上衣服,跟我们走!"李烈大声命令。

原本是自己的手下,今天居然这样毫无情面、横眉冷眼地对待自己,看来他们已经掌握了自己的罪证,是无回天之力了。想到这里,金石鱼牙一咬,大叫一声,跃身撞破落地窗户的玻璃,飞身从楼上跳了下去,"啊——"

他像个身着女人裤衩的滑稽演员,横空出世,在空中发出了他对这个世界最后的绝唱,坠向地狱!

在空中坠落之前,他还在想:都说潘颜秀的水月清华是十八层地狱,没有想到,这个十八层地狱是给我金石鱼建的,自己今天正是从十八层的高楼跌入地狱的。悔恨交加之中,他的大脑里一阵空白和混沌,只是短暂的十几秒的时间,金石鱼的身体就坠落了下来。

"嘭"的一声,金石鱼知道那是他肥硕的身体与地面撞击的声音,他感到浑身一阵撕心裂肺的疼痛,他知道自己定是粉身碎骨、皮开肉绽的死了。可是他觉得自己的身体好像并没有与地面冰冷的水泥地接触,他的手好像抓在绳索上,耳朵里依然还听到嘈杂的议论声,只听得众人纷纷讥笑:"怎么还穿着女人的裤衩?嘻嘻嘻,是他情妇的。真丢人,败类……"

"难道自己没有死?"金石鱼疑惑地睁开眼,哦?原来他落在了尚军早已布置好的安全网上了。其实,这张网是尚军为邓明准备的,尚军是防止邓明为躲避侦查人员的缉拿而跳楼准备的,没有想到给金石鱼用上了。如果这个场面被邓明看到,她一定会说:这条活蹦乱跳的大金鱼终于落网了!

"把他押上车!"金石鱼听到了尚军威严的声音。

两名辅警将瘫在网里的金石鱼架了起来,金石鱼耷拉着脑袋,紧闭着眼,被辅警架着走上了警车。坐在警车里了,他也不敢睁开眼与围观的目光对视,他已经通过窗外围观群众的谩骂和指责声,感受到群众对他的鄙夷和憎恨,也感受到了他的对手尚军桀骜不驯、威严无比的王者气概。

警车鸣起了警笛,将他送到他该去的地方。

第四十七章 坠入地狱

第四十八章　天罗地网

　　此时,邓明乘坐的出租车已经奔驰在了高速公路上,望着身后渐渐消失的城市,她的脸上露出了得意的笑容。选择这样的方式和路线逃跑,她是经过精心设计的,自从她从拘留所出来之后,就将自己这些年来累积的钱财转移到了云南昆明的一个美容中心的账户上。为了使自己老有所养,在很久之前她就利用在云南山区旅游的机会,在偏僻的山区寻找了一个和她年龄相似的替身,办理了一张冒名顶替的身份证,然后用这张身份证在昆明开设了一家高档的美容中心。她知道她不能永远附着在潘颜秀身上生活的,替人打工的日子不好过,她要有自己的世界;金石鱼迟早也是要垮台的,这些贪官,在职时能呼风唤雨,一旦被查办下来,连平民都不如,这些人更不值得依赖的。所以,她早就为自己铺好了后路,等钱捞足了以后,远走他方,改名换姓,脱胎换骨,以新的身份开展自己的事业。

　　现在她正行走在她自己设计的征途上,心里无比激动,可是,她做梦也没有想到,尚军在得知她逃跑后,立马向春江市的周边县市的警方发出了协查通报,天罗地网正等待着她呢。

　　此时,她身上的手机响了,她看了一眼手机屏幕上的号码,得意地按动了接听键,"嗯,潘总,是我,房产已经脱手,资金已经打到你的账户上了。嗯,从此我们俩所有的恩怨一笔勾销,你走你的阳光道,我走我的独木桥,井水不犯河水,再见!"

　　通完电话,她随即将手机卡取出,恶狠狠地抛到车窗外,然后,长吁一口气,仿佛全身所有的包袱都彻底清理完毕。她拢了拢被风吹凌乱的长发,然后将身体靠在靠背上,闭目冥想,她想:此时金石鱼一定还躺在她的床上呼呼大睡呢!

　　一想到金石鱼晕倒在床上的狼狈相,她就禁不住想笑,心里同时暗暗骂道:"你个死金鱼,还想娶姑奶奶呢!做你的白日梦吧,姑奶奶可看不上你,就冲你那张奇臭无比的臭嘴,姑奶奶也不会喜欢你的。土牛!"

一想到金石鱼的臭嘴,她就禁不住一阵恶心。她迅速摇下车窗,呼吸了一下外面的空气,然后继续仰头靠在靠背上,悠闲自得地闭目养神起来。出租车轻微而舒适的颠簸,使她在闭目养神中慢慢地睡着了。

不知过了多久,出租车驶入了一个收费站,被执勤警察指挥到指定地点接受例行检查,司机被请下车。经过对司机的盘问后,警察确定了车后座上正在熟睡的女人就是他们要堵截的嫌疑人,遂将她叫醒。

"下车!"一声严厉的呵责将邓明从睡梦中惊醒,她揉了揉惺忪的眼睛,看到了她最不想看到的景象:几名警察正荷枪实弹地围着她,她知道落网了,但仍然不甘心地问道:"凭什么抓我?"

"哼,凭什么抓你?回去问我们的尚军队长吧?"一个领导模样的警察对她说,接着指使手下:"把她带上车,送回春江市!"

她那仅存的一点儿侥幸被这名警官的话语瞬间击破了,她知道是尚军下的指令,她毫无反抗地被押上了警车,随身的物品也一同从出租车上搬到警车上,然后,出租车随同警车一起被警察押着返回春江市。

警车一路鸣着警笛,一直开到了春江市的拘留所。对于拘留所,邓明是再熟悉不过了,两天前她才从里面出来的,今天可谓是故地重游了,与前一次进拘留所不同的是,今天对于她的再次光临,尚军特意为她设计了一个"欢迎仪式",这个欢迎仪式旨在彻底打消邓明的侥幸心理,从而使她尽快供述自己的罪行。

邓明在押解员的押解下,背铐着双手,耷拉着脑袋,缓慢地沿着拘留室的走廊沉重地向前走着,她的身后跟着尚军和其他侦查人员,那架势要是她不戴着手铐,倒有点像领导来这里视察检查工作,众星捧月般。

当邓明走到第四个留置室的窗口时,她身后的尚军突然大叫道:"邓明慢点走,看看你的朋友!"

这声吆喝像是给死气沉沉的拘留所里抡了颗炸弹,引得所有留置室里的犯人都凑到窗前观看。

这一声也使邓明猛然一惊,停下了脚步,侧目朝右侧的留置室观望。这一间关押的是金军虎,邓明和金军虎的目光都被尚军的这声呵责,连接在了一起。金军虎看到了邓明后,先是一阵惊惧,转而目光变得暗淡无光,邓明从他的脸上似

乎看不到往日的那股唯我独尊的神气劲，有的只是满脸的恐惧和不安。

她继续往前走，又看到了另一间留置室里的金兵勇，她虽然与金兵勇不是太熟悉，但她知道金兵勇也是金石鱼的亲信，连他都被逮住了，看来金石鱼是彻底没有戏唱了，再看看金兵勇那痴呆的目光，她的内心就更加惊惧了。

再继续往前走，她又看到了金石鱼，在与金石鱼的对视中，她多停留了一会儿，渴望能从他的脸上看到希望。但是，这次她失望了，金石鱼与她碰撞的眼神无不充满愤恨和敌意，最后干脆绝望地将头扭到了一边不看她了，似乎向她表明：你不是跟我耍心机吗，这下好，大家都一起完蛋吧！

邓明一下瘫倒在地上了，两名辅警将她架起，带进了讯问室，其余人都退了出去，讯问室里只留下尚军、罗莉、李烈和熊奇四个人。邓明坐在椅子上，两眼望着对面的侦查人员，准备回答她早已准备好的问题。可是这次她猜错了，侦查人员没有急于问她，而是将尚军在医院与"唐恒发"的讯问录像完整地放给她看。这一次的录像不但有镜头画面，而且还有声音，是一部完整的影像资料，有足足一个小时的时间。"唐恒发"彻底交代了他与邓明和金石鱼交往的经过，邓明的脑袋嗡的一下晕了，原本还想抵抗的，心里准备好的那个腹稿，再也没有用场了。此时她又联想到刚才与金石鱼他们对视的情景，从他们三人表现出来的表情判断，他们已经没有底气与尚军对抗了，"这一次他们恐怕全部栽了！"邓明在心里战栗道。

尚军也许看出了邓明的心理，对她说："好好想想，争取立功，给你20分钟的时间考虑，过了这个时间，你就是说了也不能减轻你的罪行！"说完，抬眼看了看墙壁上的挂钟，开始计算时间。看尚军脸部冷峻的表情，邓明知道他是认真的。

房间里顿时变得鸦雀无声，只有墙壁上的时钟在滴答滴答地转动着。20分钟时间虽然很短暂，但邓明的脑子里却快速地行走了20年，她把自己这一生的起起伏伏、前前后后都思量了个遍，最终决定：还是坦白从宽！

就这样，邓明将她与金石鱼帮助"唐氏兄弟"违规贷款的事彻底交代清楚了；根据邓明的口供，再来敲击金石鱼，金石鱼就不得不承认他所犯的罪行；经过连夜突审，金石鱼、邓明、金军虎和金兵勇四个人就像连接起来的一桌"骨牌"，一块倒，块块皆倒，四个人当夜就被逐一击破，"银行诈骗案"的案情终于水落石出,主谋却是另外一个人——潘颜秀!

原来潘颜秀在一次到海南的旅游时发现了一个巨大的商机:国家正在计划将海南建成国际化旅游城市。一贯精明的潘颜秀认为,一旦海南成为国际化开放性旅游城市,宾馆的生意一定很火爆的,遂萌发了在海南修建宾馆的念头。说干就干,这就是潘颜秀的特点。就是凭着这颗豹子胆,他才在春江建起了水月清华。于是他开始着手筹集资金,在海南的三亚海边购置了一块地皮,准备修建一栋五星级宾馆。

建宾馆是需要一大笔资金的,经过四处筹集,潘颜秀手上的资金还远远达不到预算额度,这时,他想到了银行贷款。但是潘颜秀在海南人生地不熟,谁愿意替他担保呢?

于是潘颜秀就想到了邓明,邓明就想到了银行,就想到了金石鱼。就这样,潘颜秀与邓明设计了一个空手套白狼的圈套:利用金石鱼特殊的身份和职权,将银行行长贾英献拿下,用虚假资料从银行贷出巨额资金。

为了使这笔巨额资金成为一笔死账,潘颜秀暗地里找到了王石柱、李永贵假"唐氏兄弟"。这两个人都是从东北流窜到海南的地痞流氓,当时,潘颜秀已经在三亚购买了地皮,为了看管好这块地皮,他雇用了王石柱、李永贵作为他的护地保镖。在一次闲聊中,潘颜秀得知,这两个负罪累累的亡命之徒之所以频频逃脱公安机关的打击,是因为他们俩身上有多张冒名顶替的假身份证。这件事给了潘颜秀巨大的启发,由此,潘颜秀想到了利用这两个人为他实施筹集资金的诈骗计划。他将这一计划跟邓明交流后,得到了邓明的充分肯定和积极参与。邓明参与的代价就是这个计划如果成功,邓明将得到水月清华三分之一的产权。

潘颜秀设计的计划是这样的:由李永贵、王石柱装扮成来春江投资房产的老板——"唐恒发"和"唐恒远",由邓明将他们介绍给金石鱼,然后通过对金石鱼行贿和合伙开公司将金石鱼拉下水;再由邓明从中鼓动金石鱼,利用金石鱼特殊身份设下骗局,将工商银行的行长贾英献控制住,完成1.6亿万元的贷款;贷款到手后,再由王石柱、李永贵伺机将贾英献消灭掉,然后溜之大吉。公安机关只能通过身份证找到浙江温州山区的那两个唐氏兄弟,而王石柱、李永贵就可轻而易举地逃过公安机关的打击。

这个计划之所以能够实现,是因为王石柱、李永贵以及金石鱼三人都不知

道邓明和潘颜秀是幕后主谋。特别是王石柱、李永贵两人,潘颜秀一直骗他们,说自己在春江投资了房产,让他们俩到春江代理他行使总经理权力,给出的条件,就是每人每年 10 万元的年薪,包吃包住,还包日常事务交往的费用。对于这两个流浪汉来说,这种优厚的待遇无异于是天上掉下的馅饼!两人饥不择食地满口答应了潘颜秀提出的要求,来春江做一回总经理,做一回"人上人"。他们根本不知道邓明和潘颜秀是一伙的,只是按照潘颜秀的指令行事。

这个计划之所以最后失败,是因为贾英献还没有等到王石柱、李永贵对他下毒手,就被上级机关突如其来的专项检查发现了端倪。王石柱、李永贵见银行的人追查到公司来了,害怕暴露马脚,没来得及铲除贾英献就提前逃跑了。

王石柱、李永贵逃回海口后,潘颜秀一开始准备伺机将王石柱、李永贵做掉的,后来邓明打来电话,说贾英献自杀了。这一下,潘颜秀乐了,他没有必要再对王石柱、李永贵下手了,因为贾英献死了,一切线索就会中断了,公安机关也不会追查到他们身上的,遂给了两人一年的工资,让他们回老家避避风,先歇歇,等过了这个风头再出来活动。没有想到这两个小子没听潘颜秀的话,拿了钱根本就没有回东北,继续滞留在了海口,他们做梦也没有想到公安机关会找到海口来,并很快将他们缉拿归案了。

第四十九章　另辟蹊径

　　王石柱、李永贵从海口押解回春江后，潘颜秀一开始并不知道，是邓明从拘留所被放出来之后，用电话向他汇报的。王石柱、李永贵这么快就落网，是潘颜秀没有想到的，他害怕他们俩供出他来，慌忙要邓明不惜一切代价除掉这两个人。在这个节骨眼上，邓明趁机又狠狠地敲了潘颜秀一竹杠，她说这件事很难办，为了他的事自己刚从拘留所里放出来，要铲除"唐氏兄弟"还必须求助于金石鱼，而金石鱼是个不见兔子不撒鹰的人，求他办事是要进贡的。就这样，邓明又从潘颜秀那里榨取了500万元的活动金费。这笔酬金在邓明连夜将水月清华出售后，与之前潘颜秀答应她的水月清华三分之一的产权，一并核算成现金，转到了她在昆明开设的美容中心的账户上了。

　　邓明为此着实兴奋得一夜未眠，因为这次的500万全部落入了她的囊中，金石鱼那里她一分钱也没有花，她知道，不用她说，金石鱼也会竭尽全力地除掉"唐氏兄弟"的，因为他有500万元的受贿把柄握在"唐氏兄弟"的手上。一旦暴露，金石鱼就会立马栽倒的，金石鱼是无论如何也不会让"唐氏兄弟"交出自己的。

　　果然不出邓明的所料，金石鱼在她的蛊惑之下，和金军虎、金兵勇联手将"唐氏兄弟"干掉了，出乎意料的是李永贵由于心眼多一点儿，没有当场死亡，比王石柱晚死了几天，但是最终在死亡线上挣扎了几天后，撒手人寰。

　　万幸的是李永贵临死前将他知道的内幕全部供述给了尚军，尚军正是用李永贵供述的录像敲打垮邓明和金石鱼的，邓明和金石鱼以为李永贵已经从死亡线上被救了回来，金石鱼是知道办案规矩的，只要有旁证，当事人即便是零口供，也会受到处理的，既然李永贵已经从死亡线上起死回生了，他一定向侦查人员交代了全部内幕，既然是这样，还有什么好抵赖的呢？于是邓明和金石鱼将"银行诈骗案"的来龙去脉彻底向侦查人员交代清楚了。得知潘颜秀是"银行诈骗案"的罪魁祸首，尚军连夜派李烈、张强和徐力三人前往海口缉拿潘颜秀。

"银行诈骗案"是水落石出了,但"王艺案"仍然没有头绪,从审查的结果来看,这两个案子似乎毫无牵连和瓜葛。另外,从邓明、金石鱼、金军虎、金兵勇这四个人的供述中,确实找不出他们与"王艺案"有牵连,这就使得尚军迷惑不解,大失所望,难道是他们四个人之前都统一了口径?还是他们四人确实与该案无关?

此时尚军脑子里又想到了之前在调查"王艺案"时,薛琴对邓明的怀疑,种种迹象表明,邓明是有嫌疑的,既然有嫌疑,为什么找不出蛛丝马迹?

答案只有两种可能:一是很有可能他们四个人统一了口径;第二种可能,就是"王艺案"与金石鱼、金军虎、金兵勇三人确实无关,很有可能只与邓明和潘颜秀有联系。

现在唯一的希望就是看看能不能从潘颜秀的嘴里掏出点什么来,如果从潘颜秀的那里也一无所获,"王艺案"就又陷入绝境了,就又要回到起点——邓明的身上了。

时间在一分一秒地流逝,还有三天,准确地说还有两天带一夜,就到了尚军军令状的期限了,到时候他撤职事小,案子破不了是大事,这关系到公安机关在老百姓心目中的地位。尚军的脑子里出现了王艺父母跪在他面前祈求他的情景,尚军焦急地在自己的办公室里苦苦地思索着,连日来的劳累,已经使他的身心极度的疲惫,思索中他慢慢地坐在沙发里睡着了,睡得很沉、很香,嘴唇不停地翕合着,像是在说梦话。

他确实是在梦境中,他梦见了母亲抚摸着他的头,疼爱地对他说:"孩子,你要注意身体,身体是革命的本钱,遇到拦路虎,你要换一个道儿走,不能强顶。"

母亲的话语像一股暖流流入了尚军倦乏、困惑的身体,他的大脑仿佛被点亮,身体即刻充满了力量和激情,忙应答道:"妈,我知道了!"

就在尚军在梦境中与母亲对话时,办公桌上的电话骤然响起,急促的电话铃声将他从睡梦中陡然惊醒。他赶忙接听,电话是李烈从海口打来的,他告诉尚军,潘颜秀已经被抓获。从现场临时突审的情况来看,潘颜秀确实不知道"王艺案"的情况,在承认"银行诈骗案"的事实之后,他还向侦查人员提供了一个疑点,他说一次邓明酒后,曾经神秘地对他说,她又钓了一条大鱼,具体的这条大鱼是什么,邓明没有跟他说,潘颜秀认为邓明这个女人很精明,很有可能背着他又搞了什么阴谋。潘颜秀虽然没有提供具体的线索,但是他对邓明的怀疑更加佐证了尚军的判断——机关依然藏在邓明的身上,必须重新从她的身上找突破口!

冥冥中感到邓明与"王艺案"有瓜葛,却就是无从下手,好像到手的东西像空气一样漂浮不定、或隐或现,叫你干着急。尚军伸了伸懒腰,走到窗前,推开了窗户深深地做了几次深呼吸。窗外天已经大亮,又是个不眠之夜,天边的红霞已经冉冉升起,朝阳是那么的瑰丽和温暖,它像一个慈祥的母亲给大地撒下无垠的温暖。睹景思情,当"母亲"、"温暖"这两个词在他的脑中浮现时,他的眼前瞬间晃过了刚才在梦里与母亲的对话,他的脑子里立刻闪出了个念头:能不能用亲情和母爱之情感化邓明?也许这把情感钥匙能够打开邓明紧闭的心房之门!

"对!"尚军在心里惊叫道。他学过心理学,知道越是外表强硬的人,内心往往极其脆弱,想到这,他立马拿起电话指令熊奇和罗莉将邓明的母亲从乡下接来与邓明见面,准备与邓明打一场情感仗!

三个小时后,熊奇把邓明的母亲和她8岁的孩子晶晶一同接到了尚军的办公室。经过与老人家悉心的交流,尚军发现邓明的母亲虽说是乡下人,但是老人家很懂事理。当她得知邓明的事情后,爽快地答应全力配合公安机关疏导邓明。邓明被带到讯问室,她以为侦查人员又要对她审讯了,四平八稳地坐在椅子上,等待侦查人员的提问。没有想到,随同侦查人员走进来的却是年迈的母亲和儿子晶晶,她惊讶地站了起来。望着铁栏栅里面戴着手铐的邓明,老人家老泪纵横,泣不成声,儿子晶晶隔着铁栏栅不解地问:"妈啊,你怎么在笼子里啦?"儿子幼稚的问话,使邓明心如刀绞,眼泪扑簌簌地流了下来,她无法面对含辛茹苦将自己拉扯大的母亲,也无法回答儿子的问题。望着眼前这一老一小,自己是悲恨交加,原本想靠自己的拼搏为他们带来幸福的,没有想到,却陷入了歧途,走进了牢笼,今后这一老一小可怎么活啊?望着眼前唯一的两个亲人,她绝望地闭上眼,不停地长吁短叹,脑子里禁不住回想起自己这么多年来所走过的路——

邓明的老家在春江市的一个偏远的乡村,老母亲年轻时就守寡,含辛茹苦地抚养着两个子女,由于家庭贫困,天资聪颖的邓明只读完了初中就辍学务农,帮助体弱多病的母亲料理家务,供奉弟弟邓文继续上学。

贫寒出学子,弟弟邓文不负众望,经过刻苦努力,顺利地考上了清华大学。也许是从小家境贫寒,营养不良,从小就体质文弱的邓文考上清华后的第二年,不幸患上了白血病,急需百万元救治费,农户人家又有几家家境殷实呢?这么一

第四十九章 另辟蹊径

大笔巨款,对于邓明家来说,无疑是个天文数字,情急之下,聪明的邓明想出了一个办法:谁要是能支出救治弟弟的钱,她就嫁给谁。

当邓明将她的这一承诺用纸张贴出来时,还真的来了位应招者,他就是邻村的一个建筑老板,老板是替他的儿子来揭榜的,说是只要邓明嫁给他家儿子为妻,老板可解决医治邓文的一切费用。老板之所以这么慷慨,是因为他儿子是一个患有小儿麻痹后遗症的瘫子。

邓明虽出身贫寒,但农家的粗茶淡饭将她养得出奇的美艳,加上她又是初中毕业,在农村来说多少算一个有文化的人了,知书达理,加上美貌,使她成为临近几个村子里众人仰慕的美女,说媒的人是踏破了门槛,也没有被出身贫贱却心高气傲的邓明看上。如今要她嫁给个瘫子,不是将她往火坑里推吗?

她是绝对不会同意的。

面临绝境,心高气傲的邓明表现出了超乎常人的理智,她知道眼下救人要紧,婚姻可以从头再来,人的生命不可能有第二次的。为了弟弟出人头地,她放弃了自己学业,供奉弟弟上学,现在弟弟命在旦夕,她当然要倾心相救,全家的希望全在弟弟身上了,决不能因为她个人的幸福而半途而废。邓明咬咬牙,决定答应老板的要求。"妈,为了弟弟,我嫁给他。"邓明强忍着眼眶里的泪水,坚定地对母亲说。

"姑娘,妈对不起你啊!"母亲一把将邓明搂入怀中,号啕大哭起来,邓明明白母亲这撕心裂肺的哭泣,母亲已经没有任何办法可想了,一边是将要出人头地,却命悬一线的儿子;一边是天资聪颖、美貌骄人的女儿,两个都是她的心肝宝贝,现在要拿女儿一生的幸福来换取儿子的生命,无异于在自己身上割肉。她左右为难,无法割舍,她只得用凄惨的哭泣表达自己内心悲悯的情怀。

"孩子啊,委屈你了,委屈你了……"母亲虚弱的身体不停地颤抖着,她抚摸着怀里邓明的头,心疼喃喃地叹息道。

看着母亲泪流满面,以及绝望而无助的眼神,她的心灵受到强烈震撼,她深深地咬了一下嘴唇,然后,猛然扬起她那张俊秀的脸,笑着安慰母亲:"只要弟弟有了救,我们家就会兴旺起来的。"

母亲无话可说,她不能左右残酷的现实,只能暗暗祈祷女儿的善心能够给儿子带来好运。就这样,20岁的邓明嫁给了一个残废的男人。

第五十章　心灵变异

邓明的牺牲并没有感动上苍,也没有换来弟弟邓文身体的康复,没过多久,邓文就去世了。噩运和不幸并没有使倔强的邓明沉沦,反而使她变得更加的坚韧和成熟,两年后,她毅然与家庭决裂,与残疾丈夫离婚,将刚满半岁的儿子托付给母亲照料,孤身一人来到春江市打拼,她想凭自己的勤劳来改变家庭的穷困,创造属于自己的幸福。

创业对于一穷二白的人来说无异于空口说白话,她只能凭借自身的吃苦耐劳在饭店里谋得一份勤杂工的工作,洗洗碗、端端盘子、打理卫生,两年下来,生活并没有多大的改观,微薄的工资只能勉强维持一家人的生活。两年时间虽然在经济上没有多大的改善,但她的身体和思想有了巨大的飞跃,皮肤变得更加白嫩,容貌变得更加美丽,她也学会了打扮自己。经过浓妆淡抹之后,已经从外表看不出村妇的影子,走在大街上,她的回头率甚至高于一般的靓妹,与之交往的男性频频增多,她有心托付的异性也不在其数。但是,这些城里男人对她这个漂亮的少妇熟解、玩弄之后,往往都是拂袖而去。

她自己也暗自思忖:谁会娶个牵儿带口的农村寡妇回去当老婆呢? 自己的身影虽然融入了这个城市,但她的心却无法融入到这个城市里。

世态的炎凉、人心的莫测,使得她那颗原本善良、年轻活泼、积极向上的心灵,像遭遇到江盐腌渍过一样,变得无比的冰冷、死板、木然。每当她下班从饭店拖着疲惫不堪的身躯回到昏暗的出租屋,躺在那张狭小、冰冷的单人床上时,都要以泪洗面,反思着过去,憧憬着自己的未来,她深深地感悟到要融入城市是需要物质基础的,繁华的都市不是穷人的天下。每晚她都要在这张冰冷的硬板床上无数次地重复着这一连串的怨恨、迷惑、懊恼,经过躁动不安的复杂情感波击之后,才能慢慢地昏睡过去。无数次的情感波及之后,她终于找到了破解的答案:要想在城市落下根来,必须有一个坚实的靠山。

靠山是需要寻找的，寻找也是需要条件的，她现在唯一的条件就是她那颗自信而精明的头脑和那副傲人的容貌。老实说，在这个物欲横流的花花世界里，邓明拥有的这两件资本，完全可以为自己在城里找一个栖身之地的，只不过她是不满足栖身的，她要出人头地！

洞察和经历了人间百态、世态炎凉之后，邓明明白了一个道理：自己身处的环境太差，以至于她是大材小用了，必须寻找适合自己展示的平台。

邓明准备为自己的未来放开手脚，大胆地去闯一回。她首先辞掉了饭店的工作，然后买了份《春江日报》，在报纸的招工广告栏目里寻找几家自己中意的单位，准备广撒网，择优应聘。这天，为了准备今后参加招聘要用的免冠照片，她无意中来到了春江市"靓丽风采摄影工作室"，准备拍摄几张两寸的免冠身份照，在这里她无意中遇到了潜心于摄影创作的摄影师王艺。

邓明的美貌震慑了王艺，她的气质很上镜，王艺为自己遇到这样一个摄影模特而感到兴奋，在免费为她拍摄了两寸免冠照片后，主动提出请她担当拍摄模特。精明的邓明很懂得抓住机遇的，她欣然答应，并积极配合，不久王艺用邓明做模特拍摄的艺术照片相继被几家杂志录用。邓明没有跟王艺要稿费，只是向王艺索要了几本用她的照片做封面的杂志。

此时恰逢春江市刚刚落成的五星级酒店——迎宾大酒店招聘迎宾小姐，邓明觉得迎宾小姐这个工作相比于在小饭店做服务员又提高了一个档次，既高雅体面，又轻松舒适，而且在高档酒店工作，接触的全是些有钱有势的人，在这里工作一定比窝在饭店里更有机会遇到贵人的，遂报名参加了竞选招聘。当她在面试的考场上向考官们展示了那几本杂志后，几乎是没费吹灰之力，她就顺利被招聘了。

在五星级酒店当迎宾小姐，整天接触的是些钱权达人和时尚达人，他们的穿着打扮及消费理念在潜移默化中感染着邓明，也刺激着她要尽快跳出农门的欲望。为了引起贵人的注意，她每天将自己刻意打扮得光彩照人，见到谁都送上甜蜜的微笑。时间一长，原本是刻意伪装表露出的言行，渐渐地使她养成了一种文明的职业习惯，这种日常的养成，使她的举止投足之间无不表露出典雅舒展的优雅姿态，加上她身上敛藏的历经磨难的淡淡忧郁之神色，致使她的身上充满着一种很吸引男人眼球的高雅孤傲的气质。与之接触的异性，总是在心里暗暗地被她不凡的气度折服,邓明也从客人们假装对她视而不见、过后却又偷偷窥视的眼神中,感悟到人们对她的在意和仰慕。这种仰慕的眼神对于她来说,是从来没有拥有和享受过的,在她的心灵独自享受这份快感和愉悦的同时,她也深深地为这种虚荣所引诱,进而深深地陷入对这种虚荣的追求之中。她在默默地而又急切地等待,等待贵人的到来,等待贪腥的猫儿来捕食她,她就像一条肚里藏着利钩的美人鱼,引诱觅食者的到来。

　　世界就是这么怪,有投食的,就有吃食的,有下钩的,就有上钩的,机会终于被邓明等到了。一个脑袋光亮,长得皮包骨头的男子,经常隔三差五地带一名浓妆艳抹的女人到酒店开房过宿,而且,每次所带的女子都各不相同,毫无疑问,这个男子是在嫖宿妓女,而且也一定很有钱,要不为何频繁在五星级酒店开房嫖宿?

　　邓明开始留意这个性欲旺盛的光头男子,每次在大厅遇到他时,邓明总是要以百倍的亲和力优雅地迎接他,使光头对她渐渐地产生了好感和爱慕,二人开始由相视一笑的陌生,变成了直呼其名的熟脸,一来二去,二人似乎可以用眼睛说话了。渐渐地邓明觉得光头看她的眼神中,还夹杂着暧昧和占有的欲望。邓明暗暗窃喜,知道鱼儿要上钩了。果然不出所料,一日,光头独自一人来到酒店与她促膝长聊,光头叫潘颜秀,是市区一家巴拉拉舞厅的老板,此次找她的目的就是盛情邀请她到他开设的舞厅担任大堂经理,月薪是在酒店工作所得的两倍。

　　邓明听罢心里乐开了花,但脸上却表露得犹豫不决、进退两难,之后,在他的再三恳求之下,假装盛情难却,不得已答应了他。舞厅虽不太大,但给她的职位和权力却不小,虽说是大堂经理,其实都是她一人说了算,比起迎宾小姐的地位来,她总算又上了一个台阶,可以说是名副其实的白领阶层了,她心里的那份虚荣感进一步得到了扩展。

　　就这样,邓明从那以后就一直跟随着潘颜秀,帮助潘颜秀打理场所,她的经商才能也得到了极大的发挥,致使潘颜秀离开她就不能生存。她成了潘颜秀的高参、全权代理,帮助潘颜秀将生意的雪球越滚越大,最终使潘颜秀将舞厅发展到"亿万夜总会"再转变成了"水月清华商务中心",成了方圆百里闻名的富翁。对于潘颜秀来说,邓明已经成了他身体上割舍不掉的一部分,就像雄麝与麝香

第五十章　心灵变异

的关系一样,他们是相互依赖、相互生存的关系。

当然,在帮助潘颜秀滚雪球的同时,邓明也得到了不菲的报酬,渐渐的她也腰缠万贯。随同她的钱袋子日趋饱满的还有她那无休止的贪婪欲望,而且随着时间的推移,这种欲望也膨胀到了极点,她已经在这个混沌、阴暗、狡诈、委靡的娱乐场所学会了周旋,学会了阴险,学会了算计,学会了窥窃,学会了不择手段,学会了控制他人的一切伎俩。她成了物欲战场上的一个阳奉阴违、见缝插针、唯利是图的女巨鳄!钱在她的眼中已经变成了一柄无所不能的利剑,任何一个有利可图的目标经过她的眼前,都会被她不择手段地吞食一口。

一日,一个来水月清华商务中心消费的中年男子将邓明拉到一边,将他手机上刚刚拍摄到的一个美女照片给邓明看,这是个刚刚从泳池出浴的虞美人,邓明只瞄了一眼,就认出了手机上的美女,她就是——薛琴。

接着中年子很有气度和深度地拜托她:他很想与照片上的这位美貌少妇共度良宵。

这个世界真奇怪,男人搞女人,都是要年轻的,这个大爷倒好,偏要生过孩子的少妇!难道他是喜欢少妇床上功夫的老到?握着中年男子掷在她手里的千元小费和联系号码,回味着他提出的特殊要求,她一开始还想推销自己的,可是再一想,黄花闺女不要,要搞少妇,这个人一定也是一个和潘颜秀类似的怪胎、变态狂,既然他是个怪胎,还是少沾染为好,她不希望在自己身上发生危言耸听的怪事情!

中年男子的身体吸引不了她,可中年男子身上散发出的阔气还是很吸引她的,就冲他刚才给自己的2000元小费,就能看出他一定是个大款,她不想就这么轻易地放掉这条大鱼。她蹙了蹙柳叶眉,心里迅速地盘算起来,一眨眼的工夫,紧蹙的眉头就舒展开来了,嘴角浅浅地露出了一丝诡秘的笑意。这诡秘的笑意,不仅仅表明她对中年男子委托她办理这样一个难以启口的隐晦感到可笑,还包含着她已经迅速在心里策划了一个阴谋,这个阴谋的攻击对象就是中年子拜托她寻找的那个虞美人——薛琴。

对于薛琴,她已经窥视了很长时间了,这是个既美丽又富有的阔少妇,她的年龄和自己相仿,但命运却比她邓明好百倍。邓明一直对她嫉妒在心,总是寻思着有朝一日能超过她,现在机会终于被她等到了,总算有机会平息一下心中对她的不满。前几天,在游泳池与薛琴聊天时发觉她的神色有点不大对劲,经打探得知,她的企业面临了困境,当下恰好中年男子对她有意,何不趁机给他们设个套,一箭双雕,既可以杀杀薛琴高傲的士气,也可从这对狗男女身上狠狠地揩一层肥油下来。

她似乎觉得这是上帝赐给她的一次敛财的机遇。

第五十章 心灵变异

第五十一章 一箭双雕

酝酿好计划后,邓明就将王艺叫到她的办公室,准备让王艺参与她的致富计划。自从她与王艺相识后,二人经常在一起畅想发家致富的秘诀。但是,畅想只能是想想而已,与现实是有距离的。后来邓明的境况慢慢地好了起来,王艺依然徘徊在温饱线上,现在邓明能够帮助他脱贫致富,他当然求之不得,二人商定:由王艺负责拍摄薛琴与老板偷情的照片,然后将胶片和照片交给邓明,由邓明实施敲诈,所得酬金二人平分。当时邓明曾经估算过,如果计划圆满实施,她和王艺每人 100 万是不成问题的。

接着,二人按照计划分头实施,邓明利用她曾经在迎宾大酒店当过迎宾小姐与那里的工作人员熟悉的优势,秘密地将 911 房间的钥匙进行了复制,并将复制好的钥匙交给了王艺,付诸实施。

阴谋设计得很圆满,实施得也很顺利,只是王艺过早地遇害了,致使敲诈的计划没有按照预定的步骤继续进行下去。原来王艺在迎宾大酒店 911 房间拍摄了薛琴和那个老板偷情的照片之后,并没有将全部照片交给邓明。原因是:王艺担心照片全部给邓明后,她会独吞了当事人所付的酬金。所以,他就把涉及老板镜头的胶片和洗出来的照片交给了邓明,涉及到薛琴镜头的胶片,他没有冲洗出照片来,只是将胶片藏在了他工作室门前的香樟树的虫洞里了,准备等收到邓明的第一笔酬金后,再取出胶片冲洗照片。

王艺之所以将胶片藏在香樟树上,是从两个方面考虑的:一是他听邓明说薛琴的企业当下正处在危难之际,等她缓过劲来,再对她实施敲诈。既然现在用不到薛琴的胶片,就暂且把它放在一个安全的地方。另一个原因,是王艺害怕在分摊酬金时与邓明发生纠纷,或者自己发生不测,这个胶片是他有意识藏在树上的,为此,他还绘制了一幅画,挂在他的工作室的墙上,为的就是以防万一。因为他深深地知道邓明这个女人不一般,她既然可以给其他人设套,她也有可能给他王艺设套,对于这样阴毒的女人,要留一手,以防不测。

邓明得到王艺给她的老板与薛琴偷情的照片后,准备开始对那个老板实施敲诈。可是出乎意料的是,那个中年男子留下的手机号码,她再也打不通了,再看看王艺提供的照片,她就更没有信心了。由于王艺是初次干这样的勾当,心里极度的恐惧惊慌,加上当时现场老板本能的遮掩和反抗,王艺是在恐慌中匆匆按动相机快门的,以至于老板和薛琴媾和的镜头中,老板的脸部只拍了个侧面,老板的另一张照片也被老板的手掌挡住了面部,所以老板的脸部特征无法完全清晰地显示在照片上。既然识别不出照片上的具体人物特征,也就无法对他人实施敲诈了。后来,邓明也想过通过金石鱼,利用公安的特权,通过那个联系号码到邮电局查找那个中年男子的身份档案。但是最终她也没有这样做,原因就是她对金石鱼也不放心,害怕这件事情的真相被金石鱼识破了,油水被金石鱼独揽了。

留得青山在,不怕没柴烧。邓明觉得等确认了照片上老板的身份后再实施也不迟,就这样,邓明设计的这个发家致富的阴谋就暂且搁浅了下来,她准备等薛琴缓过劲来先在薛琴身上敲上一笔。怎料还没有等她付诸实施,王艺就意外地遇害了。再后来,又一连串地发生那么多事,致使她根本没有心思再想这件事了,她也不敢向侦查人员坦白这件事,她害怕罪加一等。虽然她不敢肯定王艺的被害与她设计的那个阴谋有直接的关系,但这件事她是绝对不能轻易向侦查人员袒露的,如果侦查人员知道,一定会追根问底的,她深知对于她来说,罪行越少是越好的。

现在侦查人员将她的亲人摆出来,分明就是想通过情感的力量来感化她,让她供出心里隐藏的秘密,她很明白侦查人员的用意,她也知道王艺的死与她的那个阴谋有牵连了。

经过再三权衡后,她决定顽抗到底!

邓明擦了擦眼泪,对母亲说:"妈,女儿对不起你,给你丢脸了,你带晶晶回去,等我出来,一定好好报答你,你们回去吧。"

"你说什么?"母亲用颤抖的手指着她,责问道,"我大老远的来看你,为的就是听你的这句话?妈不要你说对不起,妈也不怪你。你从一个乡下妇女,只身一人打拼到城里来,妈知道你受了很多委屈,也知道你吃了很多苦。你要强、不甘

心命运,想出人头地,这些妈心里都清楚,常言道,常在河边走,哪有不湿鞋的?城里的花花世界本来就是个大染缸,你在缸里游,哪有不染色的?如果你执意隐瞒,知错不改,妈今天就撞死在你面前!"说着,老人家猛地将头往上面撞在了铁栏栅上,鲜血顿时从额头流了下来,吓得邓明一把抱住她的头,"哇"的一声伤心地号啕大哭起来。大人的悲痛感染了站在一边的晶晶,他也情不自禁抱着她们痛哭起来……

母亲坚定和她朴实大度的话语,使邓明冰冷的心得到了一丝温暖,情感的闸门似乎被打开了。三个人隔着铁栏栅痛哭了一段时间后,停止了哭泣,也许是多年来一直关闭在心中的痛苦得到了彻底的宣泄,也许是母亲和儿子的亲情感染了她,邓明的情绪明显地变得平静起来,她像一个做错了事的孩子,拉着母亲的手,喃喃地自言自语地问:"妈,我怎么办啊?怎么办啊?"

母亲替她擦了擦眼泪:"孩子,没有什么大不了的,现在犯了错,就要好好正视它,妈说过了,只要你把心里堵着的话都说出来,警察会宽大处理的,妈也不嫌弃你,你依然是妈的好孩子。知道吗?"

"嗯……"邓明听话的应答了一声,然后抹了抹脸上的泪水,站了起来。

母亲见她开窍了,赶紧也站了起来,"孩子,你就好好跟警察说吧,妈和晶晶先回去,过几天再来看你。"说完,老人家拉着晶晶头也不回地走了出去。

就这样,邓明将噎在肚里的东西一股脑地全部供了出来。根据邓明提供的那个中年男子的手机号码,尚军立马指令李烈和熊奇到电信局查找手机主人的入户档案,很快那个中年男子的身份露出了水面——他叫王强。

王强是春江市的上一级的地级市——润扬市政府的小车班司机,而且还是一位副市长的专职司机。对于这样特殊身份的人,侦查人员一般不轻易将他传唤到公安机关来,除非有确凿的证据。

侦查人员首先将王强户籍资料上的免冠照片打印出来,拿给邓明辨认,邓明确认王强就是那个中年男子后,又将照片拿给薛琴辨认,薛琴看完照片后,给予了否认:"不是他,那个人下巴有颗小黑痣,绝对不是他,脸型和身材都不像。肯定不是他!"

两个当事人,一个是很坚定的肯定,一个是很坚定的否定。尚军只得将王强请到了公安机关来接受调查,面对侦查人员的提问,王强一口就承认了他与薛琴在迎宾大酒店911房间发生过关系的事实。

事情有点变得戏剧化了，三个当事人，王强和邓明的交代是一致的，薛琴却否认了王强就是那名与她约会的老板。尚军觉得事情有戏了，既然王强自己承认了他确实与薛琴在迎宾大酒店911房间偷情的事，那就请他将事情的经过重述一遍吧。这一下王强傻了，说得语无伦次，驴头不对马嘴，漏洞百出。为什么漏洞百出？他分明是在说谎！

是在冒名顶替！

为什么要冒名顶替？又不是什么光荣的事！那就只能有一种解释：他是替一个比他还重要的人在开脱罪名。是什么人值得他这么忠心耿耿？

"会不会是王强替他的主子——副市长文建找的薛琴……"

尚军的心里产生了这个假设，顺着这个假设往下推理，尚军的思维慢慢地明亮起来，"有了！"尚军在心里惊叫道，遂打开桌上的电脑，在公安网人口信息栏里输入了文建的名字，很快文建的照片呈现了出来。果然，他的下巴有一颗小黑痣，将照片打印出来，再次将王强和文建的照片混杂在其他人员的照片中，让薛琴辨认，薛琴一下子从一堆照片中挑出了文建的照片，"就是他！"薛琴坚定地说。

当尚军将文建的照片甩在王强的面前时，王强知道纸里包不住火了，再也不敢隐瞒了，只得一五一十地将实情全部供出来了。

原来文建是北疆市派往润扬市挂职锻炼的预提干部，北疆市与润扬相距有几千公里，妻子与他两地分居，身强力壮的文建是远水解不了近渴，常常孤枕难眠。这件事被和他年龄相仿的司机王强窃透了。那是在一次晚宴结束返回途中，二人交谈得很投机，文建拿出了手机，翻出了白天在水月清华游泳池拍摄到的一张美女照片，无不心动地对王强说："你们春江就是出美女，你看这个少妇多美啊！哎——"欣赏之余，又不免王兴长叹。

王强听说手机上的美女是在春江市的水月清华商务中心见到的，心想那里的美女只要出钱，就能找到的，遂拿过文建的手机，将那张美女照用蓝牙传到了自己的手机上，同时含蓄地向文建表明自己可以帮他得到照片上的美女。也许是刚喝完酒，酒壮人胆，也许是王强的建议说到了文建的心里了，他不但没有责怪王强，相反却爽快地默认了。见文建有这个想法，王强当晚就特意赶到了早就

有红楼之美名的水月清华商务中心，请那个也早就闻名的女经理邓明帮忙操办。出于对影响问题的考虑，王强没有告诉邓明他的真实身份。十天后，邓明就给王强打来了电话，说他要的美女谈妥了，说人家是个美女小老板，现在企业面临资金困难，急需100万的流动资金，只要他能帮助她解决燃眉之急，她可以答应老板提出的要求。王强将这一情况告诉了文建后，文建觉得100万贷款，对他来说简直是小菜一碟，在欲望的驱动下他前往对方预定好的房间赴约了。

　　贪婪的邓明根本不知道王强是润扬市政府的司机，只把他当做了一个变态的大老板，还想入非非地为他设了个套。可惜，套的不是王强，而是他的主子——文建。

　　事情基本清楚：王强替文建找情人，意外地中了邓明和王艺设计的圈套。

第五十二章　真相大白

　　事情如果仅仅是到这个地步倒也罢了,最多给文建一个党内警告处分。可是眼下事情的性质发生了根本性的转变,偷情与杀人案牵连上了,设施阴谋的人——王艺遭人杀害了。

　　这样一来,不管是偷情还是嫖娼,不管你是市长还是平民,都要接受公安机关的调查。就这样,文建被请到了公安机关,面对警察的讯问,他还是表现出较高的文化修养,实事求是地承认了他与薛琴偷情的事,并再三表示以后不再犯;至于公安机关怎么定性,算是偷情还是嫖娼,一切听候公安机关的处理,表现出了较高的为人涵养,使人不免产生一丝同情和怜悯:一个身强力壮的大男人,妻子在千里之外,有这个生理上的需要也是人之常情。

　　事情到了这个份儿上,似乎尚军应该同情这位市长才对,毕竟他是为了解渴而陷入他人的圈套。尚军却不这么认为,更没有同情他,他认为文建是在避重就轻,是在跟他耍龙门阵,既然他要摆龙门阵,那就跟他走走阵法吧。

　　"那个蒙面者被人杀死了,你知道吗?"尚军轻轻地问,像是对文建很尊重。

　　"不知道!这个恐怕与我无关。我连他的长相都没有看清楚。"文建镇定地说。但尚军从他的镇定中看到了一丝心慌。

　　任凭他表露出全然不知、镇静从容的样子,尚军已经切中了他的要害,望着眼前长得魁梧勇猛、精力旺盛的文建,尚军的思绪随之趋紧、集中,这时一片梦幻般的蓝色在他的眼前一晃而过,尚军的眼前仿佛晃见了那把水果刀,尚军心里陡然地一惊。

　　只见尚军走到文建面前温和地问:"你的身体这么结实,是不是经常锻炼?"

　　见尚军突然间问起与案子不着边的事,文建心里一阵轻松,他以为警察碍于他的特殊身份在走走过场,轻描淡写地问几句罢了,遂主动而饶有兴趣地介绍道:"嗯,我从小就练拳,还参加过武术比赛呢!"

"哦?是吗?"尚军若有所悟地"哦"了一声,对他点点头,像是悟到什么似的,尚军的脑子里又闪现出那把插在王艺咽喉的水果刀,特别是刀柄上刻有特殊的北疆市地域特色的图案。

说话间,尚军走到座位前,霍然以一种忾忾逼人的口气对文建说:"你的刀法也练得不错啊?你不但会武术,也懂人体的经络穴位。"说话间,从抽屉里取出那把水果刀,啪的一声扔在桌上,"还认识它?"

文建望着桌上的那把水果刀愣住了,不知如何回答。但他惊愕的时间很短暂,就一小会儿,就连忙摇头否认:"不认识。"

回答的同时,还加了两声苦笑,好像尚军的问话有点无稽之谈,文建看似轻松、无奈的笑意中却显现出了惊悚之色,表明他对这把刀是熟悉的、恐惧的。笑过之后,他的脸色随之刷的变得惨白了,眼神胆怯地转移到了一边,像是害怕与这把刀对视。

在场的其他侦查人员也被尚军这突如其来的发问震住了,屋子里立刻变得死一样的寂静,静得都能听见彼此的呼吸声,仿佛角斗场上的勇士与猛兽在作最后的对峙,所有人的目光都集中在他们俩人的身上。

见文建的目光有意识地躲避,尚军突然间又发出了一阵冷笑:"哈哈哈……"冷笑到一半,又戛然而止,仿佛一句完整的话只说了一半就陡然止住,叫人琢磨不透、疑惑不解。

此时,文建已经被尚军或上或下、或东或西、一惊一乍的问话弄得六神无主、乱了方寸。

只见尚军又从抽屉里甩出一盘录像带:"哼!老实点招了吧,难道还要我把监控录像放给你看?那样的话,你就会错过宽大处理的机会!"尚军的眼睛瞪了起来,声音也变得更加严厉,像是对方狡诈的心理已经被他完全吃透了似的。

也许是被尚军的威严震慑住了,也许文建心里确实有鬼,也许文建没有想到尚军会问他这样的问题,文建再也坚持不住了,他的大脑此时已经完全处于混沌状态,一下卡壳了,只得下意识地低下了头:"我交代……"

原来,那天晚上王艺在街头与那四名男孩打斗时,碰巧文建在春江参加完一个朋友的宴会,独自驾车从春江市返回润扬市。当他驾车途经水月清华门口时,发现有四个男孩围攻一长发青年,他发觉男青年扎在后脑勺的那束长发有点眼熟,遂将车停在了路边。当他仔细端详那个被围攻的长发青年时,猛然觉得他是那么的眼熟:黄色的T恤、白色的板鞋,还有那最显眼的扎在后脑勺的一束长发,虽然那天那个闯入者的脸被面罩遮挡住,但闯入者脑勺后的那一束长发还是给他留下了深刻的印象。现在眼前的这个年轻人,无论他脑勺后的那束长发,还是他身上的着装,都与那个闯入者一模一样,即便是有相同装束的人,也不可能连脚下穿的白色板鞋也是同那个闯入者极其的一致!种种迹象表明:此人就是那个闯入酒店破坏自己美梦的拍摄者。

文建的心中顿时燃起了莫名的熊熊仇火,他甚至也想冲过去帮助四个男孩教训他两拳。当报复的念头在他脑中闪过时,他见长发青年已经被四个男孩打倒在地了。四个男孩已经落荒而逃,看着躺在地上的长发青年,借助酒力的催发,文建突然想起了他还有把柄握在长发青年的手上,遂萌发了杀人灭口的念头。见四下黑暗无人,他随即从挂在腰带上的钥匙链上解下那把精致的水果刀,迅速下车蹿了过去。当他俯下身子准备动手之时,他嗅到了长发青年身上散发出的男士古龙牌香水味,就连身上的香水都和那个闯入者极其一致,这就更加证实了他的判断。见长发青年依然闭着眼躺在地上喘息,文建遂迅疾地将刀插在了他的咽喉。精通人体穴位的文建知道这一招致人毙命最快,而且还没有反抗力,正如他的预料,长发青年只作了短暂的挣扎后就一命呜呼了。

杀戮结束后,文建没有将刀带走,他担心刀上的血迹污染他的衣服,只是用死者的衣服擦拭了留在刀柄上的指纹后就迅速驾车离去。

等到酒性散发了以后,冷静下来的文建意识到自己做了件傻事、蠢事。但是傻事已经做了,再后悔也迟了。他害怕警察会顺着王强这条线索找到他,所以他也想过将这件事告诉王强,与之固守同盟,但他也怕知道的人多了,会适得其反、弄巧成拙,不如顺其自然。他甚至心存侥幸,公安机关一定会追查那几个男孩的,至于他这个深居简出的挂职副市长,恐怕是很难被怀疑的。

这件事让他惶惶不安了一年后,他才彻底地放心了。经过多方打探,他得知警察已经将这个案子当疑案搁置起来了。既然警察都无从下手,他似乎更加侥幸了。加上还有一个多月的时间他的挂职时间就到期了,届时他就要回到千里之外的北疆市了,他还准备将王强一并带到北疆市去,从而彻底抹去案子的蛛

丝马迹，到那时他就可以从心里彻底把这件事抛到九霄云外了。

可是事情往往是不随人的意志转移的，老天爷就是捉弄人，看似熄灭的火星又死灰复燃了，就在昨天，当他得知他的司机王强被春江市公安局传唤后，他就担心警察发现了他的秘密。但是，心存侥幸的他还是希望这是个惊嘘！

他在心里准备了数个应对警察讯问的计划。

常言道：变化比计划快！

尚军并没有按照常规出牌，尚军变幻莫测的问话，使文建准备充分的应对计划全部作废，想临时编造应对，已经来不及了。编造对付警察的谎言，可不像站在台上对平民百姓随便糊弄几句冠冕堂皇的官腔那么简单，编不好就会露出破绽，就会被警察抓住把柄。文建心里越是害怕出错，舌头就越是发硬打嗝，就这样，文建出现了卡壳，一卡壳就紧张，一紧张就有疏漏，一疏百漏，进而就漏洞百出了，最后，只得坦白交代了。

经过连夜突审，在天刚拂晓之时，李烈和张强完成了文建的讯问笔录，熊奇和徐力也将其余的旁证材料收集齐全。当他们将案件卷宗送交给尚军时，尚军正在办公室向彭局长汇报："局长，'王艺案'破了！"

电话那端的彭局长显然十分兴奋，但他还是十分风趣地对尚军说："按道理，过了今夜的凌晨，就是你立军令状的时间，现在已经超了4个小时。我还是要撤你和张扬的职的！"

尚军听罢，急忙解释："局长！你耍赖，文建在昨晚就已经承认了，按道理昨晚就算破案了！"

听到尚军着急地辩解，彭局长故意逗他："既然昨晚他就承认了，为什么不及时上报？"

"局长，我是想等案件彻底调查清楚了再一并向您报告的！而且在夜里，我是怕打扰您，既然你不怕我打扰，我马上就来向您汇报。"

电话里响起了彭局长爽朗的大笑："哈哈哈！好小子，逗你玩的，我知道你的脾气，做任何事情都力求完美，这样很好！老实告诉你，我不但不撤你的职，我还要给你立功！祝贺你！替我谢谢同志们！"

"是！谢谢局长！"尚军兴奋地回答，同时不忘调皮地补充了一句："这才像我们心中的彭局长呢！"

"臭小子！抓紧时间把案件卷宗送上来。"

"是！"

尚军拂袖看看手表，现在离他签订军令状的时间已经过去了5个小时，如果文建昨晚还不交代，那么再过2个小时，天一亮，彭局长一上班，恐怕就会宣布他和张扬的撤职的命令了。想到这里，他禁不住长呼一口气，拍拍心口，庆幸道："弟兄们，好险啊！要是到了天亮案子没破，我恐怕就要与你们拜拜了。"

熊奇惊奇地问："队长，你太神奇了！你怎么就知道是文建杀害王艺的？还有你出示给文建的那盒录像带是空白的呀！万一文建真的要看录像呢？"

尚军假装神秘地说："这就叫做兵不厌诈！"

"兵不厌诈？这是三十六计上的，居然也用到案件的侦破上来了，真佩服，看来我们又要学习《孙子兵法》了！"熊奇调皮地做了鬼脸，他的动作引得大家捧腹大笑起来。

李烈朝他一瞪眼："鬼东西，又跟队长贫嘴是吧！"同时一把揪住他的耳朵。熊奇赶紧求饶："哎哟，哎哟，师兄，我下次不敢了，请师兄手下留情。"

为了让李烈尽快松手，熊奇忙对尚军说："队长，案子都破了，我们喝一杯庆祝一下吧？"

"对，庆祝一下！"他的建议得到大家的赞许，李烈这才放了他，"好！罗莉拿酒来！"尚军的兴致被点燃，立即叫罗莉拿酒。这是他们侦查二中队的习惯，每一次破案后，都要举杯祝贺，所以内勤罗莉平时都事先为他们准备好了听装啤酒，很快六只杯子倒满了啤酒，"同志们！经过这60天的努力，我们终于完成了市局交给的任务。作为警察，我们无愧于这身警服，无愧于人民对我们期盼，为我们的胜利干杯！"尚军激昂地说。

"干杯！"

"啊！爽！"庆功酒总是甘洌香醇的，总是令人心潮激荡。尚军信手推开窗户，窗外的朝霞已经越出了地平线。"又是个胜利的黎明！"大家在心里默默地赞叹道。

那红彤彤的朝阳像祖国母亲敬献给他们的鲜花！

尚军庄重地命令道："敬礼！"

六张疲惫的笑脸迎着朝霞举起了右手,他们献给祖国母亲的不仅仅是这崇高的礼仪,更是一份合格的答卷!

一个月后,春江市法院对两案的当事人给予了判决:金石鱼、金军虎、金兵勇三人被判处死刑;邓明、潘颜秀被判处无期徒刑……

也是在一个月后,春江市公安局对防控大队侦查二中队进行了表彰:授予防控大队二中队集体二等功;破格提拔尚军为防控大队教导员。

二○一一年元月十六日完稿于江都印石咖啡厅